Tussen sneeuw en bloed

TAMARA GERAEDS

Tussen sneeuw en bloed

DE CRIME COMPAGNIE
Crème de la Crime

Omslagontwerp: Margo Togni
Foto omslag: © Oskar Ulvur / Trevillion Images
Boekverzorging: Michiel Niesen, ZetProducties, Haarlem
Auteursfoto: Arrien van Vliet

ISBN 978 94 6517 001 5
NUR 332

Meer informatie over De Crime Compagnie op www.crimecompagnie.nl

* * *

Ze wreef nerveus in haar handen, zette de muziek een tandje harder en legde de afstandsbediening terug.

Onbedoeld grijnsde hij bij de gedachte dat niemand hen zou kunnen horen dankzij de muziek. Ze lachte terug, zich totaal onbewust van zijn intenties, en dat zorgde er juist voor dat de opwinding door zijn aderen gierde. Zijn begeerte moest van zijn gezicht te lezen zijn, want ditmaal bloosde ze tot in haar nek. Niet in staat zich nog langer te beheersen, liep hij met grote passen naar haar toe. Ze hief haar kin, duidelijk in de veronderstelling dat hij haar wilde kussen. Zonder aarzelen grepen zijn handen naar haar rode nek. Ze pasten er precies omheen. Haar hartslag bonsde wild tegen zijn huid, terwijl haar mond en ogen zich wijd openden. Het pulseren van haar slagader leek via zijn handen door zijn hele lijf te trekken, voordat het eindigde in zijn kruis. Hij kreunde en kneep harder. De vrouw probeerde naar adem te happen, maar bracht slechts een gegorgel uit dat zijn genot alleen maar verhoogde. Ze sloeg om zich heen, maar het was niet meer dan een zwakke poging om hem te raken. Ze zakte naar de grond, haar ogen draaiden al weg.

Nee, nog niet!

In een reflex liet hij los. De vrouw viel zijwaarts tegen de bank en klapte tegen de grond, waar ze piepend en hijgend bleef liggen, roerloos op het snelle stijgen en dalen van haar borstkas na.

Hij keek op haar neer, een mengeling van opwinding en teleurstelling trok door hem heen.

Ik moet het afmaken, geen risico's nemen. Het einddoel is het belangrijkste. Hoe ik dat bereik maakt niet uit.

Met grote halen hapte ze naar lucht. Haar ogen waren weer wijd open en continu op hem gericht. Het zou weinig moeite kosten om dat beetje lucht weer uit haar longen te persen. En dat was precies het probleem. Ook al was de moord niet het doel op zich, hij had de spanning nodig. De kick van het verzet, van het gevecht op leven en dood. Hoezeer het hem ook verbaasde, hij verlangde ernaar om het gevoel van ultieme macht opnieuw te beleven. Om de sterkste te zijn, toe te steken en de pijn, afschuw, angst en verbijstering op haar gezicht te zien. Alleen al bij de gedachte aan het rondspattende bloed kwam zijn geslacht weer overeind.

Abrupt draaide hij zich van haar weg, liep naar de keuken en rukte verschillende laden open, tot hij een groot mes vond. Hij woog het in zijn hand, draaide het om en om en keerde met hernieuwde energie terug naar de bank. Ze was intussen half kruipend een paar meter opgeschoven en kermde toen hij voor haar stil bleef staan. Ze hief haar hoofd niet op, smeekte slechts zachtjes om genade.

'Alsjeblieft, laat me leven. Ik wil nog niet dood. Ik wil nog... Ik moet...' Tranen drupten op zijn schoenen.

'Sorry,' zei hij, al voelde hij geen berouw of medeleven. 'Het ligt niet aan jou. Je hebt gewoon pech dat je twee keer voor de verkeerde man viel.'

Ze stak haar hand uit naar de poot van de bank en trok zichzelf een stukje van hem vandaan. Het was een zinloze poging. Met zijn voet tegen haar buik draaide hij haar op de rug. Hij wilde haar aankijken, alle emoties in haar ogen zien voordat het leven eruit vloeide.

Terwijl ze smeekbedes fluisterde stak hij toe. Eén keer, twee keer, drie... Al snel was hij de tel kwijt. De wereld werd een waas van beweging en kleur, waarbij rood overheerste. Deze keer schreeuwde hij niet, hij hijgde alleen. Zodra hij zag dat het einde naderde, boog hij zich voorover en drukte zijn mond op haar lippen terwijl ze haar laatste adem uitblies. Uitgeput en tegelijkertijd nog in extase liet hij zich op zijn knieën zakken, het slappe lichaam tussen zijn benen.

Hij had een paar minuten nodig om bij te komen. Gefascineerd keek hij op de vrouw neer. Het was ongelooflijk hoe mooi ze zelfs nu nog was, ondanks het met bloed besmeurde bleke gezicht en de in angst bevroren opengesperde ogen. Teder sloot hij de oogleden en duwde zichzelf overeind.

Hij trok zijn schoenen uit en liep naar de keuken, het rood op de vloer nauwlettend ontwijkend. Hij draaide de kraan open, trok de handschoenen uit en waste het mes, zijn handen en polsen en zijn gezicht. Langzaam kwam hij weer tot zichzelf. De kraan liet hij een tijdje lopen, het koele water zorgde ervoor dat hij steeds helderder ging denken. Het mes was schoon. Hij trok de handschoenen weer aan, hield het mes nogmaals onder de straal en draaide de kraan dicht. Met een theedoek droogde hij het af. Net op tijd bedacht hij dat hij zijn gezicht er beter niet mee kon deppen. Hij haalde een paar keer diep adem. *Het is gelukt. Ik heb het gedaan. Nu zal alles eindelijk goed komen.* De details waren hem nu al ontglipt, het leek alsof hij even uit zijn lichaam was getreden en net was teruggekeerd. Hoe vaak had hij gestoken? Hij kon het zich niet herinneren.

Met de theedoek nog in zijn handen draaide hij zich om. Het tafereel bij de bank ontnam hem de adem en de doek glipte uit zijn handen.

'Holy shit...'

Heb ik dat echt gedaan? Hoe is dat mogelijk? Ik ben toch geen harteloze psychopaat?

Toch moest hij dat zijn, want ze was duidelijk vaker gestoken dan noodzakelijk. Alsof de moordenaar er zo van had genoten dat hij niet meer kon stoppen.

Niet de moordenaar... Ik. Ik was het. Ik heb dit gedaan. Toch?

Weifelend dwaalde zijn blik naar beneden. Bloedspetters en -strepen zaten op zijn kleding, net als de vorige keer. En dat niet alleen. De plek rondom zijn kruis was nat.

Zijn benen begonnen te trillen. Hij schoof met zijn rug tegen het aanrecht onderuit, kneep zijn ogen dicht en sloeg zijn handen voor zijn gezicht.

HOOFDSTUK 1

Het eerste wat Iris van Vliet zag toen het vliegtuig door het wolkendek brak, was een witte kustlijn, met daarachter sneeuw, sneeuw en nog meer sneeuw. Grillige, witte bergen strekten zich naar alle kanten uit. Hoewel Maren haar foto's had gestuurd van hun besneeuwde straat, had Iris niet gedacht dat alles zo wit zou zijn. Het leek alsof iemand was uitgeschoten met de poedersuiker. Het handjevol huisjes dat na een tijdje zichtbaar werd, was nauwelijks als zodanig te herkennen, evenals de wegen en stroompjes waar ze overheen vlogen. Alleen de landingsbaan was donker van kleur. In de verte hingen dikke wolken boven het land.

Iris slaakte een zucht toen de wielen het wegdek raakten. Ze was er. Opwinding schoot door haar aderen bij het idee van een nieuwe, onbekende plek, zoals het altijd deed als ze naar een ander land verhuisde. In haar jonge jaren was ze tegen veel onbegrip aan gelopen op school. De meeste kinderen vonden het vreselijk om telkens te moeten verkassen. Degenen die jaren op één plek bleven, waren daar dankbaar voor. Iris niet. Reizen en ontdekken zaten in haar bloed.

Ze pakte haar spullen uit het opbergvak van de stoel voor haar en stopte ze terug in de tas onder haar stoel.

Zodra ze geland waren en ze haar telefoon aanzette, kwam er een bericht van Maren binnen. Een foto van het hele gezin, uitbundig lachend en met ballonnen en bloemen in hun handen.

We staan op je te wachten, stond eronder.

Haar blik gleed over de lachende gezichten van Finnur en Maren, naar de kinderen. Einar, het zoontje van vier, leunde tegen zijn stiefbroer aan. Hij had ondeugende groene ogen onder een bos rode krullen, en praatjes voor tien, zelfs in het Engels. Zijn zusje Elva, van acht maanden, hield ook wel van brabbelen en had nu al een verleidelijke blik waarmee ze iedereen inpakte. Op deze foto was dat niet anders. De oudste twee, Lukasz en Lilja, van zestien en veertien, waren allebei blond. Lukasz leek wat terughoudend, ook met het vage glimlachje op de foto, terwijl Lilja zelfs op een scherm van enthousiasme bijna uit elkaar leek te springen. De vader van de oudste twee, Dario, had Iris nog niet gesproken. Ze had een paar dagen geleden een appje ontvangen, verder nog niets. Hij had een eigen zaak en was daar vaak druk mee, had ze begrepen.

Snel tikte ze een berichtje terug.

De man naast haar wierp een blik op haar scherm. 'Familie?'

Met een glimlach stopte Iris het toestel weg. 'Binnenkort wel.'

Hoewel haar keuze om als au pair te gaan werken niet de meest voor de hand liggende was, had ze er nog geen moment spijt van gehad. Ze was altijd al dol geweest op kinderen en dit was dé manier geweest om snel aan een tijdelijke verblijfsvergunning te komen.

Toen ze eindelijk met haar koffers de aankomsthal betrad, gierden de zenuwen toch door haar lijf. Onzekerheid trok aan haar hart. Wat als het in het echt niet klikte? Wat als de oudste haar geen kans gaf? Wat als een van de andere reizigers haar herkende? De behoefte om haar moeder te bellen brandde in Iris' binnenste. Wat had ze haar graag meegenomen naar IJsland. Maar al had dat gekund, dan zou het nog niets voor haar moeder zijn geweest. Die gruwelde nog meer van kou dan zij en ze kon haar vriendinnen niet missen.

Ze had geen tijd om nog meer te piekeren, want vóór haar

klonk gegil en plotseling werden er twee armen om haar heen geslagen. Een koude wang met sproeten werd tegen de hare gedrukt, en halflange donkerbruine lokken kriebelden tegen haar neus.

'Wat fijn dat je er bent, Iris!' Ze herkende Marens stem van de vele Zoom-gesprekken die ze hadden gehad en de harde s in haar Engelse uitspraak, en sloeg haar armen om de vrouw heen.

'Ik ben zo blij dat ik er eindelijk ben.'

Terwijl ze twijfelde of ze Maren drie zoenen moest geven, liet de vrouw haar al los en pakte een van haar koffers. Ze gaf Iris een duwtje in de richting van de rest van het gezin.

Iris rolde haar tweede koffer naar de anderen en viel Finnur in de armen zodra hij ze spreidde. Hij klopte haar op de schouders voordat hij haar weer losliet en naar de kinderen gebaarde. 'Dit zijn ze dan.'

Iris lachte naar de vier kinderen. De oudste twee zeiden wat stuntelig gedag en in een opwelling pakte Iris ze beiden even vast. Ze kreeg de bloemen in haar handen gedrukt en bedankte hen uitbundig.

'Nu ik! Nu ik!' riep de kleine Einar ongeduldig.

Iris ging grinnikend op haar hurken zitten en nam de ballon aan van het roodharige jochie.

'Voor jou. Zelf uitgezocht!' zei hij in keurig Engels.

'Hij is prachtig, *þakka þér fyrir*.'

Einars ogen werden groot. 'Je zei "dank je wel" in het IJslands!'

'Inderdaad.' Iris grinnikte en keek in zijn grote groene ogen, waarover wilde krullen vielen. 'Krijg ik van jou ook een knuffel?'

'Ja!' Hij wierp zich zo enthousiast in haar armen dat ze achterover viel.

Maren liet een verschrikte gil horen, maar sloeg glimlachend een hand voor haar mond toen Iris en Einar tegelijk in de lach schoten. Toen Iris opzijkeek, zag ze baby Elva met grote nieuwsgierige ogen toekijken. Ze plantte een kus op Einars wang, zette hem terug op zijn voeten en duwde zichzelf overeind tot op haar hurken. Voorzichtig stak ze haar hand uit naar de kinderwagen en aaide over Elva's handje. 'Hallo, ken je me nog?'

Einar kwam naast haar staan. Hij sloeg een arm om Iris' nek en keek zijn zusje aan. 'Dit is mama Iris, ze komt bij ons wonen. We hebben haar gezien op de telefoon.'

Opnieuw was Iris verbijsterd over de zinsbouw van de vierjarige. En niet alleen dat, hij sprak Engels alsof hij nooit anders had gedaan. Wat ook zo was, wist ze van Maren. Zij en Finnur hadden de kinderen tweetalig opgevoed, omdat ze al voor de geboorte van Elva wisten dat ze een au pair wilden. Daarnaast spraken de meeste kinderen in IJsland vloeiend Engels, dus heel gek was het niet. Einar leek daarnaast een talenwondertje. Iris kon niet wachten om hem haar favoriete kinderboeken voor te lezen. De Engelse vertalingen zaten in haar koffer.

Haar gedachten werden onderbroken door een hoog schaterlachje.

'Elva vindt jou ook lief!' riep Einar opgetogen.

Iris kriebelde het meisje in haar hals en kreeg een oogverblindende lach als antwoord.

Einar liet zijn hoofd tegen het hare rusten en Iris moest de brok wegslikken die plotseling in haar keel schoot. Ze had zich zorgen gemaakt om niets. Ze zou het hier fantastisch hebben.

Ze stak de ballon uit naar Einar. 'Kan jij deze voor mij dragen? Dan geef ik hem straks een mooi plekje in mijn kamer.'

Het jongetje knikte ijverig en Iris stond op.

Maren en Finnur keken tevreden en vertederd toe, terwijl de twee pubers wat ongeduldig stonden te draaien.

'*Förum*,' zei Iris. 'Laten we gaan.'

Finnur hief een wenkbrauw. 'Je kent al aardig wat IJslands volgens mij. Allemaal via die Duolingo?'

Iris dacht even na. Dat IJslands was nog best lastig. Gelukkig had ze veel ervaring met nieuwe talen leren, dankzij het vele reizen dat ze vroeger met haar ouders deed. 'Ik heb flink geoefend, maar ik heb nog veel te leren. *Geturðu hjálpað mér með íslenskuna mína?*'

Met een goedkeurend knikje sloeg hij een arm om haar heen en trok haar even tegen zich aan. 'Ja hoor, ik help je wel met je IJslands.'

Lukasz vroeg iets aan zijn moeder in zijn eigen taal, en Maren keek Iris aan. 'Lukasz heeft trek, zoals altijd. Hij wil iets te eten gaan halen. Lust je ook iets? We hoeven niet te gaan zitten hoor, we kunnen het ook in de auto opeten.'

Lukasz fronste zijn wenkbrauwen geïrriteerd bij die laatste mededeling, waarop Iris meteen haar hoofd schudde. Ze wreef over haar buik. 'Eerlijk gezegd ben ik uitgehongerd. Ik zou graag even ergens gaan zitten.'

Opluchting trok over Lukasz' gezicht en zodra de anderen zich omdraaiden, knipoogde Iris naar hem. Een schuchter lachje was het antwoord.

HOOFDSTUK 2

'Ga je mee naar binnen? Ik wil je de school laten zien en je aan mijn vriendinnen voorstellen.' Lilja keek haar smekend aan, waardoor Iris niet anders kon dan glimlachend instemmen. Na een heerlijke zondag met het hele gezin kon ze nog amper geloven dat dit alles echt was. Dat ze in een ander land was, waar niemand haar leek te kennen en ze daardoor zonder stress of angst over straat kon, en waar een gezin haar liefdevol had opgenomen. Nou ja, bijna het hele gezin. Lukasz leek als enige nog niet bijster enthousiast over haar komst. Maar hij was een puber, de oudste zoon. Hij zou wel bijdraaien.

Ondertussen was hij al uit de auto gesprongen. Iris keek de slungelige gestalte na tot hij tussen de andere blonde hoofden op het schoolplein verdween.

'Ik loop graag mee, maar is het niet handiger om dat vanmiddag te doen, als ik jullie weer kom halen? Het is nu een drukte vanjewelste en de bel gaat bijna.'

Lilja schudde ijverig haar hoofd. 'Nee hoor, er is nog tijd zat. En de meeste leerlingen zijn nu nog buiten. Binnen is het rustig.'

Weifelend keek Iris naar de twee kleintjes op de achterbank. Die moest ze dan uit de auto halen.

'Ik kan de kinderwagen uitklappen,' zei Lilja, terwijl ze haar portier opende. Voordat Iris kon reageren was ze al naar de kofferbak gelopen.

Grinnikend stapte Iris uit. Tegen zoveel enthousiasme kon ze niet op.

Ze klikte Elva los en tilde haar in de kinderwagen die Lilja al tot naast de auto had gereden. Terwijl ze omliepen om Einar los te maken, klapte Elva opgetogen in haar handjes bij het zien van alle kinderen op het schoolplein.

Lilja hurkte bij de wagen. 'Dit is mijn school. Leuk hè, al die mensen? Als jullie straks groter zijn, brengt Iris jullie hier ook naartoe.'

Elva kirde en Iris verstijfde halverwege de beweging om Einar voor op de kinderwagen te zetten. Ze kon amper geloven wat ze hoorde.

Lilja keek haar stralend aan. 'Wat? Je blijft nog heel lang bij ons, toch?'

Iris bukte om Einar op zijn voeten op het meerijdplankje te zetten. 'Dat hoop ik wel.'

Zodra ze omhoogkwam zag ze de frons op Lilja's gezicht. 'Waarom zou je niet blijven? Vind je het niet leuk hier?'

Iris' mondhoeken twijfelden tussen omhoog en omlaag bewegen, waardoor ze er ongetwijfeld idioot uitzag. Ze probeerde het te maskeren door zich om te draaien en het portier dicht te gooien, waarna ze de tijd nam om het juiste knopje op de sleutel te zoeken, zodat ze de auto kon vergrendelen.

Lilja stond met hangende schouders naast de kinderwagen.

Iris vond het vreselijk om haar zo onzeker en teleurgesteld te zien en dwong zichzelf te glimlachen. 'Natuurlijk blijf ik! Ik vind het hier heerlijk.' Ze aarzelde even. Lilja was opmerkzaam, ze moest haar weifeling uitleggen. Maar niet met de waarheid. Die was alleen van haar en hopelijk bleef dat zo.

Ze rilde en hoopte dat het niet te overdreven overkwam. 'Ik moet alleen ontzettend wennen aan de temperatuur.'

Opgelucht haalde Lilja adem. 'Is dat alles? Dat went vanzelf, geloof me.' Ze wees naar Iris' rits, die een stukje openstond. 'Het is sowieso verstandig om je jas goed dicht te doen.'

Grijnzend volgde Iris haar advies op. Daarna gebaarde ze naar het openstaande hek. 'Gaat u voor, mevrouw.'

Opgetogen begon Lilja te lopen. Het viel Iris op dat ze hier veel zekerder was dan ze haar tot nu toe had gezien. Ze was hier duidelijk op haar plek.

Ze waren nog niet halverwege het schoolplein toen er drie meiden hun kant op kwamen rennen. Lilja ontving hen met een grote grijns.

Na een korte begroeting bogen de vriendinnen zich over de kinderwagen.

'*Hæ* Einar, *góðan daginn*, Elva,' begroetten ze de twee kleintjes, die hen allebei net zo uitbundig teruggroetten.

'Dit is onze au pair, Iris,' zei Lilja in het Engels. 'Ze is superchill.'

Iris kon een nieuwe grijns niet onderdrukken terwijl ze de meiden begroette. 'Leuk om jullie te ontmoeten.'

'Hoe vind je het hier?' vroeg de enige van de drie met donker haar.

'Koud, maar mooi,' antwoordde Iris naar waarheid.

De vriendinnen wilden nog meer vragen, maar Iris gebaarde naar de ingang van de school. 'Ik wil haar een korte rondleiding geven voor het eerste uur begint, dus ik zie jullie zo in de les. Doei!'

Ze zwaaide en huppelde weg.

Iris maakte een verontschuldigend gebaar naar de meiden en volgde haar.

Binnen was het inderdaad rustig. In de grote, halfronde aula waren een paar leerlingen, op de gang liepen een aantal docenten rond, maar verder was het opvallend rustig.

Lilja gaf haar een razendsnelle tour door het gebouw, wees onder toeziend oog van een trotse leraar een tekening van een bos aan die ze had gemaakt in het tekenlokaal, en liep toen mee terug naar de ingang. Bij het glazen hok waar de conciërge in zat, stond een pezige man van halverwege de veertig te bulderen. Zijn voorhoofd was vertrokken in diepe rimpels van verontwaardiging, zijn wangen waren rood van woede. Halflang blond haar plakte tegen zijn slapen en voorhoofd. Hij deed Iris denken aan een klein hondje dat het gebrek aan grootte en spierkracht moest compenseren met een grote mond.

Een docent liep achter Iris en Lilja langs en glipte de ruimte in om de conciërge bij te staan. Iris wilde doorlopen, maar Elva maakte een jammergeluidje vanuit de wagen, dus bleef ze staan om te kijken wat er mis was.

Grote, angstige, groene ogen keken haar aan. 'Wat is er, meisje?' Zonder erbij na te denken had ze Nederlands gesproken, maar dat leek Elva niets uit te maken. Ze trok een pruillip en strekte haar armpjes naar haar uit.

'Je mag er zo uit, als we terug zijn bij de auto,' beloofde Iris.

Achter haar schoot de boze ouder, dat vermoedde ze tenminste, nog wat verder uit zijn slof.

Elva kromp in elkaar en schudde haar hoofd.

'Ah, dat is het,' zei Iris. Ze ging in het Engels verder. 'Je hoeft niet bang te zijn voor die vervelende meneer, hoor. Hij doet je niets.' Met een glimlach aaide ze Elva over haar wang en het meisje leek gerustgesteld te zijn.

Zodra Iris achter de kinderwagen ging staan en verder wilde lopen, vond haar blik die van de boze man. Hij stond niet langer bij het glazen hok, maar slechts drie stappen van haar vandaan. Te zien aan zijn opgetrokken wenkbrauw had hij haar woorden gehoord.

Lilja's blik ging van haar naar de man en terug. Ongemakkelijk kuchte Iris. 'Kom, we gaan terug naar de auto, voordat de bel gaat en de gang volstroomt.'

Lilja knikte en samen liepen ze langs de man, die nog steeds met een geïrriteerde, ietwat verontwaardigde uitdrukking op zijn gezicht naast het conciërgehok stond. Zijn hoofd draaide mee met hun beweging en Iris knikte hem zo vriendelijk als ze kon toe. 'Goedemorgen.'

Bij de buitendeur aangekomen proestte Lilja het uit. 'Zag je zijn blik? Volgens mij vond hij het niet leuk dat je hem vervelend noemde.'

Iris haalde haar schouders op, al voelde ze zich verschrikkelijk opgelaten. 'Ach, hij was toch ook vervelend? Wie gaat er nou zo staan schreeuwen tegen een conciërge? Met rustig praten bereik je veel meer.'

Lilja hield nadenkend haar hoofd schuin. 'Misschien wel, maar het was wel grappig.'

Iris grinnikte. 'Daar is je zusje het niet helemaal mee eens.'

Er klonk gekir uit de wagen, alsof Elva begreep dat het over haar ging.

'Elva is weer blij,' zei Einar ernstig. Hij draaide zich half om en keek onder Iris' arm door naar de gang. 'Die stomme meneer komt. Ik wil weg.'

Er klonk een snuivend geluid en de ouder passeerde Iris rakelings. Met grote passen en overdreven geheven hoofd liep hij over het schoolplein. Verderop bleef hij staan. Wild gebarend praatte hij met een blonde jongen van Lukasz' leeftijd. Zijn zoon, ongetwijfeld. De jongen zwaaide al even heftig met zijn armen. De van woede verwrongen uitdrukkingen van de twee maakten Iris nerveus.

'De bel gaat bijna,' onderbrak Lilja haar gedachten. 'Leuk dat je even meeging naar binnen. Tot vanmiddag!' Ze huppelde weg en zwaaide over haar schouder. Na een luchtkus naar Einar en Elva verdween ze in de massa leerlingen op het plein.

'Nou, laten we maar snel gaan,' zei Iris, en ze duwde de wagen de school uit.

HOOFDSTUK 3

Iris was blij dat het even duurde voor ze de beide kleintjes weer in de auto had. In de tussentijd was de boze vader vertrokken. Uiteraard wel nádat hij een dodelijke blik op haar had geworpen, die Iris vakkundig had genegeerd. Ze was in Nederland niet anders gewend en het was een opluchting te weten dat deze man tenminste om een andere reden boos op haar was. Of beter gezegd, zijn woede op haar afreageerde.

Ze stapte achter het stuur en reed naar het Hljómskálagarðurinn-park. Zoals Maren had geadviseerd parkeerde ze de auto in een groene parkeerzone, vlak bij de zijingang. Het was er rustig, zo op een doordeweekse ochtend.

Iris begon het hele ritueel van de kinderen losmaken en overhevelen naar de kinderwagen van voren af aan. Ze gniffelde in zichzelf. Op deze manier werd ze hier heel snel behendig in.

Het voelde ook goed. Een beetje alsof ze zelf moeder was, al was dat tegelijkertijd een heel raar idee. Zij, moeder? Ze kon het zich niet voorstellen. Daarvoor zou ze eerst op iemand moeten vallen. Dat deed ze niet zo snel.

Op dit moment had ze er ook moeite mee om iemand zodanig te vertrouwen dat ze hem alles zou vertellen, en dat vond ze toch wel een voorwaarde voor een goede relatie.

'Gaan we nou?' vroeg Einar.

Iris schrok op uit haar gedachten en lachte naar het jongetje. 'Sorry, ik was even aan het denken.'

'Waarover?' Nieuwsgierig keek hij haar aan.

'Eh… Over waar we gaan wandelen.'

'In het park toch, suffie?'

Iris grinnikte. 'Je hebt gelijk, ik ben een suffie. Natuurlijk gaan we naar het park.'

Einar wees naar de ingang. 'Daar is het.'

Iris sloot het portier, vergrendelde de auto en woelde door Einars rode krullen. 'Als ik jou toch niet had.'

'Dan was je niet zo vrolijk!' riep hij opgetogen.

'Nou, dat is absoluut waar!'

Ze boog zich voorover om ook Elva over haar bol te aaien, en duwde daarna de kinderwagen het park in.

Einar kletste honderduit over alles wat hij zag en Elva kirde er zo nu en dan doorheen.

Iris genoot met volle teugen. Dankzij de twee kleintjes, de rust om haar heen en het zonnetje dat voorzichtig tussen de wolken door kwam, vergat ze de kou even. Overal stonden standbeelden, die ze samen met Einar bekeek, en aan het meer lagen allerlei watervogels die Elva heel interessant vond.

Het park was groot en Iris was blij toen ze na een halfuur lopen de speeltuin vond. Einar schoot weg zodra ze hem toestemming gaf om te gaan spelen, en zelf installeerde ze zich op een bankje, met Elva op schoot.

Ze kletste een tijdje met een au pair die naast haar kwam zitten en voelde zich intens gelukkig.

Zodra de andere au pair afscheid nam, graaide Iris naar haar telefoon. Ze wilde haar moeder en Roos bellen, om hun te vertellen hoe fantastisch het hier was. Voordat ze Roos' nummer aantikte, checkte ze of Einar nog in orde was. Ze was een beetje bang om hem uit het oog te verliezen. De uitdrukking 'een ongeluk zit in een klein hoekje' was er niet voor niets, en ze zou het zichzelf nooit vergeven als een van de kinderen iets overkwam omdat zij even niet oplette.

Einar speelde met een jongetje van zijn leeftijd. De twee vermaakten zich prima, terwijl de moeder druk zat te babbelen aan de telefoon, op het bankje naast dat van Iris.

Kordaat stopte Iris haar telefoon terug in haar tas. 'Bellen kan ik straks ook, toch Elva? Op dit moment ben ik aan het werk.'

Het meisje keek haar stralend aan met haar mooie, groene ogen en Iris kon niet anders dan teruglachen. Ze pakte de dikke deken uit het opbergvak van de wagen, legde die op het besneeuwde gras voor zich en zette Elva erop. Ze pakte een kleine knuffel en gaf die aan het meisje, wiens aandacht er meteen volledig op gefocust was.

Glimlachend keek Iris van het ene naar het andere kind, en liet haar blik even over het park dwalen. Het was prachtig, en hoewel het er steeds drukker werd, ging er een bepaalde rust van uit die Iris tot diep in haar hart raakte. Dit had ze al lang niet meer gevoeld.

'Het was goed om hiernaartoe te komen,' zei ze zacht tegen zichzelf, en Elva maakte een geluidje dat leek op goedkeuring.

Ontspannen leunde Iris een stukje achterover. Hoewel er niet veel wind stond, begon ze het koud te krijgen. Lang stilzitten was hier duidelijk niet zo'n goed idee. Snel voelde ze aan Elva's handjes en billen, maar die waren nog warm. Opgelucht kwam ze overeind. Nog een paar minuten, dan zou ze verder lopen. Rustig terugwandelen naar de auto en dan naar huis.

Tussen de bomen door kwam een man aan, in een rustig maar krachtig tempo. Hij had de slanke, ietwat pezige bouw van een jogger die ze zo vaak had gezien toen ze thuis nog zelf rende. Voordat het halve land haar veroordeelde, waardoor ze amper buiten durfde te komen.

Ze schudde de gedachte van zich af en concentreerde zich weer op de jogger. Hij was knap, zag ze toen hij dichterbij kwam. Hij had het klassieke IJslandse blonde haar, maar bij hem was het wat langer dan de korte kapsels die ze tot nu toe was tegengekomen. Op zijn gezicht lag een serieuze uitdrukking, alsof hij ergens diep over nadacht. Hij droeg oortjes en Iris stelde zich het ritme voor dat de bewegingen van zijn gespierde armen en benen en de muziek samenbracht. Hij leek volledig op te gaan in zijn eigen wereld en…

Shit.

Pas toen hij haar passeerde herkende ze hem van de foto's die Maren haar een tijd geleden had gestuurd. Het was Dario, de vader van Lukasz en Lilja!

Haar wangen werden warm nu ze zich realiseerde hoe intensief ze hem had bestudeerd. Uit de foto's die ze had gezien, had ze al geconcludeerd dat hij er leuk uitzag, maar in het echt…

Haar hart ging in een hogere versnelling en plotseling hoopte ze vurig dat hij haar en de kinderen niet zou opmerken. Ze was er zeker van dat ze geen zinnig woord zou kunnen uitbrengen. Vooral niet als zijn ogen van het typische, doordringende IJslandse blauw bleken te zijn. Het blauw waar ze altijd al een zwak voor had gehad en waar ze vaak van ging stotteren.

Zonder enige aandacht te schenken aan de mensen om hem heen, jogde Dario voorbij.

Een mengeling van opluchting en spijt ging door Iris heen terwijl ze hem nakeek. Eigenlijk wilde ze hem naroepen, zodat hij verrast zou omkijken en naast haar zou komen zitten. Ze deed het niet.

Elva stootte een kreetje uit toen haar knuffel onder het bankje belandde. Ze maakte aanstalten om erachteraan te kruipen en Iris kwam weer terug in de werkelijkheid. Bliksemsnel legde ze haar hand tussen Elva's hoofd en de hoek van het bankje. Ze reikte naar de knuffel en gaf hem terug aan het meisje, dat direct naar haar lachte. Iris lachte terug, aaide haar over haar haren en checkte of alles goed was met Einar. Die gleed met een opgewonden gilletje op zijn buik van de glijbaan.

Zuchtend keek Iris opzij. Van Dario was geen spoor meer te bekennen.

Ze haalde haar telefoon weer tevoorschijn. 'Zo laat al. We moeten hoognodig boodschappen gaan doen, Elva.' Ze pakte het meisje op en zette haar in de kinderwagen.

'Einar, kom!' riep ze naar het speeltuintje. 'We gaan. Morgen kunnen we terugkomen.'

Zonder morren ging het jongetje mee. Een tijdje liep hij voor haar uit en schoot opgetogen van links naar rechts over het pad, beelden, planten en dieren bewonderend. Uiteindelijk werd hij moe en kwam op het meerijdplankje staan. Gelukkig zat er ook een zitje op, zodat hij kon uitrusten.

Ook Elva dommelde in en zo liep Iris twintig minuten lang in alle rust door het park. Terug bij de auto tilde ze de slapende Elva in haar autozitje. Einar klom zelf op zijn plek.

'Mama?' vroeg hij slaperig, toen ze hem ingespte.

'Mama is werken, lieverd. Wij gaan boodschappen doen.'

Einar leek het allemaal prima te vinden. Iris gaf hem een kus op zijn voorhoofd, sloot het portier en vouwde de kinderwagen op.

Op weg naar de supermarkt kwam ze langs de school waar Lukasz en Lilja op zaten. Blijkbaar was het pauze, want er stonden wat groepjes leerlingen verspreid over het schoolplein. Iris minderde vaart en speurde de gezichten af. Einar zou het vast leuk vinden om even naar zijn grote halfbroer en -zus te zwaaien.

Terwijl haar blik over de jongeren gleed, kroop een gevoel van naderend onheil via haar tenen omhoog. Ze haalde haar voet van de rem en trok de handrem aan. Een rilling liep over haar ruggengraat, alsof iemand vlak achter haar langs liep of… haar bespiedde.

Haar blik gleed langs de ramen. Sommige lokalen waren leeg, bij andere waren net een paar hoofden door de ramen te zien. Docenten die voor het bord stonden of heen en weer liepen tussen de tafels, verveelde leerlingen die iets in hun schrift krasten of met hun hoofd in hun hand steunden. Er waren ook geen boze ouders te bekennen. Maar wel… Iris' ademhaling haperde. Op de eerste verdieping staarde iemand haar recht aan. Zelfs van deze afstand was het venijn van zijn gezicht te lezen.

Lukasz.

HOOFDSTUK 4

Die avond ging Iris voor het eerst een halfuur met Finnur aan tafel zitten om haar IJslands bij te spijkeren. Hij was erg geduldig en complimenteerde haar vaak met hoe snel ze dingen oppikte.

'Je reisde als kind veel, of niet?' vroeg hij, in het IJslands.

Iris verstond niet alle woorden, maar begreep de vraag. Ze probeerde een antwoord te geven met de paar losse woorden die ze kende. Het kwam er stuntelig uit en halverwege gaf ze het op. 'Sorry, mijn hersens zijn moe, denk ik. Vind je het erg als ik even op het Engels overstap?'

'Nee, hoor.' Finnur grijnsde en tikte tegen haar kopje. 'Wil je ook nog koffie?'

'Lekker.'

Hij liep om het kookeiland heen en zette de kopjes onder het apparaat. Terwijl het ding pruttelend koffie produceerde, kwam Maren binnen met een tas vol boodschappen. Puffend zette ze hem op het aanrecht. 'Ik heb genoeg lekkers meegenomen voor vijf. Kom je straks bij ons zitten?'

Iris schudde haar hoofd. 'Dat is heel lief, maar jullie hebben deze vrienden al een tijd niet gezien. Klets gezellig bij. De volgende keer kom ik er wel bij zitten.'

Finnur zette een stomende kop voor haar neus. 'Weet je het zeker? Je bent welkom, hoor.'

'Ik vind het fijn om wat tijd voor mezelf te hebben, en ik wil Roos en mijn moeder even bellen.'

'Dat begrijp ik. De volgende keer dan. Maar vertel.'

Iris trok een wenkbrauw op.

'Over je jeugd.'

'O ja.' Iris blies in haar koffie en nam voorzichtig een slok. 'Mijn ouders werkten beiden op een ambassade en werden regelmatig overgeplaatst.'

Finnur keek haar over zijn kopje aan. 'Dat lijkt me lastig. Telkens nieuwe vrienden maken, steeds weer een nieuwe omgeving.'

Ze haalde haar schouders op. 'Ja, en nee. Ik heb reizen altijd al heerlijk gevonden. Nieuwe omgeving, andere culturen, nieuwe mensen. Heerlijk.'

Hij glimlachte. 'Maar je raakt ook telkens mensen kwijt dan. Toch?'

Ze zuchtte. 'Helaas wel. Hoewel echte vrienden blijven.' Ze tuurde in de koffie bij de gedachte aan hoeveel zogenaamd echte vrienden ze de laatste tijd was kwijtgeraakt.

'Zoals Roos.'

'Precies!' zei ze opgelucht. 'Maar het contact met iedereen in de familie, behalve met mijn moeder, is helaas verwaterd.'

'Wat zonde. Familie is zo belangrijk.' Maren kwam bij hen zitten en Finnur raakte even haar bovenbeen aan. 'Kon je het contact met sommigen niet herstellen toen je vader overleed? Je was nog vrij jong, toch?'

'Twintig. Hij stierf aan een hartaanval. Er kwam bijna niemand op de begrafenis. Dat maakt ook niet uit. Ik vond het vooral rot voor mijn moeder. Ik heb een aantal neven en nichten online gesproken, maar onze interesses liggen nogal ver uit elkaar.' Ze nam een slok en sloot genietend haar ogen. 'Wat is de koffie toch heerlijk hier.'

'Dat vind ik nou ook,' zei Maren met een knipoog. 'Maar vertel verder. Je ging studeren. Taalwetenschappen toch? En daardoor viel het reizen stil?'

'Dat klopt.' Met een paar slokken was haar kopje leeg. Ze zette het terug op tafel en Finnur stond meteen op.

'Nog één?'

Iris grinnikte. 'De laatste, anders slaap ik straks niet. Mijn studie duurde vier jaar, en de studentenflat waar ik woonde was duur. Reizen zat er dus een tijd lang niet in. Daarna ging ik aan de slag als ontwikkelaar van lesmateriaal. Ik spaarde voor een eigen appartement buiten Amsterdam en vond het eigenlijk wel prima om in Nederland te blijven.' Dankbaar pakte ze het gevulde kopje weer aan.

Finnur ging half gedraaid zitten, zodat hij zijn hand op Marens been kon leggen. 'Waardoor wilde je dan uiteindelijk toch je eigen land weer verlaten? Je zei eerder dat het puur om reiskriebels gaat, maar ik heb het gevoel dat er meer achter zit.'

Zijn blik was vriendelijk en uitnodigend, helemaal niet bedreigend. Toch was het alsof Iris' keel werd dichtgeknepen. Terwijl ze probeerde een goed antwoord te bedenken, blies ze in haar koffie.

De deurbel schalde door het huis. Maren schoot meteen overeind. 'Daar zal je de visite hebben.'

Plotseling weer in staat vrijuit te ademen, zoog Iris een hap lucht naar binnen en stond op. 'Dan zal ik jullie alleen laten.' Ze hief haar kopje. 'Bedankt voor de traktatie.'

Finnur schonk haar een brede lach. 'Graag gedaan. Voel je vrij om meer te komen halen.'

Ze draaide zich snel om en vluchtte naar boven, waar ze zich op haar bed liet zakken. Ze was blij dat Lukasz en Lilja allebei weg waren. Zolang de kleintjes niet gingen huilen had ze een rustige avond.

Althans, dat had het kunnen zijn. Nu flitsten de beelden van de afgelopen maanden door haar hoofd.

Met tegenzin trok ze haar schoenen aan. Ze had het boodschappen doen zo lang mogelijk uitgesteld, maar nu moest ze echt gaan. De koelkast was zo goed als leeg en de shampoo was op. Even had ze overwogen om op het rustigste moment van de dag te gaan: tussen twaalf en één, maar de ervaring had haar geleerd dat het dan nog erger was dan op drukke momenten. Als de winkels vol waren met klanten was de kans groter dat niemand haar opmerkte dan wanneer er slechts een paar mensen waren.

Tegenwoordig had Iris een hekel aan massa's mensen. Ze voelde zich onveilig, bekeken, moest continu op haar hoede zijn. Maar dat was nog altijd beter dan de grote kans om opgemerkt te worden in een bijna lege winkel.

Ze ritste haar hoge laarzen dicht en pakte haar jas en handtas van de kapstok. Voor de spiegel naast de voordeur bleef ze staan.

'Schouders recht, Iris,' herhaalde ze haar moeders woorden. Weinig energiek gooide ze met een hoofdbeweging haar bruine lokken over haar schouder. Kin omhoog, *klonk het in haar hoofd.*

Ze deed het en knikte zichzelf toe in de spiegel. 'Het komt wel goed.'

Tevreden streek ze over haar donkere lokken. Die zagen er in ieder geval weer een stuk gezonder uit, en ze had ook weer blosjes op haar wangen.

Ze rechtte haar schouders en trok de voordeur open. Haar laatste week in Nederland zou ze positief afsluiten, met opgeheven hoofd.

Ze snoof de koude winterlucht op en trok haar rits dicht tot onder haar kin. Fier rechtop begaf ze zich naar de supermarkt. Met ferme stappen liep ze de straat uit en het plein op. De moed zakte haar enigszins in de schoenen toen er direct gefluister klonk, links van haar.

Het kostte haar moeite om haar hoofd hoog te houden, dus haalde ze haar boodschappenlijstje tevoorschijn en tuurde daarnaar. Veel stond er niet op, aangezien ze bijna naar IJsland vertrok. Alle koffers stonden al klaar, de meeste meubels waren al verkocht en…

Er stootte iemand hard tegen haar aan, waardoor het lijstje uit haar hand glipte.

'Kijk waar je loopt,' snauwde een vrouw van rond de veertig.

Iris verstijfde. Haar ademhaling versnelde en ze kneep haar ogen een moment dicht om zichzelf te herpakken. Rustig maar, het is gewoon een onbeschofte vrouw. Dit heeft niets met mij te maken.

Ze raapte haar boodschappenlijstje op voordat het wegwaaide en liep door het poortje de versafdeling op.

Verderop stond de vrouw opgewonden met iemand te smoezen. Haar forse boezem bewoog enthousiast mee met elke armbeweging, terwijl haar pluizige krullen telkens over haar ogen vielen. Iris sloeg gauw een ander gangpad in en bleef staan. Nietsziend staarde ze naar de gevulde schappen. Piepende wieltjes deden haar opzijkijken. Een bejaarde man kwam aansjokken achter een wagen. Zodra zijn blik op haar viel draaide hij zijn hoofd weg.

Het gesmoes achter haar werd luider en luider. Iris klemde haar kaken op elkaar en…

Ze drukte haar handpalmen hard tegen haar gesloten oogleden om de beelden te verdrijven. Automatisch reikte ze naar haar telefoon. Haar vinger bleef hangen boven het icoontje met daaronder 'Mam'. Ze schudde haar hoofd. *Nog niet, eerst ontspannen. Ik wil haar goed nieuws brengen, in plaats van nog meer zorgen.*

Terwijl ze op Netflix zocht naar een interessante IJslandse serie om zich de taal wat meer eigen te maken, kauwde ze op een stuk *hardfiskur.* Ze had van Lilja een zakje met de IJslandse lekkernij gekregen: gedroogde reepjes gescheurde vis. Hoewel het taaie spul haar kaken flink aan het werk zette, moest ze toegeven dat de smaak prima was.

Ze koos voor *Katla*, een serie over een vrouw die levend uit een uitgebarsten vulkaan komt, en al snel ging ze er volledig in op. Tegen de tijd dat de eerste aflevering afgelopen was, had ze pijnlijke kaken van het kauwen. De zak hardfiskur was halfleeg.

Iris nam een paar slokken koude koffie. De IJslanders drinken het goedje de hele dag door. Lekker, maar op dit moment eigenlijk niet erg rustgevend. Ze zette de zak visrepen en het restje koffie opzij en pakte haar telefoon.

HOOFDSTUK 5

Als eerste belde ze haar moeder, aan wie ze enthousiast verslag deed van de afgelopen twee dagen. Het was fijn om haar zo vaak te kunnen bellen, dat verzachtte de heimwee een beetje.

Ze kletsten een halfuur en toen hing Iris op omdat ze ook Roos nog even wilde spreken.

'Es!' riep haar vriendin uitgelaten. 'Ik dacht dat je nooit zou bellen!'

Iris proestte het uit. 'Nou zeg, zo lang geleden is het nog niet. Ik heb je gisterochtend nog gesproken.'

'Ja hallo, dat is al meer dan een dag geleden! Vertel, hoe is het nu daar? Ben je al bevroren? Zijn de kinderen nog steeds leuk? Hoe is het eten? Wil je al terug naar huis?'

Grinnikend nam Iris de tijd om alle vragen uitgebreid te beantwoorden. Over Lukasz' schijnbare aversie tegen haar zei ze niets. Hij was een puber, waarschijnlijk vond hij niets leuk. In ieder geval niets wat te maken had met mensen die hem vertelden wat hij wel en niet mocht doen. Hij zou wel bijtrekken.

Over Lilja, Einar en Elva raakte ze niet uitgepraat en Roos vroeg haar het hemd van het lijf over de omgeving. Iris beschreef het prachtige park, de gekleurde huizen, de laag ijs die maar op de stoep bleef liggen en de besneeuwde bergen in de verte.

'De kou is echt wennen,' sloot ze haar verslag af, 'maar verder is het hier heerlijk. Iedereen is zo vriendelijk.' Er ontstond een brok in haar keel en ze zweeg om die te verbergen.

'Die kou went ook wel,' zei Roos. 'En anders zoek je gewoon

een leuke vent om tegen aan te kruipen.' Ze grinnikte. 'Hé, trouwens,' ging ze op samenzweerderige toon verder, 'heb je al iets gemerkt van het bijgeloof? Verhalen over mythes en zo?'

Iris dacht aan de serie die ze net had gezien, waarin vreemde verhalen over de vulkaan de ronde deden. Over een heks die een berg in een vulkaan had veranderd, en een volk dat kinderen ontvoerde en wisselkinderen ervoor in de plaats achterliet. 'Nog niet echt. Hoezo?'

Roos lachte. 'Ik heb uit betrouwbare bron begrepen dat je er nog wel kennis mee zult maken.'

'Op wat voor manier?'

'Eh... Op een niet zo'n leuke manier.'

'En dat vind jij lollig?' Iris begreep de grap er niet van.

Roos grinnikte. 'Eigenlijk wel ja. Ik heb heel wat bijzondere filmpjes gezien, zoals van een stel dat hun huis per ongeluk op de grond van een elfengemeenschap had gebouwd, en daarom alles moest afbreken. Pas maar op dat jij niet op een elfenhut stapt of een trollengrot in loopt.'

'Ha-ha, heel grappig,' zei Iris humorloos. 'Zo erg is het echt niet, hoor. Ik heb nog helemaal niets gehoord over bovennatuurlijke wezens.'

'Tja, niet iedereen gelooft erin, maar de meesten wel.'

Iris scrolde langs de series die werden aanbevolen als je *Katla* leuk vond. Ze was nu toch wel nieuwsgierig hoe diep dit geloof in IJsland ging. Dat zou ze Roos echter niet aan haar neus hangen. 'Hoe is het verder daar?' vroeg ze.

'Alles oké hier. Druk, zoals gewoonlijk. Ik kwam nog langs...' Er klonk een stem op de achtergrond en Roos kuchte. 'O ja, goed punt.'

Iris fronste haar voorhoofd. 'Wat is een goed punt?'

'Nee sorry, ik had het tegen Sven.' Ze ratelde verder. 'Hoe dan ook, op het werk is het druk, maar wel leuk. Ik heb een nieuwe opdracht, waarbij ik–'

‘Waar kwam je langs?’ onderbrak Iris haar.

Stilte.

‘Roos… Vertel het me.’

Een diepe zucht. ‘Sven zegt dat ik het beter voor me kan houden.’

‘Maar jij bent Sven niet. Vertel op.’ Iris hoorde het ongeduld en de irritatie in haar eigen stem. Ze kon er niet tegen als Roos iets voor haar achterhield.

‘Goed… Ik fietste langs jouw oude huis gisteren.’ Geheel tegen haar natuur in zweeg Roos verder.

‘En?’ drong Iris aan.

‘En… en niks. Het was niks. Vergeet het.’

‘Roos!’

‘Ja, shit! Sven heeft gelijk, ik had mijn mond moeten houden. Je bent gelukkig nu, vrolijk. Dat wil ik graag zo houden.’

De knoop in Iris’ maag werd wat losser. ‘Ik kan het wel hebben. Juist omdat ik hier gelukkig ben.’

‘Oké dan.’ Roos haalde diep adem en stortte een spraakwaterval over haar uit. ‘Ik kwam langs je oude huis en zag daar iemand wegglippen.’

Iris’ geheugen schotelde haar een beeld van Amber voor. De vrouw sloop om het huis, schichtig om zich heen kijkend. Ze schoot weg zodra Roos ‘Hee!’ riep. Iris probeerde zich weer op Roos’ stem te focussen.

‘Er was iets op de voordeur gekalkt, in grote rode letters,’ eindigde Roos haar relaas.

‘Wat-wat stond er?’

Opnieuw een korte stilte. ‘Gewoon een of ander scheldwoord. Slet of zo.’ De gemaakte onverschilligheid in haar stem was onmiskenbaar.

Iris klemde het toestel tegen haar oor. ‘Wat stond er, Roos? Zeg het gewoon.’

Een diepe zucht. ‘Goed. Er stond “Ik maak je kapot, trut”.’

Gal werkte zich omhoog in Iris' keel. Ze slikte.

'Ies? Gaat het wel?'

'J-ja, het gaat.' Iris' verkrampte vingers begonnen te protesteren en ze wisselde de telefoon van hand.

'Shit, zie je wel, ik had het je niet moeten vertellen. Het is beter als je die Amber vergeet. Die leugenachtige trut...'

Roos' stem vervaagde. Iris' blik zoog zich vast aan de tekening van Einar op haar prikbord. Langzaam zakte het gal terug naar beneden. Haar handen stopten met trillen en ze blies haar ingehouden adem uit. 'Het gaat wel, echt. Ik kan nog steeds gewoon niet geloven dat mensen zo gemeen kunnen zijn. Het ene moment ben je gewoon collega's of vrienden, het volgende moment maken ze een hoop ophef om niets.'

'Om de leugens van een aandachtsgeil mens, bedoel je,' gromde Roos.

Lachend namen ze afscheid en Iris zakte achterover in haar kussens.

Ik kan nooit meer terug naar Nederland.

De gedachte was beangstigend en geruststellend tegelijk.

HOOFDSTUK 6

Haar tweede zaterdag in IJsland was Iris' eerste vrije dag. Ze besloot in de ochtend te gaan joggen. Het opstarten viel haar zwaar, niet alleen vanwege haar gebrek aan conditie, maar ook vanwege de kou. Hoewel ze zichzelf bleef voorhouden dat ze zou wennen aan de temperatuur als ze maar zou doorbijten, merkte ze nog geen verandering op. Nog steeds protesteerde haar lijf zodra ze een voet buiten de deur zette. Op dit vroege tijdstip was het helemaal erg. Toch mocht ze niet klagen. De lucht was helder, de zon scheen, vogels floten en de omgeving was prachtig.

Ze wilde zich nu echt aan haar voornemen houden om haar conditie weer op te bouwen. Bovendien wilde ze de kilo's die ze was kwijtgeraakt compenseren met spieren.

Ze voerde het tempo een klein beetje op. Bij de volgende hoek aangekomen durfde ze wat harder te gaan lopen. De wegen waren niet meer zo glad als de afgelopen dagen, omdat de temperatuur iets was gestegen. Al snel kwam ze bij het park aan. Het pad daar was helemaal schoon, waardoor ze nog meer vaart kon maken. Ze pikte haar oude ritme op en genoot van het rondje. Wat was het heerlijk om weer in beweging te zijn. Nu pas besefte ze dat ze in Nederland ook beter had kunnen blijven joggen. Op deze manier kon ze haar energie en haar frustraties kwijt. En het zorgde voor wat dopamine. Gek, wat twee weken in IJsland al konden doen. Nu al voelde ze zich een heel ander mens.

Terwijl de dieren in het park langzaam wakker werden, kreeg Iris een man in het oog. Ook hij was aan het hardlopen, maar in een rustiger tempo, waardoor ze langzaam op hem inliep. Een kriebel ging door haar lichaam, maar pas toen ze hem bijna inhaalde begreep ze waarom. Ze kende deze man. Dario. Zodra ze dat in de gaten kreeg minderde ze vaart en probeerde te bedenken wat ze tegen hem moest zeggen. Allerlei zinnen schoten door haar hoofd, maar geen enkele was goed genoeg. Voor ze de juiste woorden had gevonden stopte hij bij een bankje en strekte zijn benen ertegen. Iris kwam ook tot stilstand en besefte toen pas dat ze beter door had kunnen lopen, want ze wist nog steeds niet wat ze moest zeggen. Dario had haar intussen ook gezien. Hij keek verrast naar haar op.

'Hee hallo,' groette hij haar. 'Iris toch?' Hij stak zijn hand uit. 'Ik herken je van de foto die Maren me heeft laten zien. Ik ben Dario, de vader van Lukasz en Lilja.'

Zijn blauwe ogen boorden zich in de hare, waardoor ze nog zenuwachtiger werd. Stotterend begroette ze hem. De laatste kilte die nog in haar lichaam zat verdween op slag en maakte plaats voor een tintelende warmte.

'Ik wist niet dat jij ook hardliep,' zei hij terwijl hij ging zitten en naast zich op de bank tikte.

Iris nam plaats, dankbaar dat ze hem dan even niet meer hoefde aan te kijken.

'Jazeker,' zei ze. 'Ik heb jarenlang hardgelopen in Nederland.'

'Mis je het al?' vroeg hij.

Kordaat schudde Iris haar hoofd. 'Nee, totaal niet. Ik vind het hier heerlijk.'

Dario glimlachte. Weer ging er een tinteling door Iris' lichaam.

'Het is hier ook heerlijk,' beaamde hij. 'Maar er is vast wel iets wat je mist aan Nederland. Je vrienden, familie, het weer.'

Iris grinnikte. 'Het weer in ieder geval. Ik kan nog niet wennen aan deze verschrikkelijke kou.' Om haar woorden kracht bij te zetten trok ze haar kraag op en wreef vervolgens in haar handen. Ze ademde haperend in toen Dario haar handen tussen de zijne nam. Wat waren zijn handen warm. En zacht.

'Dat komt nog wel,' zei hij. 'Hoewel…' Hij schonk haar een schuine grijns. 'Sommige mensen wennen er nooit aan.'

Ze ontweek zijn doordringende blik en slikte. *Shit, hij is nog lief ook.* 'Nou ik kan altijd nog overal naartoe gaan hardlopen, dan blijf ik vast warm,' grapte ze.

Hij liet haar handen los en nam een paar slokken uit zijn bidon. 'Maar vertel,' zei hij vervolgens. 'Wat is er nog meer anders?'

'Anders?' vroeg ze.

'Wat zijn de verschillen tussen IJsland en Nederland?'

'O eh… Er zijn heel wat verschillen.'

'Wat is het opvallendste verschil?'

Daar moest Iris even over nadenken. 'Misschien wel… de mensen.'

'Hoe bedoel je dat?' Hij trok zijn wenkbrauwen op.

'Nou, ik denk dat de mensen hier… vriendelijker zijn en opener.'

Dat leverde haar weer een glimlach op. Langzaam ontspande ze. Het was verbazingwekkend hoe snel ze zich bij hem op haar gemak voelde.

'Ik ben blij dat te horen,' zei hij. 'Hoewel het wel een beetje klinkt alsof je slechte ervaringen hebt in je eigen land.'

Een steen viel in haar maag. Wat bedoelde hij? Wist hij wat er was gebeurd?

'Je hoeft het niet te vertellen.' Hij klopte op haar been.

Ze keek weg, zoekend naar een bevredigend antwoord dat niets verraadde.

'Je kunt het me altijd later nog vertellen.' Hij hield haar de bidon voor en nu pas besefte Iris dat ze was vergeten water mee te brengen. Dankbaar pakte ze de fles aan en nam een paar slokken.

Dario stond op. 'Zullen we een stukje samen lopen?'

Hij jogde wat op zijn plek, terwijl hij met zijn hoofd in de richting van het pad knikte.

Iris aarzelde.

'Kom op.' Hij stak zijn hand uit en trok haar overeind. 'Samen is gezelliger dan alleen, toch?'

Ze knikte. De aanraking had nu al iets vertrouwds.

'Zelfs als je niets zegt,' zei hij, met dat scheve glimlachje.

Iris' hart leek te zweven in haar borst. Tja, hoe kon ze daar nou nee tegen zeggen?

'Goed dan.'

Na enkele passen was Iris haar zorgen al vergeten. Nadat ze hem had verteld over haar studie Taalwetenschappen en haar voormalige baan als ontwikkelaar van lesmateriaal, vroeg ze Dario naar het leven in IJsland. Hij stak enthousiast van wal en ze genoot van de wilde gebaren die zijn verhaal ondersteunden en de twinkeling in zijn ogen. Ze moest haar uiterste best doen om hem niet continu van opzij aan te staren.

Terwijl ze naar hem luisterde verbaasde ze zich erover dat hij niet buiten adem raakte. Zijn uithoudingsvermogen moest enorm zijn.

Er flitste een beeld voor haar ogen van zijn gespierde lijf boven op het hare. Ritmisch bewoog hij zijn onderlichaam en… Verwoed schudde ze haar hoofd om het beeld kwijt te raken.

'Niets voor jou?' vroeg Dario, terwijl hij haar nieuwsgierig opnam.

Iris klemde haar kaken op elkaar. Verdorie, ze had geen idee wat hij als laatste had gezegd.

'O, dat weet ik niet,' probeerde ze nonchalant. 'Er vloog een beestje tegen me aan.'

Ze schonk hem een schaapachtig lachje en hij grinnikte.

'Volgens mij zat je ergens anders met je gedachten.'

Shit, flirtte hij nu met haar of was dat haar verbeelding?

'Ik vroeg of je van kunst houdt.'

'Absoluut!' Onhoorbaar liet ze haar ingehouden adem ontsnappen. 'Zo gauw ik kan wil ik met de kinderen het een en ander gaan bekijken.'

Dario snoof. 'Ik bewonder je intenties, maar ik kan je nu al vertellen dat dat met mijn kinderen verspilde moeite is. Dat zijn twee cultuurbarbaren.'

Iris haalde haar schouders op. 'Misschien helpt het als ik ze meeneem, onder het mom van het leren kennen van de IJslandse cultuur.'

Abrupt kwam Dario tot stilstand. Een paar passen verderop stopte Iris ook. Vragend keek ze achterom.

'Zullen we ergens samen een ontbijtje pakken?' In zijn ogen lag een mengeling van hoop en ondeugd.

Ze had het dus toch goed gezien. Hij vond haar leuk! En hij werd met de minuut interessanter. Spontaan, grappig, ondernemend, lief, zorgzaam... Ze had nu al een hele waslijst. Vreemd. Ze viel niet zo snel op iemand, en had slechts één keer een relatie van een paar maanden gehad. Die bestond voornamelijk uit passionele seks, en dat had ze prima gevonden. Ze had niet zo'n behoefte aan vastigheid. Ze was gewend vaak afscheid te moeten nemen en genoot gewoon van mensen zolang ze bij haar waren. Zich echt hechten deed ze alleen bij vriendinnen, en sinds die haar in de steek hadden gelaten, op Roos na, had ze helemaal weinig zin om haar hart open te stellen voor nieuwe mensen.

Dario stootte haar aan. 'Moet je daar zo lang over nadenken?'

'Eerlijk gezegd heb ik al ontbeten,' bekende ze snel.

'Dan trakteer ik je op een echte IJslandse lekkernij.'

Hij liep naar haar toe, pakte haar hand en trok haar mee het park uit.

Tintelingen kropen vanuit haar vingertoppen langs haar arm omhoog, waardoor haar mondhoeken omkrulden. Kon het waar zijn? Had ze binnen een maand na haar vertrek het geluk al gevonden?

Tegelijk sloeg de twijfel haar om het hart. Wat zouden Maren en Finnur ervan zeggen als ze ontdekten dat hun au pair aanpapte met de vader van de oudste twee kinderen?

Maren had laten vallen dat Dario weliswaar een liefhebbende vader was, maar ook een onverantwoordelijke, chaotische man. Een flierefluiter, die alles niet al te serieus nam. Tenminste, als het op zijn kinderen aankwam, want hij had al jaren een goedlopende reisorganisatie. Ze zouden het vast niet erg professioneel vinden als ze iets met hem begon. Bovendien was het belangenverstrengeling, of iets dergelijks. Ze konden gaan twijfelen aan haar loyaliteit, wie weet zou ze zijn kinderen voortrekken, en bovendien zou hij haar afleiden van haar werk. Nee, ze kon beter bij Dario uit de buurt blijven.

'Daar zit mijn favoriete tentje.' Met zijn vrije hand wees Dario naar een klein gebouw op de hoek van de straat die parallel aan het park liep.

Iris trok haar hand los. Direct verscheen er teleurstelling op zijn gezicht. Het zorgde ervoor dat Iris zich meteen bedacht. Hoezo bij hem wegblijven? Was ze het iemand verschuldigd om haar geluk opzij te schuiven? Nee. Ze zou dit, wat het ook precies was, een kans geven. Ze was echt niet van plan hem door haar vingers te laten glippen. Maren en Finnur mochten het gewoon niet weten.

Geruststellend glimlachte ze naar Dario. Ze zou hem later wel uitleggen waarom ze hun relatie – als die er zou komen – geheim moesten houden.

Uitdagend keek ze hem aan. 'Een laatste sprintje?'

Ze was al uit de startblokken voordat hij kon antwoorden.

HOOFDSTUK 7

Iris was zo hard aan het proberen de brede glimlach om haar lippen te verbergen dat ze de verandering aan het huis van Maren en Finnur in eerste instantie niet opmerkte. Pas toen ze met haar hoofd tegen een ballon stootte die naast de voordeur hing, ontwaakte ze uit haar met Dario gevulde dagdroom.

Fronsend probeerde ze te ontcijferen wat er op de ballon gedrukt stond. Was ze nu al een verjaardag vergeten?

Velkominn. Ze mompelde het hardop en terwijl haar hersenen probeerden met een vertaling op de proppen te komen vloog de voordeur open.

'Wat een timing! Dat heeft *pabbi* goed gedaan.' Lilja greep Iris' hand en trok haar de drempel over. Midden in de woonkamer liet ze haar los en draaide een rondje, met haar armen gespreid. 'Tada! Wat vind je ervan? Allemaal voor jou.' Stralend keek het meisje haar aan.

Iris' mond zakte open. Ze nam alle versieringen verbijsterd in zich op. Slingers, vlaggen, ballonnen, allemaal in zilver. Geen vrij plekje was overgeslagen.

Velkominn betekende welkom, dat herinnerde ze zich nu weer.

'Ik eh…' stotterde ze.

Lilja giechelde. 'Dat had je niet verwacht, hè? Vanavond houden we een surpriseparty voor je. Om je officieel te verwelkomen.'

De deur naar de gang ging piepend open en Finnur en Maren

verschenen met de kinderwagen en hun armen volgeladen met lekkers. Achter hen aan kwam Lukasz met Einar aan zijn hand en een gezicht als van een oorwurm. De kleine Einar liet zijn halfbroer los zodra hij Iris zag en stormde op haar af.

'Mama Iris!' riep hij opgetogen. 'Wij hebben een feest voor jou! We gaan allemaal lekkere dingen eten!'

Iris tilde het ventje op en knuffelde hem. 'Ik zie het. Wat een enorme verrassing!'

Ze keek over de rode krullen heen naar Maren, die haar met een glimlach opnam. 'Dit is toch allemaal niet nodig?'

Maren tilde een volle tas uit de kinderwagen en zette hem op het aanrecht. Daarna streek ze door Einars krullen en vervolgens over Iris' arm. 'Wij vinden van wel. We zijn blij dat je er bent.'

Iris' blik gleed naar Lukasz, die met strakke schouders de tas begon uit te laden. Was iedereen wel zo blij met haar komst?

Ze probeerde hem te negeren en zond Maren en Finnur een dankbare blik. 'Ik vind het superleuk. Bedankt.'

Finnur zette de boodschappen met een grimas op het aanrecht.

'Gaat het wel?' vroeg Iris, toen hij zijn vingers een paar keer boog en strekte.

Hij knikte en wees naar de volle tassen. 'Het was nogal zwaar. Ik denk dat we iets te veel lekkers hebben meegenomen.'

'Wat er overblijft eet ik wel op,' zei Lukasz met een grijns.

Lilja danste om Iris heen en trok gekke bekken naar Einar en Elva. Haar blonde haren golfden om haar gezicht. 'Het feest wordt geweldig! Ik mocht de muziek uitkiezen.'

Lukasz' grijns verdween. Hij bromde wat in reactie, waarop zijn moeder hem aanstootte. 'Hee, jij mag niet klagen. Jullie mochten het samen doen, maar dat wilde je niet.'

Hij reageerde niet en Maren haalde verontschuldigend haar schouders op naar Iris.

Lilja kwam voor Iris tot stilstand. 'Heb je al iets om aan te trekken?'

Iris lachte om haar enthousiasme. 'Ik heb twee jurken meegebracht. Wil je me helpen kiezen?'

Het meisje begon nog meer te stralen en knikte ijverig.

Iris keek opzij naar Maren. 'Hebben jullie nog hulp nodig?'

Maren wuifde naar de open trap. 'Ben je mal. Jij bent vrij vandaag en het feest is ter ere van jou. Ga maar.'

Voordat Iris de huppelende Lilja volgde tilde ze Elva uit de wagen. Finnur wierp haar een vragende blik toe.

'De mening van een extra vrouw kan nooit kwaad,' verklaarde Iris met een knipoog.

Met de baby op haar arm liep ze de trap op.

Nadat beide jurken door Lilja waren afgekeurd – 'Prima voor een gewoon feestje, maar deze avond is speciaal en je wilt indruk maken' – was Iris met de twee dochters de stad in gegaan.

Lilja kletste honderduit over de smaak van de IJslandse man, waardoor Iris geen kans had om zich zorgen te maken over mensen die haar uit Nederland kenden. Het voelde bevrijdend om zo onbezorgd over straat te lopen. Zo nu en dan bleef ze staan om een van de vele muurschilderingen te bewonderen en haar hoofd bewoog continu van links naar rechts om alle verschillende huizen, barretjes en winkels in zich op te nemen. Tussen panden in alle kleuren van de regenboog stonden sierlijke lantaarns en grote, ronde bloembakken. Ze kwamen langs souvenirwinkeltjes en etalages vol dikke truien. Hier en daar waren zelfs de straten beschilderd, in felle kleuren.

'Ze houden deze straat goed sneeuwvrij,' merkte Iris op toen ze door Laugavegur liepen, wat volgens de reisgidsen dé winkelstraat van Reykjavik was, maar volgens Lilja 'schandalig duur'.

Lilja maakte een pirouette. 'Dat hoeven ze niet te doen, dat gaat vanzelf.' Ze grinnikte toen Iris haar wenkbrauwen fronste. 'De stoep is verwarmd, waardoor ijs en sneeuw smelt. Cool, hè?'

'Heel cool,' bevestigde Iris.

Ze gingen een winkel in waar Lilja zonder overleg een stuk of vijf jurken uit de rekken trok. Gewillig ging Iris een kleedhokje in en liet Elva bij haar halfzus achter, die onverstoorbaar verder praatte.

'Pabbi had je goed beziggehouden, hè?' klonk het van achter het dichte gordijn.

Met de eerste jurk half over haar hoofd bevroor Iris. Lilja had het eerder gezegd, maar door alle opwinding was het toen niet echt tot haar doorgedrongen. Nu het wel binnenkwam was het alsof er een emmer ijsblokjes over haar hart werd leeggegooid. Dario was ingezet om haar bezig te houden terwijl ze thuis het feest voorbereidden. Betekende dat dat zijn interesse ook gespeeld was?

'Hallo?'

Iris haalde diep adem en trok het grijze jurkje zo ver naar beneden als het wilde gaan. Wat niet erg ver was. 'Ja, ik had niets in de gaten!'

Ze probeerde opgewekt te klinken. Blijkbaar mislukte dat, want Lilja stak haar hoofd om het hoekje van het gordijn en keek haar streng aan. 'Hij heeft zich toch niet als een halve zool gedragen, hè? Eerlijk zeggen.'

IJverig schudde Iris haar hoofd. 'Helemaal niet. Hij was heel… aardig.'

Lief, charmant, innemend. Knap…

Lilja leek de korte pauze niet op te merken. Haar blik gleed over de jurk, die Iris' vormen iets te enthousiast omarmde. 'Die staat je fantastisch. Je bent net Ariane Grande zo.'

Iris trok een vies gezicht, waarop Lilja in de lach schoot.

'Wat? Zij is hartstikke mooi en slank, hoor. Heel veel jongens vinden haar knap.'

Iris snoof. Precies, jongens. Maar zij wilde indruk maken op een man, niet op een jongen. Hoewel… Misschien moest ze Dario toch uit haar hoofd zetten. Het was een slecht idee om iets te beginnen met de vader van twee van haar oppaskinderen.

'Ik probeer een andere.' Ze wuifde Lilja weg en wurmde zich in een volgend gewaad.

Deze jurk was het tegenovergestelde van wat ze net aanhad. De rok reikte tot over haar knieën en de mouwen bedekten haar armen volledig. Hij zat niet zo strak, maar liet toch genoeg van haar rondingen zien om haar een vrouwelijk gevoel te geven.

'Niet slecht,' zei Iris, toen ze het gordijn opzijschoof.

Elva kirde enthousiast, alsof ze haar goedkeuring wilde overbrengen.

'Ja, is het wat?' Iris draaide een rondje, zodat de ietwat wijde rok nog verder opbolde.

Lilja stak haar duim op. 'Hij is perfect.'

Nogmaals bekeek Iris zichzelf in de spiegel. Ze weifelde. 'Is hij niet een beetje saai?'

Lilja's wenkbrauwen schoten omhoog. 'Saai? De meeste vrouwen hier dragen niet eens een jurk naar een feestje. Ze trekken liever gewoon een warme trui aan. Als ze zich al opdoffen, dragen ze vaak een legging met een top erboven. Een glitter hier en daar, eventueel hoge hakken eronder en klaar.'

'Geen jurk?' Iris kon zich er weinig bij voorstellen. Zelf was ze gek op jurken en rokken. Een extra reden om een hekel aan kou te hebben. 'Maar waarom kan ik dan niet gewoon een van mijn eigen jurken aantrekken?'

'Nou ja, sommige vrouwen trekken wel een jurk aan. Dan is het een jurk met lange mouwen zoals deze, of een strakke korte jurk met daarover een jasje.'

Iris trok een vies gezicht. 'Dat ga ik echt niet doen. Zonde van een mooie jurk.'

'Vind ik ook. En jij bent degene voor wie we het feest geven, dus dan moet je er bijzonder uitzien, toch? Anders dan de rest.' Lilja gebaarde naar het kleedhokje. 'Er zit een jurk bij in een andere kleur. Die is wat gewaagder, maar niet te, denk ik. Je zult er in ieder geval in opvallen, want zwart is de populairste kleur voor een feestje hier.'

Nieuwsgierig geworden stapte Iris terug in het pashokje en bekeek de overgebleven jurken. Verstopt tussen een zwart-zilveren cocktailjurk en een zwarte glitterjurk hing een donkerblauw model met lichtblauwe bloemen erop geborduurd. De grillige blaadjes gaven de onderzoom van de middellange rok vorm en de iets uitlopende mouwen reikten tot net voorbij de ellebogen toen ze haar armen erin stak. Dankzij een aantal subtiele plooien had de jurk iets speels, terwijl hij toch elegant en stijlvol was.

Zodra ze in de spiegel keek, wist ze het. Ze trok het gordijn open en knikte naar Lilja. 'Dit is hem.'

Lilja klapte in haar handen en Elva slaakte een hoog gilletje.

Tevreden trok Iris haar eigen kleding weer aan. Voordat ze de jurken van de haken pakte, bekeek ze haar favoriet nogmaals. Moest ze het wel doen? Iedereen zou waarschijnlijk in zwart verschijnen, een jurk was al vrij uniek. Thuis droeg ze vaak lange jurken, omdat ze dan veel complimenten kreeg van mannen. Dan ging ze voor rood of zwart, de populairste kleuren. Zou ze toch...? Haar blik gleed naar de lange jurk met de lange mouwen.

Meteen schudde ze haar hoofd. Nee, dit was nu haar thuis. Dit was een nieuw begin, een nieuw leven, en dat wilde ze starten als zichzelf. Het maakte niet uit wat anderen ervan vonden, als zijzelf het maar mooi vond en er zich fijn in voelde.

En wat Dario ervan vindt, dacht ze korzelig toen hij in haar gedachten opdook, *is al helemaal niet belangrijk.*

* * *

Een paar weken eerder

Brynja Erlendsdóttir zat zoals bijna elke dag op de bank met haar favoriete foto in haar hand: de foto die gemaakt was in het

Hljómskálagarðurinn-park toen zij en Dario een jaar samen waren. Heerlijke tijden, waarin ze alles voor elkaar deden en al hun vrije tijd met elkaar doorbrachten. Tijden die terug zouden komen, daar zou ze voor zorgen.

Tot nu toe had ze weinig succes gehad, maar ze zou de juiste manier wel vinden om hem terug te winnen. Ze waren voor elkaar bestemd, dat had ze al geweten toen ze hem de eerste keer zag. Hij jogde door het park, hún park, en verzwikte zijn enkel. Het was geen toeval dat zij op dat moment langsliep met een tas vol verband voor haar werk. Ze had hem naar het dichtstbijzijnde bankje geholpen en zijn enkel gezwachteld. Daarna had hij haar een drankje aangeboden bij hem thuis, als dank. De vonk was direct overgesprongen en een passionele relatie volgde.

Brynja kneep haar ogen dicht, liet zich achterovervallen tegen de rugleuning en legde de foto naast zich op de bank. Elke keer als ze aan Dario dacht, voelde ze zijn handen over haar lichaam bewegen, verkennend, plagend. Haar lijf sidderde bij de gedachte aan zijn lippen die haar gevoeligste plekjes beroerden. Als de herinnering alleen al zo fijn was, hoe zou het dan zijn om hem weer echt tegen zich aan te voelen. Die blik vol liefde weer te zien in zijn ogen, door zijn haar te kunnen woelen terwijl ze hem dicht tegen zich aan trok. Zijn huid tegen de hare, steeds dichterbij, tot ze hem in zich voelde.

Haar hand gleed via haar buik naar beneden, waar een tintelend gevoel zich verspreidde.

'Je zult weer van mij zijn,' fluisterde ze, terwijl haar vingers in haar slipje verdwenen.

De kreun die haar ontglipte werd onderbroken door een geluid bij de voordeur. Brynja schoot hijgend overeind. De brievenbus klepperde en haastige voetstappen verwijderden zich.

Ze liep naar de gang en pakte de envelop die op de mat lag op. Haar naam was erop gedrukt, met rode inkt. Nieuwsgierig trok ze de flap open en haalde er een opgevouwen vel papier uit.

Geef het op. Je hebt genoeg ellende veroorzaakt.

Snuivend hield Brynja de boodschap een eindje van zich vandaan, alsof dat zou veranderen wat er stond.

Geef het op? Geef wat op? Dario? Nooit!

Met haar arm nog steeds uitgestrekt verfrommelde ze het briefje. Haar blik verschoof naar de voordeur. In een vlaag van woede rukte ze hem open, zette twee stappen naar buiten en keek om zich heen. Een auto passeerde en Brynja tuurde naar de bestuurderskant, in de hoop iemand te herkennen op wie ze onmiddellijk wraak kon nemen. Maar de man die achter het stuur zat kwam haar niet bekend voor. Nogmaals scande ze de straat aan beide kanten. Er liep niemand. Degene die dit briefje had bezorgd moest zich haastig uit de voeten hebben gemaakt.

'Dapper hoor,' riep ze de stille straat in. 'Een dreigement afgeven en dan wegrennen. Denk je dat ik nu bang ben? Denk je dat ik het nu opgeef? Vergeet het maar!'

Met een ruk draaide ze zich om. Haar versnelde ademhaling kwam met boze horten en stoten, die kleine, wiebelige wolkjes creëerden in de koude lucht.

Met een paar passen stond ze bij de vuilcontainer, waar ze de envelop en de dreigbrief met een grote zwaai in gooide, voordat ze hem met een klap dichtsloeg. Zonder nog op of om te kijken, stapte ze het huis in en sloot de deur met een tweede klap achter zich.

HOOFDSTUK 8

Na het avondeten ging Iris naar boven om zich om te kleden. Lilja's woorden over een goede indruk maken bleven door haar hoofd spoken. Daarom – en zeker niet vanwege Dario, die misschien ook zou komen – had ze besloten haar haren in de krul te zetten. Ook wilde ze de tijd nemen voor haar make-up, en daar Lilja's advies over vragen. Genoeg te doen in weinig tijd!

Maar eerst Roos bellen.

Haar vriendin nam meteen op.

'Ik heb niet veel tijd, maar ik wilde je vertellen over de geweldige verrassing die ik net kreeg.'

Roos reageerde enthousiast als altijd en bestookte haar met honderd vragen over het gezin.

'Ze zijn echt net zo leuk en lief als in onze videogesprekken,' sloot Iris haar verhaal af. 'Ik ben heel blij dat ik deze keuze heb gemaakt.'

Roos grinnikte. 'Wie had dat gedacht, jij als au pair.'

'Nou, ik niet in ieder geval!'

'Kan je al wat meer verstaan inmiddels?' informeerde Roos. 'En terugzeggen in het IJslands?'

Iris humde bevestigend. 'Ja, maar het gaat best langzaam. Het IJslands is zo anders dan de talen die ik al ken.'

'Jou kennende komt dat wel goed, Ies.'

'Jawel, ik krijg hulp van Finnur. Zo lief van hem. Die talenknobbel heeft Einar duidelijk van zijn vader.' Ze glimlachte. 'Het is bizar hoe snel Einar talen oppikt. Zelfs het ingewikkelde Nederlands.'

'Dan kan je toch nog iets met je opleiding doen dus,' zei Roos.

Er klonk een stem op de achtergrond. 'Ik moet gaan, Ies. Geniet ervan daar. Ik ben blij dat je het zo naar je zin hebt. Je verdient het om weer gelukkig te zijn.'

'Dank je wel, lieverd. Veel plezier daar.'

'Jij veel plezier op je feest!'

'Bedankt!' Na een hoorbare luchtkus hingen ze op.

Iris wierp een blik op de tijd op haar telefoonscherm en trok snel de nieuwe jurk aan. Onrustig draaide ze voor de spiegel om en om. *Je bent prima zoals je bent,* klonk haar moeders stem in haar hoofd.

Ze glimlachte, maar het was niet meer dan een ongemakkelijk trekken van de mondhoeken bij haar spiegelbeeld. Ze draaide zich weg, pakte de krultang en ging aan de slag. Toen ze met de laatste pluk bezig was, hoorde ze Lukasz' verontwaardigde stem vanuit zijn slaapkamer, die aan de badkamer grensde.

Bezorgd liep ze de gang op. Ze wilde al aankloppen, toen ze haar naam hoorde vallen. Als verstijfd bleef ze staan. Wat Lukasz ook over haar te zeggen had, het was niet positief. Hij klonk behoorlijk gefrustreerd. Veel kon ze er niet van maken, omdat hij nogal ratelde. Had hij het over baby's?

Ze glipte terug de badkamer in, zocht de vertaalapp op haar telefoon en tikte hem aan. Voordat ze hem op de deur richtte, stelde ze hem in op geschreven tekst in plaats van gesproken.

De woordenstroom die uit Lukasz' mond kwam werd feilloos opgepikt door haar toestel, en de vertaling verscheen op haar scherm.

Het kan me wél iets schelen! Waarom brengt ze ons naar school? Wij zijn geen baby's meer! Ze hoeft mij niet voor te kauwen hoe ik mijn leven moet leven. Ik ben al opgevoed. Ik ben oud genoeg om mijn eigen gang te gaan.

Hij snoof en de letters op haar scherm kwamen tot stilstand. Even bleef het stil. Toen ging hij verder, iets rustiger, maar nog steeds verstaanbaar.

Aan Lilja heb ik niks. Ze vindt dat mens geweldig.

Iris kon hem bijna met zijn ogen zien rollen.

Ja, ik zie wel. Zo lang zal ze hier niet blijven.

Er ging een steek door Iris' maag. Ze hoorde Lukasz afscheid nemen. Het bed kraakte en snel borg ze haar telefoon op. Voordat hij de deur kon openen, klopte ze aan.

'Wat?' klonk het bot in het IJslands.

'Mag ik heel even binnenkomen?'

Stilte.

Iris besloot zich niet weg te laten jagen. Ze opende de deur en bleef in de opening staan. Het voorzichtige glimlachje dat ze hem schonk, werd niet beantwoord.

'Ik wilde het met je hebben over mijn taken,' begon ze zo rustig mogelijk. 'Op jouw leeftijd heb je geen oppas meer nodig, net zomin als Lilja. Je ouders willen dat ik jullie afzet en ophaal, maar ik kan je best een straat eerder afzetten, als je dat wilt. Zodat niemand het ziet.'

Lukasz vernauwde zijn ogen.

Shit, dit was veel te opzichtig. Hij begrijpt meteen dat ik hem heb afgeluisterd.

'Zullen we dat afspreken dan?' Ze hoorde zelf hoe nerveus ze klonk en vervloekte zichzelf erom.

Lukasz pakte zijn tablet van zijn nachtkastje en begon druk op het scherm te tikken. 'Wat jij wilt,' bromde hij onverschillig.

'Mooi, dat is dan geregeld,' zei ze opgewekt. 'Als er nog iets is, dan hoor ik het wel. Tot straks!'

Ze sloot de deur en blies haar adem uit.

Nou ja, het was een begin. Hij was nu nog verbolgen. Morgen zou hij vast inzien dat het een verzoenend gebaar was, en er dankbaar voor zijn. *En waarschijnlijk meer eisen.*

Ze liep terug naar haar kamer en pakte haar make-upspullen. Ze stalde alles uit op haar bed en wilde net op zoek gaan naar Lilja, toen er op de deur werd geklopt.

'Binnen!' riep ze.

Lilja stak haar hoofd om het hoekje. 'Heb je hulp nodig?'

Met een brede grijns keek Iris haar aan. 'Je komt als geroepen. Ik wilde net je advies komen vragen over de juiste make-up.' Ze gebaarde naar de bescheiden verzameling artikelen op haar bed.

Lilja stapte de kamer in, wierp één blik op het bed en schudde haar hoofd. 'Ik haal mijn spullen wel even.' Ze draaide zich om, verdween naar de gang en kwam binnen een paar minuten terug met haar armen vol doosjes, tubes, kwastjes en sticks.

Haastig veegde Iris haar eigen spullen opzij om plaats te maken.

Opgetogen zocht Lilja de juiste kleuren oogschaduw, lippenstift en rouge en ging als een volleerde visagist aan de slag. Iris liet alles gewillig toe. Ondertussen vroeg ze de puber het hemd van het lijf over haar hobby's. Lilja kletste honderduit, waardoor Iris haar zenuwen vergat. De tijd vloog voorbij. Voor ze het wist legde Lilja haar spullen weg en was het tijd om naar beneden te gaan.

Iris wierp een laatste uitgebreide blik in de spiegel die aan haar kledingkast hing en knikte enthousiast. 'Wauw, Lilja, dat heb je fantastisch gedaan!'

Het meisje bloosde en Iris trok haar in een omhelzing. 'Dank je wel.'

'Maak je geen zorgen, iedereen gaat je super vinden, net als ik,' fluisterde Lilja in haar oor.

Verbaasd bedankte Iris haar. Voordat ze de kans kreeg haar jurk nog een laatste keer recht te trekken, werd ze meegetrokken de gang op en de trap af.

Beneden werd ze begroet door Maren en Finnur, die de laatste glazen vulden met champagne.

'Wacht, ik wil nog even bij Einar en Elva gaan kijken,' zei Iris, maar Maren hield haar tegen.

'Niet nodig, dat heb ik net gedaan. Ze slapen allebei als roosjes.'

Maren keek over Iris' schouder door het raam naar de straat. 'Ah, daar zijn de eerste gasten. Lil, haal jij Lukasz even?'

Het meisje stoof weg en Finnur drukte een glas bubbels in Iris' handen. 'Neem alvast een slok,' zei hij met een knipoog.

Dankbaar nam ze een teug en zuchtte een keer diep.

Finnur kwam naast haar staan en legde een arm om haar heen. 'Klaar?'

'Klaar.'

Twintig minuten later was de woonkamer volgestroomd met mensen. Geroezemoes vermengde zich met de bijna hypnotiserende klanken en de hoge stem van de artiest die Lilja uit haar afspeellijst had gekozen om op de achtergrond te draaien. De vele zilveren ballonnen wiegden mee op het lome ritme. Iris ontving het ene cadeau na het andere en kreeg ontelbaar veel complimenten over haar uiterlijk. Er waren weinig bekende gezichten. Enkele familieleden van wie ze foto's had gezien en Tunde, de kleine oude buurvrouw die uitbundig door de kinderen werd begroet. Het vrouwtje hield Iris' hand net te lang vast, vertelde enthousiast dat ze had geholpen met de versieringen en drong aan op een kaartlegging op korte termijn. Lilja's vriendinnen kwamen langs en uiteindelijk ook... Dario.

Hij was een van de laatste gasten die arriveerden. Of misschien gingen alle gelukwensen die daarna kwamen gewoon aan haar voorbij. Hoewel ze probeerde niet te veel naar hem te staren, had ze moeite haar blik ergens anders op te fixeren. Haar hele lijf werd warm toen zijn ogen over haar lichaam gleden en hij haar met zijn diepe stem complimenteerde met haar outfit.

'Lilja heeft me geholpen, ook met de make-up,' zei ze, zodat ze zijn aandacht op iets anders kon vestigen.

Het werkte niet, hij bleef haar aanstaren. 'Ze heeft talent. Het valt niet mee om jou nog mooier te maken dan je al bent.'

Ze bracht het glas naar haar lippen en nam een grote slok champagne.

'Bedankt,' mompelde ze, en hij grijnsde ondeugend.

Hij overhandigde haar een envelop. 'Ik twijfelde lang wat ik je moest geven. Uiteindelijk leek dit me het leukst: een dinerbon, bij voorkeur te besteden aan een etentje met mij.'

De twinkeling in zijn ogen was onmiskenbaar en deed Iris' hart fladderen in haar borst. Toch durfde ze niet aan het gevoel toe te geven. Ze voelde zich nog steeds bedrogen.

Dario's gezicht betrok. 'Je lijkt niet enthousiast. Hou je niet van uit eten gaan, of wil je niet met mij?'

Iris wilde het glas naar haar mond brengen, merkte op dat het leeg was en begon te stamelen. 'Nee, jawel... Ja, nee... Eh...'

De grijns kwam terug op zijn gezicht. 'Als de *Snúður* je niet beviel, mag je dat gewoon zeggen, hoor. Niet iedereen houdt ervan. Deze keer mag jij de keuze maken. Het is jouw feestje.'

Ze dacht terug aan het zoete brood met kaneelsmaak en aardbeienglazuur en knikte. Ze wist niet wat ze moest zeggen. Dat ze het juist heerlijk had gevonden?

'We kunnen ook nog een keer samen gaan hardlopen, als je dat liever doet,' ging hij onverstoorbaar verder. 'Ik ga vaak naar het bos, zo'n tien kilometer buiten Reykjavik. En ook daar weet ik nog wel een leuk koffietentje, om uit te puffen.'

Leuk! wilde ze zeggen. *Graag!* De woorden kwamen niet.

Hij grinnikte. 'Ontspan, Iris. Maak er een leuke avond van.' Hij pakte een glas van het tafeltje naast haar en hief het. 'Ik ga de anderen gedag zeggen. Ik zie je vast nog wel straks.'

Ze knikte opnieuw, nog altijd niet in staat ook maar één geschikt woord te vinden om terug te zeggen.

Terwijl hij wegliep, bleef ze een moment roerloos staan. In haar binnenste kolkte het. De spanning kriebelde in haar onderbuik. Een fijn soort spanning, zo anders dan wat ze de afgelopen tijd in Nederland had gevoeld.

Ze keek naar de envelop in haar hand en glimlachte.

Toen ze opkeek besefte ze dat ze de enige was die alleen stond. Om zich een houding te geven liep ze naar de tafel met cadeaus en legde de envelop erbij.

Ze kon amper geloven hoe attent al deze mensen waren. Bijna allemaal hadden ze iets bijzonders cadeau gedaan, zodat ze zich welkom zou voelen. Van kleine, zelfgemaakte kunstwerken, lokale schoonheidsproducten en drank, IJslandse tijm en zeezout tot IJslandse geluksbrengers en vreemd ogende lekkernijen. Ook waren er veel korte briefjes en kaarten bij geschreven. Iris had er een aantal vluchtig bekeken. Ze bevatten allemaal vrijwel dezelfde inhoud. Dankzij haar IJslandse woordenschat kon ze eruit opmaken dat ze haar allemaal welkom heetten en gelukwensten.

'Alles goed?'

Ze schrok op van de stem en de hand die op haar schouder werd gelegd. Finnur stond naast haar.

'Ja,' zei ze snel. 'Alles prima. Ik ben gewoon een beetje overweldigd door de gastvrijheid en... ook wel door de hoeveelheid mensen die hier is om mij te verwelkomen.'

Finnur lachte. 'Tja, zo zijn de mensen hier. En eerlijk gezegd...' Hij boog zich naar haar toe en dempte zijn stem. 'Sommigen zijn hier alleen voor de drank en het lekkers.'

Ze schoot in de lach en hief haar glas. 'Ik eerlijk gezegd ook.'

Hij stootte haar tegen haar schouder. 'Je bent gewoon nerveus. Begrijpelijk, maar niet nodig. Iedereen vindt het leuk dat je er bent.'

Iris zette het glas aan haar lippen om te verbergen dat ze snoof. *Iedereen? Daar ben ik niet zo zeker van.*

Iemand riep Finnur en hij liet haar alleen, na een geruststellend kneepje in haar bovenarm.

Een halve minuut later stond Lilja naast haar. Zonder uitleg pakte ze haar hand en trok haar naar de andere kant van de kamer. Ze stelde Iris voor aan ooms en tantes, neven en nichten en nadat ze kort iets over zichzelf had verteld, werd ze overladen door verhalen over IJsland. Ze ging erin op, probeerde er zo veel mogelijk van te onthouden, zodat ze haar to-dolijst kon bijwerken.

Na een tijdje werd ze afgeleid door een prikkeling die langs haar ruggengraat gleed. Alsof er iemand naar haar keek.

Ze bracht haar lege glas naar haar lippen en draaide zich half om, zogenaamd zoekend naar een plek om het weg te zetten. Ondertussen liet ze zo onopvallend mogelijk haar blik over de gasten gaan. Iedereen stond te praten, te lachen of te drinken. Twee mensen bekeken het vreemde schilderij van een zwarte plas drank waar een gebroken fles en twee voeten gestoken in gympen uitstaken. Echte IJslandse kunst, zo had Maren haar verteld. Niemand, behalve de mensen met wie ze stond te praten, leek aandacht aan haar te besteden, en toch hield het vreemde gevoel aan. Onheilspellend, dreigend.

Ze rilde. Haar blik gleed verder, en viel op Lukasz, die met twee leeftijdsgenoten in een geanimeerd gesprek verwikkeld was, en door naar de buurvrouw, die haar blik ving waarna haar gerimpelde gezicht vertrok in een vriendelijke glimlach. De dreiging verdampte.

Zie je, niets aan de hand. Ontspan.

'Ik ga nog wat te drinken halen,' zei ze tegen haar gesprekspartners. Ze hoopte dat ze niet heel onbeleefd halverwege een verhaal wegliep.

In de keuken zocht ze naar iets om te drinken. Champagne had ze genoeg gehad. Toen ze iets te snel van het kookeiland naar de koelkast draaide, wankelde ze. Ze sloot haar ogen een moment lang.

'Alles goed?' Ze schoot rechtop en draaide haar hoofd zo snel dat haar nek kraakte.

Lukasz stond achter haar, een wenkbrauw geheven.

Iris kuchte. 'Prima. Iets te veel champagne.' Ze schonk hem een waterige glimlach.

Hij grijnsde. 'Neem een kop koffie.'

Hij trok de koelkast naast haar open, propte iets onbestemds in zijn mond en pakte twee blikjes fris. Zonder verder iets te zeggen draaide hij zich om en verliet de keuken.

HOOFDSTUK 9

Iris plofte op haar bed en liet zich languit achterovervallen. Een blik op haar wekker vertelde haar dat het twee uur was. Dat was ook te merken aan haar benen, waarvan de spieren pijnlijk protesteerden. Haar hoofd tolde van alle indrukken en gesprekken. Daarom was ze klaarwakker. De dopamine die was opgewekt door alle enthousiaste reacties gierde nog door haar lijf.

Over haar bureau verspreid lagen de cadeaus die ze had ontvangen. Tweeëndertig stuks, had Maren haar laten weten. Zoveel gasten waren er gekomen voor haar. En allemaal waren ze even aardig en belangstellend.

Ze schepte alles in haar armen en dumpte de lading enveloppen en pakjes op haar bed. Vervolgens trok ze de dikke ochtendjas aan over haar pyjama, installeerde zich met haar rug tegen het hoofdeind en pakte de cadeaus een voor een op. Op de meeste kaartjes die erbij zaten stond alleen een korte groet met een naam, een enkeling had een langere boodschap geschreven. Vanavond had ze weer veel geleerd over IJsland, en een aantal punten toegevoegd aan haar wenslijst. *Zoveel te zien en te doen nog. Ik hoop dat ik hier nog lang kan blijven.*

Een voor een opende ze de cadeaus. Nu ze alle tijd had bekeek ze alles uitvoerig, rook aan de verschillende potjes en flesjes en bekeek de talismans en kunstwerken. Misselijk van alle hapjes die ze al had weggewerkt, besloot ze de lekkernijen die ze tegenkwam voor morgen te bewaren. Sommige zagen er sowieso niet bepaald appetijtelijk uit. Ze kon er nog niet over uit hoeveel etenswaren de IJslanders hadden bedacht met vis als ingrediënt.

Halverwege de stapel trok een zwarte envelop haar aandacht. Ze kon zich niet herinneren die eerder te hebben gezien. *Misschien heeft iemand me die gegeven toen ik met Dario stond te praten.*

De zwarte envelop zat dichtgeplakt en ze scheurde bijna de inhoud kapot toen ze hem openmaakte. Er zat alleen een gevouwen briefje in. Geen cadeaubon of geld, zoals in de andere enveloppen. Geen kaart die bij een pakje hoorde.

Met haar gedachten nog half bij Dario vouwde ze het papiertje open. Haar hand met de boodschap erin bleef roerloos voor haar gezicht hangen. Haar mond werd droog. De letters leken over het papier te zweven. Pas toen Iris een paar keer verwoed knipperde, werden ze opnieuw zichtbaar.

You're not welcome here.

Langzaam sloot ze haar vuist, waardoor het papiertje verfrommelde. Ze kneep erin tot de scherpe randen in haar huid prikten. Ze blies haar adem uit, snoof nog eens diep in en ontvouwde het briefje.

You're not welcome here.

Haar blik ging van de woorden naar de gesloten slaapkamerdeur. Ze beet op haar lip.

Na een korte aarzeling legde ze het briefje onder in haar nachtkastje en pakte de volgende envelop van de stapel. Hoeveel cadeaus ze ook bekeek, het verstikkende onderbuikgevoel van naderend onheil bleef knagen.

Ze legde de overige pakjes en enveloppen opzij, stapte uit bed en liep naar de badkamer. Slapen kon ze nu wel vergeten. Zouden de anderen wakker worden als ze nu ging douchen? Maren zei dat de kinderen overal doorheen sliepen, en de ouderslaapkamer lag een verdieping hoger, aan de achterkant van het huis.

Ze besloot het erop te wagen. Een warme douche zou haar goed doen.

Ze legde een handdoek klaar, draaide de kraan open en stapte onder de koude straal. Nog net kon ze een kreetje inhouden en stapte opzij. Ze wachtte tot het water warm was voor ze er opnieuw onder ging staan. *Dan maar geen geweldige bloedsomloop.*

De warme druppels streelden haar huid geruststellend, maar tegelijkertijd steeg er een smerige lucht op. Die kwam hier vaker uit de afvoer, en ook buiten was de geur soms sterk. Zwavel. Ze reikte naar de luchtverfrisser die net buiten de douche stond en sprayde driftig. De zoete geur van bloemen verspreidde zich en maakte een herinnering los uit haar geheugen.

Met de tas stevig in haar hand geklemd liep ze de deur uit. Het was niet ver naar de drogist. Fier rechtop lopen was er vandaag niet bij, ze moest eruitzien als een angstig musje, in elkaar gedoken en bleek. Het kon haar weinig schelen, het enige waar ze voor vreesde was dat ze gevaar over het hoofd zou zien, doordat haar hoofd gebogen was.

Tot haar opluchting bereikte ze de drogist zonder gefluister. In een rechte lijn liep ze naar het schap met medicijnen en griste er een pak pijnstillers uit. Toen ze zich omdraaide om naar de kassa te lopen, botste ze bijna tegen iemand aan. Ze mompelde al een verontschuldiging voordat ze in de gaten had wie er voor haar stond. De sterke bloemengeur die over haar heen viel gaf het eerder weg dan haar ogen het konden registreren.

Direct verstijfde ze. 'Amber. Hoi.'

'Iris. Wat leuk je hier te zien.'

Iris fronste haar wenkbrauwen, en vervloekte zichzelf meteen. Haar hoofd kon de beweging niet waarderen.

'Hoe gaat het met je?' vroeg Amber.

Opnieuw kon Iris niet voorkomen dat haar voorhoofd samentrok. Meende ze dit nou? Ze klonk oprecht geïnteresseerd. Onderzoekend keek ze haar aartsvijand aan. Ah, daar waren ze al, de pretlichtjes in haar ogen. Geweldig.

Ze duwde zich langs Amber heen. 'Het gaat prima, dank je.'

Voetstappen kwamen achter haar aan.

'Typisch hè? Dat mensen je nog steeds niet geloven? Wat zegt dat over jou, denk je?'

Met een ruk draaide Iris zich om. Een duizeling overviel haar, ze wist zich nog net staande te houden. 'Wat zegt het over jou dat je vast blijft houden aan je leugens, Amber? Denk daar maar eens over na.'

Ze liep door naar de kassa en merkte tot haar tevredenheid dat Amber haar niet langer volgde. Was ze eindelijk tot haar doorgedrongen?

Ze rekende af en verliet de winkel. Hoewel de pijnstillers lonkten, liet ze ze in haar tas zitten. Ze wilde hier weg, zo snel mogelijk terug naar haar veilige huis. Zich terugtrekken en de wereld even vergeten.

Amber stond naast de schuifdeuren. Zodra Iris naar buiten stapte, liep ze op haar af en boog zich naar haar toe. 'Mensen zullen je altijd blijven haten, Iris. Altijd,' siste ze in haar oor.

Tranen van woede en frustratie brandden in Iris' ogen. Ze reageerde niet. Het had geen nut. Amber zou nooit veranderen, net zomin als de mensen die geloofden dat Iris haar met opzet had verwond omdat ze een hekel had aan lesbiennes. Alsof het haar iets uitmaakte wie er van wie hield!

Ze kneep haar ogen dicht en bracht haar hartslag tot rust. Het maakte ook niet uit, want overmorgen zou ze hier weg zijn.

Met grote passen beende ze het plein over. Tegen de tijd dat ze de sleutel in de voordeur stak, waren haar wangen nat van de tranen.

Woest veegde Iris over haar gezicht. De vernedering en onrechtvaardigheid drongen opnieuw bruut haar hart binnen. Ze schudde haar hoofd. *Nee, ik laat me niet opnieuw zo behandelen. Ik heb hier een nieuw leven nu, een mooi leven. Niemand zal dat van me afpakken.*

HOOFDSTUK 10

'Mama Iris!'

Iris werd wakker van gesjor aan haar arm. 'Mama Iris, word wakker!'

Glimlachend opende ze haar ogen. Einar stond naast haar bed. Zodra hij zag dat ze wakker was, zette hij een stap naar achteren en hield zijn armen wijd. 'Mama Iris, kijk! Heb ik zelf gedaan!'

Met een brede lach draaide hij een rondje.

Iris ging overeind zitten en keek hem met grote ogen aan. 'Wauw! Heb je je helemaal zelf aangekleed?'

Einar knikte ijverig. 'Ja,' zei hij in het Nederlands.

'Supergoed!' Ze zei niets over het feit dat zijn trui achterstevoren zat. In plaats daarvan sprong ze uit bed, greep hem onder zijn oksels toen hij gierend van de lach weg wilde rennen en zwaaide hem rond voordat ze hem een knuffel gaf.

'Supergoed!' herhaalde hij bijna accentloos.

Fijner had ze haar dag niet kunnen beginnen, al had ze maar vier uurtjes geslapen.

'Heb je al ontbeten?' vroeg ze, terwijl ze snel wat kleding aanschoot.

'Nee, ik heb honger.'

'Vanzelfsprekend,' lachte ze. Ze trok haar sokken aan en ging samen met Einar naar beneden.

Maren was de tafel aan het dekken. Elva zat rechtop in de box. Iris begroette de kleine meid met een knuffel.

Daarna liep ze naar Maren en plantte een kus op haar wang. 'Bedankt voor het feest. Het was geweldig.'

De vrouw straalde. 'Graag gedaan.'

'Moest jij vanochtend niet naar het hotel?' vroeg ze, om haar gedachten af te leiden van de zwarte envelop.

Maren grijnsde. 'Daar ben ik al geweest. Er zijn niet veel gasten nu, ze redden zich wel even zonder mij.'

Iris zag de Snowbird voor zich, het pittoreske rode hotelletje waar Maren manager was. 'Ik hoop dat ik er binnenkort eens kan komen kijken.'

Einar legde een tekenvel op tafel en klauterde op een van de eetkamerstoelen met twee potloden in zijn handje. Maren hielp hem op de stoel. 'Dat zou leuk zijn. Er komen de komende dagen veel gasten aan, dus dan is het te druk, maar daarna kan je langskomen met de kinderen. Die zullen dat ook leuk vinden. Einar vindt het er prachtig.'

'Dat is het ook, als ik de foto's mag geloven.'

'Zeker. Het gezelligste hotel van Reykjavik!' Ze grinnikte. 'Al vindt Finnur dat natuurlijk niet.'

Iris grinnikte mee. 'Nee, die vindt de hotels die hij heeft ontworpen uiteraard mooier.'

Maren snoof. 'Die kille gebouwen waar alleen saaie zakenlui overnachten? Laat me niet lachen.'

'Is Finnur nog niet op trouwens?' vroeg Iris.

'Welnee.' Maren maakte een wegwerpbeweging met de vorken in haar hand. 'Die is er na een feestje als laatste uit. De luilak.'

'Zal ik...' begon Iris, maar ze werd onderbroken door het gerinkel van haar telefoon.

Met haar blik gericht op Einar, die trots op zijn halve tekening wees, nam ze op.

'Hallo?'

'Iris? Met Dario.'

Haar hart sloeg een slag over. 'O... Hallo.'

'Sorry dat ik je zomaar bel. Ik eh... Maren heeft me je nummer gegeven, voor het geval ik de kinderen een keer nodig heb als zij niet thuis is.'

Iris' hele lijf tintelde. Toen ze Maren nieuwsgierig zag kijken, wuifde ze verontschuldigend en liep de trap op naar haar kamer.

'Ben je er nog?'

'Ja. Sorry, je overvalt me een beetje.'

'Misschien had ik je beter nog wat tijd kunnen geven, maar ik wilde terugkomen op mijn uitnodiging van gisteren. Ik begreep van Lilja dat je vanavond ook vrij bent. Zou je... Heb je zin om uit eten te gaan?'

De tintelingen stegen naar Iris' hoofd en leken daar te exploderen. 'Ehm... ja. Dat... dat lijkt me leuk.'

'Gezellig! Denk maar even na over waar je naartoe wilt. Jij mag deze keer kiezen. App het me straks maar.'

'Oké, dat zal ik doen.'

'Tot vanavond!'

'Ja...'

Dario hing op en Iris staarde naar het donkere scherm tot er gestommel op de gang klonk. *O ja, ontbijt.* Ze stopte haar telefoon in haar kontzak en zweefde de trap af.

Maren verscheen net in de gang. 'Ik wilde net de kinderen roepen. Zou jij...?'

Iris draaide zich om. 'Prima. Zal ik Finnur dan ook meteen maar wakker maken?'

'Doe dat. Maar wees voorzichtig!' Met een grijns draaide Maren zich om.

Iris liep terug naar boven. Lilja's kamer was leeg, waardoor ze een gezicht kon plaatsen bij het gerommel in de badkamer. Zachtjes klopte ze op Lukasz' deur.

'Kom je naar beneden? Het ontbijt staat klaar.'

Er kwam wat gebrom als antwoord en Iris ging de volgende trap op, naar de zolder. Ze stopte halverwege en luisterde. Aan

Finnurs ademhaling te horen was hij wakker. Ze schraapte haar keel. ‘Finnur?’

Geen antwoord.

‘Finnur?’ probeerde ze wat harder.

Niets.

Ze liep verder naar boven en gluurde de slaapkamer in. Finnur zat rechtop in bed te staren naar een foto in zijn handen. Toen ze een stap dichterbij zette, zag ze de verdrietige uitdrukking op zijn gezicht. Ze kuchte en hij keek op.

‘Alles goed?’ vroeg ze bezorgd.

Een moment lang keek hij haar alleen maar aan. Of was het meer langs haar heen? Hij leek afwezig.

Overvallen door bezorgdheid liep ze naar het bed toe. ‘Finnur? Wat is er?’

Hij leek uit zijn bevroren staat te ontwaken zodra ze voorzichtig zijn arm aanraakte. Hij rukte de foto bij haar vandaan. In een flits zag ze een grijnzende jongeman met donker haar.

‘Wie is dat?’

Hij trok de lade van zijn nachtkastje open en legde de foto er op zijn kop in. ‘Birnir, een oude schoolvriend. Hij is geëmigreerd.’

‘En je mist hem,’ concludeerde Iris, terwijl ze hem nauwlettend opnam.

Hij schoof de lade dicht en wreef over zijn arm, zonder haar aan te kijken. ‘Ja, ik mis hem. Waarom kwam je naar boven?’

Ze fronste haar voorhoofd. Waarom deed hij zo kortaf?

Alsof hij dat zelf nu ook in de gaten had, keek hij haar aan en glimlachte. In zijn ogen lag echter nog steeds verdriet.

‘Het ontbijt is klaar. Kom je ook?’

Hij knikte. ‘Ja, ik kleed me snel aan en dan kom ik naar beneden.’

‘Goed.’

Om aan de gespannen sfeer te ontsnappen haastte ze zich terug naar de trap. Daar keek ze over haar schouder. Even bleef ze staan, verbaasd over wat ze zag. Finnur duwde zich ietwat moeizaam overeind uit bed en trok zijn slaapshirt over zijn hoofd, zich blijkbaar niet bewust van het feit dat zij daar nog stond. Plotseling zag ze niet langer het zelfverzekerde hoofd van het gezin, de stevige rots in de branding. In plaats daarvan stond er een kwetsbare man naast het bed die best wat kilo's mocht aankomen. Iemand die niet meer dan een zetje nodig had om om te vallen.

Gegeneerd door de plotselinge intimiteit draaide ze zich weg en liep zo geruisloos mogelijk de trap af.

Onderweg naar beneden stopte ze bij Lilja's kamer. Ze liep naar binnen, maakte snel het bed op en zette het raam open. De koele lucht die in haar gezicht sloeg deed haar rillen. Toch bleef ze staan. Van hieruit kon ze net de besneeuwde bergen in de verte zien en dat uitzicht verveelde nooit.

De klik van een voordeur klonk en de oude buurvrouw stapte het trottoir op. Ze liep in zichzelf te mompelen en te gebaren, haar rug een beetje gebogen, zoals altijd, en met pluizige haren die aan alle kanten uit haar slordig opgestoken kapsel piekten. Iris spitste haar oren. *Is ze nou aan het tellen?* Ze volgde de vrouw fronsend tot ze om de hoek van de straat verdween.

'Waar kijk je naar?'

Met een gilletje draaide Iris zich om. In de deuropening stond Finnur, zijn bruine haar alle kanten op. Een dikke trui verborg zijn smalle gestalte.

'O, naar de buurvrouw. Ze deed een beetje... vreemd.'

Finnurs mondhoeken gingen omhoog. 'Vreemd op wat voor manier?'

Iris vertelde wat ze had gezien en gehoord.

'Let daar maar niet op.' Finnur haalde een hand over zijn baardje. 'Veel IJslanders zijn bijgelovig. Tunde hecht veel waarde aan tekenen van het universum.'

'Zoals...'

'Zoals wat de kaarten haar vertellen. Je zult haar ook regelmatig de cijfers zeven, negen en dertien horen zeggen. Dat is het IJslandse equivalent van afkloppen op hout.'

Iris' blik ging terug naar het raam. *Was dat wat de buurvrouw mompelde?*

Meer informatie kreeg ze niet, want Lilja kwam uit de badkamer, en Finnur bleef mopperend in de gang staan toen Lukasz naar binnen glipte en de deur voor zijn neus dichtgooide.

Hij gooide zijn handen omhoog in een hulpeloos gebaar, maar zijn ogen twinkelden toen Iris hem voorbijliep.

'Dan schuif ik maar zo aan tafel.'

'Groot gelijk,' lachte Iris, opgelucht dat hij zijn verdriet vergeten leek te zijn.

'Heb je je oog op iemand laten vallen?' vroeg Maren, toen ze na het ontbijt samen afwasten.

Warmte steeg naar Iris' wangen. 'Hoezo?'

'Je bent de hele ochtend al een beetje afwezig. En dat telefoontje van daarstraks… Dat was van hem, of niet?'

Iris concentreerde zich op het bord dat ze afdroogde. 'Ja, hij eh… vroeg of ik mee uit eten wilde vanavond.'

Maren stootte haar schouder tegen die van Iris. 'Echt waar? Wat leuk! Je hebt toch wel ja gezegd, hè?'

'Ik eh… Ja.'

Maren liet de mok in haar handen terugvallen in het warme sop. 'Je twijfelt. Hoe komt het? Is hij niet aardig?'

'Jawel, hij is heel aardig. Maar…'

'Te klein, te dun, te oud?' Maren knipoogde.

Te oud misschien, maar eigenlijk interesseert me dat niets.

'Je kunt mij vertellen over je twijfels,' zei Maren, terwijl ze ijverig een spons door de mok haalde. 'Je hoeft niet te zeggen hoe hij heet of waar je hem hebt ontmoet. Houd het nog maar een tijdje voor jezelf. Tot je wat zekerder bent.'

Iris klemde haar lippen op elkaar. Ze wilde niet liegen tegen Maren, maar de waarheid vertellen was te riskant.

'Hij is een stukje ouder, en ik ken hem nog niet zo goed.'

'Dat begrijp ik, je woont hier net,' lachte Maren. Ze gaf Iris de schone mok aan. 'Zo te zien aan de blosjes op je wangen vind je hem leuk. Volgens mij ben je een verstandige meid. Ga gezellig met hem eten, en kijk daarna verder.'

Dario's gezicht danste voor haar ogen. Ja, ze vond hem leuk. Maar met hem daten was een ontzettend slecht idee.

Maren spetterde wat schuim over Iris' bewegingsloze handen, waardoor ze opschrok uit haar overpeinzingen. 'Waag de sprong gewoon. Je zult zien dat het geweldig wordt.'

Met een glimlach knikte Iris. Ze zou de sprong wagen. Maar of Maren dat uiteindelijk zo geweldig zou vinden, betwijfelde ze.

* * *

Een paar weken eerder

Brynja rekte zich uit en draaide zich op haar zij, zodat ze kon zien welke cijfers haar wekker aangaf. Vijf voor zes, ze had nog tien minuten voordat ze moest opstaan. Haar blik dwaalde van de wekker naar de telefoon die ernaast lag. Ze beet op haar onderlip. Zou hij vandaag eindelijk hebben gereageerd?

Met ingehouden adem pakte ze het toestel op en ontgrendelde het. Haar hart maakte een sprongetje bij het zien van het Whatsapp-icoontje boven in het scherm. Ze schoof overeind tot ze rechtop tegen haar hoofdkussen zat. Haar vinger bleef een moment boven de app hangen.

Tik. Hij opende en Brynja's blik gleed naar het bovenste gesprek.

Meteen zakten haar schouders naar beneden. Het was een bericht van Petra, haar collega. Ze vroeg of Brynja vandaag een paar keer extra bij Hinrik kon gaan kijken, omdat hij veel last had gehad van zijn maag vannacht en alleen op een kamer lag.

Prima! stuurde ze terug. Het was wat kortaf voor haar doen, maar ze kon op dit moment niet meer dan dat bedenken. Haar hart en brein leken te exploderen door alle frustratie die erdoorheen joeg. Ze balde haar vuist om de telefoon heen. Het toestel kraakte in protest en ze smeet het van zich af. Het knalde tegen de muur en stuiterde op de grond met een zachte tuut.

'*Skítur!*' vloekte ze en ze sprong uit bed.

De telefoon was nog heel, maar er zat een deuk in de muur. Zuchtend liet Brynja zich op de rand van het bed zakken. Ze opende het gesprek met Dario en las de laatste berichten terug.

Goeiemorgen, schat. Laat je weten hoe laat je thuis bent? Ik heb nieuwe sokken voor je meegenomen. Ik kom ze graag even afgeven. Als je wilt, kan ik ook eten voor je meebrengen.

Gisterochtend verzonden. Hij moest het intussen gezien hebben. Warme sokken had hij misschien nog voldoende, maar een maaltijd sloeg hij niet snel af, vooral niet als hij het druk had. Zou hij een reis aan het voorbereiden zijn?

Ze opende de internetbrowser en tikte het tabblad aan waarop Dario's website standaard openstond. Er was niets veranderd sinds gisteren. Geen nieuwe plannen, geen updates over de reizen die gepland stonden. De eerstvolgende reis startte pas over twee maanden, dus zo druk kon hij het nu niet hebben. Waarom reageerde hij dan niet?

Verwoed begon ze te tikken.

Ik kom vanavond de sokken afgeven. Ik zal voor twee koken en het eten meebrengen. Hoe laat komt het uit?

Zonder het na te lezen drukte ze op verzenden. Ze voegde er een hartje aan toe. En daarna een hele reeks. Groen, geel, oranje, roze, ze stuurde alle soorten die ze tegenkwam. Aangezien hij die allemaal al kende downloadde ze wat nieuwe plaatjes en stuurde er een knuffel achteraan.

Tevreden legde ze haar telefoon naast zich, sprong uit bed en ging voor de kledingkast staan. Vanavond zou ze hem eindelijk weer zien. Ze moest er dus op haar best uitzien. Ze legde wat jurkjes op het bed naast elkaar en bekeek ze met haar hand onder haar kin.

Een verschrikt gilletje ontsnapte haar toen de wekker begon te piepen.

Ze gaf er een harde klap op, die met gekraak werd beantwoord. Na een laatste blik op de kleding draaide ze zich naar de stoel in de hoek van de slaapkamer, waar haar verpleegkundigenoutfit klaarhing. *Straks maar kiezen, als ik thuiskom.*

Haastig schoot ze in haar kleding, borstelde haar haren en stak ze op in een strakke knot. Twintig minuten later wierp ze een laatste blik op haar telefoon, voordat ze de deur uit stapte en naar de bushalte liep.

HOOFDSTUK 11

Ze ontmoetten elkaar bij de uitgang van de parkeergarage. Iris had een restaurant uitgezocht met goede recensies, aan de andere kant van Reykjavik, waar ze hopelijk geen bekenden tegen het lijf zouden lopen.

Dario begroette haar met een kus op de wang waar ze het bloedheet van kreeg en al na vijf passen pakte hij haar hand.

'Dario?' begon ze voorzichtig. 'Ik wil eigenlijk eerst iets met je bespreken.'

Hij bleef staan en keek haar aan met dezelfde doordringende blauwe ogen als zijn kinderen hadden.

Vlug keek ze weg. 'Ik denk dat het verstandig is...' Nee, eerst naar zijn intenties vragen. 'Denk je dat wij... Vind je mij...' Ze zuchtte. Wat een gestuntel.

Dario tilde haar kin op met zijn vinger. 'Als je wilt weten of ik je leuk vind... Ja, heel erg. En ja, ik denk dat we bij elkaar passen, als dat is wat je wilde vragen.' Hij drukte een zachte kus op haar mond. 'Als jij dat ook wilt.'

Alles vanbinnen stond op zijn kop en Iris slikte. 'Natuurlijk, maar...' *Gooi het eruit.* 'Ik ben bang dat het afgekeurd wordt. En dat ik mijn baan verlies en terug naar Nederland moet.'

Hij knikte langzaam. 'Dus je wilt het geheimhouden.'

Ze haalde haar schouders op. 'Liever niet eigenlijk, maar ik durf het risico niet te nemen.'

'Dat begrijp ik. We houden het voorlopig tussen ons.' Hij keek opzij, de straat in. 'Wil je dan wel uit eten? We kunnen ook naar mijn huis gaan.'

Iris beet op haar lip. 'Ik heb eigenlijk wel zin om naar het restaurant te gaan.'

Met een brede lach sloeg hij zijn arm om haar heen en leidde haar naar het gezellig verlichte pand.

Binnen was het aangenaam warm, en het gonsde van de gesprekken. Het leek meer op een pub dan op een restaurant, dankzij de brede donkere bar en de boekenwand. Daardoor was Iris wel meteen op haar gemak. Chique restaurants waren niet haar ding, veel te formeel. Ze had altijd het gevoel dat ze daar stijf rechtop moest zitten en haar pink omhoog moest doen als ze haar glas oppakte.

Een vriendelijke ober bracht hen naar een tafeltje in de hoek, waar een grote geschilderde kaart van IJsland de muur sierde. Terwijl hij de menukaart bekeek, reikte Dario over de tafel naar Iris' hand. Ze keek hem aan en zweefde bijna van haar stoel.

Op advies van Dario bestelde ze de lam. Zodra hun drankjes arriveerden proostten ze. Als vanzelf ontstond er een gesprek. De avond ging veel te snel voorbij. Na een grote beker ijs namen ze nog drie drankjes. Daarna vertrokken ze.

Iris liep dicht tegen Dario aan, want het was nog kouder geworden. Na een paar stappen stond hij stil en haalde een wollen muts uit zijn jaszak. Iris wees naar haar hoofd. 'Ik heb al een muts op.'

'Twee is beter.' Hij knipoogde en trok de muts over de andere heen, ver over haar voorhoofd en oren.

Ze grijnsde. 'Je hebt gelijk. Dit is inderdaad beter.'

Tegen elkaar aangedrukt liepen ze verder. Er waren al heel wat stappers op de been en Iris baalde dat ze niet nog samen een bar in konden duiken. Zo samen lopen was al een risico, maar ze kon het niet laten. Misschien kon ze beter voorstellen om nog iets te gaan drinken bij…

Een gil deed haar opschrikken uit haar gedachten. Ze kwamen abrupt tot stilstand en zochten allebei naar de bron van het geluid.

Nog een gil, gesmoord deze keer. Duidelijk afkomstig van een vrouw. Een aantal passerende jongeren draaiden hun hoofd ook, maar liepen gehaast verder. Dario niet. Opeens stond hij een paar meter van Iris vandaan. Met grote, vastberaden passen liep hij naar het tussenstraatje waar een vrouw door een grote kerel tegen de muur van een pand klem was gezet.

Met klamme handen ging Iris achter hem aan. Aarzelend bleef ze op een afstand staan, terwijl Dario kordaat verder liep, vergezeld door een luide 'Hee!'

De man trok zijn hand terug, die over de mond van de vrouw lag, en keek opzij.

Dario riep iets in het IJslands, waarop de man met een snauw antwoordde. Zijn ogen spuwden vuur, maar hij zette toch een stap naar achteren. Opeens leek hij helemaal niet meer zo groot. Iris besefte dat het vooral zijn houding en zelfverzekerdheid waren geweest waardoor hij langer leek dan hij daadwerkelijk was. Ook nu nog ging er een dreiging van hem uit, waardoor de vrouw hijgend tegen de muur bleef staan. Haar borstkas ging snel op en neer. Haar ogen waren groot en schoten van Dario naar de man en terug.

Dario had een voorzichtige stap naar voren gezet, zijn rug recht, schouders naar achteren. Ook hij kwam nu imposant over. Zijn toon was een stuk rustiger toen hij opnieuw sprak. Iris probeerde te verstaan wat ze tegen elkaar zeiden, maar ving er te weinig van op om er iets zinnigs van te maken.

De kaken van de andere man bleven strak gespannen. Toch maakte hij geen aanstalten om uit te halen.

Iris kon de zinderende spanning in de lucht bijna aanraken. Het voelde hetzelfde als op de momenten net voordat ze in Nederland was aangevallen.

In een opwelling hief ze haar hand en wenkte de vrouw. Die draaide razendsnel een halve slag en schoot dicht langs de muur van de man vandaan, rakelings langs Dario en in Iris' open armen. Met haar blik op de man gericht trok Iris de vrouw tegen zich aan. Ze aaide haar sussend over de rug.

De man riep haar naam – 'Eva!' – waarschuwend, dreigend. Eva verstijfde in Iris' armen, zacht snikkend.

Toen de man een stap in hun richting zette, viel een streepje licht van de lantaarn achter hen op zijn smalle gezicht. Iris ademde scherp in. Ze herkende hem meteen. De vader die ze op school had gezien. Degene die tegen de conciërge had staan schreeuwen.

Hij herkende haar ook. Zijn blik verschoof van Eva naar haar en hij hief een wenkbrauw. Hij kantelde zijn hoofd een stukje terwijl hij haar indringend aankeek, alsof hij probeerde te bedenken wat hij met haar zou doen als hij haar in zijn vingers kreeg. Zonder haar met zijn blik los te laten zette hij nog een stap naar hen toe. Dario blokkeerde hem de weg. Hij was door blijven praten, sussend, al waren zijn woorden naar de achtergrond verdwenen. Overstemd door het suizen in haar oren.

Nu zweeg Dario. De blik van de man schoot terug naar hem. De twee stonden tegenover elkaar, als gorilla's die op het punt stonden te vechten om leiding over de groep.

Iris' borstkas ging inmiddels net zo snel op en neer als die van Eva. Haar hand bewoog zonder nadenken over Eva's rug. Even schoot haar blik naar de lucht boven hen toen sneeuwvlokjes begonnen te vallen.

Plotseling was het voorbij. Met een snuivend geluid draaide de man zich om en liep van hen vandaan.

Pas toen hij het straatje aan de andere kant had verlaten, draaide Dario zich naar Iris en Eva. Iris' snelle ademhaling werd hoorbaar en Eva keek op.

'It's okay. You're safe,' zei Iris. Ze liet haar los, maar hield haar

hand op haar schouder terwijl de vrouw langzaam omdraaide.

Dario kwam bij hen staan. Terwijl steeds dikker wordende sneeuwvlokken op hem neerdaalden sprak hij tegen de vrouw. Hij leek haar naam al te kennen. Iris kon uit de woorden die ze kende opmaken dat hij vroeg hoe het ging. Eva antwoordde met een verdrietig glimlachje dat haar mondhoeken liet trillen. Dario pakte haar even vast en ze bedankte hem voor zijn hulp.

Iris veegde met haar mouw de gesmolten sneeuw van haar voorhoofd en wangen. 'Kunnen we je naar huis brengen? Of is er iemand die je kunt bellen?' vroeg ze zodra de twee elkaar loslieten.

Eva schudde haar hoofd en knikte en schudde haar hoofd. Iris pakte haar hand en kneep er geruststellend in. 'Het is oké. Wij kunnen ook bij je blijven, als je dat wilt.'

'Nee, het gaat wel. Ik woon hier vlakbij en ik heb een huisgenoot. Ágúst zal zich vandaag niet meer laten zien.' Ze trok haar capuchon over haar hoofd en wendde zich tot Dario. 'Nogmaals bedankt voor je hulp. Het was fijn je weer te zien, al waren de omstandigheden niet leuk.'

Ze ritste haar jas verder dicht, knikte hen dankbaar toe en liep met gebogen hoofd de sneeuwbui in.

Dario veegde wat wit van Iris' schouders en sloeg zijn arm om haar heen. 'Gaat het?'

Ze blies haar adem uit. Het klonk trillerig en nu Eva weg was merkte ze pas hoe wankel ze op haar benen stond. 'Ik ken hem, die Ágúst.'

Een frons. 'Je kent hem? Waarvan?'

'Ik heb hem eerder gezien. Op school, toen Lilja me rondleidde. Hij was een hoop stennis aan het schoppen. Geen idee waarover, maar ik kreeg de kriebels van hem.'

Hij drukte een kus op haar slaap. 'Hij is gewoon een eikel met een grote bek. Kickt erop om vrouwen te intimideren, maar tegen mij durfde hij het niet op te nemen.' Hij grijnsde ondeugend.

'Gelukkig maar, want ik vrees dat hij me zo tegen de grond had geslagen. In een gevecht ben ik niks waard.'

Iris' hart trok even samen, haar schouders bewogen mee. 'Lach maar. Dat had heel akelig kunnen eindigen.'

Hij knikte. 'Ik weet het, want ik ken hem ook. Iedereen in Reykjavik kent hem. Overal waar hij komt zoekt hij problemen. Ik loop hem regelmatig tegen het lijf en dat is nooit erg gezellig.' Na een blik op de snel wit wordende daken om hen heen trok hij haar mee in de richting van de parkeergarage. 'Het liefst bemoei ik me niet met hem, maar nu had ik geen keuze.'

'Omdat je Eva kent,' vulde Iris aan voordat hij verder kon praten.

Abrupt bleef hij stilstaan. Een vlok bleef aan zijn wimper hangen en hij knipperde hem weg. 'Niet daarom, een ander had ik ook geholpen. Maar ik ken Eva inderdaad. We zijn een paar keer op date geweest.' Hij kneep in haar hand. 'Je was toch niet jaloers?'

Snel schudde ze haar hoofd. 'Nee, gewoon nieuwsgierig.'

Hij drukte een kus op haar koude neus. 'Je ziet nog steeds witjes. Dat komt vast niet door de sneeuw. Weet je zeker dat het gaat?'

Ze dook dieper weg in haar kraag. 'Ik vind die Ágúst gewoon een engerd. En ik dacht echt dat hij je tot moes ging slaan.'

'Maar dat deed hij niet.' Hij sloeg zijn arm weer om haar heen en ze liepen verder. 'Er is niets ergs gebeurd. Laten we het vergeten.'

Dario's woorden waren makkelijk gezegd. Overal klonk gelach en muziek, maar Iris kon er niet meer van genieten. Haar lijf stond stijf van de adrenaline. Ze had het gevoel dat ze om zou vallen als Dario haar losliet.

'Kan je nog rijden?' vroeg hij, toen ze betaald hadden en naast de auto's stonden. 'Ook in de sneeuw?

Ze haalde diep adem en knikte. 'Ja, dat lukt wel. Ik heb het vaker gedaan.' Nu ze eenmaal hier waren, en ze veilig in de auto kon gaan zitten, vloeide de spanning eindelijk uit haar. Ze nam Dario nauwlettend op. Het was alsof hij er opeens anders uitzag. Sterker, langer. Leuker…

'Ik vond het heel dapper dat je op hem afstapte. Iedereen liep voorbij.'

Eén mondhoek trok een stukje omhoog. 'Ze had duidelijk hulp nodig.'

'Je had gewond kunnen raken.'

Hij haalde zijn schouders op. 'Daar dacht ik op dat moment niet aan.'

Met één stap was ze bij hem. Haar bovenlichaam tegen hem aan, haar lippen vlak bij de zijne. Ze legde haar hand tegen zijn achterhoofd en trok hem dichterbij. Even verdween alles om haar heen. Ze ging volledig in hem op en nu stond ze onvast op haar benen om een andere reden.

Toen ze elkaar uiteindelijk loslieten, keek hij haar met een twinkeling in zijn ogen aan. 'Ga je nog even mee naar mijn huis?'

Met haar vinger volgde ze langzaam zijn kaaklijn. 'Dat lijkt me heerlijk.'

HOOFDSTUK 12

De volgende dag zette Iris zonder iets te zeggen een straat voor de school de auto aan de kant, naast de laag opzijgeschoven sneeuw. De twee pubers keken verbaasd om zich heen. Iris bleef rustig zitten.

Vanuit haar ooghoeken zag ze Lilja naast zich haar wenkbrauwen fronsen. 'Waarom stop je? Is er iets mis?'

'Nee hoor,' zei Iris rustig. Ze onderdrukte de neiging om in haar binnenspiegel naar Lukasz te kijken.

Nog geen seconde later opende Lukasz het achterportier en schoof langs Elva de auto uit.

'Wat ga je doen?' vroeg Lilja, maar hij had het portier alweer dichtgegooid.

Iris wachtte tot hij weg begon te lopen en trok toen op.

Lilja's blik brandde op haar wang. Toch zweeg Iris. Ze kon een kleine glimlach niet verbergen. Hoewel Lukasz geen woord had gezegd, voelde dit als een kleine overwinning. Dankzij haar beslissing hoefde hij zich niet langer te schamen tegenover zijn vrienden. Ze had hem de kans geboden die hij zei niet te willen en hij had hem aangegrepen.

Ze ging de hoek om en de school kwam in zicht.

'Wat is er aan de hand?'

Lilja klonk een beetje boos en Iris wachtte met antwoorden tot ze de auto opnieuw tot stilstand had gebracht. Nu kon ze zich naar het meisje toe draaien. 'Lukasz vindt het belachelijk dat ik jullie naar school breng. Hij schaamt zich. Ik kan me dat voorstellen. Je ouders willen dat ik jullie breng, dus doe ik dat. Het kan geen kwaad om hem er een straat eerder uit te laten, zodat hij niet met mij gezien wordt.'

'Waarom zei je dat dan niet gewoon?' Nu klonk ze eerder verbaasd.

Iris zuchtte. 'Omdat pubers moeilijk in elkaar zitten.' Ze knipoogde. 'De meeste althans.'

Lilja schoot in de lach. 'Is dat alles? Ik dacht al dat het oorlog was tussen jullie. Omdat jullie allebei niets zeiden. Ik werd er gewoon ongemakkelijk van.'

Iris lachte mee.

'Nou, ik vind het alleen maar leuk dat je mij afzet.' Lilja haalde haar uit haar overpeinzingen met een kus op haar wang. 'Ik heb namelijk de leukste au pair van iedereen.'

Met een brede grijns zond Iris haar een luchtkus. 'En ik de leukste oppaskinderen.'

Lilja stapte uit, en opende de achterportieren een voor een om de twee kleintjes een kus te geven.

Daarna zwaaide ze naar Iris en huppelde naar haar vriendinnen, Lukasz negerend die net aan kwam lopen.

Iris reed terug naar huis met een mengeling van geluk en onrust.

Tussen de middag ging ze met Einar en Elva wandelen. Hoewel ze van plan was er ver uit de buurt te blijven, belandde ze toch in het park. Einar vond het heerlijk. Hij rende voor de kinderwagen uit, recht op de speeltuin af. De ontbrekende zon en gure wind leken hem niet te deren.

Iris trok de rits van haar jas verder dicht en versnelde haar pas. Zou Dario er zijn? Hij ging vaak in zijn lunchpauze joggen had hij gezegd. *En daarom had ik hier beter weg kunnen blijven. We mogen niet samen gezien worden.*

Voor omkeren was het nu echter te laat, want ze hadden de

speeltuin bereikt en Einar vloog op de glijbaan af.

Iris liep weer naar het bankje. Ze wilde Elva uit de wagen tillen, maar op dat moment zag ze Dario aankomen. Haar hart ging in overdrive en leek zelfs even te stoppen zodra hij haar in het oog kreeg en zwaaide. De blik van concentratie veranderde meteen in een brede lach. Hij voerde zijn tempo op en stopte pal voor haar.

Allebei ademden ze scherp in. Iris had al haar kracht nodig om hem niet vast te pakken en te zoenen.

'Hoi,' zei ze zacht.

'Hoi.' Hij grijnsde. 'Hoe gaat het?'

'Goed,' antwoordde ze.

Dario verbrak het ongemakkelijke moment door bij de kinderwagen te hurken om Elva te begroeten.

Iris keek vertederd toe hoe hij het meisje onder haar kin kriebelde totdat ze lachte.

'Vind je het niet lastig om ze te zien?' vroeg Iris, terwijl ze ging zitten, zodat ze ook Einar in de gaten kon houden.

Dario plofte naast haar en trok de rits van zijn jas een stukje open. Iris deed haar best niet te denken aan wat eronder zat. De nu bezwete huid, de strakke buik en… *Nee. Niet doen.*

'Nee hoor. Ik vind het leuke kinderen. Ik ben blij dat ze niet van mij zijn. Ik moet er niet aan denken om weer opnieuw te moeten beginnen. Luiers, huilen, gebonden zijn. Dat heb ik wel gehad.'

Iris hoorde maar de helft van wat hij zei. Haar blik werd telkens naar zijn lippen getrokken, die ze gisteren nog had gekust.

Dario legde zijn hand op haar bovenbeen, waardoor stroomstootjes door haar lichaam schoten. 'Gaat het?'

Met een zucht trok ze haar blik los van de plek waar hij haar aanraakte. 'Ik baal gewoon dat we hier niet open over kunnen zijn. Misschien is het ook gewoon een slecht idee.'

'Hoe kan iets wat zo goed voelt een slecht idee zijn?' Ondanks de wandelaars om hen heen trok hij haar tegen zich aan. Iris liet het toe. Even.

'Einar kan ons verraden,' zei ze zacht, terwijl ze een klein stukje van hem vandaan schoof.

Er viel een stilte. Plotseling voelde Iris zich niet langer op haar gemak. *Waarom moest ik ook uitgerekend voor hém vallen?*

'Luister,' zei hij, 'we kijken gewoon waar dit ons brengt, houden het voorlopig geheim. En als we echt serieus zijn, dan vertellen we het. Hoe kunnen ze ertegen zijn als ze zien hoe gelukkig we samen zijn?'

Einar kwam aanrennen met een bloemetje in zijn hand. 'Voor jou!'

Iris pakte het aan. 'Dank je wel! Die is mooi, zeg!'

Einars blik ging naar Dario. Hij keek hem even peinzend aan, draaide zich om en sprintte terug naar de rand van de speeltuin. Al snel was hij terug met een tweede bloem, die hij uitstak naar Dario. 'Voor pabbi Luuklil.'

Iris grinnikte zacht om de creatieve samenvoeging van Lukasz en Lilja.

'Dank je wel, Einar! Die zal mooi staan in mijn woonkamer,' zei Dario.

Glimmend van tevredenheid liep het ventje terug naar de glijbaan.

Dario schoof weer dichterbij. 'Híj heeft er geen problemen mee.'

Iris snoof. 'Hij is vier.'

'Lilja zou het ook geweldig vinden.' Hij trok veelbetekenend een wenkbrauw op en Iris gaf hem een zet tegen zijn arm.

'Je zegt niks!'

'Nee, nee,' suste hij. 'Voorlopig hou ik je voor mezelf.'

Ze beet op haar lip. *Wie probeer ik eigenlijk voor de gek te houden? Zelfs al zou ik het echt willen, dan nog zou ik hem niet kunnen laten gaan.*

* * *

Een paar weken eerder

Hij volgde haar op twintig meter afstand. Voor de zekerheid had hij zijn telefoon tegen zijn oor gedrukt, alsof hij een belangrijk zakelijk gesprek voerde. Dat paste bij het nette pak dat hij aanhad.

Dit was al de derde keer dat hij haar volgde. De laatste keer, zo had hij zich voorgenomen. Alles was voorbereid, hij was er klaar voor. Nog één keer controleerde hij of ze op hetzelfde tijdstip thuis was.

Gewoontedieren, dat waren ze eigenlijk allemaal. Wel makkelijk in dit geval. Zo voorspelbaar.

Ze waande zich veilig, was er echt van overtuigd dat ze alles en iedereen aankon. Dat ze alles kon bereiken, alles kon krijgen wat ze maar wilde, als ze er maar in geloofde en zich er stug aan vastklampte.

Bijna grinnikte hij hardop. Deze keer had ze zich aan het verkeerde vastgeklampt. Of beter gezegd, aan de verkeerde persoon. Als ze hem met rust had gelaten, had ze geen enkel gevaar gelopen.

Nu liep ze haar lot, haar vroegtijdige dood, met ferme tred tegemoet.

Zonde, ergens zat er wel iets goeds in haar. Maar dat woog niet op tegen het voordeel van haar dood. In plaats van de redding die ze zo graag voor hem wilde zijn, degene die hem gelukkig zou maken, werd ze zijn ondergang. Het einde van haar leven zou ook het einde van dat van hem betekenen. En ze had het zelf allemaal, geheel onbewust maar zo prachtig, perfect voor hem voorbereid. Het was alsof het zo moest zijn. Zij was het puzzelstukje dat precies in zijn plan paste.

Zijn grijns werd breder terwijl hij toekeek hoe ze naar binnen stapte en de deur achter zich sloot. Hij moest zichzelf bedwingen om niet te fluiten terwijl hij naar haar voortuin liep, recht op de vuilnisbak af, de klep opende en de brief er weer uit viste. Een paar seconden hield hij het briefje voor zijn gezicht, tussen zijn gehandschoende vingers. Hij was nog steeds trots op de tekst. Op haar hadden de woorden weinig effect gehad, maar uiteindelijk zouden ze hun werk doen. Samen met het andere bewijs dat hij had bewaard.

Het briefje verdween in een plastic zakje in zijn binnenzak. Zachtjes klapte hij de vuilnisbak dicht en liep terug naar het trottoir. Hij trok zijn handschoenen uit en snoof de koele lucht diep in. Koud had hij het niet meer. De opwinding die door zijn aderen gierde zorgde voor een aangename warmte. De overwinning was nabij.

HOOFDSTUK 13

'Dat geloof je toch niet? Om de hoek bij jullie school!'

Iris had Maren nog nooit zo verontwaardigd gezien.

Finnur schepte zijn bord vol. 'Dat gebeurt zo vaak, joh.'

Maren zond hem een dodelijke blik. 'En dan is het goed?'

'Dat zei ik toch niet,' zei hij hoofdschuddend voordat hij een hap in zijn mond stopte.

Iris probeerde meer te weten te komen. Ze had even zitten dromen en daardoor gemist waar het over ging. 'Wat is er dan precies gebeurd?'

'Dat meisje was onzedelijk betast. Er was bijna meer gebeurd, maar gelukkig reed er een politiewagen langs. De jongen nam de benen en de agenten vingen het meisje op. Het arme kind moet zich rot geschrokken zijn.'

'Hoe oud is dat meisje?' vroeg Iris.

'Net zo oud als Lilja. Het is een klasgenootje, toch?'

Lilja knikte. 'Ja, maar ik ken haar niet goed. We gaan niet met elkaar om.'

Iris schudde haar hoofd. 'Veertien jaar en dan aangerand worden. Heftig, hoor.'

Bestek kletterde met een hoop lawaai op het serviesgoed en alle hoofden draaiden naar Lukasz.

Maren liet haar vork zakken en fronste haar wenkbrauwen. 'Is er iets wat je wilt zeggen, Lukasz?'

'Nee hoor,' antwoordde hij nors, om vervolgens een grote hap te nemen.

Om enigszins te ontsnappen aan de stijgende spanning aan tafel, sneed Iris het eten van Einar, die naast haar zat, in kleinere stukjes. Hij keek haar vragend aan, alsof hij een verklaring wilde voor de vreemde sfeer. Ze knipoogde en fluisterde: 'Eet je bord maar leeg. Dan krijg je een lekker toetje.'

'Als je hier een mening over hebt, dan hoor ik die graag,' zei Maren ijzig tegen haar zoon.

Met een harde klap die zowel Iris als Einar verschrikt deed opveren legde Lukasz zijn bestek neer. 'Goed dan. Als je het per se wilt weten… Ik vind het maar een hoop gezeik. Die meiden lopen je hele dagen op te geilen en–'

'Lukasz!' riepen Maren en Finnur tegelijk.

Hij wuifde hun waarschuwing nonchalant weg en draaide zijn hoofd even naar Einar en Elva. 'Dat begrijpen ze toch nog niet.'

Marens handen verstrakten om haar bestek. 'Dat maakt niet uit. Zulke taal gebruiken we hier niet.'

Iris' blik ging naar Lilja, die het hele gesprek met grote ogen gadesloeg.

'Hoe dan ook,' ging Lukasz onverstoorbaar verder, 'ik vind het niet terecht als een jongen reageert op het… uitdagen van een meisje, en dan vervolgens voor viezerik wordt uitgemaakt. Ze vraagt er toch zelf om?'

Marens mond werd een strakke lijn. Met een hand die trilde van woede duwde ze een donkerbruine pluk achter haar oor.

Plotseling barstte Elva in huilen uit. Lilja gaf het meisje haar knuffel en fluisterde iets geruststellends wat onverstaanbaar was.

Vanaf Einars stoel klonk een bibberige zucht die erop duidde dat hij ook elk moment kon gaan huilen.

Iris trok hem snel bij haar op schoot en drukte een kus op zijn hoofd.

'Kijk nou wat je doet,' zei Lilja nijdig.

Lukasz pakte kalm zijn bestek weer op. 'Dat doe ík niet. Ze worden bang van mam.'

Maren schoof haar stoel abrupt naar achteren en liep langs het kookeiland de keuken in, waar ze een glas water inschonk en in één keer leegdronk. Daarna liep ze terug, bleef naast haar stoel staan en legde haar handen op tafel. Ze keek Lukasz strak aan. Een spiertje naast haar oog trok. 'Volgens mij hebben we jullie anders opgevoed dan dit.'

'We hebben het wel over mijn beste vriend. Ik vind het niet leuk dat jullie zo over hem praten.'

Iris hield haar adem in. Zijn beste vriend had iemand aangerand?

'Het maakt me niet uit wie het was, Lukasz,' ging Maren onverstoorbaar verder. 'Als iemand je uitdaagt, of hoe je het ook wilt noemen...'

Lukasz opende zijn mond, maar sloot hem weer toen Maren haar hand waarschuwend hief.

'Als iemand je uitdaagt, dan kan je aftasten wat diegene daadwerkelijk wil. Iedereen kan zich bedenken, jij ook. In dat geval respecteer je de wensen van de ander. Als je dat niet doet, dan zit je fout. Ook Eiríkur maakt fouten. Ik heb liever dat hij die toegeeft – en jij ook – dan dat jullie gaan doen alsof het de normaalste zaak van de wereld was.'

'Ik weet dat Ágúst niet het allerbeste voorbeeld is voor die jongen, maar hij zou toch beter moeten weten.' Na die woorden zweeg Maren, haar blik onophoudelijk op haar oudste zoon gericht.

Het kleine lijfje op Iris' schoot verstrakte en ze aaide hem geruststellend over zijn borst.

Lukasz keek uitdagend terug. Hij zei niets. Ook Elva was stilgevallen. Iris durfde nog amper te ademen. Eiríkur, Lukasz' beste vriend, was de zoon van Ágúst, die akelige man?

Uiteindelijk was het Finnur die de stilte verbrak met een kuch. 'Je moeder heeft gelijk. Je hebt niets zonder toestemming te doen bij een meisje.'

Maren ontspande iets en liet zich op haar stoel zakken.

'Of bij een jongen,' voegde Lilja er zachtjes aan toe.

Nu was het Lukasz die met een ruk opstond. Binnen een tel was hij de kamer uit gestormd.

Maren ademde langzaam uit. Hoofdschuddend pakte ze haar vork op. 'Moest dat nou, Lilja?'

'Sorry,' zei het meisje.

* * *

Het duurde lang voor het weer zaterdagavond was en Iris kon doen en laten wat ze wilde. Elke dag in het park met Dario praten was geen goed idee. Dan was het een kwestie van tijd voordat Einar thuis iets zou verraden. Bovendien wilde ze de kinderen voldoende aandacht geven. En ze had het huishouden ook nog, haar dagelijkse oefenen op Duolingo en zo nu en dan een halfuur met Finnur om meer IJslands te leren. Elke avond belde ze Dario, wat heerlijk was en tegelijkertijd een kwelling, omdat ze bij het horen van zijn stem niets liever wilde dan in zijn armen kruipen.

Lukasz stapte elke ochtend een straat voor school uit de auto. Nog altijd zonder een woord. Ook thuis kwam er niet veel uit hem. Hij leek zich steeds verder terug te trekken, en het deed Iris pijn dat hij zelfs zijn kleine broertje en zusje zo veel mogelijk negeerde.

Iris kleedde zich snel om, kneedde wat volume in haar steile plukken en bracht make-up aan. Heel lang nam ze er de tijd niet voor, want elke minuut die ze hier doorbracht was er één minder met Dario.

Maren keek haar met twinkelende ogen aan toen ze beneden kwam. 'Heb je weer een date?'

Iris probeerde haar warme wangen te verbergen door voorover te buigen om haar schoenen aan te doen. Ze humde wat.

'Wat leuk. Met dezelfde man?'

Ze knikte, nog steeds zorgvuldig Marens blik ontwijkend.

Maren kwam dichterbij staan. Toen Iris opkeek, wierp ze een blik over haar schouder naar waar Finnur op de bank zat. Ze boog zich naar Iris' oor. 'Als je daar wilt blijven, is dat geen probleem. Ik heb je morgenmiddag pas weer nodig. Ik zeg wel dat je naar een vriendin bent.'

De warmte trok van Iris' wangen tot in haar nek en haar oren. Maren knipoogde. 'Geniet ervan. Ik weet nog hoe het was.' Ze stapte terug naar achteren en ging verder met het snijden van wat hapjes voor bij de filmavond. 'Heb je vervoer?'

Iris slikte de zenuwen weg die door haar keel raasden. 'Ik ga lopen, het is niet ver.'

Dat Dario haar om de hoek ophaalde, hield ze voor zich.

Maren knikte. 'Mooi. Veel plezier.'

Finnur keek om en zwaaide met een glimlach. 'Veel plezier!'

Krampachtig beantwoordde ze de groet en vervolgens de grijns die Maren haar toewierp.

Ze trok haar jas aan, griste haar tas van de kapstok... en bevroor na een blik op de deurmat.

Er lag een envelop, een zwarte. Haar naam stond erop, in grote, slordige letters.

Haar maag verkrampte. Ze pakte snel de envelop op en opende hem.

> *Ga terug naar je eigen land voordat je geheim aan het licht komt*, stond er in het Engels.

Iris staarde ernaar. Het was duidelijk hetzelfde handschrift als van de eerdere dreigbrief.

Haar hartslag versnelde, maar niet van angst. Ging dit over wat er met Amber was gebeurd in Nederland? Of over haar relatie met Dario? Wilde iemand haar bij hem weg houden?

Ze verfrommelde de brief en stopte hem in haar jaszak. *Ik laat me niet gek maken. En vooral niet door zo'n snotneus met razende puberhormonen. Ik woon hier nu, of hij het leuk vindt of niet.*

Ze opende de deur naar de woonkamer een stukje. 'Ik ben weg!'

'Veel plezier!' klonk het.

'Dat zal wel lukken,' zei ze zacht.

Ze trok de voordeur open en stapte naar buiten. Na twee stappen trok ze de reservemuts uit haar tas ook over haar hoofd, zoals Dario eerder had gedaan. De wind was guur en het was opnieuw glad, zodat ze bij elke stap bijna onderuitging, zeker in het donker.

Pas toen ze de hoek van de straat bereikte, ontspande ze een beetje. Ze liep de volgende straat in en speurde de geparkeerde auto's af. Ze was te vroeg, Dario was er nog niet.

Snel checkte ze haar berichten. Ze had hem laten weten dat ze wat eerder zou zijn, en hij had een duimpje en een hartje gestuurd. Daarna was hij niet meer online geweest.

Rusteloos liep ze wat heen en weer, ook om enigszins warm te blijven. Het was nog rustig op straat. Te vroeg nog voor de stappers, hoewel Lukasz al naar zijn vrienden was vertrokken.

Ze wreef in haar handen en hief haar knieën hoog bij elke stap. 'Kom op, Dario, schiet op.'

Voetstappen achter haar. Ze stapte opzij. Trok haar kraag nog wat verder op.

Stilte, niemand passeerde. Ze keek om. Hield haar adem in, plotseling niet meer op haar gemak.

Onder de luifel van een donker winkelpand bewoog iets. Iris kneep haar ogen tot spleetjes, maar kon de schim niet herkennen. Zag ze daar ademwolkjes opstijgen?

Ze zette een stap dichterbij. De schim leek te verdwijnen in het duister.

'Lukasz?' riep ze. 'Ben jij dat?'

Ze zette haar handen in haar zij. 'Als je denkt dat je...'

Getoeter deed haar opschrikken. Haar hart maakte een buiteling.

Een paar passen van haar vandaan was een auto gestopt. Een donkergrijze Toyota SUV. Dario's auto.

Iris' blik vloog terug naar de luifel. *Shit!*

Een paar seconden bleef ze weifelend staan. Ze kon hem nu confronteren, maar eigenlijk had ze helemaal geen zin om haar leuke avond te laten bederven. En ook niet om hem de voldoening te geven van een succesvol uitlokken.

Ze liep naar de auto en stapte in. Dario keek haar zijdelings aan. 'Alles goed?'

'Nu wel.'

HOOFDSTUK 14

Vijftien minuten later waren ze bij Dario's huis.

'Drankje?' vroeg hij, zodra ze op de bank zat.

'Wijn is wel lekker.'

Hij haalde een fles en twee glazen en ging tot Iris' teleurstelling tegenover haar zitten.

'Hoe was je dag?'

Iris twijfelde of ze hem alles moest vertellen. Als er iemand was die het voor zich zou houden, was hij het wel. En misschien zou hij raad weten met Lukasz. Het was tenslotte zijn zoon. Aan de andere kant...

'Waar zit je aan te denken?' Dario nam haar met een zorgelijke uitdrukking op. 'Is er iets mis?'

Iris stond op, liep naar de gang en haalde het briefje uit haar jaszak. Na een korte aarzeling gaf ze het aan Dario.

Hij las het zwijgend en staarde er een tijdje naar. Uiteindelijk keek hij op. 'Is dit aan jou gericht?'

Ze knikte.

'Je geheim? Gaat dit over ons? Dan moet iemand ons gezien hebben. Enig idee van wie dit komt?'

Eén slok wijn was niet voldoende, dus nam ze er nog een.

'Iris?'

'Ik hoopte dat jij een idee had,' besloot ze.

Langzaam schudde hij zijn hoofd, zijn ogen gleden opnieuw over de dreigende woorden. 'Je kent hier bijna niemand, toch?'

'Precies.'

‘Vreemd.’ Peinzend gleed zijn hand over zijn kin.

Een steek van verlangen ging door Iris heen. Ze wilde haar vingers over zijn huid laten glijden, haar lippen opnieuw op de zijne drukken, haar handen op onderzoek laten gaan, en wie weet deze keer meer.

Ze ademde scherp in en schudde de opkomende beelden van zich af.

Dario keek op van de brief. ‘Gaat het wel? Ben je bang?’

‘Nee,’ zei ze resoluut. Ze stond op en griste de brief uit zijn handen. ‘Ik wil er ook eigenlijk niet meer aan denken. Ik laat onze fijne avond niet bederven door zo’n…’ Ze slikte haar woorden in. Vanavond wilde ze genieten van deze heerlijke man. Morgen zou ze wel weer verder denken over hoe ze deze situatie moest oplossen. Zelf.

‘Door zo’n eikel? Groot gelijk.’ Dario pakte zijn glas op en hief het. ‘Proost. Op een mooie avond, en nog vele hierna.’

Ze boog naar voren en tikte haar glas tegen het zijne.

Na een grote slok stond ze op en liep naar de wand naast de gangdeur, waar een verzameling foto’s hing. ‘Zijn dit foto’s van je werk?’

Dario kwam naast haar staan. ‘Dat klopt. Dit zijn een aantal speciale reizen.’

‘Wacht even, is dat…?’

Hij lachte hardop. ‘Obama, ja. En hier had ik een reis samengesteld voor Arnold Schwarzenegger. Dat was geweldig, want…’

Hij ging volledig op in zijn verhaal en Iris genoot van zijn enthousiasme. Ze kreeg een steeds beter beeld van zijn werk als reisorganisator voor luxe reizen en ook een steeds beter beeld van IJsland. Dario kende alle mooie plekken, niet alleen de toeristische, maar ook juist de plekken waar bijna niemand kwam. Hij had al heel wat beroemdheden ontmoet en het bewijs ervan hing hier aan de muur.

Toen Iris voor de derde keer een slok wilde nemen terwijl haar glas leeg was, liepen ze terug naar de zithoek, waar Iris weer op de bank voor het raam plofte. Dario schonk de fles wijn leeg en liep naar de keuken om een nieuwe te halen. Ontspannen achteroverleunend nam Iris de kamer nog eens in zich op. Het huis was groot en had een bijzondere indeling, met veel hoeken en ramen. Onder de open trap achter de eettafel was een tweede zithoek, in een verlaagd gedeelte. Omdat het gehele woongedeelte open was, oogde het nog ruimer dan het was. De moderne keuken, in grijs- en bruintinten was in een aparte kamer gebouwd, waar een extra eettafel stond.

Dario kwam terug met een nieuwe fles wijn en schonk de glazen nog wat voller. Nadat hij de fles had neergezet, stak hij her en der kaarsen aan en dimde het licht. Daarna liep hij naar Iris toe. Hij boog half over haar heen om het gordijn achter haar verder dicht te trekken, zodat ook de kier bovenin verdween.

Stiekem snoof ze zijn geur op. Hij rook zoetig en toch mannelijk. Naar frisse lucht en romantiek, en ook naar verlangen. Een tinteling gleed door haar lichaam. Ze wilde hem vastpakken, maar net op dat moment trok hij zich terug. Ze draaide haar hoofd weg.

Plotseling hing zijn gezicht boven haar. Even vonden zijn blauwe ogen haar blik. Slechts een seconde, want het volgende moment drukte hij zijn mond op die van haar. Zijn tong duwde haar lippen uit elkaar en gretig beantwoordde ze zijn kus. Terwijl zijn ene hand in haar haren graaide, ging de andere op onderzoek uit. Over haar dijen en bovenbenen, plagend in de richting van haar kruis, zonder daar daadwerkelijk te belanden.

Iris kreunde en liet zich zijwaarts zakken. Dario draaide mee. Zijn handen bewogen over haar trui, en schoten eronder. Zijn vingers vonden de contouren van haar borsten, maar bleven aarzelend hangen op de rand van haar beha.

Adrenaline en verlangen raasden door Iris' aderen. Ongeduldig omvatte ze zijn billen en trok hem dichter tegen zich aan. Zijn opwinding was duidelijk te voelen, zelfs door hun kleding heen.

Hijgend ontdeed Iris zich van haar dikke trui en het shirtje eronder. Dario volgde haar voorbeeld. Een paar seconden zat hij doodstil. Onderzoekend gleed zijn blik over haar lichaam, een rilling veroorzakend door de verlekkerde uitdrukking die erin lag. Hij trok haar een stukje omhoog en maakte haar beha los. Hongerig likte hij aan haar tepels, een nieuwe kreun aan Iris ontlokkend. Haar handen gingen naar beneden en worstelden met de knoop van zijn broek. Dario hielp mee en binnen een paar seconden waren ze allebei naakt. Plagend gleden Iris' handen over zijn benen en zijn kruis. Zijn ademhaling versnelde. Hij boog zich naar haar toe, zoog aan haar oorlel en fluisterde: 'Ik wil je.'

Terwijl hij haar gepassioneerd zoende, drong hij bij haar naar binnen. Iris' hart bonkte in haar borstkas, een heerlijke sensatie ging door haar heen. Ze trok hem dieper in zich en sloeg haar benen om hem heen.

'O, Iris,' murmelde hij in haar nek. Zo verstrengeld met elkaar was het bijna alsof ze één waren. Handen waren overal, tong en vingers raakten gevoelige plekken. Iris voelde haar hoogtepunt snel naderen. Bijna... nog één stoot en... haar lijf verkrampte, een golf van genot spoelde over haar heen. Ze verborg haar gezicht in zijn schouder om het niet uit te schreeuwen, kuste en likte zijn nek.

Hij volgde terwijl haar lichaam nog naschokte. Ze voelde hem samentrekken en duwde haar heupen nogmaals omhoog. Hun monden vonden elkaar opnieuw en...

Een luid getoeter buiten, gevolgd door een harde klap. Ze schrokken op, wilden tegelijk omhoogkomen en rolden daardoor van de bank. Iris' hoofd kwam pijnlijk in aanraking met de rand van de tafel. Ze slaakte een kreet van pijn en kneep haar ogen dicht. Even verdwenen alle geluiden naar de achtergrond.

'Iris? *Elskan*?'

Dario's stem drong langzaam tot haar door. Ze knipperde en

een aantal wazige contouren veranderden in Dario's bezorgde gezicht.

'Elskan? Ben je in orde?'

Ze knikte, maar daardoor ging alles draaien, dus sloot ze haar ogen opnieuw.

'Gaat het?'

Langzaam kwam haar hoofd weer tot rust. Vingers op haar wangen en in haar hals zonden signalen van genot door haar lijf, terwijl haar hoofd zacht bonsde.

'Iris?'

'Ja,' zei ze zacht. Voorzichtig opende ze opnieuw haar ogen. Ze glimlachte naar Dario. 'Ja, het gaat wel.'

'Je liet me schrikken. Kan je rechtop zitten?'

Ze liet zich overeind helpen en Dario zette haar in de bank. Hij betastte de pijnlijke plek op de zijkant van haar hoofd en grimaste. 'Ik haal ijs voor je.'

Terwijl hij met de lege wijnglazen naar de keuken verdween, met alleen een boxershort aan, trok Iris snel wat kleren aan. De duizeling die daardoor de kop opstak was minder heftig dan die van zo-even.

Opeens voelde het fout wat ze hadden gedaan. Het abrupte, nare einde moest een teken zijn.

Zodra Dario terugkwam en een theedoek met ijs tegen haar hoofd drukte, opende ze haar mond om hem dat te zeggen. Maar zodra ze hem aankeek, kon ze de woorden niet meer zeggen.

Ze zuchtte en sloeg haar blik neer.

Hij trok haar voorzichtig tegen zich aan en aaide over haar rug. 'Dat was… heftig.'

Ze wist niet of hij de seks bedoelde of de valpartij, maar beaamde het. Na een korte stilte, maakte ze zich los. 'Wat betekent elskan?'

Hij bloosde, grijnsde ongemakkelijk en liet haar haren door zijn hand glijden. 'Liefje.'

Een mix van verlangen en euforie pulseerde door haar aderen. Ze trok hem naar zich toe en kuste hem tot ze allebei naar adem snakten.

Met een zucht stond hij op. 'Ik zal maar even gaan kijken wat die klap was. Misschien heeft er iemand hulp nodig.'

Kippenvel trok over Iris' armen. Snel trok ze de rest van haar kleren aan en volgde hem, in de hoop het nare voorgevoel te verdrijven.

Net voordat ze de voordeur bereikten, ging de bel. Dario keek over zijn schouder, aarzelend.

Iris liep terug achteruit. 'Ik ga wel even naar de slaapkamer.'

Hij knikte, wachtte tot ze de trap op was gelopen en buiten beeld was verdwenen voordat hij de voordeur opende.

'Hee, heb je even tijd?' Marens stem.

Iris drukte zich tegen de muur naast de trap. *Shit, weet ze het?*

'Eh, heel even, ik was nog aan het werk,' zei Dario.

'Het duurt niet lang. We moeten even over onze zoon praten.'

Iris' ingehouden adem ontsnapte geluidloos.

Er volgde een korte stilte, gevolgd door Dario's stem. 'Hoorde je net ook een harde klap?'

Marens antwoord was voor Iris onbegrijpelijk, maar Dario's 'Gelukkig' stelde haar gerust.

De deur klikte dicht. Voetstappen gingen van de gang naar de woonkamer. Een korte stilte. In gedachten zag Iris de twee tegenover elkaar zitten, ongemakkelijk nu ze alleen waren. *Bijna alleen.*

'Ik maak me zorgen over Lukasz,' begon Maren. Iris concentreerde zich op de stroom aan IJslandse woorden en kon er een aantal vertalen als 'dwars en stil' en 'ongeïnteresseerd'.

Zo geruisloos mogelijk haalde ze haar telefoon uit haar broekzak en tikte de vertaalapp open.

Dario schoot in de lach. 'Ah, een puber dus.'

Maren zuchtte ongeduldig. 'Niet gewoon een puber, dat was hij al. Hij is veranderd. Einar en Elva krijgen opeens geen aandacht meer van hem, hij sluit zich continu op in zijn kamer, weigert ook maar ergens bij te helpen totdat een van ons kwaad wordt…'

'Ik begrijp dat het vervelend is,' onderbrak Dario haar, 'maar gek is het niet. Hij is zestien, Maren, natuurlijk is hij opstandig en wil hij tijd voor zichzelf. Hij klinkt als een kopie van mij op die leeftijd. Broertjes en zusjes zijn stom!' Hij sprak de laatste zin zeurderig uit, en grinnikte.

Maren lachte niet. 'Kan je ook even serieus zijn misschien? Het is meer dan dat. Je had hem moeten horen over dat aangerande meisje, alsof hij het terecht vond dat die jongen haar had aangeraakt. Of… normaal.'

'Sorry.' Een korte stilte. Iris baalde dat ze niets kon zien. Zo geruisloos mogelijk draaide ze zich om en gluurde om het hoekje.

Dario zat op de bank voor het raam, Maren op de andere bank, half van haar af gedraaid. Haar vingers lagen in elkaar verstrengeld in haar schoot. Iris had haar nog niet eerder zo nerveus gezien.

'Ik kan hier met Finnur niet over praten, Dario,' zei ze zacht. 'Dat weet je. Zolang de kinderen luisteren, netjes hun klusjes doen en goede cijfers halen op school, is hij tevreden. Hij pakt een probleem pas aan als het zijn rustige leventje verstoort. En dan het liefst op zijn manier.' Ze ging met een hand door haar halflange, licht opbollende kapsel. 'Het is een lieve man, maar wat dat betreft…' Ze grinnikte humorloos.

Dario knikte. 'Hij doet wat hij kan, op de manier die hij kent.' Even aarzelde hij. Hij nam haar onderzoekend op. 'Hij is toch wel goed voor jullie?'

'O, zeker. Maak je daar geen zorgen om.'

Dario's blik gleed opgelucht over haar schouder. Hij verstijfde even toen hij Iris zag zitten en bracht zijn blik snel terug naar Maren. 'Luister, ik zal Lukasz een beetje in de gaten houden. Als je wilt praat ik met hem, over respect naar vrouwen toe. Als je denkt dat dat iets zal uithalen.'

Maren veegde langs haar oog. 'Dat zou ik fijn vinden. Hij is geen slechte jongen, alleen een beetje... onverschillig soms. Net als zijn vader.' Ze grijnsde.

Dario stond op en Maren volgde zijn voorbeeld.

'Niet echt onverschillig, dat is maar een houding. Dat zou je toch moeten weten inmiddels,' zei hij.

Ze hield haar hoofd schuin. 'Ik hoop het.'

Hij opende zijn armen en ze stapte naar voren voor een knuffel.

'Het komt wel goed met Lukasz. Hij heeft ons drieën als voorbeeld, en om op terug te vallen... En een geweldige au pair.' Over Marens schouder knipoogde hij naar Iris, wier mondhoeken omhoogkrulden.

Maren maakte zich los. 'Nou, dat kan je wel zeggen. We zijn zo blij met Iris.' Iris glimlachte nog breder. 'Ze is zo betrokken, sociaal en eerlijk.'

Iris slikte. *Eerlijk?*

De twee liepen terug naar de gang en Maren opende de voordeur. 'Bedankt voor je tijd.'

'Ik zal met hem praten. En als er iets is kan je altijd bellen of langskomen.'

'Jij ook.' Ze zond hem een handkus en vertrok.

Zodra Dario de voordeur had gesloten kwam Iris de trap af. Weifelend bleef ze met haar hand op de leuning staan.

Een bezorgde blik gleed over Dario's gezicht. 'Alles goed?'

Ze durfde hem niet aan te kijken. 'Ik denk dat ik beter kan gaan.'

Binnen een tel stond hij voor haar en pakte haar hand. 'Vond je het vervelend dat ik haar een knuffel gaf? Ik hou niet meer van haar, dat kan ik je verzekeren. Tenminste, niet op die manier.'

Iris schudde haar hoofd. 'Dat weet ik. Ik bedoel, dat zag ik. Dat is het niet. Ik... ik wil gewoon niet tegen haar liegen.'

Hij legde zijn handen over haar koude vingers, hief ze tot bij zijn gezicht en blies er warme lucht overheen. Een tinteling trok van haar borstkas tot tussen haar benen. 'Maren vindt je geweldig, en dat zal ze nog steeds vinden als ze weet dat wij verliefd zijn op elkaar.'

Iris' adem stokte. *Verliefd? Hij is verliefd op mij?*

Hij glimlachte loom naar haar. 'Blijf alsjeblieft. Het voelt hier zo leeg zonder jou.'

'Maar...'

'Geen maar.' Hij drukte tedere kusjes in haar nek en ze rilde. 'Alles komt goed. Over een tijdje vertellen we het aan Maren, Finnur en de kinderen. Tot die tijd heb ik je helemaal voor mezelf, en daar zal ik van genieten.' Zijn hand gleed langs haar zij naar beneden. Nog voordat hij het heerlijke plekje daaronder bereikte, had ze elk bezwaar al van tafel geveegd.

HOOFDSTUK 15

Een paar weken eerder

Brynja trok haar jurk recht en liet haar hand over de knot boven op haar hoofd glijden voordat ze op de bel drukte. Het geluid ervan galmde door het huis en ze glimlachte bij de gedachte Dario weer te zien. Terwijl ze wachtte tot hij opendeed probeerde ze de in kleurig cadeaupapier gewikkelde sokken met één hand op de pan met eten te leggen. Het pakje gleed uit haar handen en belandde in een ondiepe plas gesmolten sneeuw.

'Skítur!' Ze bukte, raapte het pakje op en schudde ermee tot de meeste druppels eraf waren. Na een korte aarzeling veegde ze de rest van de nattigheid af aan de zijkant van haar jas. Haastig frommelde ze het cadeau terug onder haar arm, zodat ze de pan weer met beide handen kon vastpakken. Ze rechtte haar schouders en glimlachte naar de dichte deur.

Er klonken nog geen voetstappen of andere geluiden vanuit het huis. Morrend nam Brynja de pan opnieuw in één hand, zodat ze nogmaals kon aanbellen. Voor de zekerheid klopte ze ook op de deur. 'Dario?'

Oorverdovende stilte.

Met een klap zette ze de pan op de grond en plaatste het pakje er rechtop tegenaan. Ze belde en klopte en toen dat geen reactie opleverde ging ze over op roepen en bonzen.

'Dario! Doe open!'

Nog steeds bleef het stil. Ze liep naar het raam van de woonkamer en tuurde naar binnen. Er was niemand te zien. Alle lichten waren uit. Toch bonsde ze ook op de ruit. 'Dario!'

Met verkrampte vuisten bleef ze naar binnen staan kijken, haar blik schoot van links naar rechts om geen enkele beweging te missen.

'Je moet er zijn,' mompelde ze. 'Ik heb je vanochtend laten weten dat ik zou komen.'

Teleurstelling knaagde aan haar binnenste. Ze weigerde het gevoel toe te laten, liet in plaats daarvan de woede los die daaronder sluimerde.

Terwijl ze bonsde tot de ruit bewoog in de sponningen schreeuwde ze het uit. 'Hoe durf je weg te gaan terwijl je wist dat ik kwam! Je hebt toch geen ander?' Geschokt door die plotselinge gedachte stapte ze met hangende schouders achteruit en liet haar armen langs haar zij vallen. Haar hoofd ging als vanzelf van links naar rechts. 'Nee, dat kan niet. Dat mag niet.'

Met opeengeklemde kaken hief ze haar hoofd. 'Nou, als dat zo is, dan is het niet voor lang. Wacht maar.'

Ze trok haar telefoon uit haar jaszak en opende Facebook. Met een paar snelle tikken had ze het profiel van Lilja gevonden. Er waren geen foto's van haar met Dario, maar ze had er wel twee nieuwe Facebookvrienden bij. Eén was een jongen, de andere een vrouw.

Woest tikte Brynja het profiel aan van de breed lachende, slanke dame. Ze gromde toen ze de woorden 'au pair' zag en een stukje daaronder een foto waarop duidelijk het bovenaanzicht van Reykjavik te herkennen was. 'Ik wist het! Maar dat dacht ik dus niet.'

Ze duwde haar telefoon terug in haar jaszak, draaide zich om, pakte haar spullen van de grond en beende terug naar haar auto. Haar handen trilden zo erg dat ze de inhoud van de pan bijna over de achterbank gooide. Nog net kon ze voorkomen dat hij omkiepte. Voordat ze achter het stuur stapte draaide ze zich nog één keer om naar Dario's huis. 'Je zult altijd van mij zijn.'

* * *

Die maandag had Lukasz de eerste twee uur vrij, waardoor Iris alleen met hem en de kleintjes in de auto zat. Ze had het plan om een gesprek met hem te beginnen over zijn gedrag, maar dat liet ze varen op het moment dat hij in de auto stapte. Het was meteen duidelijk dat er iets mis was. Normaal gesproken was zijn houding afwisselend onverschillig en uitdagend. Als hij al iets zei klonk het chagrijnig of aanvallend. Op haar opgewekte 'Goedemorgen!' kwam het antwoord 'Goed hoor', wat Iris haar voorhoofd deed fronsen.

Ze keek opzij en nam hem onderzoekend op. Hij zag bleek en zat een beetje in elkaar gedoken, alsof hij onzichtbaar wilde zijn. Zijn handen friemelden aan de zoom van zijn hoody. Zijn telefoon rustte in zijn schoot, maar uit de draadloze oortjes steeg niet het gebruikelijke gebonk op.

Iris wierp een snelle blik in de achteruitkijkspiegel. Einar en Elva zaten rustig te spelen, allebei verzonken in hun eigen wereldje. Iris' hand, die al naar de sleutel was bewogen om de auto te starten, bleef daar hangen. Ze likte langs haar lippen, probeerde te bedenken wat ze kon zeggen. Tot nu toe was niets goed geweest. Wat ze ook zei of deed, hij wilde niets van haar weten. Met zijn ouders praatte hij ook niet en hij duwde Lilja steeds verder weg. Had hij nog iemand over om mee te praten?

Ze liet haar hand zakken. Bereidde zich met ingehouden adem en verkrampte spieren voor op de onvermijdelijke snauw die zou volgen als ze niet snel genoeg wegreed.

Die kwam niet. Lukasz merkte niet eens dat ze nog stilstonden. Zijn vingers bewogen onrustig langs de rand van zijn trui en zijn ademhaling was duidelijk hoorbaar.

Aarzelend stak Iris haar hand uit. Net voordat ze zijn schouder raakte, bedacht ze zich.

'Lukasz?' vroeg ze zacht.

Hij reageerde niet en voordat ze een doordachte beslissing had genomen, had ze haar hand op zijn arm gelegd. Zijn vingers staakten hun gefrunnik, maar hij keek niet op. Bleef ook zwijgen.

'Ik weet dat je niet zo blij bent met mijn komst,' begon ze, 'en dat begrijp ik. Officieel ben ik hier ook niet voor jou. Maar als je ergens mee zit, weet dan dat je altijd naar mij kunt komen. Ik zal naar je luisteren zonder te oordelen, en ik zal altijd mijn best doen om je te helpen. Alles wat je mij vertelt blijft bij mij.'

Ze gaf hem een zacht kneepje in zijn arm toen hij zuchtte. Hij opende zijn mond, sloot hem weer en beet op zijn lip.

Iris wachtte rustig af of hij iets ging zeggen. Dat hij niet meteen een lullige opmerking maakte was positief. Een kleine eerste stap in de juiste richting.

'Neem je tijd,' zei ze toen het stil bleef. 'Ik ben er als je me nodig hebt. Ook als je op school bent of als je 's nachts wakker ligt.'

Hij slikte, knipperde wild, maar kon niet voorkomen dat er een traan over zijn wang gleed. Hij kuchte en knikte. 'Bedankt,' zei hij hees.

'Wanneer dan ook,' voegde ze eraan toe. Daarna startte ze de auto en reed rustig de straat op.

Ze liet de muziek op laag volume staan, voor het geval Lukasz iets kwijt wilde. Hij zei echter niets, mompelde alleen nogmaals een 'bedankt' toen ze de auto langs de stoep zette. Hij stapte uit en liep naar het einde van de straat. Niet met rechte rug en geheven hoofd, zoals gewoonlijk, maar met hangende schouders en trage pas. Iris keek hem na, keerde toen en reed terug naar huis.

De twee kleintjes hadden van het hele gesprek en de spanning in de auto blijkbaar niets meegekregen, want ze lachten breed toen Iris ze thuis weer uit de auto haalde.

Die middag had Iris Elva net op bed gelegd en Einars favoriete tekenfilm aangezet toen haar telefoon ging. Haar mondhoeken gingen omhoog zodra ze zag wie er belde. Snel stond ze op en liep naar de keuken, waar ze rustig kon bellen en tegelijkertijd Einar in het oog kon houden.

'Hallo, elskan,' zei ze. 'Mis je me al?'

Dario grinnikte. 'Wat zeg je dat mooi. Je moet vaker je IJslands op mij oefenen. En ja, ik mis je. Elke minuut van de dag. *Ég sakna þín.*'

Haar grijns werd breder. 'Ég sakna þín,' herhaalde ze. 'Ik jou ook.'

'Hoe is het daar? Nog brieven gekregen?' Plotseling klonk hij gespannen.

'Gelukkig niet.'

'Luister, ik heb erover nagedacht, wie die brieven kan hebben geschreven.'

Iris wachtte zwijgend af wat hij verder ging zeggen.

'Ik denk dat het Brynja is.'

Iris plofte op de bank. 'Wie?'

'Brynja. Mijn ex. Ik heb het een paar maanden geleden uitgemaakt en ze wil me niet loslaten. Ze blijft maar bellen en appen. Vragen of ze langs kan komen, of we alsjeblieft kunnen praten en het nog eens kunnen proberen.'

'Jeetje, dat klinkt vervelend. Maar denk je echt dat ze zoiets zou doen? Zulke dreigementen gaan wel een stapje verder dan smeken.'

Dario humde wat voordat hij antwoordde. 'Ik had ook niet gedacht dat ze zo drammerig zou gaan doen als ik de relatie verbrak, dus wie weet... Ik zou er eigenlijk niet echt van opkijken.'

Iris liet haar handen door haar haren glijden. 'En nu? Ga je het haar vragen?'

Hij zuchtte. 'Ik weet het niet. Als ze het niet is... Ik wil ook geen slapende honden wakker maken.'

Iris duwde haar been onder haar billen. 'Inderdaad. Slecht

idee. Heb je nog iets in haar handschrift, zodat we dat kunnen vergelijken met de brieven?'

'Helaas niet. Ik heb alles weggegooid.' Hij lachte. 'Ik was er helemaal klaar mee.'

Peinzend tuurde Iris naar het plafond. 'Hoe komen we er dan achter of zij ze heeft geschreven?'

'Even denken... Misschien...' Dario kuchte. 'Misschien kunnen we erheen gaan, kijken of we iets kunnen vinden.'

Iris ademde scherp in. 'Inbreken dus.'

'Ja, eh... ik weet anders ook niet... O, ik heb haar sleutel nog, bedenk ik net! Op dinsdagavond gaat ze altijd sporten, dus...'

'Oké...' zei Iris langzaam, '... maar we gaan wel zonder toestemming naar binnen. Ik weet niet–'

'Je wilt toch ook weten of zij het is?'

Even sloot ze haar ogen. Allerlei scenario's schoten door haar hoofd. Dat ze tegen een boom van een kerel aanliepen zodra ze binnenstapten, dat Brynja hen opwachtte met een mes in haar handen, dat... Ze schudde de beelden van zich af. De kans dat die scenario's werkelijkheid zouden worden was klein. En ze wilde toch weten wie de brieven had geschreven. Diegene kon misschien weleens echt gevaarlijk zijn.

'Goed,' zei ze. 'Morgen gaan we kijken.'

'Hoe laat?'

'Ik moet de kinderen eerst op bed leggen, tussen zeven uur en halfacht. Daarna kan ik weg.'

'Prima. Acht uur op dezelfde plek als gisteren? Brynja vertrekt om halfacht.'

Iris schudde haar hoofd, en bedacht toen pas dat hij dat niet kon zien. Ze dacht aan de figuur die haar had gadegeslagen vanuit de schaduwen laatst. 'Doe maar ergens anders.'

Ze spraken een straat de andere kant op af. Daarna stuurde Iris het gesprek naar een nieuw onderwerp. Ze wilde niet meer aan nare dingen denken. Na een paar minuten besloot ze toch op te hangen. Ze namen afscheid en Iris richtte haar aandacht op het huishouden. Pas toen ze zacht meezong met haar playlist kon ze haar zorgen vergeten.

Helaas schonken haar hersenen haar geen rust die nacht. De nachtmerrie waaruit ze niet leek te kunnen ontwaken, was bijna een kopie van haar herinnering.

Iris plensde wat koud water in haar gezicht en depte haar huid langzaam droog. 'Let niet op dat wicht. Negeer haar gewoon,' zei ze tegen haar bleke spiegelbeeld. Het kwam weinig overtuigend over, dankzij de wanhoop die ze in haar eigen ogen las. Haar lange, donkere haar was vet en er waren weer rode vlekjes bijgekomen in haar gezicht.

Ze hees haar broek op en trok de riem strakker aan. Alweer. *Hoofdschuddend keek ze zichzelf aan. 'Nee, nu is het klaar.'*

Met grote stappen en krampachtig rechte rug liep ze de gang op en zette koers naar Ambers werkplek. Halverwege liep ze de jonge vrouw met het zwartgeverfde haar en de donkere ogen onder pikzwarte wimpers al tegen het lijf. Abrupt kwam ze tot stilstand. De woede en onzekerheid die door haar aderen raasden veroorzaakten kortsluiting in haar hoofd. Op slag vergat ze wat ze wilde zeggen.

Amber bleef voor haar staan, dichterbij dan noodzakelijk of comfortabel was. Haar dunne, bijna vormeloze lijf was zoals gewoonlijk in ultrastrakke kleding gestoken.

'Amber, ik... Ik wil je iets zeggen.'

Zo, dat was alvast een begin.

Eén geverfde wenkbrauw ging omhoog. 'Is het weer een tip?' Ze wreef haar handen tegen elkaar. 'Kom maar op, die tips van jou zijn goud waard.' Ze stopte met wrijven en hield haar hoofd schuin. 'O nee, wacht, ik heb er niets aan, want ik heb dezelfde opleiding gedaan als jij!' Haar stem ging sarcastisch de hoogte in.

Woede ontplofte in Iris' binnenste en overstemde alle andere emoties. 'Wat is jouw probleem, Amber?' snauwde ze. 'Ik probeer je al vanaf dag één te helpen, je te behoeden voor de beginnersfouten die ik zelf maakte, maar het is nooit goed! Je doet niets anders dan sarren en mij zwartmaken bij collega's. Er kan geen vriendelijk woord vanaf. Wat heb ik jou ooit misdaan?'

De stroom woorden was er in één keer uit gekomen, waardoor ze aan het einde naar adem hapte. Ze zette zich schrap voor de narigheid die Amber over haar heen zou storten. Die kwam niet. In plaats daarvan hing de jonge vrouw plotseling tegen haar aan, snikkend en zacht jammerend.

Iris bleef als verstijfd staan en keek om zich heen voor hulp. Waar was iedereen als je ze nodig had?

'Het spijt me,' snufte Amber. 'Ik wilde helemaal niet rot tegen je doen. Ik ben gewoon… Ik was…' Ze stotterde nog wat onverstaanbaars en begon harder te snikken. De gang was nog steeds uitgestorven, op henzelf na, waardoor Iris geen andere optie zag dan troostend op Ambers rug te kloppen. 'Oké, oké, rustig maar. We kunnen het vast wel uitpraten.'

Na nog wat onhandige klopjes bedaarde Amber wat. Zwarte lijnen liepen over haar wangen toen ze naar Iris opkeek. Iris probeerde een bemoedigende glimlach, maar die werd afgekapt toen Amber haar mond plotseling op de hare drukte.

'Wat doe je?' Ruw duwde Iris haar van zich af. Iets te hard. Ambers iele gestalte dook achterover. Haar achterhoofd raakte de punt van de voorste dossierkast.

Verschrikt boog Iris naar haar toe, haar handen uitgestrekt. Nog voordat ze haar kon aanraken of iets kon zeggen, schreeuwde Amber moord en brand.

Meteen stroomde de gang vol met mensen. Iris stond er hulpeloos bij, terwijl Amber de ene na de andere beschuldiging spuide.

Ze schoot overeind in bed en keek om zich heen. 'Niets aan de hand, er is niets aan de hand,' fluisterde ze zichzelf toe. Ze veegde het zweet van haar voorhoofd en liet zich terugzakken in haar kussen. Ze ademde rustig in en uit, zoals ze had geleerd van haar psycholoog, en somde alle dingen op waar ze dankbaar voor was. Het hielp weinig. Nog uren lag ze wakker.

HOOFDSTUK 16

'Je zet je auto toch niet voor de deur!' fluisterde Iris dringend, terwijl ze zich in de passagiersstoel zo klein mogelijk maakte. 'Wat als ze toch thuis is? Of als de buren je zien?'

'Dan zeg ik gewoon dat ik iets op kom halen,' zei Dario rustig.

Ongelovig keek ze opzij. Haar ogen vonden de zijne en hij klopte op haar bovenbeen. 'Goed, je hebt gelijk. Om problemen te voorkomen zal ik de auto om de hoek zetten.'

Opgelucht ging Iris weer wat rechter zitten. Dario reed langzaam de straat uit en zette de auto in het parkeervak dat het verst van de lantaarnpaal vandaan lag.

Hij wilde meteen uitstappen, maar Iris hield hem tegen. 'Wacht. Ik denk... Weet je wel zeker dat we dit moeten doen?'

Glimlachend liet hij zich weer tegen de rugleuning zakken. 'Ik wil weten of zij het heeft gedaan. Je hoeft niet mee naar binnen, je kunt ook hier wachten.'

Iris schudde haar hoofd. 'Geen denken aan. Als jij gaat, dan ga ik ook.'

'Maak je geen zorgen. Ze is weg. Haar auto staat er niet.'

Dario stapte uit en na een keer diep in- en uitademen volgde Iris hem.

Ontspannen liep Dario recht op zijn doel af, terwijl Iris steeds om zich heen keek, ineenkromp bij elke voorbijganger en telkens de kraag van haar jas omhoogtrok.

Zonder omhaal liep Dario naar de voordeur, stak de sleutel in het slot en stapte naar binnen.

Iris volgde, sloot snel en zo zachtjes mogelijk de voordeur en bleef er hijgend tegenaan staan.

'Hadden we niet beter eerst kunnen aanbellen?' fluisterde ze, terwijl ze terugdacht aan de brede kerel uit haar fantasie.

Dario haalde zijn schouders op. 'Er brandt geen licht, de gordijnen van de woonkamer zijn dichtgeschoven... Er is niemand, Iris. Relax.'

Hij liep de woonkamer in, rechtstreeks naar het dressoir, waar hij de lades opentrok.

Iris keek het met verbazing aan. Het leek wel alsof hij dit vaker had gedaan. Hoe kon hij zo rustig zijn?

Zonder om te kijken wees hij naar de salontafel. 'In die lade legt ze altijd kaarten klaar die gepost moeten worden.'

'O... Ja.' Ze liep ernaartoe en hurkte bij de tafel. In de lade lag niets dan blocnotes en pennen, allemaal netjes geordend.

Ze stond weer op en keek om zich heen. Stel dat Brynja de brieven had geschreven, waar zou ze dat dan gedaan hebben? Aan de keukentafel? Op de bank? Ze draaide zich om, liep naar de bank en voelde tussen de kussens. Niets. Alles was brandschoon, er kwam nog geen stofje onder vandaan.

Ze kwam overeind. 'Heeft ze ook een werkkamer?'

Dario was bij de laatste lade van het dressoir beland en wees met één hand naar het plafond. 'Boven. Eerste deur links.'

Iris liep naar hem toe en keek over zijn schouder. 'Let op dat je alles achterlaat zoals je het vond. Volgens mij is ze supernetjes en weet ze precies waar alles ligt. En ook hoe...'

Hij grinnikte. 'Dat klopt als een bus. Geen zorgen, ze zal niets merken.'

Op haar tenen ging Iris de trap op. De eerste deur links onthulde een kamer met witte muren, een zwarte vloer en een zwartwit bureau. De stoel was aangeschoven met de leuningen precies tegen het bureaublad aan. Het computerscherm was smetteloos schoon en het toetsenbord ervoor lag precies recht, met een doorzichtige kap eroverheen. Behalve de computer stond er alleen een zwart fotolijstje op het bureau. Er zat een foto van Brynja en Dario in, beiden breed lachend in de camera, de armen om elkaar heen geslagen.

Iris bestudeerde het onbekende gezicht met de hoge jukbeenderen. Haar bijna zwarte haren waren in een strakke staart gebonden. Haar lippen waren smal en dun. Ondanks de brede lach kreeg Iris de kriebels van de blik in haar donkere ogen. Die leek te schreeuwen dat er met haar niet te spotten viel.

Snel liet ze haar blik verder over het bureau dwalen. Er lagen geen papieren of pennen, en er zat nog geen krasje in het blad.

Iris durfde de laden bijna niet aan te raken, bang dat ze er vette afdrukken op zou achterlaten. Zelfs als ze die zou wegvegen zou Brynja het nog zien.

Ze trok de mouw van haar jas tot over haar hand en opende zo de laden een voor een.

Ook hier lagen blocnotes in nette stapels, met pennen en potloden, gummen opgestapeld op grootte, een nietmachine en perforator, een lade met lege mappen en een met opgerolde snoertjes. Nergens handgeschreven tekst. In de onderste lade vond ze wel een stapel enveloppen. Allemaal wit. Niets wees erop dat Brynja hier twee dreigbrieven had zitten schrijven. En als ze dat wel had gedaan, dan had ze het bewijs waarschijnlijk weggegooid of vernietigd. Iris durfde haar verblijfsvergunning erom te verwedden dat ze zelfs geen vingerafdrukken zouden vinden op de brieven en enveloppen als deze vrouw ze inderdaad had achtergelaten.

'En?'

Iris draaide zich zo snel om dat ze bijna haar evenwicht verloor.

'Ho, rustig aan.' Dario's armen lagen meteen om haar heen. Met twinkelende ogen keek hij op haar neer. 'Ik krijg de indruk dat je een beetje gespannen bent. Zal ik je schouders even masseren?'

Sprakeloos staarde ze hem aan, haar hart nog luid bonzend van de schrik.

Met een grijns wreef hij over haar bovenarmen. 'Grapje. Probeer een beetje te ontspannen. Ze komt voorlopig niet thuis.'

Ze knikte en draaide zich terug naar het bureau. 'Hier ligt niets. Heb jij iets gevonden?' Ze sloot de lades.

Hij schudde zijn hoofd. 'Helaas niet. Ik hoopte dat ze iets had laten liggen, maar eigenlijk had ik kunnen weten dat dat niet zo zou zijn. Alles is hier altijd opgeruimd en schoon. Tot in het extreme bijna.'

Ondanks zijn woorden speurde Iris de vloer af en gluurde onder de zwarte kasten die tegen de muur stonden, op zoek naar verdwaalde briefjes. Tevergeefs. Ze kwam weer overeind en trok haar trui recht. 'Geen wonder dat jullie uit elkaar gingen.'

Dario snoof. 'Dat was niet haar enige minpunt.'

Terwijl Iris een laatste rondje draaide, viel haar blik op de lege vuilnisbak onder het bureau. Ze wees ernaar. 'Enig idee waar ze de inhoud daarvan laat?'

Dario's gezicht lichtte op. 'Ja, in de papierbak. Ik zal erin kijken.'

'Goed, dan doorzoek ik haar slaapkamer.'

Ze verlieten de werkkamer en gingen ieder een andere kant op. Brynja's slaapkamer was de enige andere kamer boven, op de badkamer na. Iris trok de nachtkastjes open en keek onder het bed. Niets. Ook hier was alles smetteloos en opgeruimd. Op een deuk in de muur na dan.

In een van de nachtkastjes lag alleen een opgerold snoer.

Iris trok de kledingkast open. Er was een klein hanggedeelte waar ze vanwege alle kreukvrije bloezen en uniformen nog geen vinger naar durfde uit te steken. Op de planken lagen kaarsrechte stapels kleding, gesorteerd op soort en kleur. Iris scheen met haar telefoon in alle hoeken, maar vond er niets, zelfs geen minuscuul pluisje. Op de bovenste plank aangekomen stuitte ze wel op twee opbergboxen, die ze op de grond zette. Op het bed durfde ze niet aan. Eén kreukel in het dekbed en Brynja zou het opmerken.

De eerste box die ze opende zat vol met linten, stukjes stof en oude riemen. Niets bijzonders. Geen zwarte enveloppen of half geschreven dreigbrieven. Ze sloot de box en zette hem voorzichtig opzij, zodat de inhoud niet zou verschuiven. De andere box was een stuk interessanter, al was het alleen maar omdat de inhoud totaal ongeordend was. Foto's en paperassen leken er lukraak in gegooid, alsof ze het bewaren waard waren maar het uitzoeken niet. Iris' ogen gleden razendsnel over de oude foto's, notitieblaadjes, enveloppen, krantenknipsels en andere paperassen. Geen zwarte enveloppen en op het eerste gezicht leek alles in het IJslands geschreven te zijn.

'De vuilnisbak is leeg, heb jij iets gevonden?' riep Dario van beneden.

'Misschien!' riep ze terug, terwijl ze de bovenste papieren opzij legde, zodat ze de laag eronder kon bekijken.

Voetstappen op de trap. Dario kwam terug naar boven.

'Wat heb je daar?' klonk het al snel vanuit de deuropening. Dario liep naar haar toe.

'Allerlei paperassen. Misschien zit hier iets tussen. Ik begrijp het meeste niet. Wil jij een stapeltje bekijken?'

Ze wilde hem een handvol papieren overhandigen toen haar oog op een geprint nieuwsartikel viel dat haar erg bekend voorkwam. Haar adem stokte. Haar hersenen gingen in overdrive. Als ze nu alles weer opborg zou Dario zich afvragen wat er aan de hand was.

Met een ruk draaide ze haar hoofd naar de deur. 'Hoorde jij dat ook?'

Dario's relaxte houding verdween op slag. Als verstijfd bleef hij staan. 'Wat?'

'Ik hoorde iets. Het klonk als een deur die dichtging.'

Even bleven ze allebei roerloos staan.

'Het was vast niks,' zei Dario uiteindelijk, en hij gebaarde naar de stapel in haar handen. 'Geef die maar aan mij, dan zal ik eens kijken.'

Iris bleef naar de slaapkamerdeur staren. 'Ik hoorde echt iets. We kunnen beter gaan. Dit is volgens mij toch alleen maar oude troep, en er zit geen zwarte envelop tussen.'

Dario wuifde in de richting van de gang. 'Ze kan nog niet terug zijn. Ga even bovenaan de trap luisteren dan, als je het zeker wilt weten.'

Iris schudde haar hoofd. 'Het is beter als jij gaat kijken. Als ze mij betrapt werkt de hele smoes van "ik kwam spullen ophalen" niet.'

'Je hebt gelijk. Het is niet best als ze jou hier ziet.' Hij draaide zich om en liep de gang in. Zodra hij uit het zicht was verdwenen, graaide Iris het artikel naar zich toe.

Gejaagd liet ze haar blik over de kop glijden, vurig hopend dat haar verbeelding een loopje met haar had genomen.

REL OVER VERMEENDE MISHANDELING EN PESTERIJEN VAN LESBISCHE VROUW

Onder de tekst stond een foto die Iris liever nooit meer had gezien. Zij en Amber tegenover elkaar in de gang van het gerechtsgebouw. Amber met hangende schouders en de zielige blik die ze te pas en te onpas inzette, zijzelf met een van woede vertrokken gezicht en priemende vinger.

Shit...

Bij de herinnering aan dat moment, en alle momenten die erop volgden, balde Iris haar handen tot vuisten. Ze had nog net de tegenwoordigheid van geest om eerst het artikel terug in de box te laten vallen. Ze klemde haar kaken op elkaar terwijl ze zo snel ze kon met haar inmiddels trillende handen door de rest van de stapel bladerde. Ze hapte naar adem. Alle nieuwsberichten die ze zo zorgvuldig uit haar geheugen had geprobeerd te bannen waren er. Allemaal met gekrabbelde vertalingen op post-its erbij.

Zíj moet het geweest zijn. Zij weet mijn geheim. En nu wil ze me hier weg hebben. Als ze dit vertelt, is mijn leven hier…

In de gang kraakte een plank en met een zacht gilletje liet Iris de papieren in de box vallen. Ze plaatste de opzijgelegde paperassen er weer bovenop en sloot hem snel toen ze zag dat het Dario was die de slaapkamer in stapte.

'Rustig maar. Er is niemand.'

Hardhandig duwde Iris de herinneringen weg. Dat was niet de tactiek die ze had geleerd van de psycholoog, maar voor nu zou het genoeg moeten zijn. Er was geen tijd voor analyses en ademhalingsoefeningen nu.

Resoluut pakte ze de box op en zette hem terug op de bovenste plank van de kledingkast. 'Ik kan hier niet langer blijven. Ik word er bloednerveus van. Laten we maar gaan. Hier is toch niets te vinden.'

Tot haar opluchting gaf Dario haar de andere box aan. 'Heb je de papieren bekeken?'

Ze knikte, terwijl ze de boxen zorgvuldig terugzette zoals ze ze had gevonden. 'Ja, maar ik kon niets vinden wat er nieuw uitzag of wat in het Engels was. En ook geen zwarte enveloppen.'

Ze liepen de trap af en haastten zich naar de voordeur, waar Dario door het kijkgaatje keek voordat hij zich omdraaide en haar een vluchtige kus gaf. 'Maak je geen zorgen, we vinden wel bewijs. Ik ben ervan overtuigd dat zij die brieven heeft verstuurd.'

Terwijl hij de voordeur opentrok, knipperde Iris een traan weg. *Ik ook.*

Na een laatste blik naar links en rechts trok hij haar mee naar buiten.

Sneller dan ze voor mogelijk had gehouden, waren ze terug bij de auto. Hijgend drukte Iris zich tegen de zitting van de passagiersstoel.

Dario legde zijn hand op haar been. 'Gaat het?'

Ze reageerde niet, bang dat door één enkel woord of het schudden van haar hoofd de dam achter haar ogen zou breken.

'Hé...' Teder pakte hij haar hand, boog zich naar haar toe en keek haar in de ogen.

Haperend ademde ze in. *Shit!* Tranen stroomden over haar wangen en ze verborg haar gezicht dankbaar in zijn schouder toen hij haar naar zich toe trok.

Kon ze het hem vertellen? Zou hij haar geloven? Of zou hij, zoals die anderen, direct zijn conclusies trekken en haar dumpen alsof ze een zak vol afval was? Ze wilde het risico niet nemen. Kón het risico niet nemen. Als ze hier wilde blijven, in dit prachtige, ijskoude en tegelijk zo warme land vol bijzondere mensen, waar ze nu al zo gelukkig was, dan moest ze haar mond houden.

En zorgen dat Brynja ook haar mond houdt.

HOOFDSTUK 17

Een paar weken eerder

Brynja staarde naar de woorden op het papiertje in haar handen.

Je kunt dit niet winnen. Stop ermee, ik meen het!

Weer een dreigement. Waarom kon hij haar dit niet gewoon in haar gezicht zeggen? Woede trok aan haar mondhoeken. Haar hart bonsde pijnlijk in haar slapen. Wat een lafaard! Als hij haar echt zo haatte, dan moest hij opendoen als ze langskwam en het haar recht in haar gezicht zeggen.

Haar blik dwaalde terug naar het briefje. Ze krabde aan haar hoofd, waardoor haar knot bewoog.

Wacht eens even. Dit komt niet van Dario. Als hij al zoiets zou sturen, dan zou hij het echt niet uittikken en printen. Veel te veel moeite. Er moet een andere reden zijn waarom hij niet reageert op mijn berichten en telefoontjes en niet opendoet. Dat wicht van een au pair waarop hij is gevallen zal het hem waarschijnlijk verbieden. Of hij is ziek. Of... hij is bang dat hij me niet kan weerstaan als hij me ziet. Een brede glimlach verplaatste de rimpels van haar voorhoofd naar haar ooghoeken. *Dat is het. Hij durft me niet onder ogen te komen, want diep vanbinnen wil hij mij nog steeds, en niet die... die Iris. Hij houdt alleen van mij, hij heeft me nodig, maar hij kan dat nog niet aan zichzelf toegeven.*

Met hernieuwde energie gooide ze het briefje van zich af en

schoot in haar werkschoenen. Deze dag zou toch nog mooi worden. Prachtig zelfs! Eerst haar dienst in het verpleeghuis, waar Hinrik ongetwijfeld extra zorg en aandacht nodig had, en daarna zou ze naar Dario gaan, deze keer onverwacht. Ze wist precies wat hij kon gebruiken.

Opgewekt stapte ze in de auto en reed naar haar werk. Zodra ze het moderne, ruime gebouw binnenliep kwam haar leidinggevende naar haar toe. Marja, een magere vrouw van zestig, die een kop langer was dan Brynja en er altijd uitzag alsof ze te weinig zon zag, was nog bleker dan normaal. In haar ogen lag een paniekerige blik. Brynja vroeg zich altijd af hoe Marja deze functie ooit had gekregen. Het zou beter zijn als iemand die niet zo snel gestrest raakte hier alles zou regelen. Iemand zoals zijzelf bijvoorbeeld.

'Brynja, goed dat je er bent.' Licht hijgend bleef ze staan.

'Goeiemorgen,' groette Brynja haar vrolijk, en ze liep door naar de medewerkersgarderobe, waar ze haar jas ophing.

Marja hobbelde achter haar aan. 'We hebben een probleem vandaag.'

Geduldig wachtte Brynja tot haar baas de moed had verzameld om haar het slechte nieuws te vertellen.

'Petra is ziek, dus we zijn maar met z'n tweeën op de afdeling.' Marja keek haar ietwat angstig aan, alsof ze bang was dat Brynja zou flippen vanwege deze mededeling.

Ze klopte de vrouw echter bemoedigend op de knokige schouder en glimlachte. 'Dat is vervelend, maar dat komt goed. Geen zorgen. We zetten er samen de schouders onder.'

Marja blies haar adem opgelucht uit en Brynja glimlachte. 'Ik zet mijn tas weg en dan begin ik aan mijn ronde. Heb jij Petra's cliënten van vandaag al over ons tweeën kunnen verdelen, of zal ik dat even doen?'

'Dat is al gelukt. De overdracht ligt op mijn bureau.' Marja wees over haar schouder. 'Ik zal hem even pakken.'

Brynja wapperde haar aanbod weg. 'Welnee, ga jij lekker starten, ik pak hem zelf wel.'

Met een dankbare glimlach knikte Marja en verdween in de gang naar kamer 1.

Fluitend borg Brynja haar tas op, liep naar Marja's kantoor en bestudeerde snel de overdracht. Er waren weinig bijzonderheden. De nacht was rustig geweest, op wat kleine dingetjes na die geen verrassing waren voor haar. Hinrik had wat extra aandacht nodig vanwege maagklachten en eenzaamheid. Het werd tijd dat hij zich meer onder de bewoners begaf. Hij was er fit genoeg voor. Daarnaast was er Margrét, die door haar dementie met de dag verwarder werd. Haar kinderen wisten daar geen raad mee en bleven daardoor steeds vaker weg. Vannacht had ze door de gangen van het verpleeghuis gedwaald, op zoek naar haar hond, die al twintig jaar dood was. Brynja nam zich voor om een paar keer extra bij de vrouw te gaan kijken. Maar eerst was Hinrik aan de beurt. Hij moest uit bed geholpen worden en ook hij kon de extra aandacht goed gebruiken.

Ze klopte op zijn voordeur en glimlachte toen er een vrolijk 'Binnen!' klonk.

'Goeiemorgen!' riep ze uitbundig terwijl ze binnenstapte. Ze liep langs het kleine keukenblok de slaapkamer in en opende de gordijnen. 'Goed geslapen, Hinrik?'

'Goedemorgen, Brynja. Ik heb heerlijk geslapen. Nadat ik wat pillen had gekregen van de nachtzuster.'

Ze liep naar de kast en zocht een setje kleding uit. 'Dat is goed om te horen. Je hebt binnenkort weer onderzoeken, zag ik. Heb je al iemand die met je meegaat?'

'Ja, Ágúst.'

'Mooi zo.' Ze draaide zich om en hield de broek en trui omhoog. 'Wat denk je hiervan?'

Hij grijnsde breed. 'Perfect.' Moeizaam werkte hij zichzelf een stukje omhoog op zijn ellebogen.

'Ho ho, rustig aan. We hebben geen haast,' zei Brynja gemoedelijk. Eigenlijk was dat niet waar; ze had nog veel cliënten te bezoeken, maar ze kon het niet over haar hart verkrijgen om zich te haasten bij iemand die haar zorg en aandacht zo hard nodig had.

Ze legde het stapeltje kleding op het voeteneind van het bed. 'Ben je er klaar voor?'

'Jazeker,' zei de man opgewekt.

Ze hielp hem in een zittende positie en trok zijn pyjamajasje uit. Hij wilde het onderhemd van haar aanpakken, maar ze schudde haar hoofd. 'Nee nee, laat mij dat nou maar doen. Anders heb je straks weer last van je arm.'

Morrend liet hij de trui los. Behendig hielp ze hem erin en ging daarna verder met de schone onderbroek en de bovenkleding.

'Ik zou de sokken graag zelf proberen.' Hinrik trok zijn voet weg toen ze die wilde vastpakken.

Verontwaardigd keek Brynja hem aan. 'Dat zou ik niet aanraden. Je weet wat er de vorige keer gebeurde. Toen schoot het in je rug. Het zou zonde zijn als je daardoor een week niets kunt. Er staan allerlei leuke dingen op het programma.'

'Ik kan het voorzichtig doen,' opperde de oude man.

Brynja ging met een ruk rechtop staan en keek hem smalend aan. 'Je denkt dat dat iets uitmaakt?'

De man slikte. 'Ik hoop het. Zolang ik me niet te ver uitrek zou het moeten lukken, toch?'

Ze bungelde de sokken voor zijn neus. 'Het is jouw keuze. Ga je gang. Maar niet klagen over rugpijn als het misgaat.'

Ze sloeg haar armen over elkaar zodra hij de sokken had aangepakt. Weifelend staarde hij een moment naar zijn voeten. Uiterst langzaam boog hij voorover en strekte zijn arm naar zijn voet. De afstand tussen zijn hand en zijn tenen was nog erg groot en Brynja kantelde geïnteresseerd haar hoofd. Ze was eigenlijk wel nieuwsgierig of het hem zou lukken. En vooral hoeveel pijn hij zichzelf ermee zou doen. Het was niet alleen zijn rug die zwak was. Zijn nek was ook niet meer in de beste staat en zijn vingers verkrampten zo nu en dan.

Hij reikte zo ver hij kon, kreunde zacht en bewoog zijn voet iets dichterbij. Nog steeds was de afstand te groot om te overbruggen.

Na wat onverstaanbaar gemompel schraapte Hinrik zijn keel en keek langzaam op. Hij hief een hand en krabde met één vinger aan de zijkant van zijn hoofd.

Brynja trok veelbetekenend een wenkbrauw op. 'Hulp nodig?'

Hij zond haar een gepijnigde grijns. 'Het lukt me wel. Ik hoopte alleen op wat tips.'

'Liggend zou het misschien beter gaan. Maar mijn advies blijft om het niet zelf te doen.'

Hij knikte langzaam, liet zijn been zakken en schoof een stukje achteruit op het bed. Vervolgens viel hij zo abrupt achterover dat Brynja in een reflex haar armen uitstak om hem op te vangen.

Hinrik grinnikte. 'Geen paniek, dat was expres.'

Brynja trok haar armen terug en draaide zich om. 'Goed, modder hier nog maar wat aan dan. Ik ga je medicijnen en de rolstoel alvast halen. Gil maar zodra het misgaat.'

Met korte, strakke passen verliet ze de slaapkamer. Na een korte aarzeling liep ze door de voordeur de gang in, waar ze haar karretje had laten staan. Ze pakte Hinriks medicijnen en draaide zich terug naar de voordeur.

Ze hief haar hand toen een pezige man met een norse blik naar de woning van Hinrik liep. 'Moment, Ágúst, we zijn nog bezig met aankleden.'

De man met het halflange blonde haar wierp haar een verstoorde blik toe, en bleef staan. 'Ik heb niet veel tijd.'

Met moeite hield Brynja haar wenkbrauwen op hun plek en produceerde een minuscuul glimlachje. 'We zijn zo klaar, dan kan je met je vader gaan wandelen.'

Hij zette een stap naar de voordeur toe. 'Ik loop met je mee.'

Brynja stond in de deuropening voordat Ágúst erdoorheen kon stappen. Ze maakte zich lang. 'Nee, je weet dat je vader dat niet fijn vindt. Hij wil toonbaar zijn voordat hij bezoek ontvangt.'

Ágúst snoof. 'Toonbaar? Ik ben zijn zoon!'

Ze haalde haar schouders op, de stijgende dreiging die van hem uitging negerend. 'Zo is het nu eenmaal. Je kunt hier wachten of beneden met een kop koffie. We zien je zo.'

Voordat hij nog meer kon protesteren of haar de huid vol kon schelden, betrad ze de woning en duwde de deur achter zich dicht.

Ze liep de woonkamer in, waar de rolstoel naast het keukenblokje geparkeerd stond. Harder dan nodig trapte ze hem van de rem en duwde hem naar de slaapkamer. Daar vond ze Hinrik op zijn rug, spartelend met één been en zwaar hijgend.

Frustratie schoot als een leeglopende ballon door haar aderen. Hitte steeg naar haar hoofd. Ze liet de rolstoel midden in de kamer los, beende naar de oude man toe en trok de sokken uit zijn handen. 'Zo is het wel genoeg.'

Hinriks gezicht betrok en Brynja zette haar handen in haar zij. 'Waarom luister je niet gewoon? Dat zou ons een hoop kopzorgen en tijd besparen.'

'Ik… Ik wilde alleen…' Hij zweeg bedremmeld en wendde zijn blik af. Zijn been plofte verslagen terug op het bed.

Brynja haalde een paar keer diep adem. Haar handen gingen als vanzelf naar zijn schouders en ze trok hem voorzichtig overeind. 'Sorry, ik had niet mogen uitvallen. Maar dit wordt niets, dat zal je moeten inzien.' Ze pinkte de traan weg die uit zijn ooghoek ontsnapte en wreef zacht over zijn rug. 'Je kunt je beter concentreren op de dingen die nog wel goed gaan, en genieten van al het leuks dat er nog gepland staat. Laat mij mijn werk nou maar doen. Ik ben hier om te helpen.'

Hij zuchtte. 'Ik weet het. Bedankt daarvoor. Ik zou niet weten wat we zonder jou zouden moeten, Brynja.'

Met een glimlach wuifde ze zijn compliment weg. 'Ach, dat is toch geen probleem. Ik doe het graag, dat weet je.'

In een paar bewegingen had ze beide sokken en de pantoffels die onder het bed stonden eroverheen aangetrokken. Ze klopte hem op zijn enkel. 'Kijk, zo ging het toch prima?'

Hij knikte, turend naar zijn voeten. 'Ja, sorry dat ik moeilijk deed.'

Ze ging recht voor hem staan en omhelsde hem stevig. 'Het is al goed. Maak je er niet druk om. Kom, ik help je in de rolstoel en breng je naar de woonkamer. Ágúst is er, jullie willen vast een kopje koffie drinken samen. Is dat een goed idee?'

Dankbaar glimlachte hij. 'Dat klinkt fijn, Brynja. Dank je wel.'

HOOFDSTUK 18

'Nu ben ik het zat.' Iris sprong uit de auto, wilde het schoolplein op stormen, maar bedacht zich. Ze boog zich terug de auto in en keek Lilja zo rustig mogelijk aan. 'Wil jij even op de kleintjes passen, alsjeblieft?'

Beduusd knikte het meisje. 'Ja, hoor.'

Minutenlang hadden ze al op Lukasz zitten wachten, om de hoek. Uiteindelijk was Iris naar de schoolpoort gereden. De school was leeggelopen, zonder teken van hem. En nu kwam hij aanlopen. Iris kon het nog amper aanzien. De blos op zijn wangen had zich de hele week niet laten zien, zijn schouders leken steeds verder te gaan hangen en zijn ogen verlieten de grond nog zelden. Verschillende keren had ze geprobeerd met hem te praten, of simpelweg iets los te krijgen over wat er aan de hand was. Ze was geduldig geweest, boos, streng en ze had gesmeekt. Niets hielp.

'Iemand heeft het gerucht verspreid dat hij op jongens valt,' had Lilja haar die ochtend toevertrouwd, voordat Lukasz zwijgend in de auto was geschoven. 'Ze pesten hem enorm.'

Iris had kordaat de herinnering aan Amber en diens uit de hand gelopen verliefdheid weggeduwd.

'Denk je dat het waar is?' was haar eerste vraag geweest.

'Maakt dat iets uit?'

Ze had geglimlacht. 'Voor ons niet, maar voor hemzelf wel.'

Nadenkend had het meisje haar aangekeken. 'Nee, het is niet waar.'

De hele dag had Iris lopen piekeren over een oplossing, een

manier om hem te helpen. Advies vragen aan Maren, Finnur of Dario was geen optie. Als zij het hen vertelde zou Lukasz haar nooit meer vertrouwen. De enige met wie ze erover kon praten was Lilja, maar zij had geen idee wat ze eraan konden doen. 'Als ik het kon had ik hem al geholpen,' zei ze. 'Ook al doet hij naar tegen mij en tegen Einar en Elva en… Nou ja, tegen bijna iedereen eigenlijk. Hij blijft toch mijn broer en ik weet dat hij diep vanbinnen een goed mens is.'

Iris had haar een moment aangestaard, verbaasd over zoveel wijsheid. Daarna had ze geknikt. 'We verzinnen wel iets.'

Dat leek Lilja iets op te vrolijken.

Die middag was ze breed lachend uit school gekomen, vol verhalen over de lol die ze had gehad met haar vriendinnen en de grappige en vreselijke leraren.

Zodra ze Lukasz in het oog kreeg, was ze stilgevallen. Iris had nog geen oplossing bedacht, maar haar instinct nam het nu over.

Ze beende het schoolplein op, haar wenkbrauwen in een voelbare frons. In eerste instantie zag Lukasz haar niet, omdat zijn blik opnieuw aan de grond geplakt was. Iris overwoog langs hem heen te lopen, rechtstreeks de school en het kantoor van de rector in. Ze kon het niet. Lukasz' hele houding straalde verslagenheid en moedeloosheid uit. Een hevige drang om hem vast te pakken maakte zich van haar meester. Ze bleef voor hem staan, haar armen geheven. De afwijzing die van hem af straalde was duidelijk voelbaar, al keek hij nog steeds niet op.

'Lukasz?'

Met een ruk hief hij zijn hoofd. De verdrietige blik in zijn ogen veranderde in een kwade. 'Wat?'

De drang om hem vast te pakken sijpelde weg. Ze focuste zich op haar boosheid. 'Het moet klaar zijn nu. Zo kan het niet langer. Ze maken je kapot en dat kan ik niet toestaan. Ik ga nu naar binnen om met de rector te praten. Als je wil kan je meegaan.'

Hoewel het onmogelijk leek vertrok Lukasz' gezicht in een nog bozere uitdrukking. 'Dat doe je niet! Wie denk je wel dat je bent? Bemoei je er niet mee! Ik kan zelf mijn problemen wel oplossen. Daar heb ik geen domme, naïeve oppas uit Nederland voor nodig, hoor!'

Voordat ze kon reageren liep hij door. Verbijsterd bleef Iris staan. Achter haar sloeg het portier van de auto met een harde klap dicht. Het geluid echode door de straat en twee vogels vlogen krijsend op.

'Wauw...' verzuchtte ze hardop. Lukasz' woorden deden haar meer pijn dan ze wilde toegeven. Tegelijkertijd laaide haar wantrouwen tegenover hem weer op. Was hij dan toch degene die de enveloppen had achtergelaten?

Ze zette nog twee stappen naar de deuren van de school, balde haar vuisten, vloekte inwendig en draaide zich om.

Prima, als hij het zo wil, dan help ik hem toch niet?

Gedreven door een nieuwe vlaag woede was ze binnen een paar seconden terug bij de auto. Ze haalde diep adem en trok het portier open, zonder een blik op de achterbank te werpen.

De stilte in de auto was om te snijden. Ze wierp een blik in de achteruitkijkspiegel om te controleren of alles in orde was met Einar en Elva. Tot haar verbazing zat Lukasz half over de kinderstoel gebogen. Hij maakte pruttelende geluiden en kietelde Elva totdat ze een kirrend geluid maakte. Terwijl Iris een vragende blik met Lilja wisselde begon Lukasz een kiekeboe-spelletje met Einar.

Lilja haalde onopvallend haar schouders op en hoofdschuddend startte Iris de auto. Ze kon echt geen hoogte krijgen van die jongen.

Na het eten deed Iris de afwas, samen met Lilja, die opnieuw honderduit kletste over haar schooldag. Iris vond het heerlijk. De puber was zo open, het was alsof ze haar al jaren kende. Iris was in een paar weken tijd een kruising geworden tussen een vriendin en een moeder en dat beviel haar prima.

Zodra alles schoon en opgeruimd was, verdween Lilja naar boven om huiswerk te maken. Nadat ze de kleintjes welterusten had gewenst klopte Iris op de deur van Finnurs werkkamer, beneden. Hij bromde iets wat klonk als 'kom binnen' in het IJslands en ze stak haar hoofd om het hoekje.

'Heb je tijd?'

Finnur reageerde niet. Hij zat gebogen over een ontwerp van wat ongetwijfeld een gebouw moest worden, maar wat nu nog uit onduidelijke lijnen bestond.

Na een korte stilte probeerde Iris het opnieuw. 'Finnur? Heb je tijd om te oefenen?'

Verstoord keek hij op. 'Hè?'

'We zouden verdergaan met IJslands oefenen.' Ze kuchte ongemakkelijk toen hij alleen zijn wenkbrauwen fronste als antwoord. Snel hief ze haar hand. 'Maar je hebt het druk, zo te zien. We slaan vandaag wel over.'

Hij wreef met zijn handpalm over de plek tussen zijn wenkbrauwen. 'Sorry Iris, ik was even in gedachten verzonken. Eh...' Hij liet zijn hand weer zakken. 'IJslands...'

'Het kan wel een andere keer, het maakt niet uit.'

'Ja, sorry. Het zit een beetje tegen met dit ontwerp.' Hij glimlachte verontschuldigend.

'Wil je een kop koffie?'

'Dat zou heerlijk zijn.' Na een dankbaar knikje richtte hij zich weer tot zijn ontwerp.

Zodra ze Finnur van een oppeppend drankje had voorzien, liep ze de trap op naar haar slaapkamer. Achter Lukasz' deur klonk het gedreun van een lage bas. Even aarzelde ze, maar na een paar seconden besloot ze dat ze vandaag genoeg had ondernomen om dichter bij hem te komen. Hij wist dat hij bij haar terecht kon met zijn problemen. De bal lag nu bij hem.

Iris' moeder nam niet op, dus stuurde ze een korte update via WhatsApp. Daarna belde ze Roos.

'Ies! Hoe is het in het koude noorden?'

Ze grinnikte. 'Nou, eigenlijk precies dat. Koud.'

'Vast wel meer dan dat, toch? Vertel, hoe waren de afgelopen dagen? Ben je al helemaal ingeburgerd?'

Iris liet zich achteroverzakken in haar kussen en tuurde naar het plafond. 'Hmm... nog niet helemaal, al word ik aardig geaccepteerd, en dat is al een hele opluchting. Behalve door...'

Ze zweeg. Eigenlijk wilde ze Roos alles vertellen, maar plotseling had ze het gevoel dat ze niet alleen was. Dat er iemand meeluisterde. Wat ze wist over Lukasz moest tussen hen blijven, al zou ze zijn ouders uiteindelijk moeten inlichten als hij hulp bleef weigeren en ook niet wilde praten. En wat betreft de dreigbrieven... Als ze Roos het hele verhaal vertelde, liep ze het risico dat iemand die net langs haar kamer liep haar hoorde zeggen dat ze bij Dario was geweest.

'Behalve wat?' vroeg Roos. 'Ies? Hallo? Ben je er nog?'

'Sorry, ik dacht dat ik een van de kinderen hoorde huilen,' verzon Iris snel.

'Echt? Jeetje, je klinkt als een echte moeder.'

Met beide handen greep Iris de kans aan om van onderwerp te veranderen. 'Zo voelt het vaak ook, eerlijk gezegd.'

Roos klonk opgewonden. Nieuwsgierig. 'Ja? Hoe is het?'

'Heerlijk.'

Haar vriendin proestte het uit. 'Nee joh! Wil je echt al settelen? Je bent nog hartstikke jong! Dat is niet van deze tijd, hoor Iris. En trouwens, daarvoor heb je een man nodig.'

Blij dat Roos haar gloeiende gezicht niet kon zien, lachte Iris mee. 'Inderdaad. Maar voorlopig vind ik de twee die ik hier heb genoeg, hoor.'

'Twee? Je hebt er vier, toch?'

'Ja, maar de oudste twee kunnen redelijk goed voor zichzelf zorgen.' *Meestal tenminste.*

'Pubers die voor zichzelf kunnen zorgen?' De spottende toon was onmiskenbaar. 'Dat is nieuw voor mij. Zijn alle pubers in IJsland zo braaf?'

Iris dacht aan Lukasz' beste vriend Eiríkur. 'Natuurlijk niet.'

'Maar jij hebt net de twee leukste getroffen. Ik ben blij voor je, Iris. Echt. Je klinkt gelukkig.'

Iris sprak haar niet tegen. Ondanks haar zorgen over de brieven en Lukasz, kon ze volmondig antwoorden: 'Dat ben ik ook.'

Ze zuchtte. 'Maar vertel. Hoe is het in Nederland?'

'Och, z'n gangetje. Werk saai, man lief, maar soms ook wel een beetje saai.' Ze lachte en Iris' mondhoeken gingen ook omhoog. 'Verjaardagen, af en toe een etentje, de eerste plannen voor de feestdagen maken. We vermaken ons wel hier. Maar ik mis je wel, hoor. We moeten echt afspreken om naar elkaar toe te komen, zo nu en dan. Ik kan geen jaar of langer zonder je, hoor!'

'Ik ook niet zonder jou. Zodra ik weet wanneer ik langer vrij ben, spreken we af en regelen we een ticket.'

'Top idee! En als dat te lang duurt, kom ik gewoon naar jou. Dan ben je maar niet vrij. Ik help je wel met je taken. Zolang ik maar geen luiers hoef te verschonen.'

Ze grinnikten opnieuw allebei. Roos klaagde nog wat over haar werk, vertelde van haar plannen voor het komende weekend en daarna hingen ze op. Hoewel ze haar hart niet had kunnen luchten, voelde Iris zich beter. Roos was altijd zo opgewekt en energiek. Het liefst ratelde ze aan een stuk door. En toch was ze ook altijd geïnteresseerd in wat Iris bezighield.

Ze legde haar telefoon op haar nachtkastje en pakte de reisgids die ze op haar welkomstfeest had gekregen op. Haar toestel zoemde. *Dat zal mam zijn.*

Ze pakte de telefoon op, klaar om op haar moeders naam te tikken, zodat ze toch nog even konden bellen. Haar vinger bleef voor het scherm hangen.

Was ik niet duidelijk? Vertrek, of ik vertel iedereen over je verleden.

Iris' mond viel open. Ze schudde de opkomende rilling van zich af en sprong van haar bed. Met gebalde vuisten ijsbeerde ze door de slaapkamer. De woede en angst die door haar lijf stroomden leken zich met grof geweld door de wanden van haar aderen te willen duwen. Een gefrustreerde grom ontsnapte haar. Ze drukte haar vuisten tegen haar voorhoofd om de kluwen van gedachten tot bedaren te brengen.

Een moment van helderheid. Ze kon deze klootzak uitlokken.

Ze tikte het eerste wat in haar opkwam.

Kom dat eens in mijn gezicht zeggen als je durft, klootzak.

Voor ze er goed en wel over had nagedacht, had ze al op verzenden gedrukt.

Terwijl ze op een reactie wachtte, leek de kamer te versmallen. De lucht leek opeens dikker, alsof de zuurstof zich door een dichte laag onzichtbare modder moest worstelen om haar te bereiken.

Ze gooide de deur open en stoof de gang in, langs Lukasz' kamer en de badkamer, en weer terug. In de halve seconde waarin ze door de half openstaande deur van de puber naar binnen kon kijken, zag ze hem haastig zijn telefoon wegleggen en opspringen. Hijgend bleef ze staan en keek om. De deur werd hard dichtgeslagen en Iris staarde ernaar tot de onrust in haar binnenste te hevig werd om te negeren. Ze duwde de deur open. Voordat ze ook maar één woord over haar lippen kon krijgen, werd ze door Lukasz achteruit geduwd.

'Je mag niet zomaar binnenkomen! Eerst kloppen en wachten op mijn toestemming!'

Opnieuw knalde de deur voor haar neus dicht. Iris aarzelde, maar hief uiteindelijk haar hand om op het hout te kloppen.

'Wat is hier aan de hand? Wat was dat lawaai?'

Met een ruk draaide Iris zich om. Vanaf de bovenste trede van de trap wierp Maren haar een verbaasde, ietwat geïrriteerde blik toe.

'Lukasz is eh… boos.' Haar stem klonk hoger dan normaal en Maren fronste haar voorhoofd.

'Hadden jullie ruzie? Je ziet er…' Ze aarzelde. '… oververhit uit.'

'Nee hoor, er is niets aan de hand. Gewoon een misverstand.'

Maren stapte de overloop op en pakte Iris bij haar schouders. 'Er is duidelijk wel iets aan de hand. Je staat te trillen op je benen. Wat is er, Iris? Je kunt mij alles vertellen, dat weet je toch?'

Iris' blik gleed van haar eigen open slaapkamerdeur naar die van Lukasz. 'Nee, er is echt niets. Ik schrok gewoon toen hij de deur dichtgooide.'

Maren liet haar los en draaide zich naar Lukasz' slaapkamerdeur. 'Deed hij brutaal tegen je?'

Voordat Iris nog verder kon protesteren, klopte Maren op de deur en duwde hem meteen daarna open. 'Wat heb je tegen Iris gezegd, Lukasz?'

De jongen stoof overeind van zijn bureaustoel en priemde met een vinger in Iris' richting. 'Ze liep zo mijn kamer in, zonder te kloppen! Ze houdt me continu in de gaten. Gluurt naar binnen als mijn deur openstaat, alsof ik iets te verbergen heb. Ik ben het zat!'

'Ik gluurde helemaal niet, ik liep gewoon langs,' zei Iris, terwijl ze haar armen over elkaar sloeg om zich een houding te geven.

'Niet zo hard. Wil je dat de kinderen wakker worden?' snauwde Finnur, die plotseling achter hen stond. 'We mogen blij zijn dat ze nog niet liggen te huilen, met al het lawaai dat jullie maken.'

Iris kromp ineen. Shit, nu had ze hem kwaad gemaakt.

Lilja's deur ging open. 'Wat is er allemaal aan de hand?'

Finnur slaakte een zucht. Na een korte blik op Lilja, richtte hij zich weer tot Lukasz en Iris. 'We gaan nu naar beneden om dit uit te praten.' Hij stapte opzij en gebaarde met een bruuske handbeweging naar de trap.

Iris liep met gebogen hoofd langs hem heen. Er klonk nog wat verontwaardigd gemompel voordat ook Lukasz volgde.

Zittend op de bank, met haar handen tussen haar benen geklemd, wachtte Iris tot iedereen beneden was. Lukasz ging tegenover haar zitten, op de andere bank, met zijn armen over elkaar. Zijn norse blik was strak op haar gericht.

Finnur nam plaats op de comfortabele stoel, zodat hij zowel Iris als Lukasz kon zien. Hij wreef over zijn baardje. 'Zo, vertel nu eens wat er aan de hand is.' Hoewel hij rustig klonk, zag Iris een spiertje bij zijn slaap trekken toen ze haar hoofd zijn kant op draaide. Lilja was naast haar gaan zitten en zag er ook gespannen uit, hoewel de boosheid niet op haar gericht was.

'Luister, er is helemaal niets aan de hand,' begon Iris. 'Ik was gewoon een beetje... onrustig. Lukasz' deur stond open... Er was verder... Ik had geen... Hij...' Ze zuchtte en perste haar lip pen op elkaar.

Maren was achter Finnur blijven staan. De bezorgde frons bleef tussen haar wenkbrauwen hangen en haar blik schoot heen en weer tussen Iris en Lukasz. 'Vertel het maar gewoon.'

Iris nam een paar seconden om haar gedachten op een rijtje te krijgen.

'Iris?' Finnurs stem klonk ongeduldig, dwingend. 'Er is duidelijk wel iets aan de hand. Vertel het ons.'

Ze haalde diep adem, en besloot op het laatste moment om zich tot Lukasz te wenden. 'Ik wilde je echt niet bespioneren. Sorry dat ik zomaar je kamer in liep. Ik was gewoon boos en... wist even niet wat ik eraan moest doen.'

'Boos op mij?' Het klonk nors en uitdagend tegelijk.

'Nou... nee.'

'Dus Lukasz reageerde nogal overdreven,' concludeerde Finnur stug.

Iris kuchte en keek naar haar vingers, die ze ongemerkt in elkaar had verstrengeld.

'Ja hoor, nu heb ik het weer gedaan!' De jongen hief zijn handen in een moedeloos gebaar en liet zich achterover tegen de rugleuning vallen.

Iris durfde haar mond niet meer open te doen. Ze was blij dat de aandacht naar Lukasz was verschoven.

'Waarover was je boos, Iris? Je leek behoorlijk overstuur.'

Ze keek op naar Maren en vloekte stilletjes in zichzelf. Hier kon ze niet meer onderuit. Ze moest hen íets vertellen.

'Ik krijg dreigbrieven. Al een tijdje. Geen idee van wie of waarom.'

Doodse stilte. Maren sloeg haar hand voor haar mond, haar ogen waren groot van schrik. Finnurs stugge uitdrukking was veranderd in een verbaasde. Afwezig masseerde hij de vingers van zijn rechterhand. Lukasz' blik leek iets milder te zijn geworden, maar dat kon ook wishful thinking zijn. Lilja staarde haar met open mond aan.

Maren liet haar hand langzaam zakken en likte over haar lippen. 'Ik vind dat je je excuses moet aanbieden, Lukasz.'

De jongen veerde verontwaardigd op. 'Wat? Hoezo?'

'Omdat je je als een vervelende, onverschillige puber gedraagt. En niet alleen tegenover Iris, die er alles aan doet om goed te zijn voor ons allemaal, maar ook tegenover mij en Finnur. En dan heb ik het nog niet eens over de totale desinteresse als het aankomt op Einar en Elva.' Haar ogen spuwden vuur bij de laatste opmerking, maar Iris zag er duidelijk verdriet in.

Lukasz liet zich tegen de rugleuning van de bank vallen, zijn armen opnieuw strak gevouwen voor zijn borst. Hij zei niets.

Finnur schraapte zijn keel. 'Je moeder heeft gelijk. Je hebt je niet netjes gedragen tegenover Iris. Ik begrijp dat je vindt dat je geen oppas meer nodig hebt, maar gezien je gedrag van de laatste tijd moet ik dat tegenspreken. Je bent duidelijk nog niet volwassen genoeg om je eigen gang te gaan.'

Lukasz schoot overeind. 'Wat is dit voor bullshit! Iris overtreedt een van de basisregels hier in huis, en ík krijg op mijn kop?'

Met grote passen liep hij naar de gang, maar Finnur stond snel op en blokkeerde de weg. 'Of je het leuk vindt of niet, Iris is hier. Ze maakt nu onderdeel uit van het gezin. En binnen dit gezin staan we voor elkaar klaar en praten we dingen uit, of je nu een puber bent of niet. Iris heeft haar excuses aangeboden, nu is het jouw beurt.' Hij keek de jongen streng aan toen die zijn mond opende. 'Kies je woorden zorgvuldig.'

De huid van Iris' armen en nek prikkelde door de spanning in de ruimte. Een snelle blik op Lilja vertelde haar dat ook zij nog steeds niet op haar gemak was. Ze zat stijfjes overeind, met haar blik aan Finnur vastgelijmd. Marens voorhoofd trok vol rimpels. Had zij er moeite mee dat Finnur haar zoon aansprak? Vond ze hem te streng?

Ze draaide haar hoofd terug naar de twee mannen, die nog steeds roerloos tegenover elkaar stonden, en onderdrukte de neiging om te zeggen dat het wel goed zat.

'Sorry,' zei Lukasz opeens. 'Sorry, allemaal, dat ik me als een rottige puber gedraag.'

Heel even vonden zijn ogen de hare. Ze knikte en probeerde hem met haar blik duidelijk te maken dat zijn geheimen veilig waren bij haar. Ze had niets over zijn problemen op school gezegd tegen zijn ouders, en ook niet verraden dat ze hem nooit helemaal tot aan de schoolpoort bracht. Hij knikte lichtjes terug, maar het was onduidelijk of dat betekende dat hij haar boodschap had begrepen.

Finnur legde een hand op zijn schouder. Zijn toon was een stuk milder toen hij weer sprak. 'Als je ergens mee zit kan je bij ons terecht. Het maakt niet uit bij wie, we zijn er voor je. Het is misschien lang geleden, maar ook je moeder en ik zijn pubers geweest. Het zou zomaar kunnen zijn dat we je beter begrijpen dan je denkt.'

Lukasz glimlachte lauwtjes. Zijn blik schoot opnieuw naar Iris, en ze knikte bemoedigend.

'Bedankt,' mompelde hij, en hoewel hij het tegen Finnur zei, was het voor Iris duidelijk dat dit bedankje voor haar was bedoeld. *Oké, ik ben nog niet alle credits kwijt dus.*

Een laatste klap op zijn schouder en Finnur liet zijn stiefzoon los. Die draaide zich om en verdween naar boven.

Finnur wendde zich tot Lilja. 'Ga jij ook terug naar boven?'

Lilja schudde kordaat haar hoofd. 'Nee, ik wil hier blijven, om Iris te steunen.' Om haar woorden kracht bij te zetten, sloeg ze een arm om Iris heen.

'Dat is lief van je,' zei Iris, die een dankbare kus op Lilja's slaap plantte.

Met een zucht ging Finnur naast zijn vrouw zitten, die inmiddels met een wit gezicht op de bank was neergezakt tegenover Iris. Maren liet haar adem hoorbaar ontsnappen. 'Jemig, Iris. Waarom heb je niets tegen ons gezegd over die dreigementen?'

Misselijkheid kroop omhoog bij de gedachte dat ze moest liegen tegen Maren. Ze staarde naar haar handen, zodat ze de leugen eruit kon krijgen. 'Ik... ik wilde niet dat jullie je zorgen maakten. En ik wilde jullie niet tot last zijn.'

'Tot last?' Maren stond op, kwam naast haar zitten en sloeg een arm om haar schouders. 'Als je bedreigd wordt willen wij dat weten, zodat we je kunnen steunen. Zoiets moet je niet alleen dragen.'

'Ik ben al eerder bedreigd en toen raakte ik bijna iedereen kwijt.' Het glipte eruit voor ze het tegen kon houden en meteen smeekte ze het universum om ervoor te zorgen dat Maren en Finnur niet verder vroegen en niet zelf op onderzoek uit zouden gaan.

'Wat zeg je nou? Wat vreselijk!' Maren trok haar tegen zich aan, waardoor haar halflange haar over Iris' voorhoofd viel. Iris kon de tranen niet langer tegenhouden.

Finnur liep naar hen toe en kneep zacht in haar schouder. 'Wat vreselijk, Iris.' Hij zweeg even voor hij verderging. 'Kan je ons de dreigbrieven laten zien?'

Iris maakte zich los en knikte. Ze wierp Lilja, die met grote ogen toekeek, een bemoedigende glimlach toe. 'Ja, ik heb de twee brieven bewaard, en de sms staat nog op mijn telefoon.' Ze veegde over haar wangen. 'Ik zal de brieven pakken.'

Lilja stond abrupt op. 'Ik zet koffie.'

Eenmaal terug beneden moesten Maren en Finnur al snel bekennen dat de inhoud te vaag was om conclusies uit te trekken en dat ze het handschrift niet herkenden. Bij het sms-bericht stond een nummer, maar dat was bij geen van hen bekend.

'We moeten hiermee naar de politie, dit is serieus,' zei Maren.

Iris schudde verwoed haar hoofd. 'Nee, geen politie.' *Ik wil gewoon rust. Ik vind het heerlijk hier. Dit probleem lossen Dario en ik wel zelf op.* 'Ik heb slechte ervaringen met de politie,' legde ze snel uit toen Maren haar verbaasd aankeek.

'Met de politie in Nederland, maar daar zijn we nu niet.'

Iris blies in haar koffie. 'Dat weet ik, maar–'

'Ik vind dat Iris dit zelf mag bepalen,' viel Finnur haar in de rede. 'We weten er nu van, dus we kunnen wat voorzichtiger zijn, allemaal elkaar wat beter in de gaten houden.'

Shit… Dat moet ik niet hebben.

Ze stak haar hand op ter onderbreking. 'Nee, Maren heeft gelijk, ik kan beter wel naar de politie gaan. Maar ik wil niemand bang maken. Het kan nooit kwaad om het te melden, al denk ik nog steeds dat het een flauwe grap van een puber is. Overmorgen, als ik vrij ben, ga ik naar het politiebureau.'

'Ik ga mee,' zei Maren meteen.

'Nee, dat wil ik niet. Ik ben niet bang, alleen maar boos. En ik regel het liever zelf.' Ze glimlachte verontschuldigend. 'Als je het niet erg vindt.'

'Goed dan.' Maren bracht haar hand naar Iris' wang en Iris

sloeg haar blik schuldig neer. 'Maar als je nog meer van dit soort berichten krijgt, hoop ik dat je het ons wel meteen vertelt.'

'Dat zal ik doen.' Ze slurpte van haar koffie. Lilja deed aan haar andere kant hetzelfde, met haar handen strak om haar mok gevouwen. Ze was dicht tegen Iris aan komen zitten.

Maren knikte langzaam, terwijl ze Iris bleef aankijken. Uiteindelijk wendde ze zich af. 'Ik moet nog even naar de Snowbird.'

HOOFDSTUK 19

Lukasz' houding tegenover Iris was iets veranderd, al kwam het geforceerd over. Ze had geen pogingen meer ondernomen om hem te laten opbiechten wat hem dwarszat. Hij zou er zelf mee moeten komen, en het maakte haar niet uit of hij dan naar zijn ouders of naar haar kwam. Hij deed in ieder geval een stuk liever tegen Einar en Elva en dat leek haar een goed teken.

Ze had Dario de volgende dag gebeld om hem te vertellen over het voorval in Lukasz' kamer en het gesprek erna. Hij vond het vervelend dat ze hun relatie nog steeds geheim wilde houden, maar deed er gelukkig verder niet moeilijk over.

Op haar vrije dag was ze weer naar hem toe gegaan. Eenmaal terug thuis had ze verteld dat ze melding had gedaan van de dreigementen. Blijkbaar had Maren aangevoeld dat ze het er verder niet over wilde hebben, want ze had niets gevraagd. Ondertussen stapelde het schuldgevoel zich op in Iris' binnenste. Kon ze Maren maar alles vertellen, dat zou de situatie zoveel makkelijker maken.

Stiekem gluurde ze naar de vrouw die op de bank tegen Finnur aan zat. Ze kon zich niet voorstellen dat zij negatief zou reageren als ze hoorde hoe gek Dario en zij op elkaar waren. Of dat ze haar zou wegsturen als ze wist waarvan ze was beschuldigd in Nederland. Maar dat had ze al eerder over mensen gedacht en toen was ze van een koude kermis thuisgekomen. Deze nieuwe start betekende niet alleen haar verleden in Nederland achterlaten, maar ook erover zwijgen. "Ze maakt nu onderdeel uit van het gezin." Dat had Finnur gezegd. Meer dan een handvol mensen was dol op haar en dat wilde ze voor geen goud verliezen. Misschien kon ze hier zelfs blijven, als ze met Dario trouwde... Ze kreeg het warm bij de gedachte en voelde haar mondhoeken omhoogtrekken.

De tune van het nieuws klonk en Iris probeerde zich op het tv-scherm te concentreren, terwijl ze haar brede glimlach verborg achter haar mok thee.

'Schokkend nieuws vanuit Reykjavik vandaag,' zei de nieuwslezer ernstig. Iris begreep verrassend veel van wat hij daarna zei. Hij had het over een vijfendertigjarige vrouw die dood in het bos was gevonden. Als ze het goed begreep ging de politie uit van een misdrijf.

Maren hapte naar adem en Finnur ging rechter zitten.

'Een moord?' Maren klonk geschokt. Blijkbaar voelde ze Iris' verbazing, want ze wendde zich meteen tot haar. 'Hier in IJsland wordt zelden iemand vermoord. De criminaliteitscijfers zijn sowieso laag. De mensen–'

'Hee, is dat niet het huis van Dario's ex?' onderbrak Finnur haar.

Met een ruk draaide Iris haar hoofd terug naar het scherm. Haar hart leek stil te staan. Het huis waar ze laatst nog met Dario had rondgeneusd kwam in beeld. Politiewagens stonden voor de deur en er was een geel lint om het tuinhek gespannen.

Terwijl Iris probeerde haar ademhaling onder controle te krijgen, piepte haar telefoon. Ze haalde het toestel uit haar zak. Er was een berichtje van Dario binnengekomen. Na een korte blik op Maren en Finnur, die niets anders meer leken te zien dan wat zich op tv afspeelde, opende Iris het bericht.

Bel me zo snel mogelijk. Xxx

Zo onopvallend mogelijk tikte Iris terug: *Ik zie het net op het nieuws. Wat verschrikkelijk!*

Even kwam er geen antwoord. Iris' aandacht ging terug naar

het tv-scherm, waar een open plek in een bos in beeld kwam. Het beeld zoomde een moment in op de met een laken bedekte vorm, een paar meter van de rij dennenbomen vandaan. De rode vlekken in de stof staken fel af tegen de besneeuwde bosgrond.

De journalist ter plaatse deed opgewonden verslag. Hij gesticuleerde wild en zijn ogen waren groot van opwinding en schrik.

Het toestel in Iris' hand trilde.

Bel me.

Geef me een paar minuten, tikte ze snel terug.

Ze richtte zich tot Maren en Finnur. 'Kenden jullie…' Ze zweeg, schraapte haar keel om het schorre geluid weg te krijgen. 'Kenden jullie haar goed?'

Maren veegde een traan uit haar ooghoek. 'Ze heeft twee jaar een relatie gehad met Dario. Dus ja… we kenden haar redelijk goed.'

Finnur krabde aan zijn hoofd. 'Eerlijk gezegd hebben we haar nooit gemogen. Ze was nogal bezitterig en–'

Maren gaf hem een por. 'Finn! Dat kan je niet zeggen!'

Hij trok een wenkbrauw op. 'Waarom niet? Omdat ze dood is? Dat verandert niets aan wie ze was.'

Een verontwaardigd geluidje borrelde op uit Marens keel.

'Ze bleef ook aan Dario trekken nadat hij de relatie verbrak. Probeerde hem tot vervelens toe terug te krijgen met brieven, appjes…'

'Oké, ze was niet de leukste vrouw die ik ooit ontmoet heb,' gaf Maren met tegenzin toe. 'Maar dat neemt niet weg dat het naar is dat ze vermoord is.'

'Dat zei ik ook niet.'

'En het is slecht voor de zaken,' mompelde Maren.

Finnur reageerde niet. Zwijgend richtten ze zich allebei weer op de tv. Iris stond op en probeerde onopvallend haar schouders te bewegen, om de spanning die in de kamer hing van zich af te schudden. Zonder te weten wat ze precies ging zeggen opende ze haar mond.

Ze werd gered door Lilja, die de kamer in vloog, buiten adem en met rode wangen van opwinding. 'Hebben jullie het gehoord? Brynja is vermoord!'

Even weifelde Iris of ze beneden moest blijven, om de puber te troosten, maar in haar ogen schitterde opwinding in plaats van verdriet. Blijkbaar was Brynja bij niemand in de familie geliefd.

'Ik ga naar boven. Welterusten,' zei Iris snel.

Lilja leek haar niet te horen. Ze plofte op de rand van de bank, naast haar moeder en begon te ratelen.

Iris glipte naar boven. Zodra ze de deur achter zich had gesloten belde ze Dario.

Hij nam meteen op. 'Shit, Iris. Dit is niet goed.'

'Het is verschrikkelijk,' beaamde ze, terwijl ze door de kamer ijsbeerde. 'Ik kan niet geloven dat iemand haar dood wilde. Of denk je dat het een ongeluk was?'

'Dat bedoel ik niet. We hadden het mis, Iris, over degene die achter jou aanzit. Dat betekent dat we ook niet weten waartoe diegene in staat is.'

Halverwege een stap kwam Iris tot stilstand. Langzaam zette ze haar voet op de grond. Kilte trok vanuit haar tenen omhoog langs haar ruggengraat. 'Wil je nu zeggen...' Ze kon de rest van haar gedachte niet uit haar mond krijgen. 'Denk je dat Brynja's dood iets met die bedreigingen te maken heeft?' vervolgde ze in plaats daarvan.

'Ik geloof niet in toeval.'

'Maar...' Ze plofte op het voeteneind van het bed. 'Als Brynja niet degene was die mij bedreigde, waarom zou degene die dat wel deed haar dan willen vermoorden?'

Stilte.

Een kuch.

'Ik... Geen idee eigenlijk.' Hij zuchtte. 'Sorry, elskan, mijn hoofd sloeg even op tilt, denk ik. Je hebt gelijk, het was een rare gedachtegang.'

Iris beet op haar lip. 'Ik vind het heel erg voor je... dat ze dood is.'

Hij snoof. 'Erg voor mij? Dat is niet nodig, hoor. Het is erg voor haar, en haar vrienden en familie. Voor mij is het eerder...' Hij slikte de volgende woorden in. 'Eh... Nou ja... Niet zo erg.'

'Een opluchting?' probeerde Iris.

'Een beetje wel,' bekende hij.

'Dat begrijp ik wel. Ze heeft het je niet makkelijk gemaakt, hoorde ik.'

Opnieuw een zucht. 'Inderdaad. En als ze had geweten dat ik een nieuwe vriendin heb, was ze waarschijnlijk geflipt. Daar keek ik niet echt naar uit.'

'Gaat het wel met je? Ik bedoel... Je ex is net vermoord. Ik kan me voorstellen dat je van slag bent.'

'Ja, dat ben ik ook. Sowieso zijn moorden in IJsland zeldzaam, dus ik ben dubbel geschokt. Ik zou wel een knuffel kunnen gebruiken eigenlijk.'

Iris' glimlach werd breder, maar ze trok haar mondhoeken meteen weer recht. Het was echt niet oké om te denken aan knuffelen en seks als er net iemand was vermoord. Iemand die hij heel goed kende. 'Ik zou wel langs willen komen, maar dat lijkt me nu niet verstandig,' zei ze daarom. 'Ik moet op tijd naar bed. Morgen wordt een drukke dag.'

'Hmm, jammer. Maar je hebt gelijk, ik heb morgen ook veel te doen. De volgende reis komt snel dichterbij en ik moet nog een deel van de route uitstippelen. De eisen van de reizigers lijken elk jaar hoger te worden.'

Iris hoorde amper wat hij zei. Ze kon moeilijk geloven dat hij nu al over iets anders dan de dood van zijn ex kon praten. 'Had Brynja familie om de begrafenis te regelen?'

'Alleen een broer. Ik zal hem bellen om hem te condoleren.'

Er viel een korte stilte.
'Iris?'
'Hmm?'
'Misschien moeten we toch naar de politie met die dreigbrieven.'
Zijn woorden rukten haar ruw uit de scenario's die door haar hoofd gingen. Waarin Brynja de nieuwsberichten keer op keer las, en plannen smeedde om haar weg te jagen.
'Iris?'
'Huh? Ja...' Wat had hij ook alweer gevraagd? Of ze toch naar de politie moesten gaan. 'Ik bedoel nee...'
'Ik weet dat je onze relatie niet bekend wilt maken, maar ik wil niet dat je meer gevaar loopt dan nodig, elskan,' drong hij aan.
De kilte die zojuist nog door Iris' aderen had gestroomd werd verdreven door een tsunami van warmte. 'Ik... Wacht... Sorry, ik miste de helft van wat je zei. Ik was afgeleid toen je "onze relatie" zei.'
Hij grinnikte. 'Mag ik het zo nog niet noemen?'
'Jawel! Graag zelfs!'
'Vond je het goed klinken?'
'Ik vind het heerlijk klinken. Alles met jou is heerlijk.' Ze hoorde zelf hoe zwoel en zoetsappig ze onbewust klonk en kuchte ongemakkelijk. 'Sorry, dat was...'
'Hartstikke lief. Luister, Iris. Ik ben dol op je. Vlinders in de buik, de hele mikmak. En juist daarom vind ik het belangrijk dat je veilig bent. En Maren ook trouwens, want wie weet heeft hij het ook op haar gemunt.'
De warmte zakte weer weg. 'Maar zij heeft geen dreigementen ontvangen. Bovendien, denk je echt dat de politie iets zal doen met twee korte, onduidelijke dreigbrieven en een tekstberichtje?'
'Dat hoop ik wel.'
Een zachte klop op haar slaapkamerdeur deed Iris opveren. 'Ik moet ophangen. Ik denk erover, goed?'

Ze tikte hem weg, legde haar telefoon opzij en riep: 'Binnen!'

Maren stak haar hoofd om het hoekje van de deur. 'Hee, alles goed? Je verdween zo plotseling naar boven.'

Ze knikte. 'Ja, ik was gewoon moe. Ik wilde nog even wat lezen en dan gaan slapen.'

Maren nam haar oplettend in zich op. 'Is er echt niet meer aan de hand?' Ze kwam naast haar op de rand van het bed zitten. 'Maak je je nog zorgen om die bedreigingen?'

Zo nonchalant mogelijk haalde Iris haar schouders op. 'Een beetje.'

'Heb je nog nieuwe berichten of brieven ontvangen?'

'Nee, gelukkig niet.'

Maren sloeg een arm om haar schouders. 'Je ziet er gestrest uit. Kom eens hier.'

Iris liet zich in een omhelzing trekken. Het voelde fijn en verschrikkelijk tegelijk. Ze wilde niet liegen tegen deze vrouw, maar dit was niet het juiste moment om haar geheim op te biechten. Met gesloten ogen probeerde ze te genieten van het moment.

'Dank je wel voor je steun,' zei ze zodra Maren haar losliet. 'Gaat het met jullie ook een beetje? Het moet een hele schok zijn van… de ex van Dario.' Ze slikte de naam net op tijd in. Het zou gek zijn als ze die zo snel had onthouden.

'Nou, het is ontzettend schrikken inderdaad. Ondanks alles denk ik dat ik wel naar de begrafenis ga.'

Ondanks alles. Dat zei genoeg over wat voor iemand Brynja was geweest.

Na een kneepje in Iris' schouder stond Maren op. 'Slaap lekker.'

'Ja, jullie ook straks.'

Zodra Maren de deur achter zich had gesloten, liet Iris zich achterovervallen. Een tijdlang staarde ze naar het plafond. Iemand wilde haar bang maken, maar ze zou zich niet gek laten maken.

Langzaam dommelde ze weg. Alle gedachten en zorgen hadden haar doodmoe gemaakt.

Toen ze wakker schrok waren het huis en de straat stil. Alles was donker en haar handen waren ijskoud. Ze schoof wat opzij, trok de deken onder zich vandaan en sloeg die over zich heen.

Er klonk geschuifel op de gang. Iris draaide haar hoofd. Blijkbaar was er nog iemand wakker. Vreemd, normaal gesproken knipte iedereen het licht in de gang aan als ze naar het toilet gingen. Nu kwam er echter geen streepje licht onder de deur vandaan. Het geschuifel hield stil voor haar deur. Had een van de kinderen haar nodig? Ze wilde zich net uit bed laten glijden toen er een nieuw geluid bij kwam. Een metalig geluid, als van gereedschap dat tegen elkaar bewoog. Een zachte gefrustreerde grom volgde, en geritsel van plastic.

Iris duwde zichzelf rechtop. 'Alles oké?' vroeg ze, hard genoeg voor wie er dan ook net buiten haar kamer stond om het te horen.

Doodse stilte.

Fronsend bleef ze zitten, haar hoofd schuin om elk geluidje op te kunnen vangen.

Een onheilspellend gevoel maakte zich van haar meester toen de stilte zich uitrekte. Het was alsof het donker zich samentrok om haar heen, haar langzaam insloot.

Had Dario toch gelijk? Zat er iemand achter haar aan? Stond diegene nu voor haar slaapkamerdeur, met een wapen in de aanslag?

Haar ademhaling versnelde en ze sloot haar ogen om de opkomende paniek te onderdrukken. *Rustig, er is niets aan de hand.*

Geluidloos ademde ze uit. Zo zacht mogelijk sloeg ze de deken opzij en zette haar voeten op de grond. Ze sloop naar de deur, zocht de klink in het donker en trok de deur met een ruk open.

Niemand. De gang was leeg. Het enige geluid kwam van haar luid bonzende hart.

'Shit,' fluisterde ze, terwijl ze haar hand op haar borstkas legde.

Even bleef ze besluiteloos staan. Toen liep ze naar Lukasz' kamer en legde haar oor tegen de deur. Een rustige ademhaling leek erop te wijzen dat hij lag te slapen. Hoewel dat ook toneelspel kon zijn. Ze zou de deur kunnen openen om van dichtbij te luisteren en te kijken, maar dan zou ze opnieuw ruzie hebben.

Ze ging rechtop staan en schudde haar hoofd. Nee, ze zou blijven proberen zijn vertrouwen te winnen.

Na een tussenstop in de badkamer kleedde ze zich uit en kroop in bed. Hoewel ze nog steeds doodop was, sliep ze onrustig. Elke kraak en elk zuchtje wind deden haar wakker schrikken. Uiteindelijk verzonk ze in een nachtmerrie waarin Amber opnieuw de hoofdrol speelde.

Het kostte haar moeite om haar hoofd geheven te houden terwijl ze de trap naar de ingang van de rechtbank op liep. Ze negeerde haar reflectie in de glazen draaideur. Ze wist zo ook wel dat de stress van de laatste maanden haar ronde vormen had doen verdwijnen en haar hele voorkomen futloos en flets had gemaakt.

In de gang stond haar advocaat al te wachten. Ze legde een hand op Iris' arm en boog zich naar haar toe. 'Maak je geen zorgen. Er is geen enkel bewijs. Straks zal je als een vrije vrouw naar buiten lopen, ontdaan van elke bizarre beschuldiging en blaam.'

Iris humde wat. Tot meer was ze niet in staat vanochtend.

In de rechtszaal kon ze haar aandacht er amper bij houden. Het enige wat ze zag, ook al zat ze er nu met haar rug naartoe, waren de lege plekken op de publieke tribune. Roos en haar moeder waren er, verder kwam niemand haar steunen. Amber daarentegen, had talloze aanhangers. Fanatieke strijders tegen 'de woekerende haat jegens de lhbtqia+-gemeenschap'. Iris had altijd met hen meegevoeld, maar nu veroorzaakten de kleurrijk uitgedoste mensen een bittere smaak in haar mond. Dit had niets meer te maken met rechtvaardigheid. Dit was gewoon een…

Haar advocaat stootte haar aan en ze schrok op uit haar gedachten.

'De bewering dat Iris van Vliet haar collega Amber Greveling opzettelijk heeft verwond en wekenlang getreiterd heeft, acht de rechtbank niet bewezen.'

Iris' hart maakte een klein sprongetje terwijl de rechter verderging.

'Er zijn geen getuigenissen of bewijzen van enige vorm van discriminatie van mevrouw Van Vliet naar mevrouw Greveling of andere personen. Ook acht ik de verklaringen dat mevrouw Van Vliet zich schuldig heeft gemaakt aan pesterijen tegenover mevrouw Greveling ongeloofwaardig. Daarom verklaar ik mevrouw Van Vliet onschuldig.'

De rest van de woorden van de rechter gingen aan Iris voorbij. Ze zou opgelucht moeten zijn, maar ze voelde alleen moedeloosheid. Zou ze ooit nog ergens kunnen lopen zonder bang te zijn dat het gefluister van mensen in de buurt over haar ging? Zou ze nog nieuwe vrienden kunnen maken zonder te twijfelen aan de vriendschap?

Zodra de rechter de zaal had verlaten, wenkte Iris Roos en haar moeder en haastte zich naar buiten. Bij de dubbele buitendeuren hield ze in.

Roos kwam naast haar staan. 'Wat is dat voor lawaai?'

Ze duwde de rechterdeur open en Iris stapte achter haar aan naar buiten. Meteen trok Roos haar met een vloek achter zich.

'Wat is er? O, jeetje...' Iris' moeder sloeg een hand voor haar mond.

'We moeten gaan.' Roos draaide zich naar rechts en duwde Iris voor zich uit naar het einde van de trap.

Te laat. De opgewonden massa had hen gespot en wierp zich als hongerige leeuwinnen op hun prooi. Het geschreeuw was oorverdovend, maar daar was Iris dankbaar voor. Nu kon ze met geen mogelijkheid verstaan wat er allemaal naar haar werd geroepen. Helaas was er geen ontkomen aan de leuzen op de borden die de mensen droegen.

BESCHERM DE LHBTQIA+-GEMEENSCHAP!

GEEN GENADE VOOR DE HATERS!

GEEF IRIS WAT ZE VERDIENT!

ZERO TOLERANCE!

RECHTVAARDIGHEID VOOR AMBER!

De regenboogvlaggen die her en der heen en weer zwaaiden konden de hatelijkheid en woede in de lucht niet verhullen.

Met wijdopen armen probeerde Roos de weg van de toestromende demonstranten te versperren. 'Ze is vrijgesproken! Ze is onschuldig!' riep ze keer op keer, maar niemand luisterde.

Iris stond als verstijfd half achter haar verscholen. Het was alsof alle zuurstof uit de lucht werd gezogen. Boze gezichten dansten voor haar ogen en ze wankelde.

Haar moeder greep haar arm voordat ze kon omvallen. 'We moeten hier weg. Er komt ook al pers op het tumult af.' Ze wees naar de weg verderop, waar verschillende persbusjes stopten.

'Shit!' Roos duwde hen beiden vooruit, zodat ze bijna van de treden voor de rechtbank struikelden. De menigte schreeuwde nog harder en Iris verbeet haar tranen. Blindelings liet ze zich meevoeren, de straat over, een zijstraat in, en aan de overkant ervan op de achterbank van de auto duwen.

Haar moeder plofte naast haar en trok haar tegen zich aan. Met gierende banden reed Roos weg. Pas vijf minuten later durfde Iris zich los te maken en uit het raam te kijken.

Eenmaal thuis bedankte ze Roos en haar moeder haastig voor hun steun en sloot zich op in haar slaapkamer. Hoewel ze wist dat het onverstandig was, opende ze haar social media en scrolde door de reacties. Er waren positieve berichten, maar het gros van de reacties was hatelijk. Ze smeet haar telefoon van zich af en rolde zich op tot een bal.

Ambers stem galmde nog lang door haar hoofd: 'Karma haalt jou nog wel in, Iris. Wacht maar. Het ergste moet nog komen.'

HOOFDSTUK 20

'Ze hebben je verhoord?' Iris' stem ging de hoogte in, ook al probeerde ze rustig te blijven.

Dario schudde zijn hoofd en nam een slok van zijn koffie. 'Niet verhoord. Ondervraagd.'

Iris spreidde haar armen. 'Wat is het verschil?'

'Ze praten met iedereen die Brynja kende, elskan. Dat is logisch bij een moord.'

Iris liep heen en weer in zijn woonkamer. Haar koffie stond koud te worden op de salontafel. Het interesseerde haar niet. Cafeïne was het laatste wat ze nu kon gebruiken.

Dario volgde haar bewegingen een paar seconden, voordat hij zei: 'Ga zitten, Iris, er is niets aan de hand.'

Ze deed wat hij vroeg, maar zodra ze zat, ging haar fantasie met haar aan de haal. Ze stond op en begon opnieuw te ijsberen, om de beelden kwijt te raken van nieuwsartikelen die verdacht veel leken op die over haarzelf, maar nu met Dario in de hoofdrol en een beschuldiging die vele malen erger was. Ze bracht haar handen naar haar hoofd en masseerde haar slapen, terwijl ze blindelings heen en weer liep.

Plotseling klemden twee handen zich om haar bovenarmen. Dario bracht haar tot stilstand. 'Hee... Kijk me eens aan.'

Onwillig liet ze haar handen zakken en hief haar hoofd.

Dario trok haar dicht tegen zich aan zodra hij haar gezicht zag. 'Elskan toch. Waar maak je je nu zo druk om?'

Iris legde haar hoofd tegen zijn schouder. Hoe graag ze het ook wilde, ze kon het hem niet vertellen. Ze kon het risico simpelweg niet nemen. Nooit meer wilde ze dit gevoel kwijt.

Zacht wreef hij over haar rug. 'Je kunt me alles vertellen, Iris.'

'Dat weet ik,' fluisterde ze. Ze hief haar hoofd, keek hem een moment aan en kuste hem.

Hij beantwoordde haar kus vurig en leidde haar naar de bank, waar hij haar voorzichtig achterover liet zakken. Haar hartslag versnelde en het verlangen naar hem duwde alle beelden en zorgen naar de achtergrond.

'Ik wou dat het elke dag zo kon zijn.' Iris tilde haar hoofd van Dario's borst om hem aan te kijken.

Hij grijnsde loom en streek een lok achter haar oor. 'Die tijd komt nog wel.'

'Kunnen we morgen weer afspreken? Ik kan komen zodra de kleintjes op bed liggen.'

'Dat zou heerlijk zijn, maar Lukasz en Lilja zijn vanaf morgen bij mij, weet je nog?'

Kreunend draaide ze zich op haar zij. 'Shit, dat was ik vergeten. Ik ben er zo aan gewend dat ze altijd thuis zijn. Maar dat was tijdelijk, zodat ik iedereen goed kon leren kennen.'

Dario trok haar weer naar zich toe en omhelsde haar stevig. 'Nou, dat is gelukt. Ik ken je behoorlijk goed inmiddels.' De vingers van zijn linkerhand gleden plagend langs haar naakte zij naar beneden.

Iris keek hem quasistreng aan. 'Ik denk niet dat dat was wat Maren en Finnur in gedachten hadden.'

'Niet?' Hij bracht zijn mond naar haar nek en drukte er zachte kusjes op.

Met tegenzin trok Iris zich los. 'Ik moet helaas gaan.'

Ze ging rechtop zitten en Dario liet zijn armen naast zich op het bed vallen. Ze porde hem in zijn zij. 'Kijk me niet zo zielig aan. Ik kan er ook niets aan doen.'

Vlug kleedde ze zich aan, om Dario geen kans te geven haar nogmaals aan te raken en er daarmee voor te zorgen dat ze geen afscheid meer kon nemen.

Het hielp niet. Zodra ze zich naar hem toe draaide en zag hoe hij haar aankeek, inmiddels uitdagend liggend op zijn zij, als een fotomodel en met een twinkeling in zijn ogen, was ze verloren.

Zacht vloekend liet ze zich in zijn armen vallen. Innig verstrengeld bleven ze een paar minuten liggen.

'Ik zal je nu laten gaan,' zei Dario. 'En je missen de komende dagen. Maar des te fijner zal het weerzien zijn.'

Iris rolde met haar ogen. 'Lekker cliché.'

Hij plantte een kus op haar mond. 'Misschien, maar het is wel waar.'

Even later liepen ze samen naar de voordeur, zodat hij eerst kon kijken of de kust veilig was.

'Geen pottenkijkers.' Hij zwaaide de deur verder open. 'Tot volgende week dan maar.'

Ze knikte, stapte naar buiten en bleef stilstaan. 'Dario?' Ze draaide zich terug. 'Kun je... Zou je Lukasz een beetje in de gaten willen houden? Ik maak me nog steeds zorgen over hem.'

In zijn voorhoofd verschenen rimpels. 'Ik ook. Hij zit ergens mee, maar hij wil niet zeggen wat het is. En hij reageert zijn stress op de verkeerde manier af.'

'Precies.' Opnieuw schoot door haar hoofd dat ze hem moest vertellen dat Lukasz gepest werd. Het voelde verkeerd om dit voor hem te verzwijgen. Maar Lukasz zou het als verraad zien, dus hield ze haar mond.

'Tot snel,' zei ze, en ze liep weg zonder om te kijken.

De volgende avond, na het eten, ging Iris tegen beter weten in naar boven om te kijken of ze Lukasz en Lilja kon helpen met inpakken voor de week bij hun vader. Lilja bleek al klaar te zijn. Lukasz' deur stond open en Iris sloeg een hand voor haar mond bij het zien van de chaos. De puber stond voorovergebogen met zijn hoofd in de kast door zijn kleding te graaien. Voordat hij haar in het oog kreeg probeerde ze te bedenken wat ze kon zeggen om te zorgen dat hij haar hulp zou aannemen. Zou ze wat dingen opnoemen om te checken of hij ze had ingepakt? Nee, dat was te bemoederend en bovendien wist hij vast wel wat hij mee moest nemen. De twee gingen al jaren om de week naar hun vader. Helpen met inpakken? Helpen met opruimen? Niets klonk als een optie die Lukasz zou accepteren.

Voordat ze iets beters kon bedenken, kwam de jongen overeind. Hij verstijfde zodra hij haar zag, trok een grimas en begon de verzamelde kleding in een rugzak te proppen. 'Wat moet je?'

Iris haalde diep adem.

Voordat ze iets kon zeggen, draaide Lukasz zich echter terug. 'Sorry, ik bedoel: wat is er?'

Moeizaam glimlachte Iris. 'Ik kwam kijken of je misschien wat hulp nodig had met inpakken, of... opruimen.' Ze liet haar blik veelbetekenend over de vloer gaan, die bezaaid lag met boeken, losse papieren, lege verpakkingen en vuile kleding.

Lukasz grinnikte. 'Het is een zootje hier, ik weet het. Ik wilde nog opruimen voordat ik naar pap ging, maar...' Hij hief zijn armen in een verontschuldigend gebaar. 'Ik had geen zin.'

Ondanks de spanning die er tussen hen in hing, schoot Iris in de lach. 'Begrijpelijk.' Ze wees naar een rondslingerende hoody. 'Zal ik de wasmand halen, zodat we in ieder geval alle vuile was kunnen verzamelen? Het scheelt in ieder geval iets. Voor je het weet struikel je ergens over.'

Weifelend keek Lukasz rond in zijn kamer. 'Zoals laatst inderdaad, midden in de nacht.' Hij zuchtte diep. 'Oké.'

Blij met de overwinning spurtte Iris naar de badkamer. Terwijl ze de volle mand haastig leegde in het bad bedacht ze dat Lukasz nog een zorg had weggenomen met zijn laatste opmerking. Ze had zich over niets druk gemaakt, toen ze geluiden in de gang had gehoord.

Opgewekt liep ze terug naar zijn kamer, waar hij al klaarstond met een stapel kleding. Hij liet de was in de mand vallen zodra ze die voor hem hield. Ze volgde hem terwijl hij door de kamer liep en overal bleef staan om iets op te rapen. Hij bloosde toen hij een vuile onderbroek vond. Iris wees hem op een verdwaalde sok onder een lesboek, zodat hij de onderbroek zogenaamd ongemerkt in de mand kon gooien. Vanuit haar ooghoek zag ze zijn verraste gezicht en ze glimlachte. Haar mondhoeken trokken echter naar beneden toen haar blik viel op een geprint artikel met een kop die haar rillingen bezorgde: *HITLERS HAAT TEGENOVER JODEN TERECHT*. Er was een foto aan vastgeniet, van Lukasz' vriend Eiríkur, de blonde jongen met de agressieve vader, Ágúst en... Ze boog zich er dichter naartoe. Was dat Lukasz naast hem en hielden ze nou een nazivlag vast?

Lukasz sprong tussen haar en de papieren voordat ze het goed kon zien. Terwijl hij met één hand een broek onder het bed vandaan trok, moffelde hij het papierwerk met de andere hand onder een stapel half omgevallen boeken. De rest van de vuile kleding was verzameld voordat Iris met haar ogen kon knipperen. Met een voldane blik zette Lukasz zijn handen in zijn zij. 'Dat was eigenlijk zo gedaan! Bedankt voor de hulp, Iris.' Hij lachte breed naar haar, maar er flakkerde onrust in zijn ogen en hij bleef wel erg krampachtig tussen haar en de stapel boeken staan.

Helaas zou het slechts een nieuwe ruzie opleveren als ze er iets over zou zeggen, dus lachte ze terug en hief de mand een stukje. 'Inderdaad. Dat gaat prima zo samen. Ik wil je best vaker helpen, hoor.'

Hij knikte, iets te demonstratief. 'Super. Dat is fijn. Ja, goed idee.' Hij liet zijn handen zakken en zette ze toen opnieuw in zijn zij. 'Ik eh... Ik moet me nog even omkleden.'

'O... Ja, sorry. Ik ga maar even een was aanzetten, de mand zit aardig vol nu.' Ze stapte de gang in en liep naar de badkamer.

Achter haar klonk een klik toen Lukasz zijn deur dichtdeed, gevolgd door een hoop geritsel en zacht gemopper.

Even sloot Iris haar ogen. *Dit is erger dan ik dacht.*

* * *

Een paar dagen eerder

Brynja had zich net op de bank geïnstalleerd met een glas wijn, een zak hardfiskur en een film toen de bel ging. Eerst dacht ze er nog over om het geluid te negeren, te doen alsof ze niet thuis was. Toen schoot door haar hoofd dat het Dario kon zijn en stond ze binnen vijf seconden bij de voordeur. Degene met wie ze oog in oog kwam te staan had ze niet verwacht en ze moest moeite doen om haar teleurstelling te verbergen.

'Sorry dat ik stoor,' zei hij met een ongemakkelijke glimlach die ze niet van hem kende. Hij wreef in zijn gehandschoende handen en trok zijn schouders op. 'Ik wilde je iets vragen. Wil je misschien…' Hij aarzelde. 'Het praat wellicht makkelijker tijdens het wandelen. Zullen we ergens naartoe gaan? Naar het bos?'

Ze duwde de deur weer een stukje dicht. 'Ik heb net wijn ingeschonken, ik wilde–'

'Het duurt niet lang, ik beloof het. Mag ik anders even binnenkomen?'

Ze aarzelde. 'Nou, ik weet niet…'

Hij spreidde verontschuldigend zijn handen. 'Luister, ik weet dat we elkaar niet erg goed kennen, maar… je bent verpleegkundige. Ik heb je advies nodig.'

Als iemand haar hulp nodig had, gaf Brynja die graag, maar dit was inderdaad iemand die ze nauwelijks kende. En toch… uiteindelijk won haar nieuwsgierigheid het van de twijfel. Een blik op zijn gezicht, dat bleek was van de kou, gaf haar het laatste zetje. 'Goed dan. Kom erin. Kan ik je iets warms te drinken aanbieden?'

'Nou, dat is wel lekker.' Hij wreef nog eens hard zijn handen tegen elkaar, trok zijn schoenen uit, liep de woonkamer in en plofte op de bank alsof hij dat al honderd keer had gedaan.

Brynja vond het vreemd, maar zei er niets van. Ze liep naar de keuken, en pakte twee mokken uit het keukenkastje naast de koelkast. 'Koffie, thee of warme chocolademelk?'

'Koffie.'

'Espresso?'

'Prima.'

Ze zette twee koppen espresso en liep ermee naar de woonkamer.

Ze nam tegenover hem plaats en keek hem afwachtend aan.

'Hoe gaat het met je?' vroeg hij.

'Eh... goed, hoor.' Waarom vroeg hij dat? Was hij geïnteresseerd in haar? Hij gedroeg zich wel heel anders dan ze gewend was.

Terwijl hij van zijn koffie nipte bestudeerde ze hem eens goed. Ze bekeek hem zoals ze hem nog nooit had bekeken. Hoe zou het zijn om met hem in bed te liggen?

Hij zette zijn mok terug op tafel en leunde achterover in de bank. 'Ik heb een beetje gelogen. Ik wilde je inderdaad iets vragen, maar het heeft niets te maken met verpleegkunde. Het gaat over Dario.'

Alle beelden van hen samen verdampten op slag. Ze leunde naar voren. 'Over Dario?'

'Ja, ik vroeg me af of jou iets was opgevallen aan hem. Of hij zich... anders gedraagt.'

'Anders? Op wat voor manier?'

'Misschien... dreigend?'

Ze trok een wenkbrauw op. 'Dreigend?' *Verdorie Brynja, je lijkt wel een papegaai. Vraag hem gewoon wat hij bedoelt.*

Met engelengeduld ging hij verder. 'Ja, jij wilt hem terug, toch? Hoe reageert hij daarop?'

Ze schoof heen en weer op de stoel, die opeens niet meer lekker zat. 'Niet zo positief.'

'Dat kan vele vormen aannemen.' Hij pakte zijn mok op en sloeg de inhoud in één keer achterover. Rustig zette hij de mok terug en vouwde zijn gehandschoende handen in elkaar op zijn schoot.

Heeft hij het nog steeds koud?

'Is hij weleens tegen je uitgevallen?' ging hij verder. 'Heeft hij je uitgescholden? Gezegd dat je uit zijn buurt moet blijven? Bedreigd?'

'Ja... Nee, ja,' stotterde ze, vechtend tegen de tegenstrijdige gevoelens die door haar heen raasden. 'Hij... Eh, hij is niet altijd even...' ze zocht naar het juiste woord, '... tactisch in zijn reacties. Soms wat ongeduldig.'

Hij humde wat, boog een stukje naar voren, zijn handen nog steeds verstrengeld. 'En boos.'

'Eh... ja.' Dat kon ze niet ontkennen.

Hij glimlachte geruststellend. 'Luister, Brynja. Ik begrijp dat je hem wilt beschermen. Dat je niets negatiefs over hem wilt zeggen, omdat je nog van hem houdt. Maar ik heb begrepen dat Dario de laatste tijd nogal snel boos is en...' hij tuurde even naar het plafond, '... ongedurig. Onrustig. Ik weet het niet, hij gedraagt zich wat vreemd, hoorde ik. Dus ik maakte me een beetje zorgen om jou.'

Brynja's mond viel open. Niet alleen vanwege zijn laatste woorden, ook omdat ze zich niet kon voorstellen dat Dario haar ooit iets zou aandoen. Hij kon boos reageren, absoluut, maar meer dan woorden had hij nooit naar haar hoofd gesmeten.

'Brynja?'

Ze keek op van haar vingers, waar ze onrustig aan had zitten pulken.

'Kan het zijn dat je hem misschien een beetje tot wanhoop aan het drijven bent?'

Schuldgevoel knaagde aan de randen van haar maag. Ze had hem gepusht om haar nog een kans te geven. Hoe kon ze ook anders? Ze waren voor elkaar gemaakt. Uiteindelijk zou hij dat ook inzien.

'Hoe heeft hij zich de laatste tijd gedragen tegenover je?'

Ze likte langs haar lippen. Wilde iets zeggen, maar wist eigenlijk niet goed wat.

'Hoe goed ken je Dario eigenlijk?'

Niemand kent hem zoals ik. Hij zou mij niets aandoen, hoe boos hij ook is. Toch?

Verdorie, nu begon de twijfel toch wortel te schieten.

'Ik denk dat het beter is als je het contact met hem verbreekt. Focus je op iets anders. Schrijf gewoon eerlijk dat je ziet dat hij boos is en dat je daar bang van wordt. Je kunt erbij zetten dat je graag weer contact wilt als hij wat is bedaard.'

Ze zuchtte en tuurde naar haar vingers.

'Het is toch geen slecht idee om hem wat rust te gunnen. Hoe moet hij er tenslotte achter komen dat hij je mist als hij je telkens hoort of ziet?'

Daar had hij wel een punt.

Ze haalde haar telefoon uit haar beha, opende WhatsApp en scrolde door de berichten in de chat met Dario. De laatste acht waren van haar afkomstig. Dario's laatste reactie was van een week geleden, toen hij schreef dat ze hem met rust moest laten. Die woorden waren hem vast ingefluisterd door die Nederlandse slet.

Ze knikte en begon te tikken. 'Goed, ik zal hem dit sturen en daarna voorlopig geen contact meer opnemen.'

Na zes zinnen las ze de tekst terug, wiste de helft, herschreef het een en ander en leunde toen met een zucht achterover. 'Zo moet het maar, denk ik.'

Hij stak zijn hand uit. 'Zal ik het nalezen voor je? Ik kan er zonder emotie naar kijken.'

Ze overhandigde hem het toestel. Hij tikte wat, zijn ogen gleden over de zinnen en na nog een paar tikken gaf hij de telefoon terug.

Ze fronste haar wenkbrauwen toen ze het teruglas. 'Is dit niet een beetje overdreven? Ik ben niet bang voor hem, hoor.'

Hij vouwde zijn handen weer in elkaar. 'Dat weet ik, maar laat hem maar even in de waan. Hij zal zich schuldig gaan voelen.'

Ze weifelde. Zou hij niet juist boos worden als ze dit zou sturen? Zeggen dat ze zich niet moest aanstellen? Haar vinger bleef boven de verzendknop hangen.

Tot nu toe heeft niets hem ertoe bewogen om mij nog een kans te geven. Dit heb ik nog niet geprobeerd… En misschien kan ik hem jaloers maken door iets te beginnen met iemand anders… Ze gluurde naar de man tegenover haar. Hij was opeens zo lief, zo beschermend en charmant. Het zou geen straf zijn om hem te zoenen. Het was voor een goed doel.

Voordat ze er verder over na kon denken, bewoog haar vinger naar beneden en was het bericht verzonden. Ze legde het toestel op de salontafel en stond op, plotseling ongedurig. 'Wil je nog koffie?'

'Lekker.'

HOOFDSTUK 21

Zodra ze de volgende middag de kinderwagen de voordeur uit reed zag ze hem liggen: de derde zwarte envelop.

'Post!' riep Einar enthousiast, zoals gewoonlijk in het Engels. Het slimme ventje had al snel in de gaten gehad dat Iris niet alles in het IJslands verstond en dankzij het continue gebruik van het Engels in huis pikte hij het razendsnel op. Soms riep hij zelfs een paar Nederlandse woordjes die hij van Iris meekreeg.

Hij bukte en hield de envelop met glimmende ogen omhoog. 'Openmaken!'

Hoewel Einar nog niet kon lezen wat erin stond, voelde Iris er niets voor om de inhoud te bekijken waar de kleintjes bij waren.

Ze stak haar hand uit. 'Laat eens zien.'

Einar gaf haar de envelop en sprong opgewonden op en neer. 'Verjaardagskaart!'

Ondanks het beklemmende gevoel dat deze brief opriep, glimlachte Iris. 'Nee gekkie, er is toch niemand jarig?'

'Hier niet, ergens anders wel.' Het ventje maakte een weids gebaar. 'Ergens in de wereld.'

Grinnikend aaide ze hem over de haardos die net zo uitbundig was als hijzelf. 'Dat is waar, maar voor andere jarigen krijgen wij geen kaart.' Ze tuurde naar haar naam op de envelop en slikte de onrust weg. 'Hij is niet voor ons. Er staat een verkeerde naam op. Ik zoek later wel uit voor wie hij is.' Demonstratief stopte ze hem in haar tas, trok de voordeur achter zich dicht en liep het trottoir op.

Einar bleef even beteuterd staan, maar volgde al snel. Terwijl hij voor de kinderwagen uit huppelde verbaasde Iris zich voor de zoveelste keer over hoe gemakkelijk hij zich bewoog over de gladde stoep. Ze probeerde ook wat meer ontspannen te lopen, maar dat zorgde ervoor dat haar voeten zo nu en dan weggleden. Het was maar goed dat ze zich aan de kinderwagen overeind kon houden. Voorzichtiger liep ze verder, met haar blik op Einar en de gladde stoep. Met elke stap kwam er meer van haar zorgelijke gedachten terug.

Als het niet Brynja was geweest die zo tegen haar relatie met Dario was, en ook niet Lukasz, wie kon het dan zijn? Ze grabbelde in haar tas naar haar telefoon om Dario te appen en te vragen of hij nog meer jaloerse exen had.

Elva brabbelde iets en stak haar handjes uit. Toen Iris niet reageerde, omdat ze nog steeds naar haar telefoon zocht, ging ze harder roepen.

'Even wachten, Elva,' zei Iris, terwijl ze haar blik van de stoep naar haar tas verplaatste.

Na even graven vond ze het toestel en tikte snel een berichtje naar Dario.

'Da!' riep Elva.

Iris bleef staan, stopte haar telefoon weg en pakte Elva's handjes vast. 'Wat is er? Wil je eruit? Nu even niet, we zijn net vertrokken, liefje.'

'Da!' riep de kleine meid opnieuw en ze stak haar handjes uit naar Iris' tas.

'O, je wil drinken. Dat zit in de tas onder in de wagen.' Ze bukte, reikte naar de tas en kwam abrupt overeind toen er een luid getoeter klonk.

Haar hart sloeg minstens vijf slagen over bij het zien van de auto die een millimeter van Einar vandaan met piepende remmen tot stilstand kwam. Het jongetje stond even stokstijf stil, bukte toen om een steen op te rapen, klemde die tegen zijn borst en schoot terug het trottoir op.

Pas op dat moment kon Iris weer in beweging komen. Ze legde de paar meters die tussen hen in lagen in recordtijd af, de kinderwagen hobbelend over de ongelijke stoeptegels, zette de wagen op de rem en hurkte naast Einar. 'Gaat het?' Razendsnel checkte ze hem op verwondingen. Hij nam haar verbaasd op, schijnbaar al over de schrik heen.

Het geluid van een dichtslaand portier galmde door de straat. Een man van ongeveer veertig, met stoppels in een bleek gezicht, kwam met grote passen op haar af. Zijn gezicht toonde een mengeling van schrik en irritatie. Hij riep iets, maar Iris verstond het niet.

'*Fyrirgefðu*.' Ze hief verontschuldigend haar hand en ging in het Engels verder: 'Ik verloor hem vijf seconden uit het oog. Ben je in orde? Heb je schade?'

De man schakelde moeiteloos over op dezelfde taal. Zijn toon werd milder. 'Met mij en de auto is alles goed. Met hem ook?' Hij gebaarde naar Einar, die het hele gesprek met grote nieuwsgierige ogen volgde.

'Ja, gelukkig wel,' zei Iris. 'Ik denk dat hij een steentje de straat op schopte en wilde oprapen.'

Het gezicht van de man veranderde weer in geïrriteerd. 'Die verdomde mobiele telefoons ook. Iedereen is afgeleid. Levensgevaarlijk!'

Met hangende schouders knikte Iris, terwijl ze met één hand de rand van de kinderwagen vastpakte en met de andere Einar dichter naar zich toe trok. 'Ja, je hebt helemaal gelijk. Ontzettend dom van me. Het zal me niet nog eens gebeuren.' Wijselijk verzweeg ze dat haar telefoon niet de echte afleiding was geweest. Ze hield de kinderen altijd als een havik in de gaten. Zelfs Dario kon haar niet lang afleiden van haar oppastaken. En nu had ze zich gek laten maken door die dreigementen. Als Maren of Finnur hierover hoorde… Ze rilde toen beelden van een emotioneel afscheid op het vliegveld voor haar geestesoog voorbijtrokken.

Een hand op haar schouder. De man keek haar meelevend aan.

'Hé, geen zorgen, het is goed afgelopen. Sorry dat ik tegen je uitviel. We doen allemaal weleens domme dingen. Maak je er niet druk om.'

Iris haalde diep adem en forceerde een glimlach. 'Bedankt. Ik ben gewoon erg geschrokken. Gelukkig was jij wel alert.'

'Mijn remmen zijn in ieder geval weer getest. En mijn gordel ook.' Hij wreef nadrukkelijk over zijn schouder en knipoogde.

Iris grinnikte ongemakkelijk. Gelukkig draaide de man zich met een 'Fijne dag nog' om en stapte in zijn auto.

Einar trok aan haar jas. 'Mama Iris, wie was die meneer?'

Zich nu pas realiserend dat ze hem nog steeds een beetje krampachtig tegen zich aan hield, liet ze hem los. 'Gewoon een vriendelijke meneer die even met ons wilde praten.'

'Waarover?'

Ze liet zich nogmaals op haar hurken zakken. 'Over dat je niet zomaar de straat op mag lopen. Dat is gevaarlijk, weet je nog?'

Einars blik ging van haar naar de weg, naar de auto's die voorbijreden en terug naar haar. 'O ja.'

'Niet meer vergeten, hè?'

Heftig schudde hij zijn hoofd. 'Nee, niet vergeten. Anders word ik een pannenkoek!'

Iris proestte het uit. 'Waar heb je dat nu weer vandaan?'

'Van Lukasz,' zei hij trots.

Iris rolde met haar ogen. 'Uiteraard.'

'Word ik niet een pannenkoek?'

'Een Einar-pannenkoek ja, als je zomaar de straat op loopt. Daar had Lukasz gelijk in.'

Hij schudde opnieuw zijn hoofd. 'Dat wil ik niet.'

Iris gaf hem een knuffel. 'Ik ook niet. Ik vind je leuker als je niet plat bent.'

Hij hield zijn adem in en drukte beide handen op zijn buik om zich zo plat mogelijk te maken. Terwijl hij het uitschaterde kwam Iris lachend overeind. 'Kom, we gaan naar de supermarkt.'

Ik heb niet zoveel exen, geen ervan is nog jaloers, kwam Dario's antwoord een paar uur later. *Nog steeds bezorgd?* tikte hij erachteraan.

Iris' vinger bleef een tijdje boven haar telefoon hangen. Moest ze hem vertellen van de nieuwe envelop? Hij zou opnieuw aandringen op aangifte. Behalve de bezwaren die ze al had, was ze ook bang dat haar verleden op zou duiken in het systeem.

Ze verstuurde haar antwoord. *Wel een beetje. Wie schrijft er zulke brieven?*

Meteen schreef ze erachteraan: *Weet je, maakt niet uit. Laat maar. Ik moet me niet gek laten maken, dat is precies wat deze persoon wil. Hoe gaat het daar? Is het leuk met Lukasz en Lilja?*

Wat ze eigenlijk wilde vragen was: heb je nog iets vreemds opgemerkt? Haatdragende teksten gevonden?

We moeten het ook niet te snel terzijde schuiven, schreef hij terug. *Ik moet er niet aan denken dat er met jou ook iets gebeurt.*

Ze wreef het kippenvel van haar armen en concentreerde zich op de volgende zinnen.

Maar waarschijnlijk is het een of andere flauwe grap. Een zielig figuur die aandacht tekortkomt. Dikke kans dat hij of zij het al heeft opgegeven.

Een steek van schuld trok door haar hart. Ze vloekte hardop.

Nee, ik kreeg vandaag weer een brief. Ik heb hem niet gelezen.

Ze tikte het, maar toen zijn volgende bericht binnenkwam, wiste ze haar woorden.

Het is gezellig met Lukasz en Lilja. We kaarten vaak en ik heb met allebei een goed gesprek gehad. Hoewel ze beiden pubers zijn heb ik het gevoel dat we dichter naar elkaar toe groeien. Met Lukasz lijkt het ook beter te gaan. Hij is vrolijker, relaxter. Lijkt een last van zijn schouders te hebben laten vallen. Hopelijk wil hij me nog vertellen wat die last was voordat hij teruggaat naar jullie.

Iris staarde naar de woorden. Een last die hij opeens kwijt was nu hij bij zijn vader logeerde. Nu hij niet langer elke dag in aanraking kwam met haar. Een brok ontstond in haar keel en ze moest drie keer slikken om hem weg te krijgen.

Wat fijn om te horen. Ik hoop dat er nog een goed gesprek komt, en anders komt dat de volgende keer vast wel. Geniet eerst maar van jullie tijd samen.

Zijn antwoord kwam snel. *Dat doe ik, al mis ik jou enorm. Ik kan niet wachten tot we dit niet meer geheim hoeven houden. De kinderen zullen het fantastisch vinden. Ze zijn zo positief over jou.*

Iris snoof. Dus Lukasz was tegenover Dario positief over haar. *Ja, omdat Lukasz geen zin heeft in een preek,* tikte ze, maar ze wiste het direct. Ze kon hem beter het voordeel van de twijfel geven.

Ik zal je niet langer ophouden. Fijne dag nog. Ik mis je. Xxx

Mis jou ook. Tot snel. Xxx

Met een zucht liet ze het toestel naast zich op de bank vallen. Ze sloot haar ogen en zakte onderuit tot haar hoofd op de rugleuning rustte. Twee seconden later begon Elva te huilen.

HOOFDSTUK 22

Een paar dagen eerder

Brynja was al snel terug met de tweede mok koffie en ze zaten nog ruim een halfuur gezellig te kletsen. Van Dario kwam geen antwoord. Hopelijk had haar appje hem nu al aan het denken gezet.

Toen er uiteindelijk een stilte viel, keek Brynja haar bezoeker lang aan. 'Je lijkt anders.'

'Anders op wat voor manier?'

'Aardiger.' Ze grijnsde. 'Ik kreeg eerder nooit de indruk dat je me mocht. En je bent ook… rustiger, relaxter.'

Langzaam knikte hij. 'Dat laatste kan kloppen. Het geeft rust om eindelijk te weten wat je met een bepaalde situatie aan moet. Om een plan te hebben en daarmee aan de slag te gaan.'

Een twinkeling verscheen in zijn ogen, waardoor Brynja zijn blik niet kon loslaten.

Haar hart ging in een hogere versnelling toen hij opstond en op haar afliep.

'Is dit het moment waarop je mij gaat inlichten over je plannen?' *En maak ik er onderdeel van uit?* wilde ze eraan toevoegen, maar de woorden bleven in haar keel steken toen hij zich op haar schoot liet zakken. Waarom bonsde haar hart nu zo luidruchtig en tintelde het tussen haar benen? Dario was de enige in wie ze geïnteresseerd was. Toch?

Hij bracht zijn gezicht dicht naar het hare toe en ze kon alleen maar naar zijn ogen staren. Daarin lagen vastberadenheid en opwinding.

Hij drukte zijn lippen op de hare, greep haar handen en duwde die onder zijn trui tegen zijn blote borst. Zijn tong kronkelde door haar mond. Opwinding gierde door haar lijf. Haar handen gleden via zijn zij naar zijn rug en ze trok hem dichter naar zich toe. Dario duwde ze naar een hoekje van haar gedachten.

Hij zette haar armen klem onder zijn oksels. Zijn vingers gingen door haar haren en via haar slapen naar beneden. Ze streken langs de huid van haar hals en duwden zacht.

Hij heeft zijn handschoenen nog steeds aan, ging het door haar heen. Meteen gevolgd door: *wat een onbeduidende gedachte op dit moment.*

Ze liet de gedachte los en kreunde, de kus verdiepte zich.

De vingers drukten harder. Te hard. In een reflex hapte ze naar adem, maar er kwam geen lucht meer door haar luchtpijp. Ze worstelde om los te komen. Haar armen zaten echter in een soort bankschroef. Met geen mogelijkheid kon ze ze terugtrekken.

Haar lijf schokte, ze probeerde haar hoofd te bewegen, het los te trekken uit de dodelijke grip. De vingers drukten alleen maar harder. Haar zicht begon wazig te worden, haar brein smeekte om zuurstof.

Doe iets! riep ze zichzelf toe.

Haar nagels drukten in zijn rug en hij kreunde.

'Het spijt me, maar het kan niet anders,' fluisterde hij dicht bij haar oor. Zijn gewicht drukte benauwend op haar borstkas. 'Dario zit me in de weg. Ik kan hem niet uitschakelen, hij is te sterk. Helaas voor jou moet het dan maar zo.'

Ze trok harder met haar hoofd. Tegelijkertijd probeerde ze een stukje onderuit te schuiven. Haar lijf schreeuwde om actie. Dat zou het krijgen. Als ze niets met haar handen kon, dan maar met haar benen. Die waren sterk zat.

Terwijl hij haar hoofd op zijn plek hield, wist ze zich nog een klein stukje onderuit te wurmen. Hij schoof mee, maar nu had ze voldoende ruimte om haar been te buigen. Als hij maar even genoeg was afgeleid…

Ze drong dieper met haar nagels in zijn vlees. Hij kromde zijn rug en meteen draaide ze haar heup. Veel bewegingsruimte had ze nog steeds niet, maar doordat hij van positie veranderde en een moment de volledige focus op haar armen en hals kwijt was, had ze voldoende speling om haar handen los te trekken. Zonder aarzelen draaide ze zich half onder hem uit en stootte hard met haar elleboog tegen zijn hoofd.

Hij slaakte een gepijnigde kreet en zijn vingers verloren hun grip.

Raspend haalde ze adem. Eén seconde had ze om bij te komen. Ze moest weg. Uit zijn buurt zien te komen en hulp inschakelen.

Mijn telefoon! Met al haar kracht duwde ze hem van zich af. Ze was verrast toen hij zijwaarts viel, en met een bons de grond raakte. Ze dook op de salontafel af, waar ze haar telefoon had neergelegd. Haar benen konden haar gewicht echter nog niet dragen, waardoor ze met haar hoofd tegen de rand sloeg.

Een scherpe pijn trok van haar voor- naar haar achterhoofd. Vlekken dansten door haar blikveld, terwijl ze op de tast naar haar toestel zocht.

‘Die zal je niet meer vinden,’ klonk het vlak achter haar.

‘Het is wel lief van je dat je een halfuur geleden nog een appje hebt gestuurd dat Dario tot verdachte numero 1 zal bombarderen. Dat had ik ook zelf kunnen doen, maar zo was het veel leuker, vond je ook niet?’ Hij grinnikte. ‘Je bent niet bang voor hem, zei je nog zo mooi. Arme Brynja. Op je mensenkennis kan je niet vertrouwen. Voor mij was je ook niet bang tot een paar minuten geleden, toch? Zie hoe je je kunt vergissen in iemand. Zoals zovelen zich vergisten in Dario. Hij lijkt zo’n goeie vent, maar hij vermoordde wel zijn ex-vriendin. Arme, arme Brynja. Hadden we maar eerder geweten wat een zieke geest hij heeft.’

Terwijl hij praatte, kwam Brynja weer wat op adem. Zijn woorden zonden koude messteken door haar aderen, maar hij had haar nog niet te pakken. Ze zou ontkomen, hoe dan ook.

'Dit is het einde voor jou, en een nieuw begin voor mij,' klonk het, nu nog dichterbij.

Nog voordat hij haar opnieuw kon vastpakken draaide ze zich weg, en duwde zich in één beweging omhoog. Ze struikelde langs de stoel, naar de keuken. Als ze niet om hulp kon bellen, dan zou ze om hulp roepen, buiten. Er woonden genoeg mensen om haar heen, er waren voorbijgangers... Iemand zou haar horen en komen helpen.

Met piepende longen, steun zoekend bij het aanrecht, zocht ze haar weg naar de achterdeur. Haar hart bonkte zo hard in haar hoofd dat ze de naderende voetstappen niet hoorde. Ruw werd ze van achteren vastgepakt en tegen de achterdeur gesmeten, om er meteen weer vandaan getrokken te worden. Het aanrecht drukte pijnlijk in haar onderrug terwijl hij worstelde om haar maaiende armen te pakken te krijgen. Hij greep haar pols en duwde haar arm achter haar rug. Terwijl hij haar met zijn gewicht vastpinde tegen het aanrecht, met haar arm er schrijnend tussen, zocht hij naar haar andere hand.

'Stop met tegenstribbelen, Brynja. Niemand zal je missen. Je bent een mooie opoffering. Jij zult ervoor zorgen dat mijn leven beter wordt. Daarvoor ben ik je dankbaar.'

Hij kreeg haar arm te pakken, wilde met zijn andere hand opnieuw haar keel dichtknijpen, maar ze had haar vechtlust hervonden.

Met al haar kracht duwde ze. Zodra hij weerstand gaf, trok ze zo hard ze kon. In de seconde van verrassing die volgde gebruikte Brynja de vaart van hun abrupt samengesmolten kracht om hem een kopstoot te geven.

Een moment zag ze niets meer. Ze voelde de koude vloer onder haar handen en duwde zich overeind. Wankelend en halfblind zocht ze naar de deurpost. Ondertussen spitste ze haar oren op het geluid van zijn voetstappen en ademhaling. *Waar is hij? Heb ik hem verwond? Als ik snel ben, kan ik misschien…*

Haar zicht kwam in flitsen terug. Oriënteren was lastig, door de duizeligheid en de halve beelden die ze zag. Ze had net de conclusie getrokken dat ze niet naar de woonkamer strompelde maar naar de achterdeur, toen zijn gezicht voor haar opdook. In een reflex bracht ze haar armen omhoog om haar keel te beschermen.

Een stomp in haar maag deed haar dubbel klappen. Ze probeerde zich van hem weg te draaien, maar haar coördinatie leek in het niets te zijn opgelost.

Nog een stomp, en nog één. Kou verspreidde zich door haar binnenste. Ze bracht haar hand naar beneden om haar maag te beschermen. Warm vocht sijpelde langs haar vingers. In een flits bewoog zijn arm opnieuw naar voren.

Een scherpe steek ging door haar hand en ze schreeuwde het uit.

Meteen lag zijn andere hand op haar mond. 'Kop houden.'

Als in slow motion volgde ze zijn hand met het mes erin. Het was onwerkelijk. Hij stak en stak, maar er gebeurde niets. Er was geen pijn, behalve in haar hand, die zonder dat ze het had gemerkt langs haar zij was gevallen. Haar hoofd zoemde en de kou verspreidde zich razendsnel door haar hele lijf.

Nog steeds stond ze overeind. Ze merkte dat haar mond bewoog, zonder dat er geluid uit kwam.

'Ga verdomme dood, bitch!' Keer op keer stootte hij het mes naar voren. Trok het los en stootte. Nog eens, en nog eens. Bloed spatte alle kanten op. Zijn blik was dierlijk. Waanzinnig. Alle controle leek uit hem te zijn gesijpeld. 'Steeerf!'

Nee. Ze wilde het hardop zeggen, maar het lukte niet. *Nee, ik wil niet sterven. Ik zal niet…*

Haar zicht werd weer waziger. Haar gedachten vormden zich tot een onsamenhangende kluwen.

Een laatste keer keek ze in de emotieloze ogen. Alles in haar verkilde. Een flits van Dario's gezicht in haar blikveld, direct vervangen door dat van haar belager. Ze probeerde aan mooie dingen te denken. Herinneringen naar boven te halen, om de angst te verdrijven. Het lukte niet. Het enige wat ze kon denken was: *waarom ik?*

HOOFDSTUK 23

Die avond had Iris net de kleintjes welterusten gezegd toen Marens telefoon rinkelde.

Iris plofte met een groot glas fris naast haar op de bank.

'Lilja,' zei Maren, terwijl ze het scherm naar Iris draaide.

Ze nam op. 'Hé, schat. Hoe is het daar?'

Lilja antwoordde zo hard en schel dat Iris het ook kon horen. Ze kon er al aardig wat van ontcijferen, maar begreep niet waarom het klonk alsof Lilja in paniek was. Brynja's moordenaar was opgepakt? Dat was toch goed nieuws?

'Hebben ze iemand gearresteerd? Ik heb er nog niets over gezien op het nieuws,' verwoordde Maren Iris' gedachten.

'Niet zomaar iemand!' klonk het paniekerig. 'Pabbi!'

Maren ging met een ruk rechtop zitten. 'WAT?'

Iris kon door het plotselinge luide bonzen van haar hart in haar oren niet horen of Lilja nog meer zei. Maren riep: 'Wacht, wacht! Ik zet je op de speaker.' Ze gebaarde wild naar Finnur, die haastig de televisie zachter zette. Met trillende vingers drukte ze op een paar knoppen. Geroezemoes werd hoorbaar. Iris herkende Lukasz' stem.

'Kan je me horen, Lil?' vroeg Maren. 'Je staat op de speaker. Finnur is hier, en Iris ook.'

'Heb je gehoord wat ik zei?' riep het meisje in het Engels.

Lilja ging verder voordat iemand kon antwoorden. 'Ze kwamen pap halen, de politie. Zeiden dat ze vermoeden dat hij Brynja heeft vermoord. Ze deden hem handboeien om en namen hem mee. We mochten niet eens meer iets tegen elkaar zeggen of afscheid nemen!' Haar stem ging hysterisch de hoogte in.

Sprakeloos keek Maren haar man aan. 'Ik... Dat... dat is verschrikkelijk. En onmogelijk,' ging ze harder verder. 'Dario zou nooit iemand vermoorden. Zelfs die trut van een Brynja niet.' Ze sloeg een hand voor haar mond. 'Ik bedoel... Oei, dat klonk niet best.'

'Iedereen weet dat hij haar niet kon uitstaan,' jammerde Lilja.

'Dat wil nog niet zeggen dat hij het heeft gedaan.'

'Natuurlijk heeft hij het niet gedaan!' gilde haar dochter. 'Maar de politie zei dat ze bewijs hebben!'

Iris' lijf werd met elk woord kouder. Pas toen Maren haar hand uitstak en over haar arm wreef merkte ze dat ze onbedaarlijk zat te trillen.

Finnur stond op van zijn stoel, liep naar de gang en trok zijn schoenen aan. 'Zeg maar dat we eraan komen.'

Maren stond ook op, praatte gehaast tegen Lilja en griste haar tas van de keukentafel.

Iris staarde voor zich uit zonder iets te zien van de woonkamer, nog steeds trillend. Ze registreerde amper wat er om haar heen gebeurde, tot er iemand hard in haar schouder kneep.

Met een ruk keek ze om, in het gezicht van Finnur. 'Gaat het wel?' Behalve bezorgdheid lag er onbegrip in zijn blik.

Shit, het is raar dat ik hier zo van schrik als ik Dario amper ken.

'J-ja, sorry,' stotterde ze, terwijl ze probeerde haar handen stil te houden. 'Ik... Dit doet me gewoon erg denken aan... aan iets wat ik met een vriendin heb meegemaakt.'

Finnur streek troostend over haar rug. 'Wat akelig. Als je erover wilt praten zijn we er voor je, dat weet je, hè?'

Ze knikte en perste haar trillende lippen op elkaar. *Niet huilen nu. Kom op, sterk zijn, Iris.*

'Dat zal helaas wel moeten wachten. We moeten nu echt naar de kinderen. En kijken wat we voor Dario kunnen doen.' Met een verontschuldigende blik trok Finnur zijn hand terug. 'Red jij je hier alleen tot we terug zijn?'

Ze knikte. 'Dat lukt wel.' Ze probeerde een glimlach, maar haar mondhoeken trokken en trilden zo hevig dat ze het snel weer opgaf.

'Kom eens hier.' Maren liep om de bank heen, plofte naast haar neer en trok haar tegen zich aan.

Iris' pogingen om haar tranen binnen te houden mislukten nu helemaal. Gedachten, beelden en emoties raasden door haar lijf, terwijl Maren haar sussend toesprak. Ze wilde niets liever dan vertellen dat deze situatie haar eigen ervaringen in de rechtbank terugbracht. Ze wenste dat het Dario's armen waren die om haar heen lagen. Haar hart verkrampte bij de gedachte dat ze hem misschien nooit meer zou kunnen vasthouden. Nooit meer zijn lippen op de hare zou voelen. Met haar ogen dicht verdreef ze alle akelige beelden, van Dario achter de tralies, van nieuwsberichten die uitweidden over de agressieve Nederlandse au pair die verliefd werd op een moordenaar.

Ze hapte naar adem. *Nee, onmogelijk. Dario is geen moordenaar. Daar durf ik alles om te verwedden. Hij is onschuldig, net als ik was, en zal dus vrijgesproken worden.*

Geleidelijk kwam haar ademhaling tot rust. Maren gaf haar een kus op haar wang en liet los. 'Gaat het weer een beetje?'

'Ja.' Iris wreef haar wangen en ogen droog. 'Dank je. Gaan jullie maar snel. Dario en de kinderen hebben jullie nodig. Ik blijf hier voor Einar en Elva.'

Maren stond op. Ze liep naar de deur waar Finnur al stond te wachten, en keek nog één keer om.

Iris knikte haar toe en gebaarde dat ze konden gaan.

'Bel ons als er iets is!' riep Maren nog, voordat ze de deur van de gang sloten en Iris alleen lieten met een drukkend gevoel op haar borst en misselijkheid die zich razendsnel omhoogwerkte door haar slokdarm. Zodra de klik van de voordeur klonk sprong ze op en rende naar het toilet. In pijnlijke golven kwam haar eten eruit. Ze trok door en bleef hijgend boven de wc-pot hangen.

Alles komt goed. Hij is onschuldig. Hij is gewoon de meest voor de hand liggende verdachte.

Plotseling schalde Lilja's stem door haar hoofd. 'De politie zei dat ze bewijs hebben!'

Een nieuwe golf zuur kwam opzetten. Kon het waar zijn? Kon ze zich zo ontzettend vergist hebben in hem?

Ze slikte een paar keer en liet zich tegen de muur zakken, met haar achterhoofd tegen de koude wandtegels. Hoe hard ze ook probeerde iets anders te denken, ze kreeg de twijfel niet meer uit haar hoofd. Want had ze zich niet ook vreselijk vergist in haar 'vrienden' in Nederland?

Maar moord… Ze schudde haar hoofd. *Nee, ik kan het niet geloven. Laat ze maar komen met dat bewijs dan.*

Ze duwde zichzelf overeind, liep naar de keuken om haar mond te spoelen en drentelde onrustig door het huis tot ze uiteindelijk doodmoe op de bank in slaap viel.

Toen Maren haar wakker maakte had Iris het gevoel dat ze van heel ver moest komen. Alsof ze naar een andere wereld was afgereisd die haar niet wilde loslaten. Het fijne gevoel dat die wereld achterliet verdampte zodra ze besefte waar ze was en wat er was voorgevallen. Snel kwam ze overeind en masseerde haar nek, die stijf was van de ongemakkelijke lighouding.

'Sorry dat het zo lang duurde,' fluisterde Maren, met haar hand nog op de arm waarmee ze Iris had wakker geschud. 'De kinderen waren zo overstuur, en ik heb Dario even gezien, met de rechercheur erbij. Hij vroeg me contact op te nemen met Júníus, een oude vriend die advocaat is. Tot mijn verbazing kreeg ik Júníus meteen te pakken en sprong hij direct in zijn auto. De kinderen wilden wachten tot hij arriveerde. We probeerden uit te leggen dat niemand hun vader zo snel uit de cel kon krijgen, maar ze stonden erop te blijven.' Ze wreef over haar gezicht. 'Ik ben even op en neer gereden naar de Snowbird om daar het een en ander te regelen en daarna zijn we teruggegaan naar Dario's huis. Eigenlijk ben ik daar ook wel blij om. Hoewel Júníus geen ervaring heeft met moordzaken, zoals de meeste advocaten in IJsland, vond ik hem ontzettend professioneel. Hij trok zich terug met Dario voor een lang gesprek en eiste daarna de bewijzen te zien die de politie heeft.'

Iris ging rechter zitten. 'En?'

Maren schudde weemoedig haar hoofd. 'Tegenover ons mag hij helaas geen details geven. Het enige wat we weten is dat er belastend materiaal is gevonden, maar dat het nog onderzocht moet worden op DNA-sporen. Hij had het over indirect bewijs, op zijn best. Ze zullen met meer moeten komen om hem te veroordelen.'

Iris slikte. 'Veroordelen? Het zal toch geen rechtszaak worden? Hij heeft niets gedaan!'

Ongemerkt was haar stem verontwaardigd uitgeschoten en ze boog beschaamd haar hoofd. Ze kuchte. 'Sorry. Ik ken Dario nauwelijks, maar ik kan me niet voorstellen dat hij zoiets zou doen.'

Maren glimlachte. 'Dat heb je goed gezien. Hij is soms een warhoofd en hij kan onverschillig overkomen, maar dat wil niet zeggen dat hij in staat is tot moord. Die gedachte is...' Ze tuurde over Iris' hoofd. '... bizar.'

'Inderdaad.' Iris wreef met haar handen over haar bovenarmen om de plotselinge kou te verdrijven.

'Hoe gaat het nu met jou? Je schrok nogal van het nieuws, of niet?' Onderzoekend keek Maren haar aan.

Iris ontweek haar blik. 'Ja, inderdaad. Het eh... het gaat wel. Ik vind het gewoon heel erg voor Dario en voor jullie allemaal, dat jullie worden meegesleept in zo'n nare situatie vanwege een valse beschuldiging. Net zoals…' Ze kon het woord 'ik' nog net inslikken. 'Net zoals mijn vriendin een tijd geleden.'

Tranen prikten opnieuw achter haar ogen. Deze keer dwong ze ze kordaat terug. Als ze zich opnieuw overgaf aan die verslagenheid en machteloosheid, zou ze niet alleen instorten, maar ook alles aan Maren vertellen. Bovendien hadden Dario, Lukasz en Lilja haar nu hard nodig. Hoe ze Dario kon steunen zonder te laten blijken dat ze een relatie met hem had, wist ze nog niet. Daar zou ze morgen haar hersens wel over breken.

'Als je erover wil praten…' begon Maren.

Ze trok haar trui recht. 'Dank je. Het is wel goed. Dat is gelukkig voorbij. We kunnen ons beter richten op het nu.'

Maren sloeg een hand voor haar mond om een gaap te verbergen. 'Over nu gesproken… Ik duik mijn bed in. Finnur en de kinderen zijn al boven. Ik heb net bij de kleintjes gekeken, die liggen rustig te slapen. Jij kunt ook nog wel wat slaap gebruiken.'

'Inderdaad.' Ze stonden allebei op en liepen zo zacht mogelijk de trap op. Voor Iris' slaapkamerdeur gaf Maren haar nog een knuffel. 'Maak je niet te druk, het komt wel goed. Zoals je al zei: Dario zou zoiets nooit doen. Hij is onschuldig en zal dus vrijgesproken worden.'

Iris knikte en besloot te zwijgen over de golf aan oordelen en agressiviteit die hoe dan ook over hem heen zou slaan. En ook over Marens gezin waarschijnlijk. Ze moest er niet aan denken wat dat met de kinderen zou doen. Vooral met de toch al instabiele Lukasz.

Ze zei Maren welterusten. Binnen een paar tellen was ze uitgekleed en liet ze zich onder de deken glijden. Uitgeput, maar met duizend gedachten klotsend door haar hoofd, sloot ze haar ogen… En opende ze weer toen er op de deur geklopt werd.

'Ja?' riep ze gedempt.

De deur ging open en een slanke gestalte in een kort nachthemd wurmde zich naar binnen, om meteen daarna de deur zachtjes te sluiten.

'Iris?'

Ze knipte haar leeslamp aan en Lilja kneep haar ogen tot spleetjes tegen het plotselinge felle licht.

'Wat is er? Gaat het?' Iris schoof haastig omhoog tegen het hoofdeind van het bed.

Met haar hand voor zich uitgestoken stapte Lilja op haar af. Met een frons nam Iris een opgevouwen briefje van haar aan. 'Wat is dit? Waar heb je het vandaan?' *Toch niet weer een dreigbrief, hoop ik?* Ze had de vorige niet meer bekeken, en voelde daar ook weinig voor.

'Het is van pabbi.'

Iris' kaken klapten verschrikt op elkaar. Lilja liet zich naast haar op het bed zakken. 'Geen zorgen, ik weet dat jullie samen zijn. Ik zal het tegen niemand zeggen.'

Roerloos, het briefje in haar geheven hand, bleef Iris haar aanstaren. 'Wat?'

'Je hoeft niet bang te zijn. Ik ben hartstikke blij voor jullie. Ik vind het geweldig dat jullie verliefd zijn.' Ze grijnsde veelbetekenend. 'Twee van mijn favoriete mensen samen. Beter kan bijna niet, toch?' Haar gezicht betrok en ze peuterde aan een vingernagel. 'Tenminste... als ze pap weer laten gaan.'

Iris zuchtte diep en trok het meisje tegen zich aan. 'Dat komt vast goed.'

Na een snelle veeg over haar ogen ging Lilja weer overeind zitten. 'Maar goed, lees het briefje. Het was nogal belangrijk volgens mij. Anders had hij jullie afspraak om tegen niemand iets te zeggen niet verbroken.'

Iris vouwde het blaadje open. De woorden erop leken haastig neer te zijn gekrabbeld.

lieve Iris sorry ik moest je iets laten weten
ik heb Brynja niets aangedaan
geen idee hoe ze aan bewijs komen
ik ben geen moordenaar hopelijk weet je dat
ik hou van je en hoop je snel weer te zien
liefs Dario

De laatste snipper twijfel ging in rook op zodra ze alles had gelezen. In het verleden had ze zich vergist in mensen, maar deze keer wist ze het zeker: Dario was een lieve, zorgzame, grappige, geweldige man. Hij was absoluut niet in staat tot moord, hoe vervelend zijn ex ook was geweest.

'Hij is echt gek op je.' Lilja's gefluisterde woorden haalden haar uit haar gedachten.

Ze likte langs haar lippen, rukte haar blik los van het briefje en keek Lilja aan. 'En ik op hem.'

Hoop flakkerde in Lilja's ogen. 'Dus je gelooft hem?'

'Natuurlijk geloof ik hem.' Ze glimlachte geruststellend bij het zien van de opluchting op Lilja's gezicht en vroeg zich ondertussen af wie het dan was die hem niet geloofde.

* * *

Een paar dagen eerder

Het duurde even voor hij weer bij zinnen kwam. Hoelang was moeilijk te zeggen. Om hem heen was het stil, op wat verkeersgeluiden van buiten na. En een licht gehijg, waarvan hij na een paar keer slikken ontdekte dat hij het zelf voortbracht. Hij veegde over zijn bezwete gezicht, maar daar werd alles alleen maar natter van. Hij wilde naar de gootsteen lopen om water in zijn gezicht te gooien toen zijn voet achter iets bleef hangen dat een klein stukje meebewoog, maar net te weinig om te voorkomen dat hij voorover dook, met zijn voorhoofd op de rand van het aanrecht af. In een reflex stak hij zijn handen uit en kon zo een akelige val voorkomen. In één oogopslag zag hij het gruwelijke schouwspel aan zijn voeten en zijn met bloed bedekte handschoenen. Een moment lang staarde hij er met open mond naar. Toen duwde hij zichzelf overeind en veegde nogmaals over zijn voorhoofd, deze keer met zijn onderarm.

'Skítur...' vloekte hij zacht.

Langzaam kwamen de herinneringen terug. Ze had tegengestribbeld, had hem twee flinke stoten tegen zijn hoofd gegeven. Bij de gedachte eraan ging er een pijnlijke steek door zijn slapen.

Hij schopte de roerloze figuur in de zij. '*Fjandinn!* Waarom kon je niet gewoon rustig sterven? Waarom moet je alles zo lastig maken, voor jezelf en voor anderen?' Hij haalde nog eens uit met zijn voet, waardoor er een rimpeling door het lijk leek te gaan. Daarna haalde hij een paar keer diep adem, stapte over het lichaam heen, trok de handschoenen uit en waste zijn handen, onderarmen en gezicht boven de gootsteen. De handschoenen waren daarna aan de beurt, gevolgd door een tweede schrobbeurt van zijn handen. Daarna bekeek hij Brynja met zijn handen in zijn zij. Zijn blik gleed naar het mes dat hij blijkbaar naast haar op de grond had laten vallen, en vervolgens over zijn kleding. 'Daar gaat het plan om me uit de voeten te maken zodra de klus geklaard is.' Moedeloos schudde hij zijn hoofd, meer om zichzelf dan om haar deze keer. *Waarom moest ik ook mijn zelfbeheersing verliezen? Ik ben zo dicht bij het perfecte leven. Ik kan het me niet veroorloven om nu nog een fout te maken.*

Hij krabde in zijn natte haren. *Hoe ga ik dit oplossen?*

Misschien was dit helemaal niet zo'n verkeerde ontwikkeling. Het zag eruit als een misdaad begaan vanuit woede, dus dat was eigenlijk prima. Beter nog dan zijn oorspronkelijke plan. Brynja had Dario tenslotte het bloed onder de nagels vandaan gehaald. Het zou voor niemand een verrassing zijn dat hij geflipt was. De locatie kon alleen beter, die moest Dario verdacht maken. Daarnaast stond het kunstwerk van rode spetters dat zich op zijn kleding had gevestigd hem in de weg. Daar moest hij vanaf. Ook dat was geen groot probleem, maar het zou opvallen als hij zo over straat ging, en half naakt was ook geen optie.

Weifelend keek hij om zich heen, alsof het antwoord ergens tussen de borden en pannen verborgen lag. Daar vond hij het niet, maar er schoot hem wel iets te binnen. Misschien had Brynja boven nog wat kleding van Dario liggen. Dat zou echt iets voor haar zijn, om stiekem wat shirts en broeken achterover te drukken. Het zou wat wijd zitten, maar hopelijk niet te veel opvallen. Thuis zou hij dan maar snel de trap op moeten glippen naar de slaapkamer, en hopen dat niemand het zag.

Hij zette een stap achteruit, trok de natte handschoenen met moeite weer aan en tilde zijn voeten een voor een op om de onderkant van zijn sokken te bestuderen. Hoewel de bovenkant bezaaid was met bloedspatten, was er onderop geen spoor van te bekennen. Toch trok hij voor de zekerheid zijn schoenen weer aan voordat hij de keuken verliet en boven de slaapkamer opzocht. Hij opende de kledingkast, speurde de planken af naar mannenkleding, maar vond niets. Gebukt bekeek hij de onderste plank en tilde er voorzichtig het stapeltje nachtshirts uit, zodat hij ze weer netjes terug kon leggen. Hij mocht hier geen sporen achterlaten die de mogelijkheid openlieten dat iemand anders dan Dario hier was geweest.

Na nog een blik op de onderste plank grijnsde hij. 'Bingo.'

Tegen de achterwand, uit het zicht voor iemand die niet door de knieën ging, lagen een broek en een trui. Hij trok ze naar zich toe, legde het stapeltje nachthemden zorgvuldig terug en sloot de kast.

In de badkamer vond hij een hoeslaken en dekbedovertrek in de wasmand. Hij nam het hoeslaken mee naar beneden en rolde Brynja er zorgvuldig in. Daarna kleedde hij zich om, propte de besmeurde kleding in het dekbedovertrek en veegde de vloer schoon. De broek was inderdaad te wijd, maar dat viel niet op als hij de trui er half in propte. De pijpen waren te kort, net als de mouwen van de trui, wat er wat vreemd uitzag. Helaas had hij geen andere opties.

Terug in de keuken kreeg hij een ingeving die ervoor zorgde dat hij zijn gebrek aan zelfbeheersing niet langer vervloekte. Met een stoflap uit het gootsteenkastje pakte hij het mes op, rolde het erin en deed het in een plastic tasje. In de huiskamer pakte hij de dreigbrieven waar Brynja haar vingerafdrukken op had achtergelaten. Hij liep ermee terug naar boven en legde ze in het nachtkastje.

Daarna pakte hij het tasje en het laken op en liep naar het raam. Na drie keer zorgvuldig de straat te hebben gescand, opende hij de voordeur, glipte naar buiten en gebruikte Brynja's sleutel om haar auto te openen. Ze had hem gelukkig achteruit ingeparkeerd, waardoor hij zijn vracht ongemerkt kon inladen. Eerst het dekbedovertrek, dat hij over de bodem van de kofferbak uitspreidde. Daarna het lijk. Hij had haar net neergelegd toen hij twee voetgangers hoorde naderen. Razendsnel maar geluidloos sloot hij de achterklep en dook uit het zicht. Tergend langzaam liepen de twee mannen voorbij. Brynja vervloekend omdat ze niet gewoon was meegegaan naar het bos, wachtte hij een minuut voordat hij weer overeind kwam. Hij ging terug het huis in en boende alle bloedvlekken weg. Na een laatste check op rode vegen op zijn net schoon aangetrokken, en inmiddels bezwete kleding sloot hij het huis af, stapte in de auto en reed naar het bos.

Ongeveer drie kwartier later zette hij de auto terug op zijn plek, exact zoals hij hem had aangetroffen. Hij dwong zichzelf rustig naar zijn auto te lopen, al bonsde zijn hart in zijn keel. Het bewijs van zijn daad woog zwaar in zijn hand. Zijn oren waren gespitst op elk geluidje dat ontmaskering kon betekenen.

Eenmaal achter het stuur sijpelde de adrenaline weg. In plaats daarvan raasden al snel opluchting en euforie door zijn aderen. Het was hem gelukt!

HOOFDSTUK 24

De volgende ochtend bleef Iris stilstaan nadat Lukasz om de hoek van de school uit de auto was gestapt.

'Lilja?'

Het meisje draaide zich naar haar toe en keek haar onderzoekend aan.

'Je eh...' Iris wierp een blik op de achterbank en dempte haar stem. 'Je hebt toch niets gezegd tegen Lukasz, hè? Over eh... over Dario en mij?'

Hevig schudde Lilja haar hoofd. 'Nee joh. Pap zei duidelijk dat het tussen ons moest blijven.'

Opgelucht haalde Iris adem en zette de auto in beweging.

'Niet dat het uit zou maken als hij het wel zou weten,' voegde Lilja eraan toe, waardoor Iris iets te abrupt remde voor de bocht.

'Hij zal het ook leuk vinden, hoor.'

Vanuit haar ooghoeken zag ze Lilja naar haar kijken. Nog net kon ze een snuivend geluid binnenhouden.

Het meisje sloeg haar armen over elkaar. 'Jij denkt dus van niet.'

'Dat klopt.'

'Omdat hij een beetje dwars doet,' concludeerde Lilja. 'Maar dat doet hij alleen omdat jij officieel ook onze au pair bent, hoewel we oud genoeg zijn om op onszelf te passen.'

Langzaam bracht Iris de auto tot stilstand langs de stoep. 'Dat heb ik ook nooit ontkend.'

Lilja tilde haar tas van tussen haar voeten en drukte hem tegen haar borst. 'Lukasz vindt jou ook aardig. Je moet alleen even door dat stugge heen kijken. Hij heeft het gewoon moeilijk nu.'

Iris' schouders ontspanden. Het was wonderlijk hoe volwassen Lilja al was op deze leeftijd. Ze legde haar hand op Lilja's bovenbeen. 'Hij boft maar met jou als zus.'

Het meisje gooide haar haren met een overdreven hoofdbeweging over haar schouder. 'Zeker weten.'

Na een knipoog die Iris met een grijns beantwoordde stapte ze uit en liep het schoolplein op.

Iris ging met een zucht weer recht zitten en legde beide handen op het stuur. Ze keek in de achteruitkijkspiegel naar de twee kleintjes, die rustig uit het raam keken naar de drukte rond de school. 'Dus hij vindt me wel aardig. Hmm.'

Met de nieuwste dreigbrief in haar hand zat Iris op de bank. De kinderen lagen op bed, en zouden hopelijk nog minimaal een halfuur slapen. Ze had de envelop een minuut geleden geopend en ze had er nu al spijt van.

Ga terug naar Nederland of het loopt verkeerd met je af.
Laatste waarschuwing.

Met haar kiezen op elkaar geklemd duwde ze het papier terug in de envelop. Op haar tenen liep ze naar haar slaapkamer en legde de envelop bij de andere twee, onder de boeken die ze al uit had, op de boekenplank. Kordaat draaide ze zich ervan weg en duwde de gedachte eraan in een hoekje van haar geheugen. Zodra ze haar slaapkamerdeur met een zachte klik sloot, klonk er gehuil uit Einars kamer, direct gevolgd door gejengel van Elva's kant.

Ze haalde beide kinderen uit bed en ging met ze in de woonkamer op de grond zitten, omringd door speelgoed. Ze bleven echter jengelen, waarschijnlijk aangestoken door het melancholische gevoel van Iris. Na een halfuur besloot ze een rondje te gaan wandelen. Zodra ze alle drie dik waren ingepakt, stapte ze de auto in. Als vanzelf reed ze naar Dario's huis. Ze had geen idee wat ze dacht daar aan te treffen. Het was niet alsof het bewijs dat hij onschuldig was zomaar ergens zou rondslingeren. Toch had ze een voorgevoel dat ze een aanwijzing zou vinden als ze erlangs liep.

Op haar gemak, met haar gezicht naar Dario's huis gericht, haalde ze de kinderen uit de auto en zette ze in de wagen. Einar wilde zelf lopen, maar dat kwam nu heel slecht uit.

'Nu nog niet, lieverd,' zei Iris, terwijl ze hem op het plankje voor de kinderwagen zette. 'Het is hier te druk.' Ze wilde geen herhaling van de vorige keer, en bovendien had ze nu geen tijd om hem in het oog te houden.

Ze stak de straat over en draaide de kinderwagen in de richting van Dario's huis. Het zag er niet anders uit dan eerst. Alsof er niets was gebeurd.

Iris zuchtte diep, om de plotseling opkomende druk op haar borst te verlichten. Dit herinnerde haar veel te veel aan de eerste keer thuiskomen nadat ze zelf van iets was beschuldigd. Voor haar was het heftig geweest, maar ze kon zich niet voorstellen hoe het was om van moord beschuldigd te worden. *Moord.* Het woord kaatste tegen de binnenkant van haar hersenpan, als een losgeslagen pingpongbal. *Dario wordt beschuldigd van moord!*

Ze minderde vaart toen ze merkte dat haar ademhaling oppervlakkiger werd.

Einar draaide zich half om en keek haar met grote ogen aan. 'Mama Iris pijn?'

Ze slikte. *Verdorie, nu niet emotioneel worden. Houd je emoties in bedwang, Iris.*

'Het gaat wel. Ik verstapte me alleen,' verzon ze snel. Ze bleef staan, bukte en wreef nadrukkelijk over haar enkel.

Einar stapte van het plankje en hurkte naast haar. 'Kusje op?'

Voordat ze kon antwoorden boog hij zich al voorover en drukte een kus op haar broekspijp. Vragend keek hij naar haar op. 'Goed nu?'

Iris glimlachte en bukte om hem een knuffel te geven. 'Veel beter, dank je wel, lieverd.'

Tevreden klom hij terug op het plankje. Iris wierp nog een blik op het huis, dat op slechts een paar meter afstand stond. Leeg. Een stille getuige van een enorm onrecht.

Razendsnel gleed haar blik over de gevel, de voordeur en de ramen. *Ze hebben bewijs,* gonsde het door haar hoofd. Wat voor bewijs kon dat zijn? Hadden ze dat hier gevonden of in Brynja's huis? *Misschien moet ik daar ook nog even langslopen.*

Langzaam kwam ze weer in beweging. Haar hersens deden hun best om met scenario's op de proppen te komen, maar niets klonk logisch. Vingerafdrukken? Die bewezen niets, Dario was vaak in Brynja's huis geweest. DNA onder haar vingernagels, zoals je vaak in films zag? Nee, zo snel konden ze de uitslag van een DNA-test niet hebben. Een ooggetuige dan? Was hij bij haar geweest op de dag dat ze stierf?

Opnieuw bleef ze stilstaan. Plotseling had ze het bloedheet. Had iemand hen gezien toen ze zochten naar bewijs dat Brynja die dreigbrieven had gestuurd? Of hadden ze toch vingerafdrukken en was het slechts een kwestie van tijd voordat ze ook haar kwamen halen?

Ze liep verder en probeerde het nare gevoel van naderend onheil van zich af te schudden. Het lukte niet, het werd alleen maar sterker. Alsof er iemand achter haar liep, klaar om...

Abrupt draaide ze zich om.

Er liep niemand achter haar. *Natuurlijk niet. Doe niet zo paranoïde.*

Ze wilde zich terugdraaien en doorlopen toen ze een man zag staan, aan de overkant van de straat, recht tegenover Dario's huis. Hij was volledig in het zwart gekleed en stond vlak bij de hoge heg van de overburen, alsof hij zich daar net nog in had verscholen. Schichtig keek hij van links naar rechts. Er ging een siddering door Iris heen toen zijn blik op haar viel. Ze tilde haar voet op en bekeek nadrukkelijk de zool van haar schoen. Het kostte moeite om haar ogen niet terug naar de man te laten dwalen, maar het lukte. Ze zette haar voet weer neer, stampte twee keer, alsof ze iets kwijt wilde raken en liep verder zonder nog om te kijken. Een brandend gevoel in haar rug volgde haar tot ze de hoek om was geslagen. Opnieuw onderdrukte ze de neiging om om te kijken. Ze kletste gemaakt opgewekt tegen Einar en Elva en liep met zware benen verder.

Het liefst had ze nog een keer gekeken. Gewoon om het zeker te weten. Maar eigenlijk was dat niet nodig. In die ene seconde waarin hij zijn hoofd haar kant op had gedraaid, had ze hem herkend. Het was Ágúst.

HOOFDSTUK 25

Na een kort rondje en een halfuurtje in de speeltuin, reed Iris terug naar school om de oudste twee op te halen. Tot haar afschuw was het eerste bekende gezicht dat ze zag dat van Ágúst. Zijn uit de kluiten gewassen rode SUV stond half op de stoep geparkeerd en hij leunde met zijn armen over elkaar op de motorkap.

Iris zocht naarstig naar een parkeerplek links van haar, zodat ze hem niet hoefde te passeren. Alles was vol, dus gaf ze wat gas bij om snel langs hem te rijden. Helaas trok het geluid van de motor juist zijn aandacht. Zijn donkere, dreigende blik was opnieuw voelbaar.

Ze zette de auto in het dichtstbijzijnde parkeervak en graaide rusteloos in haar tas, op zoek naar iets om haar aandacht af te leiden van het nare gevoel in haar onderbuik.

Alsof ze hetzelfde gevoel had slaakte Elva plotseling een hoog kreetje. Iris herkende het als een uiting van paniek en draaide zich meteen om. 'Wat is er, El–'

De rest van haar vraag bleef in haar keel steken toen ze de gestalte naast het rechter achterportier zag staan. Verstijfd bleef ze zitten, zijn bewegingen volgend tot hij vooroverboog om naar binnen te kijken.

Elva's volgende kreetje ging naadloos over in een klaaglijk jammeren, en ook Einar begon te jengelen.

'Nu is het genoeg!' In een plotselinge vlaag van woede gooide Iris haar portier open en stapte uit.

'Ben je helemaal gek geworden?' riep ze naar Ágúst, die over het dak van de auto heen zijn dreigende houding opnieuw aannam. 'Je maakt de kinderen bang!'

De man trok een wenkbrauw en één mondhoek op. 'Dat ligt dan aan die kinderen. Ze zijn wel heel snel bang. Net als jij.' Nu grijnsde hij voluit.

Iris balde haar vuisten naast haar lijf. 'Ik ben niet bang voor jou. Je bent gewoon een arrogante, agressieve zak, die zijn poten niet van zijn vrouw kan afhouden en het blijkbaar ook nog leuk vindt om kleine kinderen angst aan te jagen.'

Hijgend van het ratelen en schreeuwen hapte Iris naar adem.

Ágúst bleef haar arrogant aankijken, alsof haar tirade slechts verhulde dat ze bang was. Wat eigenlijk ook zo was. Ze was alleen ontploft omdat hij de kinderen aan het huilen had gemaakt. Blijkbaar werkte haar moederinstinct prima.

Iris spande en ontspande haar handen en hief haar kin. 'Wat wil je?'

'Ik wil dat je stopt met mij in de gaten houden. Wat ik doe gaat jou niets aan.' Hij priemde met een beschuldigende vinger over het dak heen in haar richting.

Met haar handen in haar zij boog Iris dichter naar de auto toe. 'Jou in de gaten houden? Ik zou niet weten waarom ik die arrogante kop van jou vaker dan noodzakelijk zou willen zien.'

De priemende vinger kwam nog wat dichterbij. 'Als ik jou was zou ik op mijn woorden passen, meisje. Je weet niet met wie je te maken hebt.'

'Dat geeft ook niet, want ik wil helemaal níéts met je te maken hebben. En ik wil dat je uit de buurt van de kinderen blijft!' Inmiddels was ze zo boos dat haar angst volledig was verdwenen, ondanks de stroom aan dreigende woorden die uit zijn mond kwam en de ogen waarin geen spoortje gevoel te bekennen was. Waar haalde die vent het lef vandaan om haar zo aan te spreken? De boze frons op haar voorhoofd trok zo hard aan haar huid dat ze er hoofdpijn van kreeg, maar ontspannen kon ze niet. Al haar spieren stonden strak, haar lijf was in opperste paraatheid. Eén verkeerde beweging in de richting van de kinderen en ze zou deze klootzak aanvliegen.

Langzaam bewoog hij naar achteren, zonder haar blik los te laten. 'Ik doe waar ik zin in heb, daar heb jij niets over te vertellen, meisje.' Nog steeds met zijn blik aan de hare gekleefd draaide hij zich een kwartslag, hief zijn arm en sloeg hard tegen het portier.

Uit de auto klonk een gedempt kreetje en Iris schoot naar de achterkant van de auto, klaar om boven op hem te springen. Nog voordat ze twee stappen had gezet, werd ze echter tegengehouden.

'Laat het gaan,' klonk een rustige stem.

'Laat me los!'

'De kinderen hebben je nodig,' was het kalme antwoord.

Op het smalle stuk tussen de auto en de dichtbegroeide rij struiken ernaast was geen plek om de lange, brede man te passeren. Met opeengeklemde kaken keek Iris Ágúst na, terwijl hij met afgemeten passen en geheven hoofd naar zijn auto liep, waar zijn zoon al stond te wachten.

'Hij is het niet waard, geloof me.'

De man was halverwege de dertig en was stevig gebouwd. Hij liet haar los en hief zijn handen in een verontschuldigend gebaar. De uitdrukking op zijn gezicht was er een van medeleven, met een vleugje droefheid, alsof hij precies wist hoe het voelde om het te moeten laten gaan.

Iris' blik gleed langs hem naar Ágúst. Toen pas zag ze een groep van een stuk of vijftien kinderen staan. Twee ervan kwamen haar heel bekend voor. Lilja's mond was opengezakt, terwijl Lukasz met een nors gezicht zijn armen over elkaar sloeg.

Shit.

Met een kuch trok Iris haar jas recht en knikte naar de man die haar weg nog steeds blokkeerde. Hij had een volle bos donker haar en een beginnende baard en snor. 'Je hebt gelijk. Ik moet me niet verlagen tot zijn niveau.' Ze glimlachte toen ze de opluchting in zijn ogen zag. 'Bedankt. Je hebt me gered van een aantal blauwe plekken en een gedeukt ego.'

Nu grijnsde hij voluit. 'Graag gedaan. Ik kwam er een jaar geleden minder goed van af bij een aanvaring in het bos en wilde jou het leed besparen.' Hij boog zich naar haar toe. 'Águst staat erom bekend weinig onderscheid te maken tussen mannen en vrouwen als het op ruzie aankomt.'

Iris snoof. 'Goh, dan hebben we toch iets positiefs aan hem ontdekt.'

De man rechtte zijn rug en trok een wenkbrauw op. 'Iets positiefs?'

'Ja, hij is in ieder geval een voorstander van emancipatie.' Ze grinnikte en ook de man schoot in de lach.

'Ik ben blij dat je het zo zonnig kunt inzien.' Hij stak zijn hand uit. 'Mijn naam is Jona Dagursson. Rechercheur.'

'O!'

Zijn grijns werd breder, maar meteen keek hij weer serieus. 'Luister, als je wil kan je aangifte doen. Als je het mij vraagt spookt Águst iets uit in het bos dat het daglicht niet kan verdragen, maar het is me nog niet gelukt om bewijs te vinden of hem op heterdaad op iets te betrappen. Alle aangiftes tegen hem vergroten de kans dat ik hem kan oppakken en in ieder geval zijn woning kan doorzoeken. Bovendien helpt het jou als hij je nog eens lastigvalt.'

Ze waagde een steelse blik langs hem heen. Lukasz' gezicht stond nog steeds op onweer, maar Lilja was zo te zien van verbijsterd overgestapt naar opgetogen. Met een brede lach en wilde, grootse gebaren praatte ze tegen haar vriendinnen.

Een blik in de auto vertelde Iris dat Einar en Elva gekalmeerd waren. Dat er geen dreigende griezel meer naast de auto stond was blijkbaar voor hen genoeg om de gemoederen te sussen.

Ze haalde diep adem en stak haar hand uit. 'Ik denk dat ik het wel red. Nogmaals dank voor de hulp.'

'Graag gedaan. Zou ik nog wel je naam mogen weten?'

'O, sorry. Iris. Iris van Vliet.'

Hij graaide in de binnenzak van zijn jas en overhandigde haar een kaartje. 'Als je hulp nodig hebt, aarzel niet om te bellen.'

Ze nam het kaartje aan, waarna hij zich met een vriendelijk knikje omdraaide en naar zijn auto verderop liep. Alsof dat het startschot was, viel de groep toeschouwers uiteen. De helft druk napratend, de andere helft duidelijk teleurgesteld dat de show voorbij was.

Iris veegde het ongemerkt ontstane zweet van haar voorhoofd en zocht Lilja en Lukasz tussen de andere leerlingen. Lilja kwam al aangelopen, een brede lach op haar gezicht. Haar broer sjokte er wat lamlendig achteraan.

'Dat was fantastisch!' riep Lilja al van een paar meter afstand. 'Je hebt hem echt op zijn nummer gezet. Dat heb ik nog nooit iemand zien doen!'

Het meisje sprong om haar nek en kuste haar op haar wang. Zodra ze haar had losgelaten, hief ze haar hand voor een high five. Stralend hupte ze op en neer, waardoor Iris niet anders kon dan de high five beantwoorden en net zo breed grijnzen als de puber. Nu de adrenaline zakte, moest ze toegeven dat ze ook wel een beetje trots was op zichzelf. Ágúst was een rasechte engerd. In Nederland, nog geen zes weken geleden, zou ze als een bang vogeltje in elkaar zijn gedoken bij een dergelijke confrontatie. Nu had ze van zich afgebeten. Oké, alleen maar omdat hij de kinderen bang maakte, maar toch. Het was een begin.

'Je was geweldig,' ging Lilja verder, zachter nu. 'Hoe je Einar en Elva beschermde en… en… Toen je… Hoe…' In haar enthousiasme struikelde ze over haar woorden. 'Hij deed echt dreigend, maar jij… jij was gewoon zo van… Pfff, boeiuh!' Ze wapperde met haar hand alsof ze uiterst kalm een vervelende vlieg wegwuifde en rolde met haar ogen. Iris betwijfelde of het er zo had uitgezien, maar de imitatie werkte wel op haar lachspieren.

'Nou, bedankt!' zei ze lachend. 'Ik ben blij dat het zo overkwam. Eerlijk gezegd verdween al mijn angst zodra hij Einar en Elva aan het huilen maakte. Ik weet niet wat er gebeurde, het werd zwart voor mijn ogen of zo.'

Lilja knikte, opnieuw breed grijnzend. 'Dat noemen ze moederinstinct. Mam gaat het geweldig vinden als ze dit hoort.' Ze huppelde om de auto heen en stapte aan de andere kant voorin in.

Inmiddels had Lukasz de parkeerplek ook bereikt. Hij zond Iris een dodelijke blik en trok het achterportier aan de passagierskant open. 'Ik denk dat mam het iets minder tof gaat vinden als ze hoort hoe je mij voor paal hebt gezet.'

'Jou voor...' De rest van Iris' verbijsterde vraag werd abrupt afgebroken door het portier dat met een rotklap werd dichtgetrokken.

Iris fronste haar wenkbrauwen. *Hem voor paal gezet? Hoe dan?*

Ze krabde aan haar hoofd, haalde haar schouders op en trok het portier open. *Dat krijg ik straks ongetwijfeld te horen. Weer iets om me op te verheugen.*

Lukasz stampte naar boven zodra ze thuiskwamen, waardoor Iris alleen met Lilja en de kleintjes achterbleef in de woonkamer. Ze hadden Einar en Elva op de grond gezet met wat speelgoed en waren op de bank gaan zitten.

'Trek het je niet aan,' zei Lilja moederlijk. 'Hij is nog steeds gestrest en nu heb je de vader van zijn beste vriend voor paal gezet. Hij voelt zich aangetast in zijn ego.'

Niet voor de eerste keer keek Iris de puber lichtelijk verbijsterd aan. *Waar haalt die meid die wijsheid toch vandaan? Kan ze daar niet iets van aan haar broer overdragen?*

'Wat?' Lilja's ogen glinsterden ondeugend terwijl ze haar aankeek.

Iris boog zich naar haar toe en drukte een kus op haar slaap. 'Niets. Ik ben gewoon dol op je.'

Als Lilja nog blijer ging kijken zou ze licht gaan geven, daar was Iris van overtuigd.

'Hoe is het toch mogelijk dat jullie zo verschillend zijn?' vroeg ze zich hardop af.

Het meisje haalde haar schouders op en porde Einar speels in zijn zij, wat een giechel aan het ventje ontlokte. 'Waarschijnlijk het feit dat ik op mam lijk en hij op… eh…' Ze tuurde even naar het plafond. 'Op de trol die zijn vader is. Want hij kan bijna geen echte familie zijn.' Ze grinnikte, en praatte verder voordat Iris kon reageren. 'Nee hoor, grapje. Hij lijkt best veel op pap eigenlijk. Alleen worden die leuke eigenschappen momenteel overschaduwd door de puberteit.' Bij het laatste woord hief ze haar handen, verlaagde haar stem en zette grote ogen op, alsof ze een geest was. Toen ze omlaag keek en Einars verschrikte blik zag, verzachtte haar uitdrukking. Haar handen gingen langzaam naar beneden terwijl ze zei: 'En deze puber gaat jou eens goed… kietelen!'

Einars schrik sloeg meteen om in een luid geschater, waarin Iris vanzelf meeging. Elva lag op haar buik naast haar broer en zus en volgde elke beweging, brabbelend alsof ze elk woord begreep.

Vertederd keek Iris toe. Het was raar hoe snel ze gehecht was geraakt aan dit gezin. Aan de meeste van hen eigenlijk. Aan deze drie schatten en aan Maren, maar ook aan Finnur, hoewel ze moeilijk hoogte van hem kon krijgen. Hij was altijd vriendelijk en bekommerde zich om haar, al was het minder dan Maren. Tegelijkertijd bewaarde hij een bepaalde afstand, vermoedelijk vanwege het gevaar van ongewenste intimiteiten, dat tegenwoordig overal op de loer leek te liggen. Ze merkte dat hij van de oudste twee hoge verwachtingen had, die Lilja wat leken te benauwen, maar die kwamen voort uit liefde, daar was ze van overtuigd. Lukasz, tja, hij had inderdaad echt wel zijn goede kanten. Lilja had het treffend verwoord. Zijn goede kanten werden op dit moment overschaduwd door zijn worstelingen met de puberteit. *En met zijn pesters.*

Kon ze hem daar maar bij helpen.

Terwijl ze de aardappelen voor het avondeten schilde en de wortels sneed, maakte het gelukzalige gevoel langzaam plaats voor een drukkende zwaarte in haar onderbuik.

Er was nog geen nieuws over Dario en dat baarde haar zorgen, hoe hard ze ook probeerde om die naar een hoekje van haar gedachten te verbannen. Behalve een aanvaring met Ágúst had haar wandeling langs Dario's huis niets opgeleverd.

'Gaat het wel?'

Lilja's stem deed haar opschrikken en het mes, waarmee ze ongemerkt steeds harder op de snijplank was gaan duwen, glipte van het hout en schoot uit haar hand. Dankzij een snelle voorwaartse beweging en een gezonde reflex wist ze haar hand op het ding te leggen voordat het van het kookeiland op de grond kon kletteren, tussen de spelende kinderen in.

Hijgend van schrik bleef ze enkele seconden voorovergebogen staan. Daarna vond haar blik die van Lilja. Haar schrik werd in Lilja's ogen weerspiegeld. Tegelijkertijd ademden ze opgelucht uit.

Een honende lach klonk door de ruimte. Beiden draaiden ze hun hoofd naar de deuropening. Lukasz leunde met een zelfvoldane uitdrukking tegen de deurpost.

'Dat gaan pap en mam zéker geweldig vinden,' zei hij. Zijn blik gleed naar Einar en Elva, die nietsvermoedend met een stoffen bal speelden. 'Dat er bijna iemand een paar vingers of een oog moest missen.'

Lilja zette briesend een paar stappen naar hem toe, haar armen strak langs haar lijf. 'Jij houdt je mond hierover. Begrepen?'

Onverschillig haalde hij zijn schouders op. 'Prima, hoor. Als jullie je klep dichthouden over wat er bij school is gebeurd. Die afgang hoef ik echt niet opnieuw te beleven. En hoe minder mensen het weten, hoe beter. Voor iedereen.' Bij zijn laatste woorden was de dreiging bijna voelbaar.

Het was akelig te merken hoeveel Lukasz in dit opzicht leek op Ágúst. Iris hoopte dat hij die man niet als voorbeeld zag. Ze haalde diep adem, ging rechtop staan en draaide zich een kwartslag, zodat ze hem langs Lilja aan kon kijken. 'Ik ben niet gediend van dreigementen. Niet van hem en al helemaal niet van jou. Daarbij heb ik geen geheimen voor jullie ouders. Je kunt ze vertellen wat je wilt, zolang het de waarheid is. Ik zal hetzelfde doen als ik dat nodig acht. Ik denk liever niet terug aan de aanvaring met Ágúst vandaag. Liever blijf ik zo ver mogelijk uit zijn buurt. Dat zou jij ook beter kunnen doen.'

Lukasz fronste zijn voorhoofd en opende zijn mond om te protesteren. Iris hief haar hand. 'Nee, ik verbied je niet om met hem of zijn zoon om te gaan. Wel wil ik je vragen om je gezond verstand te gebruiken daarbij. Gezond verstand waar je zat van hebt.' Doordringend keek ze hem aan. 'Ik vertrouw erop dat jij zelf de juiste beslissing zult nemen wat betreft deze vriendschap. Verder laat ik het aan jou over. Ik wil niets gaan verbieden. Behalve dreigen, dat doen we niet hier in huis. En ook niet daarbuiten. Is dat duidelijk?' Ze voelde zich plotseling dubbel zo oud en ze klonk veel te veel alsof ze zijn moeder wilde zijn, maar dit kon ze niet over zich heen laten gaan. Hier moest ze een grens trekken. Dat Lukasz zijn ouders over het mesincident zou vertellen zou ze voor lief moeten nemen.

Er viel een korte, akelig onaangename stilte die zelfs door de kleintjes werd opgemerkt. Vanuit haar ooghoek zag ze Einar met een beteuterd gezicht van haar naar Lukasz kijken. Elva maakte een vragend geluidje waar niemand op reageerde.

'Prima,' zei Lukasz uiteindelijk. Hij draaide zich om en verdween naar boven.

Iris liet haar ingehouden adem ontsnappen en Lilja draaide zich naar haar om. *Goed gedaan,* mimede ze, terwijl ze beide duimen opstak.

'Dank je,' zei Iris met een vage glimlach. Ze draaide zich terug naar het aanrecht en pakte het mes weer op. Het snijden ging tergend langzaam, want alle energie was uit haar gesijpeld.

HOOFDSTUK 26

Hoe langer Iris niets van of over Dario vernam, hoe onrustiger ze werd. Ze probeerde afleiding te zoeken in de dagelijkse bezigheden en de kinderen, legde zich toe op het verdiepen in de IJslandse cultuur en plande tripjes waar ze voorlopig geen tijd voor had. Niets kon echt rust brengen.

Drie dagen later zat ze op haar bed te hopen dat de playlist vol vrolijke nummers haar wat zou opvrolijken toen Dario's naam op het scherm van haar telefoon verscheen.

Ze veerde op, smeet de oortjes op het bed en bracht het toestel naar haar oor. Ze wilde zoveel zeggen dat de woorden zich ophoopten in haar keel en een blokkade vormden.

'Iris?'

Een gesmoord geluidje was het enige antwoord dat ze wist te produceren.

'Gaat het? Kan je praten of ben je niet alleen?'

Hij klonk bezorgd. Wat raar was, aangezien híj degene was die beschuldigd werd van moord.

'Iris?' Zijn toon werd dringender.

'J-ja. Sorry, ik...' Ze slikte totdat er weer een normale stroom lucht en woorden door haar keel paste. 'Ik dacht dat je... Ik had niet verwacht...' Ze sloot haar ogen een moment. 'Ben je in orde? Hebben ze je vrijgelaten?'

'Ja, voor nu, maar ik ben nog niet thuis. Het wemelt van de journalisten en nieuwsgierige mensen daar. De politie was zo vriendelijk om het exacte tijdstip van mijn vrijlating niet door te geven, dus de helft van de journalisten staat bij het bureau en de andere helft bij mijn huis. Ik wilde jou spreken, je stem horen, voordat de pers er lucht van krijgt dat ik op vrije voeten ben.' Hij zuchtte diep. 'Jeetje, dat klinkt echt heel raar. En ernstig. Ik kan nog steeds amper geloven dat ik in deze bizarre situatie terecht ben gekomen.'

'Ik ook. Hoe komen ze in vredesnaam aan bewijs?'

'Dat is mij ook een raadsel. Ze hadden het over dreigbrieven die ik zou hebben geschreven.' Hij zoog haperend lucht naar binnen. 'Ik zweer je dat ik daar niets van weet, Iris.'

'Dreigbrieven? Leken ze op die van mij?'

'Nee, ze waren getikt.'

'En de enveloppen?'

'Niet gezien. Ik denk dat die er niet waren. Ik dacht in eerste instantie ook aan een link met jou, maar het moet iemand anders zijn geweest. Ik... ik hoop dat je weet dat ik het niet gedaan heb. De moord, bedoel ik. Zoiets zou ik nooit kunnen.'

Iris schudde haar hoofd, al kon hij dat niet zien. 'Hé, je hoeft mij niet te overtuigen, hoor. En de kinderen ook niet. Ze geloven onvoorwaardelijk in je en zijn er om je te steunen.'

'Daar ben ik heel blij om, maar ik wil niet dat ze naar me toe komen. Niet met die aasgieren hier. Ik hoop dat jij ze mee wilt nemen naar mijn tijdelijke adres. Morgenmiddag.'

Iris' vreugde zakte als een drilpudding in elkaar. 'Ze meenemen?' Dat betekende opnieuw uitstel van het moment waarop ze hem weer in haar armen kon sluiten.

'Lilja weet het al van ons. Lukasz zal het ook niet erg vinden. We kunnen hun vragen het nog even geheim te houden voor de rest van de wereld... voor Maren en Finnur. Een geheimpje van ons vieren. Ze zijn misschien pubers, maar dat vinden ze nog steeds leuk, hoor.'

'Nee.' Het was eruit voor ze zichzelf tegen kon houden.

Een ongemakkelijke stilte was het antwoord.

'Luister, ik wil niets liever dan je vasthouden en kussen, je overal aanraken en…' Ze zweeg, zocht naar de juiste woorden. 'Ik heb je enorm gemist en ben zo ongerust geweest. Dat ben ik nog steeds. Ik kan er niet nog een zorg bij hebben, over kinderen die meer weten dan verstandig is voor ons. Dus ik wil ze best brengen, maar dan doen wij alsof we elkaar amper kennen.'

Ze klemde haar vingers steviger om de telefoon toen het een paar seconden stil bleef.

'Je kunt de kinderen vertrouwen. Ze zullen niets zeggen, alleen maar blij zijn voor ons.'

'Daar ben ik niet zo zeker van.' Iris dempte haar stem en wierp een blik op de dichte slaapkamerdeur. 'Je weet hoe Lukasz zich de laatste tijd gedraagt. Hij heeft al te veel stress en jouw situatie maakt het er niet beter op. Hij kan mij wel schieten, dus als–'

'Dat is niet waar! Ze vinden je allebei geweldig.'

Iris snoof. 'Dat hoor ik vaker, maar ik zie er tot nu toe nul bewijs van.' Bij het woord 'bewijs' moest ze weer denken aan de moord waar Dario van beschuldigd werd. Onmacht en woede gierden door haar aderen en ze balde haar vrije hand tot een vuist. 'Luister, laten we hier nu niet over gaan ruziën. Je bent vrij, dat is het belangrijkste. Ik kom de kinderen brengen naar waar je maar wilt, als je dat graag hebt. We vinden vast wel een kort moment om elkaar even te knuffelen.'

'Ik hou van je doortastendheid,' antwoordde Dario met een glimlach in zijn stem. 'Er zijn inderdaad belangrijkere dingen nu. Ik breng je op de hoogte als jullie hier zijn.'

'Wacht even! Ik heb geen adres en… denk je echt dat Maren ons laat gaan? Ze zal mee willen.'

'Ik denk dat de pers haar en Finnur ook in de gaten houdt. En wellicht de kinderen ook al. Jou kennen ze nog niet, volgens mij. Daarom wil ik je vragen om zo meteen de auto van Jón te pakken. Hij zorgt ervoor dat de wagen klaarstaat. Smokkel de kinderen naar buiten via de achterdeur.'

'Smokkel de… Wat is dit, een misdaadfilm? Ik kan toch niet–'

'Iris, alsjeblieft… Ik wil mijn kinderen zo veel mogelijk beschermen tegen oordelen van de buitenwereld.'

Ze slikte. 'Goed, je hebt gelijk, ik doe het. Maar alleen als Maren het ook goed vindt.'

'Ik bel haar zo om alles uit te leggen. Zodra ik jou alle info heb doorgestuurd.'

'Goed.'

'Ik hou van je, Iris.'

Plotseling was de brok in haar keel terug. 'Ik hou ook van jou,' fluisterde ze.

Nog minutenlang zat ze met haar telefoon in haar hand voor zich uit te staren. Haar hersens leken tegelijkertijd in overdrive en bevroren te zijn, alsof ze niet wisten of ze orde moesten scheppen in de chaos of beter helemaal konden uitschakelen om rust te creëren in haar oververhitte hersenpan.

Uiteindelijk was het Marens stem die haar uit haar tweestrijd deed ontwaken. 'Lukasz! Lilja!' Het was duidelijk hoorbaar dat opluchting en bezorgdheid om voorrang vochten in haar binnenste, en dat ze probeerde alleen de eerste emotie over te brengen.

Iris sprong op, duwde haar telefoon in haar kontzak, deed haar best om een neutraal, enigszins verbaasd gezicht op te zetten en stapte de gang in. De twee pubers waren al op weg naar de trap. Lukasz schoot haar voorbij zonder haar een blik te gunnen. Lilja bleef met een vragende blik staan. 'Je vader,' fluisterde Iris en Lilja's ogen werden groot.

'Is er nieuws?' vroeg ze, veel te hard.

Iris wierp haar een waarschuwende blik toe en Lilja liep snel verder. 'Mam! Is er nieuws?' herhaalde ze van bovenaan de trap.

Maren knikte en wenkte ook Iris naar beneden. 'Kom gauw.'

De kinderen ploften naast elkaar op de bank en na een korte

aarzeling nam Iris plaats op het hoekje dat Lukasz had vrijgelaten. Ze boog voorover, met haar ellebogen op haar knieën, in de hoop geïnteresseerd over te komen.

'Dario belde,' begon Maren. Finnur legde een arm om haar heen toen haar stem licht trilde. 'Hij is vrijgelaten.'

'Is hij vrijgesproken?' riep Lilja opgetogen uit.

Maren schudde haar hoofd en hief een hand. 'Dat nog niet, maar ze konden hem niet langer vasthouden. Hij is nog steeds de hoofdverdachte, maar hij mag naar huis.'

Met een diepe frons sloeg Lilja haar armen over elkaar en liet zich achterover zakken tegen de rugleuning van de bank. 'Nog steeds de hoofdverdachte? Hoe kan dat nou? Hij heeft niks gedaan!'

Maren zuchtte. 'Dat weten wij, omdat wij hem kennen, maar…'

Het geluid van de bel schalde door het huis, waardoor ze allemaal verschrikt opveerden.

Finnur maakte aanstalten om op te staan, maar Iris was hem voor. 'Ik ga wel. Dit is toch iets tussen jullie.'

Ze haastte zich naar de gang, deed de tussendeur dicht en stak haar hand uit om de voordeur te openen. Haar blik viel op een donker voorwerp op de mat.

Niet weer!

Ze bukte om de zwarte envelop op te rapen en rukte in één beweging de voordeur open. Op haar sloffen stapte ze de koude tegels voor het huis op en draaide razendsnel haar hoofd naar links en naar rechts. In het donker speurde haar blik naar iets bekends, maar ze zag alleen onbekenden in het licht van de straatlantaarns. Voor ze er goed en wel over had nagedacht, slingerde ze haar frustraties de straat in. 'Denk je nu dat ik bang word? Als je echt lef hebt, kom je naar me toe en zeg je me in mijn gezicht wat je tegen me hebt!'

Verschillende voetgangers en fietsers keken verbaasd om. Niemand reageerde.

'Lafaard!' schreeuwde Iris. Woest draaide ze zich terug om de gang in te stappen.

Ze bevroor halverwege de beweging.

In de deuropening stond Maren. Ze keek Iris aan alsof ze haar in een gesticht wilde laten opsluiten.

'Iris, wat is er aan de...' Haar blik viel op de envelop in Iris' hand. Meteen kwam ze naast haar staan en scande ook zij de straat beide kanten op.

'Enig idee wie het was?' vroeg ze na een volle minuut stilte.

Met opeengeklemde kaken gaf Iris antwoord. 'Als ik dat wist had ik diegene al bij zijn nekvel gepakt.'

Maren legde een hand op haar schouder. 'Laat je niet gek maken. Dat is precies wat deze persoon wil.'

Iris ademde langzaam uit en ontspande haar lijf. 'Je hebt gelijk.' Triomfantelijk keek ze Maren aan. 'Ik heb dit helemaal verkeerd aangepakt.' Ze haalde haar telefoon uit haar kontzak, bracht hem naar haar oor en knipoogde naar Maren. 'Hé, hoe is het met jou?' zei ze op luide toon. 'Ja, hier is het heeerlijk! Ik heb het zo naar mijn zin. Het land is prachtig, het eten is goed, de mensen zijn vriendelijk en ik had het niet beter kunnen treffen wat betreft het gezin waar ik in terecht ben gekomen.' Ze stak de envelop onder haar arm en wierp Maren een handkus toe. Ze liep wat heen en weer over het tuinpad om het geheel geloofwaardig te maken en duimde dat de brievenschrijver toekeek. 'Ik heb het enorm naar mijn zin. Ik denk... Nee, ik weet zeker dat ik hier nooit meer weg zal gaan. Dit is mijn nieuwe thuis.' Ze klemde het toestel tussen haar oor en haar schouder en scheurde de envelop met een ruk doormidden. 'Zeg, ik moet gaan. Geniet van je avond, we spreken elkaar snel weer.'

Ze deed alsof ze ophing, sloeg een arm om Marens schouder en loodste de verbaasde vrouw door de voordeur de gang in. Met een brede lach sloot ze de deur.

'Was dat overtuigend?' vroeg ze weifelend.

Maren schoot in de lach. 'Overtuigend? Ik heb de Oscars al gebeld! Je was fantastisch.'

'Ach...' Iris' schouders wipten lichtjes omhoog. 'Het meeste ervan was waar, dus het kostte weinig moeite om het overtuigend te brengen.'

HOOFDSTUK 27

Iris liet de kinderen voorgaan naar de onbekende voordeur, om te voorkomen dat ze Dario in een opwelling om zijn nek zou vallen. De pubers begroetten hem uitbundig en Dario wierp haar een kus toe terwijl hij hen omhelsde. Na een blik op de dreigende lucht boven hen stapte Iris achter hen aan naar binnen.

'Hoe gaat het nu verder?' vroeg Lilja. Nieuwsgierig keek ze om zich heen in de donkere huiskamer. 'Blijf je nu hier wonen, met de gordijnen dicht, tot de rechtszaak voorbij is? Dat kan nog maanden duren.'

Dario schudde zijn hoofd. 'Nee, ik wil hier niet te lang blijven. Ik hoop dat de pers het over een paar dagen opgeeft. En misschien helpt het als ik ze gewoon even te woord sta.'

Lukasz plofte met een donker gezicht op de bank. 'Het gaat geen maanden duren. Ze zullen de echte moordenaar wel vinden. Let maar op.'

Dario wierp hem een droevige glimlach toe, aarzelde even en ging op zijn hurken voor zijn zoon zitten. 'Luister Lukasz. Het is ontzettend moeilijk, en verschrikkelijk oneerlijk, maar we moeten ons voorbereiden op de mogelijkheid dat ze de echte dader niet vinden. Als dat zo is, blijf ik als enige verdachte over.'

Een stroom aan onverstaanbare IJslandse woorden verliet Lukasz' mond. Iris hoefde de taal niet te kennen om de hoofdlijn te begrijpen. Dario ging ook over op IJslands en pakte Lukasz' handen vast. Lilja ging naast haar broer zitten en sloeg een arm om hem heen.

Plotseling voelde Iris zich een indringer. Ze schraapte haar keel en draaide zich weg. 'Ik zal wat te drinken inschenken.'

Een tijdje bleef ze in de keuken rondhangen, opende doelloos wat kastjes en leunde uiteindelijk uitgeblust tegen het aanrecht. De eerste regendruppels van de beloofde bui tikten nijdig tegen de ruit van de achterdeur. Met moeite hield ze haar tranen binnen. *Alles ging zo goed. Eindelijk heb ik mijn plekje weer gevonden, een nieuw thuis, waar ik veilig ben, waar ik geaccepteerd word en mensen kan ontmoeten zonder bang te zijn dat ze over me oordelen op basis van leugens. En nu wordt de belangrijkste persoon in mijn leven me waarschijnlijk afgenomen.* Ze wreef hard over haar gezicht en haalde diep adem. *Nee, zo moet je niet denken. Hij is onschuldig, dus het komt goed. Net als bij mij. Met scheve blikken en een hoop ellende waarschijnlijk, maar daar komen we wel doorheen.* Ze knikte in zichzelf en schrok op toen Dario de keuken in stapte. Hij gaf haar een stevige knuffel die veel te snel voorbij was. 'Sorry, ik zou willen dat we meer tijd hadden.'

'Het geeft niet, ik begrijp het wel. Tijd met je kinderen gaat voor.'

Hij drukte een vluchtige kus op haar lippen. 'Onze tijd komt wel weer. Binnenkort.' Hij knipoogde, voordat hij achteruit stapte als reactie op de naderende voetstappen.

Lilja verscheen in de deuropening, haar wangen rood, haar ogen groot van bezorgdheid. 'Pap, Lukasz flipt.'

Dario vloekte zacht, liep achter haar aan naar de huiskamer, maar draaide zich om in de deuropening. 'Iris, zou jij misschien mijn tandenborstel en scheerapparaat willen halen? Die ben ik in de haast vergeten.'

Blij dat ze even kon ontsnappen uit deze ongemakkelijke sfeer, veerde Iris op en liep achter hem aan.

Dario gebaarde naar de eethoek, terwijl hij zich naar de bank haastte, waar Lukasz in een half huilende, half schreeuwende tirade was uitgebarsten. 'De sleutels liggen op tafel. Ga via de achterdeur.'

Iris pakte de sleutelbos, ritste haar jas weer dicht en bleef besluiteloos staan. Kon ze Dario wel achterlaten met Lukasz in deze staat?

Lilja keek om, zonder dat ze stopte met over Lukasz' rug wrijven. 'Ga maar, we redden ons wel.'

'Weet je het zeker?' Ze keek naar de rood aangelopen jongen, die nu naar adem hapte. Zowel Lukasz als Dario leek vergeten te zijn dat zij er ook nog was. Ze bevonden zich in een eigen wereldje van verdriet, paniek, verontwaardiging en troost.

Lilja knikte.

'Goed. Ik ben zo terug.' Ze glipte stilletjes de kamer uit en sloot de voordeur zachtjes achter zich. Voor het eerst was de kille buitenlucht een welkome verfrissing. Regendruppels vielen zacht op haar wangen, alsof ze met hun strelingen wilden laten weten dat het allemaal goed zou komen. Ze snoof de frisse lucht diep in en liep naar de auto. Voordat ze de motor startte staarde ze naar de dichte gordijnen voor het raam. Daarachter zat een gebroken gezin, waar zij geen deel van uitmaakte.

Ze beet op haar onderlip. *Dat is niet waar. Ik hoor er wel bij. Ik hoor bij Lukasz en Lilja en ik hoor ook bij Dario. We zullen misschien nooit het perfecte gezin zijn, maar uiteindelijk zullen we wel een geheel vormen.*

Hoe dat er dan precies moest uitzien kon ze zich eigenlijk niet voorstellen. Wat zouden Maren en Finnur zeggen als ze erachter kwamen dat ze een relatie met Dario had? Nog steeds kon ze zich geen positief scenario voorstellen en dat zorgde voor een steek door haar hart.

Geïrriteerd draaide ze de sleutel om, zette de ruitenwissers aan en reed weg. Ze zapte langs de radiostations tot er een vrolijk nummer uit de luidsprekers schalde, en draaide het volume open. *Positief blijven. Alles komt goed.*

Tegen de tijd dat ze bij Dario's straat aankwam, was haar humeur aanzienlijk gestegen. Voor zijn huis stonden meerdere nieuwsbusjes in de inmiddels plenzende regen. Ze parkeerde om de hoek, trok haar capuchon over haar hoofd en liep naar de achterkant van het huis, terwijl ze vanuit haar ooghoeken elke beweging in de gaten hield. Half gebukt glipte ze de tuin in en haastte zich langs de plassen naar de achterdeur. Daar kwam ze erachter dat ze niet wist welke sleutel er op deze deur paste. Er zaten er zes aan de sleutelbos. Terwijl ze de eerste twee probeerde naderden er stemmen.

Veel kon ze er niet van verstaan, maar dankzij haar gevoel voor taal begreep ze wel dat het over Dario ging. De tweede stem zei iets wat waarschijnlijk te vertalen was als: 'Wat bezielt zo iemand? Ze moesten hem lynchen!'

Iris' handen begonnen te trillen, waardoor de sleutels zacht rinkelden. 'Shit!' fluisterde ze in zichzelf. Ze pakte de volgende sleutel vast en worstelde om hem in het sleutelgat te krijgen. Waarom had Dario hier ook geen lamp opgehangen? Ze zag geen hand voor ogen!

Eindelijk schoot de sleutel in het sleutelgat. Ze draaide het slot open, stapte naar binnen en sloot de deur snel maar geluidloos achter zich. Hijgend leunde ze ertegenaan. Haar hart bonkte wild, terwijl beelden uit haar geheugen zich aan haar netvlies opdrongen en stemmen over elkaar heen buitelden.

Ze drukte haar handen tegen haar oren tot het lawaai ophield en knipperde een paar keer om ook de beelden kwijt te raken. Langzaam duwde ze haar capuchon naar beneden en liet haar armen zakken. Ze wachtte tot haar hart tot bedaren was gekomen.

Achter haar klonken geen opgewonden stemmen. Er werd niet op de ramen geklopt of herhaaldelijk aangebeld. Niemand had haar opgemerkt.

Met hernieuwde energie liep ze in het donker naar de trap. Ze greep de leuning vast en wist zo zonder struikelen op de eerste verdieping te komen. Na een stap in de richting van de badkamer verstijfde ze.

Ergens in de buurt van Dario's slaapkamer klonk getik. Was er nog iemand binnen?

Ze hief de sleutelbos, pakte zo geruisloos mogelijk een van de sleutels vast en priemde die met de punt naar voren de duisternis in. Ze zette één stap naar de slaapkamer… Twee…

Tik… tik…

Abrupt bleef ze staan. Gehijg klonk boven haar hamerende hartslag uit. Het duurde een paar seconden voordat ze in de gaten had dat ze het geluid zelf produceerde. Ze sloot haar mond en zette nog een stap.

Tik…

Plotseling had ze genoeg van de dreigende spanning. Blind stapte ze naar de slaapkamerdeur en duwde hem open. 'Ik heb een wapen! Kom tevoorschijn of ik schiet je neer!'

Doodse stilte. En toen…

Tik…

Iris blies haar adem luidruchtig uit. Ze stopte de sleutelbos in haar jaszak en veegde het zweet van haar voorhoofd. 'Stommerik,' mompelde ze tegen zichzelf. 'Het is gewoon een lekkage.'

Ze draaide zich om, zette op de gok een aantal stappen en stak haar hand uit op zoek naar de badkamerdeur. Ze vloekte toen ze hard tegen de deurklink stootte.

Door het raam in de badkamer viel nog net wat licht van een straatlantaarn naar binnen, waardoor ze de benodigde spullen redelijk snel kon vinden.

Terug in de gang klonk het getik sneller. Iris zuchtte. *Ik zal er een emmer of een pan onder moeten zetten, anders is alles kletsnat tegen de tijd dat Dario over een paar dagen thuiskomt.*

De weg terug naar beneden was makkelijk, dankzij de muur en de trapleuning. Daarna stapte ze de open ruimte in, om zo snel mogelijk bij de keuken te zijn. Het aanrecht was makkelijk te vinden. Ze legde er de tandenborstel en het scheerapparaat op en zocht op de tast in de kastjes naar een emmer of een grote pan. Pas toen ze alle onderkastjes had doorzocht, bedacht ze dat ze bij een eerder bezoek een emmer met aardappels had zien staan naast het kastje tegenover het aanrecht. Voorzichtig tastte ze met haar voet naar de andere muur. Niet voorzichtig genoeg. Ze stootte tegen het kastje, waardoor het servies erin rinkelde.

'Verdorie!'

Gelukkig viel er niets aan diggelen. Daarbij zou toch niemand het buiten horen, want het hoosde intussen. Tussen de open keukengordijnen door viel geen streepje licht meer. Iris vond de emmer inderdaad naast het kastje. Ze kiepte de inhoud op de grond en kwam overeind. Bijna viel ze over een wegrollende aardappel, die ze driftig naar het raam schopte.

Op de tast stak ze de open ruimte naar de trap over. Dit deed ze uiterst langzaam, telkens met haar voet voor zich uit tastend, om te voorkomen dat ze van de trap naar de verlaagde zitkamer viel, die naast de trap naar boven zat. Ook al was dat slechts een handvol treden, toch voelde ze er weinig voor om ervanaf te duikelen. Uiteindelijk vond haar voet inderdaad alleen lucht. Ze tastte naar rechts en haar schoen stootte tegen de onderste trede van de trap naar boven. Opgelucht pakte ze de trapleuning vast en vervolgde haar weg naar de slaapkamer. Daar aangekomen liep ze blindelings op het getik af. Inwendig grijnsde ze om het feit dat ze blijkbaar ook zonder te kijken precies wist waar het bed stond. Misschien had ze hier iets te veel tijd doorgebracht.

Ze bewoog naar de muur waar het getik vandaan leek te komen. Het was in tempo verdubbeld, geen goed teken.

'Au!' De muur was dichterbij dan ze dacht en ze liep er vol tegenaan. Haar voet stootte hard tegen de plint. Er klonk een plof. Iris zette de emmer naast zich en hurkte bij de muur. Haar vingers vonden het losgeschoten stuk plint al snel. Ze pakte het vast en probeerde het terug op zijn plek te duwen.

Het lukte niet.

Na drie pogingen liet ze het ding uit haar handen vallen en

tastte langs de muur en de vloer tot ze vond wat er in de weg zat. Een stuk stof. Toen ze eraan trok viel er een gewicht voor haar op de grond.

Ze grabbelde naar haar telefoon in haar kontzak en zette de zaklampfunctie aan. Met één hand schermde ze het licht af, in de hoop dat er buiten niets van te zien was. Fronsend bekeek ze het pakketje voor haar. Het was een doek, die om iets heen gewikkeld zat. Ze klemde haar telefoon onder haar rechterarm, zodat het licht van het raam vandaan scheen en pakte het pakketje voorzichtig op. Langzaam wikkelde ze de stof af. Toen het voorwerp in haar handpalm viel begreep ze eerst niet goed waarom het in een doek gewikkeld was, weggemoffeld achter een loszittend stuk plint. Het duurde minstens tien seconden voor haar hersens de verschrikkelijke boodschap hadden verwerkt en naar haar handen stuurden. Beide voorwerpen glipten tussen haar in paniek gespreide vingers door, de stof geluidloos, het mes met zacht gerinkel op de houten vloer. Iris deinsde half kruipend, half vallend achteruit, haar blik onafgebroken op het wapen gericht. Haar gevallen telefoon wierp er zijn felle licht op, waardoor het leek alsof de waarheid in de spotlight werd gezet.

Maar… dit kan niet. Dit is onmogelijk. Ik kan me niet zo erg vergissen in hem.

Iris' borstkas ging ongecontroleerd op en neer. Hoe hard ze ook probeerde haar ademhaling en bibberende lijf onder controle te krijgen, het lukte niet. Ze kreeg zo weinig lucht binnen door haar verkrampte keel dat ze duizelig werd. Pas toen ze haar handen naar haar gezicht bracht om de tranen van verbijstering uit haar ogen te vegen, merkte ze dat ze onafgebroken haar hoofd schudde. Haar brein riep het steeds harder, en het mantra kwam er fluisterend en schor uit. 'Nee… nee… nee…'

Ze dwong haar hoofd tot stilstand en onderwierp het lange vleesmes aan een nauwgezet onderzoek met haar ogen. Eerst concentreerde ze zich op de bruinrode stippen en spatten op het lemmet. Het besef dat de kleur een groot deel van het mes bedekte zette haar nekharen overeind, evenals de hoeveelheid opgedroogd bloed op de doek. *Wat heeft hij in vredesnaam met haar gedaan?*

Die gedachte zorgde voor beelden in haar fantasie die ze liever niet had gezien. *Hoe ziek moet je zijn om iemand zo bruut neer te steken dat het bloed alle kanten op spat? Of hoe boos… Kan dit echt Dario zijn geweest?*

Ze verplaatste haar blik naar de onregelmatige sporen op het heft. Het leek erop dat hij had geprobeerd de paar vlekken daar weg te vegen en halverwege de moed was verloren.

Plotseling was het alsof er een stroomstoot door haar lichaam joeg. Ze had zowel de doek als het mes aangeraakt… Ze schoot overeind en wist, gedreven door adrenaline en angst, de badkamer zonder problemen terug te vinden in het donker. Ze draaide de kraan zo hardhandig open dat het water alle kanten op spatte. Zonder er acht op te slaan dat haar trui en de halve badkamer nat werden stak ze haar handen onder de kraan. Ze drukte met haar pols meerdere keren op het zeeppompje en waste tot haar handen rauw en rood waren. Tussendoor draaide ze de temperatuur telkens hoger, waardoor ze uiteindelijk haar pijnlijke handpalmen nog enkele minuten onder lauw water moest houden. Daarna pakte ze een handdoek en wreef alles droog, inclusief de kraan en wastafel.

Ze gooide de handdoek in de wasmand naast het bad en liep langzaam terug naar de slaapkamer. In haar hoofd had een sprankje hoop zich vastgeklampt aan het idee dat ze zich alles had verbeeld, door de aanhoudende stress gecombineerd met het rondsluipen in een donker huis. Eén blik op het bloederige mes op de vloer was echter genoeg om haar wakker te schudden. Dit was geen op hol geslagen fantasie, geen flauwe grap van een puber, maar de bittere realiteit. Er was een wapen verborgen in

Dario's slaapkamer. Het was onmogelijk om iets anders te denken dan dat dit het mes was waarmee Brynja was vermoord. *Zo te zien op brute wijze.*

Ze klemde haar kaken op elkaar. *Ik moet dit aan de politie laten zien. Hoeveel ik ook van Dario hou, als hij dit heeft gedaan dan...*

Ze had zich al gebukt om haar telefoon op te rapen, zodat ze het noodnummer kon bellen, maar haar beweging stokte halverwege. *Shit, mijn vingerafdrukken...*

Langzaam kwam ze weer overeind. Nadenkend wreef ze over haar voorhoofd en haar gezicht vertrok van de pijn. Ze had echt te heet water gebruikt, verdorie. Weifelend keek ze op het moordwapen neer. Ze kon haar sporen ervan afspoelen, maar dan zou ze ook meteen al het DNA van de dader verwijderen. *Van Dario?* Nog steeds kon ze het niet bevatten.

Voordat ze een bewuste beslissing had genomen bukte ze zich, raapte de doek op en wikkelde hem om het mes heen. Ze staarde naar het onheilspellende pakketje in haar handen. Ze likte langs haar lippen terwijl het ene na het andere scenario door haar hoofd schoot. Al snel was duidelijk dat ze niet naar de politie kon gaan. De kans dat zij medeverdachte werd was groot. En dan? Thuis was ze weliswaar vrijgesproken, maar zou het geluk ook nu aan haar zijde staan? Tot nu toe leek het daar niet op. Dreigbrieven, een geheime relatie, een moordenaar als partner... Het leek eerder van kwaad tot erger te gaan dan de goede kant op. De enige keuze die ze had was om te zorgen dat dit bewijs verdween, voordat de politie het vond en haar ten onrechte aan de moord linkte. Maar wat moest ze dan met Dario? Was ze wel veilig in zijn buurt? Waren de kinderen dat wel?

Even sloot ze haar ogen. *Hoe ben ik hier in hemelsnaam in beland? Waarom kan het nooit eens...*

Haar gedachten werden bruut onderbroken door de deurbel, die als een sirene door het huis galmde. Ze kon een verschrikt kreetje nog net inslikken.

De ongeduldige beller drukte nogmaals op de knop, en bonkte daarna hard op de voordeur. Een zware mannenstem riep een aantal woorden, waarvan Iris niets kon verstaan. Het klonk alsof de deur elk moment ingetrapt zou worden.

'Shit!' Binnen tien seconden had Iris haar telefoon opgeraapt, de plint terug op zijn plek geduwd en de doek met belastende inhoud in haar tas laten vallen.

Met haar telefoon voor zich uitgestoken haastte ze zich zo geruisloos mogelijk over de overloop en de trap af. Ze wilde al naar de achterdeur sluipen toen ze de flitsende blauwe lichten zag die door de kieren van de gordijnen de woonkamer in vielen. Op hetzelfde moment werd er opnieuw op de deur gebonkt. Dezelfde mannenstem riep iets wat, vermoedde Iris nu, zoiets betekende als: "Politie! Doe open!"

'Dit ga je niet menen...' Besluiteloos bleef Iris staan. Ze wierp een blik over haar schouder, haalde diep adem, trok de rits van haar tas wat verder dicht en liep naar de voordeur. De inhoud van haar tas leek tien keer zo zwaar als een paar seconden geleden, maar... geen betere plek om iets te verbergen dan vol in het zicht.

Er klonk harder geschreeuw van buiten, meer licht werd aangeknipt. Iris zette de laatste stappen, legde haar hand op de klink, verzamelde al haar moed en trok de deur open.

Meteen zag ze niets meer, behalve oogverblindend licht recht in haar gezicht. Ze onderdrukte de neiging om haar ogen af te schermen en hief in plaats daarvan haar handen in overgave. 'Ik haal alleen een paar spullen op!' riep ze in het Engels.

Een schim stapte naar voren en blokkeerde zo het licht, waardoor ze weer iets kon zien, al zat haar blikveld vol verspringende vlekken.

Een brede man in een zwarte broek met een kogelvrij vest erboven keek haar streng aan. 'Iris? Wat doe jij hier?'

Na drie keer knipperen herkende ze de man voor zich. Het was de rechercheur die ze eerder had ontmoet, bij haar aanvaring met Ágúst.

'Ik-ik ben de au pair van Dario's k-kinderen,' stotterde ze. 'Ik kom wat s-spullen voor D-Dario ophalen.'

De rechercheur fronste zijn wenkbrauwen. 'Dit is Dario's huis. Hij hoort hier te zijn tot hij voorkomt.'

'Ik... Hij... Daar weet ik niets van. Hij... Dario lo-logeert bij een vriend tot de p-pers vertrekt.'

Na een doordringende blik van enkele seconden leek de man wat te ontspannen. Zonder haar met zijn blik los te laten gebaarde hij dat het arrestatieteam, of waar de andere mannen ook van waren, kon terugtrekken. Daarna wendde hij zich weer tot haar.

'Herinner je je mij nog?'

'J-ja. Natuurlijk. Rechercheur...' Ze haperde.

'Jona Dagursson.' Hij trok zijn broek een stukje omhoog aan zijn riem. 'Waarom sluip je in het donker door het huis, Iris?'

Ze schraapte haar keel en wierp een snelle blik langs hem heen, naar de verslaggevers die zich verdrongen om te zien wat er aan de hand was. 'Omdat ik niet belaagd wilde worden door de pers.' Ze slikte. 'Of gevolgd naar waar Dario tijdelijk verblijft.'

Nu verzachtte zijn blik duidelijk. 'Ik begrijp het. Laten we even naar binnen gaan.' Hij wenkte twee van zijn mannen en liet Iris voorgaan, terug de woonkamer in. Hij knipte een lamp aan, waardoor de kamer plotseling in een gemoedelijk licht baadde dat totaal niet paste bij de gespannen situatie en de klomp in haar maag. Ze voelde zich naakt en sloeg in een reflex haar armen om haar lijf.

'Een vervelende situatie,' zei de rechercheur, nadat hij de ruimte aan een snelle scan had onderworpen.

'Ja, heel vervelend,' zei Iris zacht. 'Ook voor de kinderen,' voegde ze er snel aan toe, hopend op nog wat meer sympathie. De tas brandde onder haar arm en ze moest zich inhouden om hem niet krampachtig vast te houden.

Even bleven ze ongemakkelijk tegenover elkaar staan. Toen reikte de man onder zijn kogelvrije vest en toverde een vel papier tevoorschijn. 'We hebben een nieuw huiszoekingsbevel, vanwege een anonieme tip. Als je wilt kan je Dario bellen om hem op de hoogte te stellen. Hij heeft het recht om erbij te zijn.'

Er ging een schok door Iris heen bij de gedachte aan een gesprek met Dario. Om die te verbergen bracht ze haar telefoon voor haar gezicht. 'Bedankt, ik zal het doorgeven.' Ze tikte op Dario's naam. Rechercheur Dagursson bleef staan. Na een korte aarzeling, vroeg Iris: 'Mag ik weten waar de tip over ging?' Haar stem trilde licht, maar de man leek het niet te merken. Of hij weet het aan de schrik.

'Er is een mogelijke getuige, die zegt Dario met het moordwapen te hebben gezien.'

Adrenaline gierde door Iris' lichaam. "Een *mogelijke* getuige." De angst dat ze de inhoud van haar tas ook zouden willen controleren werd half verdrongen door opluchting vanwege de mogelijkheid die nu in haar opkwam.

Ze had zich niet vergist in Dario. Iemand probeerde hem op te laten draaien voor de moord op Brynja. En als zij het mes niet bij toeval had gevonden, was het nog gelukt ook.

HOOFDSTUK 28

De opluchting die in haar binnenste ontplofte vanwege de realisatie dat Dario toch onschuldig moest zijn sloeg een krater in haar angst. Ze drukte op het groene hoorntje en bracht het toestel naar haar oor. Dario nam al na één keer overgaan op.

'Iris! Is alles goed? Je bent al zo lang weg.'

'Ja... Nee. Ik vond een lek in je slaapkamer, dus toen moest ik een emmer zoeken en...' Ze ademde scherp in, waardoor haar geratel werd onderbroken, en ging kalmer verder. 'De politie is hier met een huiszoekingsbevel. Er is een anonieme tip binnengekomen over een moordwapen in je huis.'

'Wat?!' Zijn verontwaardiging en verbazing klonken gemeend en verdampten de laatste flinter twijfel.

'Ja, ze staan nu binnen. Je mag erbij zijn, zeggen ze.'

'Erbij zijn? Nee hoor, dat hoeft niet. Ik breng liever tijd door met mijn kinderen.' Hij snoof. 'Laat ze maar zoeken. Ze zullen toch niets vinden, want ik heb het niet gedaan. Zeg ze dat maar.'

Ze glimlachte, blij dat zijn reactie haar theorie en onderbuikgevoel ondersteunde. 'Dat zal ik doen. Zodra ze weg zijn, kom ik weer naar jullie toe.'

'Dat is goed.' Hij zuchtte. 'Nogmaals sorry dat je hierin verzeild bent geraakt.'

'Daar kun jij niets aan doen,' zei ze, bijna knarsetandend bij de gedachte aan degene die dit alles had veroorzaakt. De echte moordenaar. Iemand die een hekel had aan Dario. *Of misschien gewoon willekeurig een slachtoffer heeft uitgezocht.*

‘Tot straks.’

Iris hing op en bracht de boodschap over op rechercheur Dagursson, die glimlachend knikte. Hij boog zich naar haar toe en zei gedempt: ‘We zullen niet lang bezig zijn, Iris. Eerlijk gezegd bevestigt de reactie van Dario mijn vermoeden dat hij het niet heeft gedaan. Geen zorgen, we zullen de waarheid wel achterhalen.’

Iris bedankte hem, ondertussen wensend dat ze zijn laatste woorden kon geloven.

Terwijl de rechercheur zijn mannen instructies gaf die voor Iris onverstaanbaar waren, bleef ze aarzelend staan. Kon ze weggaan of was het beter om te blijven? Ze kon alleen maar toekijken en wachten tot ze klaar waren en daarvan schoten de zenuwkriebels nu al door haar lijf. Als ze de losse plint met het gat erachter vonden, zouden ze haar dan meenemen voor ondervraging?

Nee, doe niet zo gek, Iris. Ze kunnen niemand arresteren voor een verstopplek waar niets in zit.

Ze sloeg een hand voor haar mond om de verschrikte kreet die opwelde te verhullen. *Zitten er geen bloedvlekken op de vloer waar ik het mes en de doek heb laten vallen? En de emmer... die heb ik midden in de slaapkamer laten staan.*

Er klonken voetstappen en ze liet snel haar hand zakken.

Rechercheur Dagursson kwam de keuken uit en wierp een blik haar kant op. ‘Je kunt in principe gaan, hoor, als je alles hebt wat je kwam ophalen.’

Ze knikte, zorgvuldig zijn blik ontwijkend. ‘O... ja. Ik eh... Ja, dan ga ik maar. De kinderen wachten op me.’ Ze zette drie stappen naar de achterdeur en bleef toen ongemakkelijk staan. Schaapachtig grijnsde ze naar de rechercheur. ‘Of nee, wacht, ik heb de spullen die ik kwam halen boven laten liggen, denk ik. Ik heb ze neergelegd toen ik hoorde dat het lekte in de slaapkamer.’

Ze slikte. Waarom klonk haar stem zo schor? Zo onnatuurlijk? Met elke seconde waarin de man niet reageerde kreeg ze het warmer. Hij staarde haar zwijgend aan en voor het eerst sinds ze in

IJsland was aangekomen voelde ze de drang om haar trui uit te trekken. Een straaltje zweet liep langs haar rug naar beneden en verdween kriebelend in haar bilnaad.

'Ik vraag me al de hele tijd af...' begon rechercheur Dagursson, terwijl hij zijn hoofd een beetje schuin hield. 'Ben jij weleens op tv geweest? Ik heb het gevoel dat ik je ergens van ken.'

Iris fronste haar wenkbrauwen. Op tv geweest? Niet in IJsland. Ze schudde haar hoofd. 'Nee.'

'Hmm.' Hij legde zijn hand onder zijn kin. 'Toch kom je me bekend voor. Waar kom je vandaan oorspronkelijk?'

Iris' voeten schoven als vanzelf dichter naar de achterdeur toe. Dit gesprek ging helemaal de verkeerde kant op. De ruimte leek steeds benauwder te worden. 'Uit Nederland.'

Zijn gezicht lichtte op. 'Ah, dan heb ik je daar op tv gezien! Kan dat? Ik heb vrienden in Nederland, waar ik elk jaar naartoe ga voor een weekje.'

Ze probeerde luchtig te lachen, maar het klonk idioot: hard en overdreven. 'Sorry, ik ben echt nog nooit op tv geweest. Het was vast iemand die op mij leek.'

Opnieuw kantelde zijn hoofd. 'Nee... ik denk het niet. Je hebt hele mooie, indringende ogen, die vergeet ik niet zomaar.'

Weer steeg de warmte naar haar hoofd, maar nu om een andere reden. *Is hij nu met me aan het flirten?*

'Hoe dan ook...' Hij liet zijn kin los en wapperde met zijn hand. Zijn ogen schitterden ondeugend. 'Het maakt niet uit. Ik kom er nog wel op waar ik je heb gezien.'

Iris hoopte vurig van niet.

Uitnodigend gebaarde hij naar de trap. 'Je kunt de spullen pakken. Ik loop met je mee, ik moet toch boven zijn. Eens kijken hoe ver de mannen al gevorderd zijn.'

Opgelaten liep ze voor hem uit. Ze kon zijn ogen bijna in haar rug voelen prikken. Inmiddels waren haar oksels ook nat van het zweet.

Op de overloop hield hij haar tegen met een zachte aanraking op haar arm. 'Ik ga wel even voor.'

Hij liep verder naar de slaapkamer, en Iris volgde hem op de voet. Haar angst om iets te verraden werd overstemd door haar nieuwsgierigheid. Vanuit de deuropening nam ze de hele kamer bliksemsnel in zich op. Inhoud was uit kasten en laden getrokken, het beddengoed lag in een dikke prop aan het voeteneinde, de matrassen waren half weggeschoven en de twee mannen zaten op hun knieën op de grond: de een rechts van het bed, waar hij op verschillende houten vloerdelen klopte, de ander gevaarlijk dicht bij het losse stuk plint.

Rechercheur Dagursson zei iets tegen de mannen, die brommend antwoordden, en draaide zich terug naar Iris. Snel draaide ze haar blik naar het overhoop gehaalde bed.

'Excuses voor de rommel,' zei rechercheur Dagursson. Hij krabde aan zijn hoofd. 'Ik vrees dat we nog geen manier hebben gevonden om alles netjes te houden.'

Iris haalde haar schouders op. 'Het geeft niet, ik begrijp het wel. Ik vraag me alleen af waar de tandenborstel en het scheerapparaat zijn gebleven. Volgens mij had ik ze op het bed gelegd.'

Rechercheur Dagursson speurde de grond af. 'Ik zie ze ook niet.'

'Hmm.' Ze reikte naar haar tas. Haar handbeweging stokte halverwege toen ze bedacht dat het mes erin zat. Als rechercheur Dagursson zich niet wegdraaide, zou zijn oog op de bebloede doek vallen zodra ze de tas openritste. Nu haar hand terugtrekken zou echter helemaal verdacht zijn.

Er klonk een gekraak en Iris en de rechercheur draaiden tegelijk hun hoofd naar het geluid. Al het zweet op Iris' lijf leek in één klap te bevriezen. Een van de agenten had de plint losgetrokken en stak zijn hand in het gat. Terwijl rechercheur Dagursson zich voorovergebogen bij hem voegde, ritste Iris haar tas open en gluurde erin. Geen tandenborstel en scheerapparaat. Nadat ze haar tas weer had gesloten liet ze haar blik door de slaapkamer glijden. Haar oog viel op de emmer, die op zijn kant naast het bed lag. *Natuurlijk! Ik heb de spullen op het aanrecht gelegd toen ik de emmer zocht.*

De rechercheur was nog steeds met zijn collega in gesprek. Met ingehouden adem probeerde ze er iets van te volgen. Helaas spraken ze te gedempt om er wijs uit te worden.

Uiteindelijk kwam rechercheur Dagursson overeind en richtte zich weer tot haar. Zijn onderzoekende blik brandde erger dan het mes in haar tas. 'Had je die spullen niet al in je tas gedaan?'

'Wat?' Ze wierp een blik opzij. De rits van haar tas zat goed dicht. Er was niets te zien. 'O… ja, inderdaad, ik was het even vergeten. Maar ik heb ze, hoor!' Ze hield de tas een stukje omhoog en grijnsde ongemakkelijk.

De rechercheur zei niets, dus stotterde ze verder. 'W-wat hebben jullie ge-gevonden?'

Dagursson leek te ontwaken uit een soort trance. Hij knipperde een paar keer, voordat hij een nonchalant gebaar naar de muur maakte. 'O, niets. Er is niets aan de hand. Gewoon een gat achter de plint, die daardoor is losgeraakt. Wellicht heeft Dario muizen. Ik zou een val plaatsen.'

Iris knikte, terwijl ze haar best deed het plotselinge trillen van haar benen te verbergen.

Mislukt.

'Gaat het?' Rechercheur Dagursson zette een stap dichterbij en legde zijn hand op haar arm.

Ze knikte, weinig overtuigend.

'Het is helemaal niet gek dat je schrok,' zei hij vriendelijk. 'Al die beschuldigingen brengen je toch aan het twijfelen, of niet?'

Ze schraapte haar keel. 'Even wel inderdaad. Zo goed ken ik Dario niet.'

Een zacht kneepje in haar arm. 'Het komt wel goed.' Hij wierp een blik langs haar heen op zijn collega, die opstond, zijn hoofd schudde en zijn broek afklopte. 'We hebben niets gevonden. Helaas krijgen we wel vaker tips van grapjassen. Zonde van onze tijd, zonde van de rommel.' Schuldbewust gleden zijn ogen over de rotzooi. 'Breng onze excuses over aan Dario.'

'Dat zal ik doen.'

'Dan vertrekken wij weer. Ik wens je nog een fijne avond… Iris.' Hij sprak haar naam uit alsof hij hem op zijn tong wilde proeven. Hij liet haar los, wenkte zijn mannen en verliet de kamer, Iris met luid kloppend hart en zweet op elk plekje van haar lichaam achterlatend.

Zodra ze weer alleen was in het huis, overwoog Iris het wapen terug te leggen waar ze het gevonden had. De politie zou vast niet nogmaals op die plek komen zoeken. Maar degene die het mes daar had verstopt, zou misschien terugkomen als hij erachter kwam dat er niets gevonden was, en het ergens anders planten.

Met een ruk draaide ze zich om en keek de nu fel verlichte gang in. *Iemand is hierbinnen geweest, heeft hier rondgeslopen in het donker.* Ze klemde de tas tegen haar buik, alsof dat bescherming kon bieden en probeerde de mogelijkheid dat er nu nog steeds iemand in huis was uit haar hoofd te verbannen.

Met prikkende nekharen zette ze de emmer onder de lekkage. Langzaam, met haar oren gespitst op elk geluidje, liep ze de slaapkamer uit en de gang door naar de trap.

Ondanks het onheilspellende gevoel in haar maag trokken haar mondhoeken omhoog toen ze zag dat beneden al het licht uit was. Rechercheur Dagursson had eraan gedacht dat ze ongemerkt het huis wilde verlaten. Buiten hoorde ze nog het geroezemoes van de pers na alle commotie veroorzaakt door de komst van de politie. Ze zette de zaklampfunctie van haar telefoon aan en liep de trap af. Het huis bleef gehuld in doodse stilte. Iris haastte zich naar de keuken, propte de spullen in haar tas en vervolgde haar weg naar de achterdeur. Ze stapte de tuin in, draaide de deur op slot en verliet zo geruisloos mogelijk de tuin.

We moeten een verborgen camera plaatsen. Als de indringer dan terugkomt, weten we wie het is. Dan kunnen we…

'Au!'

Ze liep hard ergens tegenaan, wankelde, graaide naar houvast en liet daarbij haar tas vallen.

Een hand greep haar bij de elleboog en hield haar overeind.

'Gengur þér vel?' Iris verstond haar gelukkig zonder problemen. Gaat het goed met je?

Ze wreef over haar pijnlijke schouder en knipperde. Meteen herkende ze het kleine, gerimpelde vrouwtje dat naast Maren en Finnur woonde. Haar brein had een paar seconden nodig om met haar naam op de proppen te komen. 'Tunde, sorry dat ik tegen je aan liep.'

De vrouw liet haar arm los. 'Kan gebeuren.'

Tundes blik gleed van haar naar de tuin waaruit ze was geslopen. 'Wat deed je bij Dario's huis?'

'Je weet waar Dario woont?' Iris kon haar verbazing niet verbergen.

Met opgetrokken wenkbrauwen keek de vrouw haar aan. 'Vanzelfsprekend. Ik heb de kinderen een paar keer gebracht en opgehaald. Ik was ook jarenlang Dario's buurvrouw, weet je nog?'

Iris knikte langzaam. 'O ja, dat is zo.' Ze glimlachte, ook al voelde ze zich totaal niet op haar gemak. Iets in de blik van de vrouw was veroordelend. Zou ze in de gaten hebben dat er iets speelde tussen haar en Dario?

'Ik eh… Dario vroeg of ik een paar spullen wilde ophalen. Hij zit een paar dagen bij een vriend, vanwege de pers.' Ze gebaarde vaag in de richting van de straat.

Tundes blik veranderde. 'Die arme jongen. Beschuldigd van moord. De absurditeit!' Haar stem schoot uit van verontwaardiging en Iris wierp een bezorgde blik over haar schouder.

'Ja, inderdaad. Echt belachelijk. Maar eh… ik moet nodig gaan. Dario en de kinderen wachten op me. Fijne avond nog.'

Ze wilde al weglopen toen Tunde haar opnieuw bij de elleboog pakte. 'Wacht, je tas.'

Adrenaline schoot van Iris' tenen naar haar keel, waar een verschrikt gepiep uit ontsnapte. Tegelijk met de buurvrouw boog ze zich voorover, waardoor ze de vrouw bijna een kopstoot gaf. Ze griste de tas net onder de vingers van de vrouw vandaan, kwam haastig overeind en duwde de tas stevig onder haar oksel.

'Goed dat je het zegt, ik was hem bijna vergeten.' Ze wreef nog eens nadrukkelijk over haar hoofd. 'Komt door die klap waarschijnlijk. Nou, fijne avond en tot ziens!'

Voordat de verbijsterde vrouw kon reageren, beende Iris weg. Ze onderdrukte de neiging om om te kijken. De tas brandde onder haar arm. Het liefst zou ze het ding van zich af smijten, maken dat ze wegkwam en er nooit meer aan denken. Helaas was dat onmogelijk.

Bij de straat aangekomen hield ze haar pas in, om geen aandacht van de pers te trekken, die ze kon horen roezemoezen. Nu ze weer iets hadden om over te schrijven, zouden ze vast snel vertrekken. Maar ook snel terugkeren, op zoek naar meer nieuwswaardig materiaal.

Iris vroeg zich af wat rechercheur Dagursson tegen ze had gezegd. Zou hij iets los hebben gelaten over de anonieme tip die niets had opgeleverd? Hoe zou de echte dader reageren als hij dat op tv hoorde? Zijn plan was mislukt, deels in ieder geval. Zou hij boos worden, wanhopig, misschien zelfs roekeloos? Abrupt bleef ze staan. Misschien was hij nu wel hier, om het resultaat van zijn werk te bewonderen.

Ze speurde de straat af in alle richtingen, hopend op een glimp van de dader. Hopend dat ze hem zou herkennen als ze hem zag. De kans dat hij Dario kende was groot, vermoedde ze. Maar Dario werkte in de toeristenbranche, duizenden mensen kenden hem. Het kon iedereen wel zijn. Een ontevreden klant of gewoon iemand die een zondebok nodig had.

Een bibberige zucht ontsnapte uit haar mond. Ze voelde zich opeens heel kwetsbaar, hier alleen op straat, in het halfdonker tussen de lantaarnpalen.

Met een paar passen was ze terug bij de auto. Ze zette haar tas op de passagiersstoel, sloeg het portier iets te hard dicht, drukte op de centrale deurvergrendeling en ademde langzaam uit. Na een minuut waren haar hartslag en hersenen gekalmeerd. De adrenaline sijpelde uit haar lichaam en haar hoofd werd helder.

Dario was onschuldig. De dader liep vrij rond en probeerde hem erin te luizen. Zijn grote plan om het moordwapen aan Dario te linken was dankzij haar mislukt. Nu waren de rollen omgedraaid. De jacht op de echte dader kon beginnen.

HOOFDSTUK 29

Terwijl Lilja haar om de hals viel met een 'is alles oké, het duurde zo lang' hield Iris Lukasz in de gaten. Hij zat op de versleten bank met een nors gezicht en zei geen woord. Zodra Dario naar haar toe kwam, trok Iris vragend een wenkbrauw op. Dario's schouders wipten bijna onmerkbaar omhoog, waardoor de knoop in Iris' maag weer aantrok.

'Ik heb je spullen. De politie vond niets, zoals je al had voorspeld.' Ze boorde haar blik in de zijne bij de laatste zin, in de hoop dat hij begreep dat er wel degelijk iets gevonden was, al was het gelukkig niet door de politie.

Er klonk gestommel op de trap en een man met wijde kleding aan, een halflange baard en ongekamd haar erboven kwam op haar af. 'Hoi, ik ben Jón.'

'Iris. Fijn dat Dario hier even mag blijven.'

'Geen probleem! Ik help graag.' Hij draaide een rondje, zodat hij iedereen kon aankijken. 'Ik ga pizza halen. Wie wil er ook?'

Dario fronste zijn voorhoofd en opende zijn mond, ongetwijfeld om te protesteren tegen pizza vlak voor bedtijd voor de kinderen, maar Iris gaf hem een onopvallende por in zijn zij waardoor zijn mond dichtklapte.

'Ik lust wel een klein stukje, en ik denk dat de kinderen er ook wel zin in hebben.' Ze glimlachte naar Dario. 'Voor een keer is het niet erg, toch? We kunnen nog wel even blijven. Wie weet wanneer jullie elkaar weer kunnen zien zonder opdringerige pers in de buurt.'

Dario knikte. 'Dat is waar.' Iris hoefde niets meer te zeggen, want hij had de hint volledig begrepen. Hij gebaarde naar de twee pubers. 'Gaan jullie maar even mee. Kies uit waar je zin in hebt. Iris en ik pakken wel een stukje van wat er overblijft.'

'Overblijft?' Lilja stond alweer te stuiteren. 'Je denkt toch niet dat er iets overblijft?'

Jón grijnsde. 'Dikke kans van niet inderdaad.' Hij liep naar de voordeur. 'Gaan jullie mee dan?'

Lilja huppelde achter hem aan. Lukasz was minder enthousiast, maar hees zichzelf na een korte aarzeling en een wenk van Jón toch overeind.

Zodra de voordeur achter hen dichtviel liet Iris zich in Dario's armen vallen. Hij trok haar dicht tegen zich aan en wreef over haar rug.

Ze had verwacht in tranen uit te barsten zodra ze alleen waren, maar er was een vreemde kalmte over haar heen gekomen. Iets in haar weigerde de wanhoop, moedeloosheid en paniek toe te laten die ze ook had gevoeld toen ze zelf vals werd beschuldigd. Ze was één keer slachtoffer geworden van een rancuneuze psychopaat, het zou haar niet nog eens overkomen. Deze keer zou ze terugvechten. Ze zouden samen de echte dader opsporen en bewijzen dat Dario onschuldig was.

'Alles oké?' Dario hield haar op een armlengte afstand.

'Ja, maar ik heb iets belangrijks ontdekt. Ik wil niet dat de kinderen het weten. Of wie dan ook. Ik weet niet wie we kunnen vertrouwen.'

Hij leidde haar naar de bank en liet zich naast haar op de zitting zakken. 'Vertel.'

Ze zette haar tas op haar schoot, ritste hem open en haalde het bloederige pakketje eruit.

Dario staarde ernaar, knipperde en fluisterde: 'Wat is dit?'

'Ik denk...' Haar stem was zo schor dat hij wegviel, dus schraapte ze haar keel. 'Ik denk het moordwapen.'

Zijn blik flitste van het wapen naar haar gezicht. 'Echt?'

Ze reikte naar de rand van de doek en sloeg hem terug, zodat het mes zichtbaar werd.

Dario hapte naar adem. 'Skítur… Dit lag in míjn huis?'

'Verstopt in een gat achter een plint in je slaapkamer.'

'In een gat achter…' Zijn stem stierf weg. Hij slikte. 'Iemand heeft ingebroken om dit te verstoppen en heeft daarna de politie gebeld?'

'Precies. Maar helaas voor hem vond ik het voordat de politie er was.'

Dario vloog omhoog van de bank. 'We moeten dit ergens dumpen, voordat die maniak op het idee komt om de politie hiernaartoe te sturen.' Hij draaide zijn hoofd alle kanten op, zijn schouders strak van de spanning.

Iris pakte zijn hand en trok hem terug naast zich op de bank. 'Rustig aan. Bijna niemand weet dat je hier bent, toch?'

Zijn schouders ontspanden iets. 'Alleen Maren, Finnur, jij, en de kinderen. En Jón uiteraard.'

'Alleen mensen die je honderd procent vertrouwt dus.' Het klonk half als een vraag.

'Inderdaad. Als ik Jón niet zou vertrouwen, was ik hier niet gaan bivakkeren.'

Ze zuchtte diep.

'Wat? Wat is er?'

'Niets, ik probeer gewoon te bedenken wat we nu moeten doen. Hoe we erachter kunnen komen wie Brynja heeft vermoord, en waarom hij jou ervoor wil laten opdraaien.'

'We? Hoezo we?' Hij schudde nadrukkelijk zijn hoofd. 'Nee, nee, nee, Iris. In deze situatie is er geen we. Jij houdt je er verder buiten. Ik wil niet dat je hierbij betrokken raakt en dat die moordenaar jou in het vizier krijgt.'

Ze snoof luid. 'Daarvoor is het te laat. Ik ben door meerdere mensen gezien bij je huis. De dader is niet gek. Zodra hij erachter komt dat het mes niet is gevonden, zal hij begrijpen dat ik het heb.'

Dario stond weer op. 'En daarom moeten we het dumpen.'

'Absoluut niet.'

'Waarom niet? Wat wil je er dan mee doen?' Hij ging steeds harder praten en Iris maakte een sussend gebaar.

'Als we het dumpen vindt de politie het misschien alsnog. Ongetwijfeld heeft die klootzak ervoor gezorgd dat er DNA-sporen van jou op zitten.' Ze keek naar het pakketje op haar schoot. 'Het enige wat we kunnen doen is alles schoonmaken.'

'En zijn sporen ook wissen?' Het ongeloof droop van elk woord.

Iris grinnikte humorloos. 'Denk je echt dat er een spoor op dit wapen te vinden zal zijn? Of op die doek? Natuurlijk niet. Alle sporen zullen naar jou wijzen. Net als het zogenaamde bewijs dat de politie al tegen je heeft, wat dat ook mag zijn.' Ze maakte aanhalingstekens in de lucht bij het woord 'bewijs'. 'Dus we maken het mes schoon en gooien het dan pas weg. De doek kan in de was. Ik kan hem wel meesmokkelen en tussen het wasgoed in de wasmachine stoppen morgen.'

Dario liep heen en weer door de kamer en wreef herhaaldelijk met beide handen over zijn gezicht. 'Goed, je hebt gelijk. Maar je neemt die doek niet mee. Dat is veel te gevaarlijk. Zoals je al zei: mensen hebben je bij mijn huis gezien vanavond.' Hij bleef stilstaan en duwde zijn handpalmen tegen zijn oogkassen. 'Jón en de kinderen zullen zo terugkomen. Dan moet dit bewijs weg zijn.' Met twee stappen was hij bij haar. 'Was jij het mes af, dan zet ik een was aan.'

Hij wilde het pakketje van haar schoot pakken, maar ze legde haar hand erop. Misselijkheid schoot via haar maag naar haar keel bij de gedachte dat haar huid in aanraking kwam met Brynja's bloed. Toch liet ze haar hand liggen. 'Wat zal Jón zeggen als je nu nog een was aanzet?'

Dario draaide zich abrupt om, liep de keuken in en kwam

al snel terug met een witte fles waar met grote rode letters 'Pylsusinnep' op stond. Hij opende de fles, hield hem boven zijn shirt en kneep. Een dot bruine saus viel op zijn shirt.

'Daar.' Met een klap zette hij de fles op de salontafel. 'Ik wilde hotdogsaus klaarzetten voor Lukasz, want die gooit dat het liefst overal op. De dop schoot open en voilà.' In een snelle beweging trok hij zijn shirt over zijn hoofd. 'Geef mij de doek. We moeten opschieten.'

* * *

'Rustig blijven. Rustig blijven. Rustig blijven.' Hij ademde diep in en langzaam weer uit. In... en uit. Steeds opnieuw. De wazige slaapkamer leek te bewegen en hij greep zich met beide handen vast aan de rand van het bed.

Het geeft niet. Het moordwapen bij Dario planten hoorde toch niet bij het oorspronkelijke plan. Het was mooi geweest als er daardoor voldoende bewijs was om hem een flink aantal jaren achter de tralies te zetten, want dan was ik nu klaar geweest, maar ik kan nog steeds verdergaan waar ik was gebleven. Het onderzoek is al gedaan, ik hoef alles alleen een laatste keer na te lopen, en het dan uit te voeren.

Langzaam bedaarde zijn hart. Altijd als hij aan zijn plan dacht, en aan het uiteindelijke resultaat, voelde hij een soort rust die hij al jaren niet meer had gekend. Dan verdween het zeurende stemmetje uit zijn hoofd dat maar bleef zeggen dat hij actie moest ondernemen. Dan kolkte zijn binnenste niet langer bij de gedachte aan Dario. Dan verdampte het blok van lood in zijn maag en kon hij weer gewoon eten.

Het uitgeschreven plan en alle bijbehorende plattegronden en routes had hij allang verbrand. Hij had ze ook niet meer nodig, ze zaten in zijn geheugen verankerd, net als alle gezichten die van belang waren.

Anna was degene die nu in zijn blikveld zweefde. Ze was mooi. Slank, maar niet te, met glooiende vrouwelijke vormen, en bruin, steil haar dat aan de ene kant langer was dan aan de andere kant. Een creatief type, zo had hij geconcludeerd na inspectie van haar gewoonten en social media.

Hij kende haar niet, al voelde het inmiddels wel zo. Het zou niet moeilijk zijn om een praatje met haar aan te knopen. Hij verheugde zich er al op.

Hij stond op, liep naar de kledingkast en ging er op zijn knieën voor zitten. Hij haalde de stapel werkkleding van de onderste plank en liet zijn vinger over de achterwand glijden. Moeiteloos vond hij het schuifje. Het geheime deurtje klapte open en hij stak zijn hand in het gat erachter. Roerloos bleef hij een paar seconden zitten, zijn oren gespitst op geluiden vanuit de rest van het huis. Toen het stil bleef, trok hij de tas naar zich toe en ritste hem open. De blonde pruik zag eruit als nieuw, al had hij hem al een paar keer getest. De nepbaard paste er perfect bij. De bril met dun, rond montuur was nog van zijn vader geweest. Het voelde ergens goed dat hij hier op een bepaalde manier nog bij kon zijn. Wie weet kon hij daardoor van bovenaf zien hoe zijn zoon het heft in eigen hand nam. Hij zou trots zijn.

Met de spullen in zijn hand liep hij naar de badkamer, waar hij de vermomming aanbracht. Door het lichtere haar leek hij wat jonger, de ouderwetse bril zorgde ervoor dat hij er een beetje eigenzinnig uitzag. De kleding die hij in een alternatieve winkel had aangeschaft maakte het plaatje van een kunstenaar van eind dertig helemaal af. Perfect. Anna zou niets vermoeden. Zeker niet als hij haar benaderde zoals hij het andere kunstenaars had zien doen. Spontaan, enthousiast en vol met vragen. Daar hield ze van.

Hij grijnsde naar zijn spiegelbeeld. Dit zou een makkie

worden. Makkelijker dan Brynja, die hij wel had gekend, en daardoor moeilijker kon bespelen. Deze Anna zou als was in zijn handen zijn.

Eigenlijk zonde van zo'n knappe, spontane meid. Maar soms moeten er offers gebracht worden.

HOOFDSTUK 30

'Er moet toch iemand zijn die een hekel aan je heeft?' Iris hief haar armen in vertwijfeling en bleef voor de bank stilstaan. 'Hij zal je toch niet willekeurig hebben gekozen?'

'Nou, nou, nou...' Dario schudde zijn hoofd en maakte een tuttend geluid met zijn tong. 'Meen je dit nou echt, Iris?'

'Wat?' vroeg ze ongeduldig.

'Dat er mensen zijn die een hekel aan mij hebben?' De strenge blik in zijn ogen verdween achter pretlichtjes. Hij spreidde zijn armen en keek haar uitdagend aan. 'Hoe kan iemand mij nou níét leuk vinden? Ik ben onweerstaanbaar.'

Iris snoof, maar het verontwaardigde geluid dat ze produceerde klonk eerder als grinniken.

Dario boog naar voren op de bank en trok haar bij haar bovenbenen naar zich toe, tot ze half op hem viel. 'Probeer het heel even te vergeten en gewoon te genieten van onze tijd samen. Alsjeblieft?'

Ze verborg haar gezicht in zijn schouder en zuchtte diep. 'Ik zou wel willen, maar de tijd dringt. Die kerel zit op dit moment waarschijnlijk te broeden op een volgende zet. Zijn plan met het mes hebben we kunnen verijdelen, maar dat was puur toeval. We moeten hem nu een stap voorblijven, anders beland je echt in de gevangenis.'

Hij kuste haar in de nek. 'Zo'n vaart zal het niet lopen, elskan. Ontspan nu even. Dat kan je hoofd ook helderder maken. We denken hier al veel te lang over na en zijn nog niets wijzer geworden.'

Met een ruk ging ze rechtop zitten. Ze gaf hem een zet tegen zijn schouder, waardoor hij dieper in de bank gedrukt werd. 'Ja, omdat jíj niet meewerkt!'

Hij trok een pruillip. 'Ik doe mijn best, echt waar, maar ik heb werkelijk geen idee wie mij een oor zou willen aannaaien.'

Moedeloos liet ze zich weer tegen hem aan vallen. Deze keer protesteerde ze niet toen zijn lippen haar nek zachtjes beroerden, om vervolgens via haar wang naar haar mond te dwalen.

Hij had gelijk, ze had ontzettend veel behoefte aan ontspanning. Aan dicht bij hem zijn, dichter nog dat dit.

Ze sloot haar ogen en kreunde zacht.

In een flits zag ze zichzelf en Dario uit een omhelzing gerukt worden, voordat hij in de boeien geslagen en meegenomen werd door de politie.

Ze legde haar handen tegen zijn borst en duwde zichzelf van hem af. 'Stop.'

Het kwam er half hijgend en zonder overtuiging uit, waardoor Dario's handen over haar lijf bleven dwalen.

Ze pakte ze vast, riep zichzelf en haar libido tot de orde en herhaalde, fermer: 'Stop!'

Dario's ogen vlogen open. 'Wat? Wat is er?'

Met een zucht liet ze zich zijwaarts van hem af glijden. Om haar handen iets te doen te geven, fatsoeneerde ze haar haren.

Dario raakte voorzichtig haar zij aan, wat tintelingen tot aan haar tenen veroorzaakte. 'Wat is er, elskan?'

'We moeten ons concentreren op een plan, voordat het te laat is. We kunnen het ons niet permitteren om afgeleid te raken.'

'Des te meer reden om verder te gaan waar we gebleven waren.' Hij boog naar haar toe en liet zijn hand naar haar kruis dwalen. 'Even wat druk van de ketel halen, zodat we daarna weer alle focus op iets anders kunnen richten. Jij bent de enige afleiding die ik heb nu mijn volgende rondreis door de klanten is geannuleerd.'

Iris schoof een stukje op. 'Dat begrijp ik, maar ik meen het,

Dario. Denk je dat de moordenaar achterover gaat leunen nu? Nee dus. Die heeft zijn volgende stap vandaag nog uitgedacht en morgen uitgevoerd. Wij kunnen niet achterblijven!'

'Oké, oké.' Dario ging rechtop zitten, keek haar zijwaarts aan met een verdrietige blik en stond op. 'Je hebt gelijk.' Hij begon te ijsberen. 'Ik wil heel graag net doen alsof er niets aan de hand is, maar deze man is duidelijk gewetenloos en wil mij hier koste wat kost voor laten opdraaien.'

Opgelucht knikte Iris. 'Inderdaad. Dus we kunnen niet stilzitten.'

Dario wreef door zijn haren. 'Ik snap het gewoon niet. Het moet wel iemand zijn die ik ken. Iemand die blijkbaar echt een hekel aan mij heeft. Maar waarom?'

'Misschien zoeken we het in de verkeerde hoek, en is het helemaal geen bekende.'

Midden in de kamer bleef hij stilstaan. 'Oké, maar als dat zo is, hoe wist hij dan dat Brynja mijn ex was?'

Iris sloeg haar armen over elkaar. 'Jij bent dankzij je werk online overal te vinden. Je staat in interviews en iedereen tagt je. Dat maakt je een makkelijk doelwit. En jouw klanten zijn niet de enigen die jou taggen. Brynja's Facebook staat vol met foto's van jou.'

Hij trok een vies gezicht. 'Echt?'

'Heb je dat nooit gezien?'

Hij begon weer te ijsberen. 'Nee, ik heb haar op pauze gezet of hoe noem je dat. Dat was een tip van iemand. Het liefst had ik haar geblokkeerd, maar dat zou de situatie waarschijnlijk alleen maar erger hebben gemaakt.'

'Hmm.' Iris pakte haar telefoon, tikte op het blauwe symbool met de witte F erin en vervolgens op de zoekbalk. 'Wat is Brynja's volledige naam ook alweer?'

'Erlendsdóttir.'

'Dochter van Erlend,' mompelde ze in zichzelf.

Hij glimlachte. 'Ja, dat is gek voor mensen uit veel andere landen, hè? Dat onze achternamen zo gegeven worden.'

Ze knikte, maar was in gedachten ergens anders. Er leek een stroomstoot door haar lijf te gaan. 'Ik krijg opeens een idee.'

Dario plofte naast haar en gluurde mee. 'Wat dan?'

'Wat als de dader niet jou maar Brynja kende? Dan is de kans groot dat ze hem als Facebook-vriend heeft.'

Hij ademde scherp in. 'Ja, misschien brengt dat ons verder.' Hij schoof dichterbij terwijl Iris de lijst met Brynja's vrienden opende.

'Gelukkig heeft ze ze openbaar staan.'

Dario wees naar het getal bovenaan de lijst. 'En ze heeft er niet veel. Honderdzevenendertig.'

'Hoeveel daarvan zijn mannen?' Iris scrolde langs de foto's.

Dario stond op, rommelde wat in een kastje dat tegen de wand stond en kwam terug met een vel papier en een pen.

Ze schreven alle namen op, schrapten degenen die onder de twintig waren en iedereen die boven de vijfenzestig was en staarden een tijdje naar de overgebleven namen. Eenentwintig waren er over.

'Zitten er mensen tussen die jij kent?'

Dario knikte. 'Ja, minimaal de helft.'

'Ken je ze goed? Zijn er mannen van wie je zeker weet dat ze zoiets nooit zouden doen? Of mannen van wie je het juist niet heel gek zou vinden?'

Hij trok een wenkbrauw op. 'Ik zou niemand ooit verdenken van moord. Jij wel?'

Iris dacht aan Amber. Aan de walging in haar ogen, de wrok die ze bleef koesteren en de haat die ze verspreidde. 'Ja, ik wel.'

Fronsend bekeek Dario de lijst nogmaals. 'Oké, misschien moet ik gewoon een andere mindset aannemen.'

'Precies, je kunt het je niet langer veroorloven om alleen het beste in mensen te zien, hoe rot dat ook is.'

Ingespannen tuurde hij naar het papier. 'Goed, geef me even de tijd. Zet anders koffie, dan kan ik misschien beter denken.'

Tegen de tijd dat de koffie op was, had Dario nog twaalf namen weggestreept. Dat betekende dat er negen mogelijke daders overbleven, drie die hij kende en zes die hij niet kende. Hoofdschuddend keek hij ernaar. 'Onvoorstelbaar dat ik me opeens kan indenken dat deze mensen iemand hebben vermoord. Hoe kan ik ze nu nog onder ogen komen?'

Iris liet haar telefoon bijna uit haar handen vallen. 'Dat is het! Je moet ze juist wel onder ogen komen. Zorg ervoor dat je ze ziet, praat met ze en kijk hoe ze op je reageren. Als een van hen de dader is, zal hij zich waarschijnlijk anders gedragen dan voorheen.'

'En me ter plekke neersteken,' vulde hij verbitterd aan.

Iris schudde heftig haar hoofd. 'Nee joh, hij wil je erin luizen. Daarvoor moet je wel in leven zijn.'

Hij snoof. 'O ja? Ooit gehoord van een "ongeluk"?' Hij maakte aanhalingstekens in de lucht bij het laatste woord. 'Of van een moordenaar die spijt krijgt en zelfmoord pleegt?' Hij rilde en Iris stond op. Ze bracht hem met beide handen tegen zijn schouders tot stilstand.

'Het komt goed. Echt. We zijn gewoon voorzichtig.'

* * *

Steeds opnieuw knakte hij zijn vingers, tot ze schrijnden.

Zijn gedachten bewogen al de hele dag in cirkels door zijn gepijnigde hersens, en nog twijfelde hij wat hij moest doen.

Hij had zich zo verheugd op de trip naar de galerie waar Anna werkte. Vandaag zou hij haar aanspreken, de kiem planten voor het volgende contact, waarmee de deur wagenwijd voor hem geopend zou worden. Het plan was zoals gewoonlijk perfect uitgewerkt. Helaas was er iemand die roet in het eten gooide. En van iedereen die hij tegen had kunnen komen in het centrum, was het uitgerekend zijn doelwit dat in de buurt van de galerie rondhing.

In eerste instantie was hij rustig gebleven. Dario zou hem niet zomaar herkennen. Zolang hij niet te dichtbij kwam en hem niet aansprak, was er niets aan de hand. Hij zou wachten tot Dario verderliep en zich dan aan zijn plan wijden.

Maar Dario liep niet verder, en hoe langer hij daarop wachtte, hoe duidelijker het werd dat Dario ook op iets wachtte. Of beter gezegd: op iemand. En die persoon was de galerie in gelopen en stond met Dario's ex Anna te praten.

Hij begreep dat Dario niet naar binnen ging. Waarschijnlijk wilde hij zijn ex niet tegen het lijf lopen. Maar waarom wachtte hij op die man die blijkbaar interesse had in een van de afgrijselijke beelden die tentoon werden gesteld? Te zien aan Dario's blik die om de haverklap alle kanten op schoot, wilde hij ook niet opgemerkt worden.

Hij grinnikte zacht in zichzelf. Dario was hier duidelijk een stuk slechter in dan hij. *Zoals in wel meer dingen,* dacht hij verbitterd.

Hij knakte zijn vingers nogmaals en klemde zijn kaken op elkaar tegen de pijn. De irritatie in zijn lijf nam met elke minuut toe. Niet alleen doordat hem duidelijk werd dat Dario iets in zijn schild voerde wat zijn plannen in de weg kon zitten, of doordat hij nu zijn eigen plan moest bijstellen, maar ook doordat zijn billen zo langzamerhand gevoelloos werden van het zitten op het koude bankje.

Hij besloot net om Dario aan te spreken, puur om zijn plannen dwars te zitten, toen de man met de slechte smaak naar buiten kwam. Dario draaide zich subtiel naar de winkel tegenover de galerie en volgde de man via de weerspiegeling in de etalage.

Hij komt er nog mee weg ook. Ongelooflijk dat die vent niets in de gaten heeft.

Even overwoog hij om de twee te volgen. Hij was nu toch nieuwsgierig geworden naar waarom Dario die man volgde, al twijfelde hij er niet aan dat het iets met hem te maken had. Nou, hij deed zijn best maar. Voorlopig zat hij volledig op het verkeerde spoor. En hij zou snel genoeg afgeleid zijn van welk spoor hij ook volgde als vandaag alles volgens plan verliep.

Hij wachtte tot de man en Dario om de hoek waren verdwenen voordat hij de galerie betrad. Na een snelle check van zijn vermomming in de glazen entreedeuren liep hij met rechte rug en geheven hoofd naar binnen. Tijdens eerdere bezoeken in andere vermommingen had hij Anna al afgeluisterd, terwijl ze andere bezoekers te woord stond. Het was duidelijk welk kunstwerk haar favoriet was. Daarom had hij zich verdiept in de beeldhouwer Viktor Stéfansson en zijn voorbereide monoloog herhaald totdat hij hem niet alleen zonder aarzelen, maar ook met volle overtuiging kon brengen.

Ogenschijnlijk rustig liep hij nu langs de kunstwerken, tot hij in zijn ooghoek Anna zag naderen. Hij keek de ruimte rond, liet zijn oog op het bewuste beeld vallen, maakte zijn ogen groot en beende ernaartoe. Zijn hart drumde in zijn borstkas, waardoor hij amper zijn eigen voetstappen kon horen.

'Magnifiek,' mompelde hij in zichzelf, terwijl hij de gruwel bekeek die bestond uit een kleurrijke mengeling van een zebra, een schildpad, een vrouw en een stoel. Hij had zelden zoiets lelijks gezien.

'Ben je bekend met het werk van Viktor Stéfansson?'

De drumbeat in zijn binnenste vergat zijn ritme en hij moest zich inhouden om zijn ogen niet te sluiten toen een extra stoot adrenaline door zijn aderen joeg. Heel even keek hij opzij naar Anna, voordat hij zijn blik vol fascinatie opnieuw langs alle facetten van het beeld liet gaan. Bewust wachtte hij met zijn antwoord, om de indruk te wekken dat hij een moment lang niet in staat was iets te zeggen. Zo had hij het echte kunstkenners in documentaires zien doen.

Precies zoals verwacht zweeg Anna en bleef ze rustig afwachten tot hij klaar was om te antwoorden.

Naar voren gebogen bestudeerde hij het beeld van alle kanten, dingen mompelend als 'wat een kleurgebruik' en 'prachtige lijnen'.

Uiteindelijk richtte hij zich op tot zijn volle lengte, de schouders en rug kaarsrecht, en keek haar aan, met zijn kin iets geheven. 'Sorry, wat zei je?' vroeg hij met een glimlach.

Ze lachte beleefd terug en opnieuw drong tot hem door hoe knap ze was. Ze oogde zelfverzekerd, maar tegelijkertijd fragiel. Eigenlijk was het zonde om...

'Ben je bekend met het werk van Viktor Stéfansson?' herhaalde ze.

Hij grinnikte, kort en hooghartig, zoals hij het had ingestudeerd. 'Bekend? Hij is mijn passie!' Hij liet zijn blik nogmaals over het gedrocht van een beeld glijden. 'Ik ben bezig met een biografie over hem. Dit vind ik zijn meest fascinerende creatie. Ik moest het in het echt zien.'

Hij draaide zijn hoofd terug naar Anna en constateerde met genoegen dat ze begon te stralen.

'Een biografie over Viktor Stéfansson? Wat geweldig! Hij is mijn favoriete kunstenaar!' Er verschenen blosjes op haar wangen toen ze verderging. 'Ik was zo vereerd toen ik hoorde dat drie van zijn kunstwerken hier tentoongesteld zouden worden. Naar dit beeld kan ik blijven kijken. Er zit zoveel in.'

'Zeker, zeker.' Hij knikte en volgde haar blik.

Zwijgend keken ze beiden naar het beeld, tot Anna een zucht slaakte en zich tot hem wendde. 'Heb je de andere twee beelden ook al gezien?'

Hij keek haar in de ogen en trok zijn mondhoeken op. 'Nog niet. Ik hoopte dat jij me mee kon nemen.'

Haar blos werd dieper en vanbinnen juichte hij. Dit verliep precies volgens plan.

'Geen probleem. Volg mij maar. De andere beelden staan op een speciale plek.' Ze gebaarde dat hij haar kon volgen en liep naar een nis met aan twee kanten een raam, waardoor de beelden van twee kanten belicht werden.

'Je hebt geluk, de zon schijnt,' zei ze opgetogen. 'Dat geeft het mooiste licht. Met kunstlicht kunnen we dit effect niet nabootsen.'

Hij kwam naast haar tot stilstand en deed zijn best geïnteresseerd te kijken. Gelukkig had hij ook dit geoefend, en was hij inmiddels bekend met alle lelijke beelden die Viktor had gemaakt. Hoe zij, of wie dan ook, dit mooi kon vinden begreep hij echt niet. In tegenstelling tot het zebra-schildpad-vrouw-stoelbeeld ontbrak bij deze twee alle kleur. De beelden waren eigenlijk niet meer dan twee grijze blokken met onbestemde vorm, waarin je met een heleboel fantasie en de juiste lichtval twee misvormde olifanten kon zien. Weinig creatief, dit kon hij in één middag ook maken.

'Wauw,' fluisterde hij. 'Ik heb hier foto's van gezien, maar daarop komen ze duidelijk niet tot hun recht. In het echt zijn ze...' Hij zocht naar de woorden die hij van tevoren had bedacht. '... zo in balans. Ik sta er versteld van hoe hij harmonie heeft weten te vinden met slechts één kleur.' Hij legde een vinger tegen zijn kin en draaide zijn hoofd van het ene naar het andere beeld. 'Hoewel ik moet zeggen dat plaatsing in het juiste licht hierbij van groot belang is. Heb jij daarvoor gezorgd?'

Vanzelfsprekend wist hij het antwoord al en hij was blij dat zijn vraag het gewenste effect had.

Ze boog verlegen haar hoofd en knikte. 'Ja, ik heb deze plek uitgekozen. Maar zoals ik al zei: je hebt geluk met het licht vandaag. Als er geen zon is, schakelen we de spots in. Die hebben een soortgelijk effect, maar zorgen toch voor een andere kleurschakering.'

Hij zond haar een blik vol bewondering, met een vleugje verleiding. 'Dat heb je toch knap gedaan, eh...' Hij keek haar vragend aan.

'Anna.'

'Björn, aangenaam.' Hij stak zijn hand uit en schudde die van haar ferm.

'Aangenaam. En bedankt voor het compliment,' zei ze verlegen.

'Graag gedaan. Het is leuk om fans van zijn werk te ontmoeten.' Hij hield zijn arm abrupt stil. 'O, dat herinnert me eraan... ik interview ook een aantal van Viktors bewonderaars, om voor de leken duidelijk te maken wat ons zo aantrekt in zijn werk. Het zou mooi zijn als daar ook een medekunstkenner tussen zat.'

Ze hapte naar adem. 'Je wilt een interview met mij in de biografie zetten?'

Hij knikte en liet haar hand los, na een klein, nadrukkelijk kneepje. 'Dat zou ik geweldig vinden.'

Inmiddels vroeg hij zich af of ze nog roder kon worden. Ze stamelde wat onbegrijpelijks voordat ze uiteindelijk stotterend instemde.

Met een peinzende uitdrukking op zijn gezicht krabde hij in zijn haren. Niet slim, want hij voelde de pruik verschuiven. Nerveus kuchte hij en verschoof het ding een millimeter terug. *Verpest het nu niet. Blijf alert.*

'Het zou fijn zijn als je morgen tijd hebt. Daarna reis ik verder.' Hoopvol keek hij haar aan. *Niet te gretig, houd het netjes.*

'Morgen is prima,' zei ze meteen.

Hij glimlachte mild. 'Waar kunnen we elkaar ontmoeten? Mijn hotelkamer is te klein, de lounge zou kunnen, maar daar is het vaak wel erg rumoerig en druk...'

'Je kunt naar mijn huis komen, nadat ik hier heb afgesloten. Ik zorg dat er koffie is. Of... wat je verder graag drinkt.' Ze ontweek zijn blik en streek haar bloes glad.

'Dat klinkt goed. Koffie is prima. Daarna eventueel iets sterkers, maar alleen als je het in huis hebt, hoor. Je hoeft voor mij niet zoveel moeite te doen.'

'O, dat is echt geen moeite. Ik ben vereerd dat je mij wilt interviewen. Zeg maar wat je graag drinkt.'

'Dat maakt niet uit, ik lust alles. Een fles wijn voor ons tweeën is ook lekker.' Het kostte hem geen moeite om een dubbele laag in die suggestie te leggen, als hij haar bekeek. Ze was echt mooi, en had een prachtig lichaam.

Hij stak zijn hand nogmaals uit. 'Goed. Morgen dan. Zeven uur?'

In plaats van zijn hand te schudden drukte ze er een kaartje in. 'Zeven uur. Dit is het adres.'

Hij bekeek het kaartje en knikte. 'Fijn. Tot dan.'

Na een laatste glimlach draaide hij zich om en verliet met lichte tred de galerie.

HOOFDSTUK 31

Met haar telefoon tussen haar schouder en haar oor geklemd raapte Iris wat speelgoed bij elkaar. 'Heb je hem uiteindelijk aangesproken?'

'Ja. Hij deed heel normaal. Vroeg hoe het ging en wenste me veel sterkte.'

Met een zucht liet Iris twee knuffels in de speelgoedbox vallen 'Degene naar wie ik onderzoek heb gedaan vanmiddag zat in het buitenland op de dag van de moord, dus die valt ook af.'

'Twee verdachten minder dus,' concludeerde Dario. Hij viel even stil. 'Ben je alleen thuis met de kleintjes?'

'Ja, Maren en Finnur zijn de andere twee ophalen van voetbal en pianoles. Ze zullen zo wel terug zijn.'

'O ja, het is woensdag. Sorry, ik ben de dagen een beetje kwijt nu ik niet werk. Ik zal blij zijn als ik weer gewoon aan de slag kan.'

Iris ruimde het laatste speelgoed op en plofte op de bank. 'Nog even geduld. We zijn dichtbij, ik voel het.'

Het geluid van een sleutel in de voordeur klonk en Iris nam snel afscheid. Een paar seconden later kwam de rest van het gezin binnen.

Lukasz liet zijn sporttas naast de boekenkast vallen.

'Meteen opruimen!' zei Finnur streng.

'Oké, oké. Ik wilde alleen maar even iets te drinken pakken,' mopperde de puber.

Iris veerde op. 'Ik schenk wel wat voor je in. Waar heb je zin in?'

Hij stormde langs haar heen. 'Ik pak het zelf wel.'

Lilja passeerde haar met een verontschuldigende blik. 'Hij heeft verloren,' zei ze zacht.

'Aha.'

Ongemakkelijk bleef Iris naast de bank staan. Ze wilde net vragen of Lilja iets wilde drinken toen de bel ging. Maren was al gaan zitten en Finnur was in het toilet verdwenen, dus liep Iris naar de voordeur.

Toen ze hem opentrok keek ze in het lachende gezicht van de buurvrouw.

'Hallo Iris. Ik zag de kinderen thuiskomen. Ik heb wat lekkers gemaakt.' Ze hield een bord met donkere gebakjes omhoog.

Iris stapte opzij. 'Wat lief. Kom binnen.'

In de woonkamer werd Tunde enthousiast onthaald door Maren, die zich over de cakejes boog en de geur opsnoof. 'Heb je dit al eens geproefd, Iris? Skúffukaka, een soort brownie met een koffie-glazuurlaagje, bestrooid met kokos. Tunde maakt de lekkerste die ik ooit geproefd heb.'

'Oeh, dat klinkt goed,' zei Iris verlekkerd.

Tunde keek naar het bord in haar handen. 'Ik heb ze vooral voor de kinderen gemaakt,' zei ze snel. 'Ik dacht dat ze wel wat lekkers zouden kunnen gebruiken in deze… situatie.'

Maren keek verbaasd. 'Wat attent. Ik zal ze roepen.'

Terwijl Maren naar de gang liep, pakte Finnur bordjes uit de kast en gebaarde dat Tunde kon gaan zitten.

Lukasz en Lilja kwamen al snel naar beneden. Lukasz' gezicht klaarde op bij het zien van de gebakjes en Lilja vloog de buurvrouw om de nek. 'Wat lief van je! Dank je wel.'

Zodra ze allemaal van de zoete lekkernij zaten te genieten, schoof Tunde naar het puntje van haar stoel. 'Luister kinderen, ik denk dat jullie wel wat afleiding kunnen gebruiken. Ik zou jullie graag meenemen naar de expositie van Jóhannes Sveinsson Kjarval. Die opent zaterdag.'

Over de gezichten van de pubers gleed een korte, maar duidelijk zichtbare zweem van afkeer. Maren schoot in de lach. 'Ik vrees dat ze niet zulke kunstliefhebbers zijn, Tunde. Misschien is het een idee om–'

'Nee, nee,' onderbrak Finnur haar. 'Dat ze niet van kunst houden en geen architect willen worden zoals ik wil niet zeggen dat het niet nuttig is om naar een expositie te gaan. Ook dat hoort bij de algemene ontwikkeling. Ik vind het een heel goed plan, Tunde. Ze gaan graag mee. Ik begreep dat er in de kleine zalen van het museum nog andere tentoonstellingen zijn. Misschien zit daar iets tussen wat ze mooi vinden. En anders leren ze in ieder geval eens wat meer kunstenaars kennen.'

Lilja kauwde beteuterd op een stuk cake, terwijl Lukasz opstandig rechtop schoot. 'Ik ken heus wel een aantal kunstenaars. Ik vind ze alleen allemaal raar.'

'Oké, noem er eens een paar dan?' daagde Finnur hem uit.

'Jelena Antic en eh...' Hij viel stil, tikte met zijn voet op de grond. 'En...' Hij boog zijn hoofd en mompelde in zichzelf.

Iris moest haar best doen om niet te grinniken nu de jongen zijn stiefvaders gelijk bewees. Ze wilde naar Lilja knipogen, maar die zat ineengedoken aan haar cake te pulken. Met een frons keek Iris naar Finnur, die met opgetrokken wenkbrauwen afwachtte. Haar hart kneep samen. Deze houding had ze een paar keer eerder van hem gezien. Hij was streng tegenover de kinderen als het om hun toekomst ging.

'Viktor Stéfansson,' zei Lukasz, en hij zond Finnur een triomfantelijke blik.

Finnurs wenkbrauw ging nog verder omhoog. 'Je kunt er twee noemen. Daarvan ben ik niet bepaald onder de indruk. En ik betwijfel of je zus er meer weet. Nee, jullie gaan gezellig met Tunde mee naar het museum. Dat wordt een leuk uitje, je zult het zien.' Dankbaar knikte hij naar de buurvrouw, die bevestigend glimlachte en de helft van haar brownie in één keer in haar mond stopte.

'Inderdaad,' viel Maren haar man bij. 'Een heel leuk idee, Tunde. We zullen snel iets afspreken.'

Lukasz bromde wat en Lilja bedankte Tunde met een vluchtige glimlach. Zodra Finnur over iets anders begon ontspande Lilja zich zichtbaar. Haar brownie was in no time verdwenen en even later deelde ze het enige overgebleven cakeje met Finnur en gaven ze elkaar een knuffel.

* * *

Hij was kalm toen hij bij Anna aanbelde, veel kalmer dan hij bij Brynja was geweest. Natuurlijk was dat ook anders. Brynja kende hem. Bovendien was zij de eerste. En ook de laatste, hoopte hij op dat moment. Nu stond hij hier, in vermomming. Dat laatste was eigenlijk het enige waar hij nerveus over was. Hij zou nog steeds herkend kunnen worden. Iemand zou hem kunnen volgen, of drie straten verder in zijn auto kunnen zien stappen. Er kleefden altijd risico's aan.

Anna zwaaide de deur open en begroette hem met een brede lach. 'Goedenavond. Kom binnen.'

Ze was gekleed in een strakke broek met hoge laarzen en daarboven een al even strakke trui met een net niet te diep decolleté. Verleidelijk.

Met zijn handschoenen nog aan duwde hij de voordeur achter zich dicht en volgde Anna de kleurrijke, rommelige studio in.

'Je maakt zelf ook kunst!' zei hij zo enthousiast mogelijk, toen hij de schilderdoeken en ezel zag staan in de linkerhoek van de ruimte. Hij liep ernaartoe en bewonderde de kunstwerken. Mooier dan de werken van Viktor Stéfansson, vond hij, maar dat kon hij als 'kunstkenner' niet zeggen.

'Je hebt talent,' zei hij daarom.

Opnieuw die blos. 'Bedankt.' Ze keek van het ene naar het andere doek. 'Ik heb nog veel te leren.'

'Zo moet elke kunstenaar starten,' zei hij troostend.

Er viel een stilte terwijl ze elkaar aankeken. Zij wendde als eerste haar blik af en draalde naar de keuken in de tegenoverliggende hoek. 'Gooi je jas en je handschoenen maar ergens neer, hoor. Ik heb nog steeds geen kapstok. Wil je iets drinken? Koffie of iets sterkers?'

'Koffie is goed. Bedankt.'

Ze haastte zich naar het aanrecht, waar ze ijverig aan de slag ging. De spanning in haar lijf was voelbaar in de lucht, en zichtbaar in haar schouders. Een ander soort spanning dan bij hem. Zij was vol verwachting over zijn verhalen en ging duidelijk uit van een romantisch of seksueel vervolg. De spanning in zijn ledematen had een heel andere reden. Hoe dichterbij het moment kwam waarop hij zou toeslaan, hoe vaker hij Brynja voor zich zag als hij naar Anna keek. Worstelend in zijn grip, de keuken in vluchtend... Zijn lijf sidderde. Happend naar adem, met grote ogen van verbijstering keek ze naar hem op. De opwinding gierde inmiddels door zijn lichaam. Wie had gedacht dat dit hem zo'n kick zou geven? Dat was niet de reden waarom hij hieraan begonnen was. Het was meer noodzaak. Dario moest weg en als hij hem fysiek niet kon uitschakelen, dan moest het maar zo. Maar nu...

Hij likte langs zijn lippen terwijl hij elke beweging volgde die Anna maakte. *Focus. Ze is nu afgeleid, dit is mijn kans. Grijp hem voordat het opnieuw uit de hand loopt. Behoud de controle.*

Anna draaide zich om. 'Ik zal eens wat muziek aanzetten.' Met een korte, nerveuze glimlach liep ze naar de bank, pakte een afstandsbediening op en drukte snel op een aantal knopjes. Zwoele tonen met lieflijke teksten dreven door de ruimte en even bleef Anna aarzelend bij de bank staan.

'Kijk gerust verder rond,' zei ze. 'Dan zorg ik voor koffie met wat lekkers.'

Het is gelukt. Ik heb het gedaan. Nu zal alles eindelijk goedkomen. De details waren hem nu al ontglipt, het leek alsof hij even uit zijn lichaam was getreden en net was teruggekeerd. Hoe vaak had hij gestoken? Hij kon het zich niet herinneren.

Met de theedoek nog in zijn handen draaide hij zich om. Het tafereel bij de bank ontnam hem de adem. De doek glipte uit zijn handen.

'Holy shit...'

Heb ik dat echt gedaan? Hoe is dat mogelijk? Ik ben toch geen harteloze psychopaat?

Toch moest hij dat zijn, want Anna was duidelijk vaker gestoken dan noodzakelijk. Alsof de moordenaar er zo van had genoten dat hij niet meer kon stoppen.

Niet de moordenaar... ik. Ik was het. Ik heb dit gedaan. Toch?

Weifelend dwaalde zijn blik naar beneden. Bloedspetters en -strepen zaten op zijn kleding, net als de vorige keer. En dat niet alleen. De plek rondom zijn kruis was nat.

Zijn benen begonnen te trillen. Hij schoof met zijn rug tegen het aanrecht onderuit, kneep zijn ogen dicht en sloeg zijn handen voor zijn gezicht.

HOOFDSTUK 32

Ze had niet gedacht dat het nog kouder kon worden, maar zelfs met twee mutsen op, een dikke sjaal en handschoenen liep ze nog te rillen. Hoewel dat ook het gevolg kon zijn van het nieuws dat ze een paar minuten geleden had ontvangen. Zodra Maren gebeld werd door Dario's advocaat om te vertellen dat hij opnieuw was meegenomen voor verhoor, had Iris het huis verlaten om te gaan hardlopen. Omdat ze uiteindelijk net als Dario de afgelopen dagen wat mannen was gevolgd die de echte dader zouden kunnen zijn, had ze er geen tijd meer voor gehad. Nu bleken al hun inspanningen niets te hebben opgeleverd. En dat niet alleen, de moordenaar was hen een stap voor.

Precies waar ik al bang voor was.

Iris bereikte de stoep voor het huis, keek links en rechts en stak joggend de straat over. De kou sneed overal dwars doorheen, en toch was het heerlijk om weer echt in beweging te zijn. Ze had inmiddels spierballen gekweekt door het herhaaldelijk optillen van Einar en Elva, en haar benen waren sterker geworden dankzij het wandelen met de kleintjes plus het vele traplopen thuis, maar dit was het echte werk. Op deze momenten viel er een rust over haar heen die ze nergens anders kon vinden.

Behalve in Dario's armen, als ik daar ooit nog in zal liggen.

Tranen prikten in haar ogen. Ze knipperde ze boos weg. Bij de pakken neerzitten was het laatste wat ze zou doen. Ze had zich voorgenomen om de echte moordenaar te vinden. Vooral nu hij een tweede slachtoffer had gemaakt. Niet alleen was de moord opnieuw gruwelijk, ook viel nu niet meer te ontkennen dat hij was gepleegd om Dario achter de tralies te krijgen. Uitgerekend voor het moment van de moord had Dario opnieuw geen alibi. Hield de moordenaar hem in de gaten?

Waarom had deze persoon het op hem gemunt?

Die vraag bleef maar door haar hoofd spoken. Wat had Dario gedaan dat zo erg was dat hij dit verdiende? Ze kon zich er niets bij voorstellen. En had deze psychopaat ook de dreigbrieven achtergelaten?

Blind voor haar omgeving rende ze langs huizen, door het park en door steegjes. Angst en vastberadenheid stuwden haar vooruit. Deze maniak liet zich niet makkelijk tegenhouden, en was tot alles in staat. Iemand die zulke gewelddadige moorden pleegde, was heel gevaarlijk. Daar wilde iedereen bij uit de buurt blijven. *Behalve ik. Ik wil heel dicht bij hem komen. Dicht genoeg om de waarheid te zien en die aan de wereld te tonen.*

Iris rende een park in. Een paar meter verderop stond een bankje. Het was alsof dat het sein voor haar benen was om te verzuren. Ze plofte erop neer en boog haar hoofd tot tussen haar knieën. Haar conditie was in ieder geval nog prima. Als ze zou moeten vluchten…

Met een ruk ging ze rechtop zitten. Even tolde alles om haar heen. Het deerde haar niet, want haar hersenen hadden haar de oplossing voorgeschoteld. De perfecte manier om de dader te vinden. Niet langer zou ze onbesuisd, half in het donker tastend mensen achtervolgen. Niet langer zou ze haar avonden over socialmediaprofielen gebogen doorbrengen.

Deze man had twee van Dario's exen omgebracht. Er was een simpele manier om erachter te komen wie het was.

Haar hartslag schakelde een versnelling hoger, en haar zweetklieren gingen in overdrive, maar Iris klampte zich aan het idee vast

Dit was wat ze moest doen. De enige manier om die gek te stoppen.
Zij zou als lokaas dienen.

Tijdens het avondeten kreeg Iris geen hap door haar keel. Ze had haar plan eerst met Dario willen bespreken, maar die was nog niet terug van het politiebureau. Zolang hij daar zat zou de moordenaar niets ondernemen. Toch wilde ze hem zo snel mogelijk vinden. Hoe langer Dario verdacht was, hoe moeilijker het zou worden om de smet van zijn naam te krijgen.

'Voel je je niet goed, Iris?' Maren keek haar onderzoekend aan over de tafel heen.

Iris legde haar vork neer en schraapte haar keel. Ze moest het zeggen. Hoe dan ook kon ze het niet langer voor zich houden.

'Ik moet jullie iets vertellen.'

Ook Maren liet haar vork zakken. Alle ogen aan tafel, zelfs die van de kleintjes, waren op Iris gericht.

'Je gaat toch niet weg, hè?' vroeg Lilja angstig.

Iris legde haar hand op Lilja's arm en glimlachte droevig. 'Dat ben ik niet van plan. Ik hoop hier nog heel lang te blijven.'

Die opmerking leverde een snuivend geluid op uit Lukasz' richting, wat meteen daarna een boze blik van Maren uitlokte.

Iris haalde diep adem. 'Het gaat over Dario.'

Verbaasde en vragende blikken, tot Iris opzij keek, in het breed lachende gezicht van Lilja. *Nou, er is in ieder geval één persoon blij met het nieuws dat ik ga brengen.*

Ze aarzelde en kreeg een bemoedigend knikje van Lilja.

'Ik maak me erg veel zorgen over Dario en die valse beschuldigingen,' begon ze.

Maren glimlachte. 'Wat lief dat je zo meeleeft. Het is ook erg zorgelijk.'

'Nou... ik leef mee, omdat... omdat...' Ze slikte. *Shit, waarom kan ik het nu niet gewoon zeggen?*

'Dario is... Ik...' Ze zuchtte.

'Iris en papa hebben een relatie! Ze zijn verliefd!' riep Lilja uit. 'Is dat niet geweldig?'

Iris kromp in elkaar. Haar maag verkrampte terwijl ze langzaam van de een naar de ander keek. Marens gezicht was uitdrukkingsloos, alsof ze nog moest verwerken wat er was gezegd. Finnur keek ronduit geschokt. Lukasz' gezicht was vertrokken van woede. Hij schoot overeind, waarbij hij de tafel per ongeluk een zet gaf, zodat die vervaarlijk wiebelde en het servies deed rinkelen. Zijn stoel schoof piepend over de vloer en voordat iemand kon reageren was hij de kamer uit en de trap op gestoven.

Maren maakte aanstalten om op te staan, maar Finnur hief zijn hand. 'Laat hem maar even.'

Maren zakte terug op haar stoel, verlegde haar bestek drie keer en keek Iris toen pas aan. 'Ik weet niet goed of ik je moet feliciteren of sterkte moet wensen.' Ze trok een grimas en Iris haalde haar schouders op.

'Ik ook niet eigenlijk. Ik hoop alleen...' Ze beet op haar lip. 'Ik hoop dat jullie het niet erg vinden. We hebben het niet opgezocht, het gebeurde gewoon.'

'Ben je echt verliefd op hem?' vroeg Finnur. Het klonk een beetje kortaf, maar er hing ook een sluier van verbazing over zijn woorden.

Iris knikte gelaten. 'Het spijt me. Ik begrijp dat het onhandig is, en ongepast.'

Maren stond op, liep om de tafel heen en sloeg haar armen om Iris heen. 'Ongepast? Ben je gek. Je kiest niet op wie je valt, die dingen gebeuren.' Ze liet haar los en keek haar in de ogen. 'Is het wederzijds?'

'Ja,' zei Iris, precies op het moment dat Lilja 'Zeker weten!' riep.

Finnur tuurde zwijgend naar zijn handen, terwijl hij zijn vingers om zijn gebalde vuist sloot, eerst links en daarna rechts, telkens opnieuw. Het ongemak straalde van hem af en Iris wendde haar blik af, precies op het moment dat Maren met een grijns zei: 'Nou, dan ben ik blij voor jullie.'

Lilja duwde Iris tegen haar schouder. 'Ik zei het toch!'

Marens wenkbrauw schoot omhoog. 'En hoelang wist jij dit al?'

IJverig knikte het meisje. 'Pap vertelde het mij toen hij de eerste keer was opgepakt. Hij wilde iets doorgeven aan Iris en wist niet hoe hij het anders moest doen. Hij is gek op Iris, net als wij.'

Maren pakte Iris bij beide schouders. 'Ik ben blij dat wij het nu ook weten. Zoiets moet je niet geheimhouden, dat moet je van de daken schreeuwen. Ik ben blij voor jullie. En het is fijn dat Dario weer een lieve vrouw heeft gevonden.'

Iris' wangen werden warm. Maar echt rustig ademhalen kon ze nog niet. Finnur zat er nog erg stilletjes bij. Zijn hand was verschoven naar zijn baardje. Ze kon de afkeuring die van hem af straalde bijna proeven, al durfde ze niet naar hem te kijken.

Maren liep terug naar haar stoel. Einar richtte zich weer op zijn eten en Elva kirde om aandacht.

Maren negeerde beiden. 'Nou, schat, zeg jij er ook eens iets van. Het is fijn dat ze het geluk bij elkaar gevonden hebben, toch? En dat Dario nu extra steun heeft.'

Iris raapte al haar moed bij elkaar en draaide haar hoofd zijn kant op. Heel even kon ze zijn blik niet peilen. Was hij boos? Zou hij haar wegsturen? Ze boorde haar nagels zo diep in haar bovenbeen dat het pijn deed.

Finnur schudde zijn hoofd alsof hij iets naars wilde kwijtraken. Hij keek van Iris naar Maren en terug. 'Sorry, ik moet nog even wennen aan het idee. Als ik kijk naar Dario's exen, dan zijn ze zo anders dan Iris. Zo...' hij liet zijn ogen over Marens gezicht glijden, '... oud. Iris lijkt me gewoon niet direct zijn type.'

Maren en Lilja stoven tegelijk omhoog. Maren hield hem in een houdgreep, en Lilja stompte hem in zijn zij terwijl hij lachend probeerde weg te duiken.

'Wát zei jij?' zei Maren, terwijl ze hem nog wat steviger vastpakte.

'Dat hij zo'n goede smaak heeft!' riep hij gesmoord uit.

'Dat dacht ik ook.' Ze liet hem los en hij wreef over zijn nek en zij.

'Au...' Met een brede lach wendde hij zich tot Iris. 'Het verrast me, maar ik gun het je. En Dario ook.'

Iris' mondhoeken trilden. Haar binnenste wilde lachen en huilen tegelijk.

'Maar goed...' Maren ging weer zitten en Lilja bleef naast haar stiefvader staan, half op hem leunend. 'Nu begrijp ik waarom je sinds Dario's arrestatie zo wit ziet en wat afwezig bent. Je bent natuurlijk hartstikke bezorgd.'

Iris zuchtte diep. 'Ja. En ik baalde enorm dat ik hem niet kon bezoeken, omdat we de relatie geheim wilden houden.'

Maren fronste haar wenkbrauwen. 'Vanwege ons?'

Iris haalde haar schouders op. 'Nou, ja... eigenlijk wel. Ik was bang dat jullie me weg zouden sturen. Ik bedoel... Het is een beetje raar, toch, dat ik iets heb met de vader van mijn oppaskinderen?'

'Het is even wennen,' gaf Maren toe. 'Maar dat is meer omdat hij mijn ex is. Ik vertrouw jou honderd procent met de kinderen, daar verandert dit niets aan.'

Finnur knikte instemmend. 'Absoluut, we zijn heel blij met je.'

'Dank je wel. Ik ben ook heel blij dat ik hier ben.'

Lilja sprong om de tafel heen en wierp zich op Iris. Ze knuffelde haar bijna plat. 'Wat ben ik blij dat iedereen het nu weet.'

Iris grinnikte, maar vanbinnen zei een stemmetje: *Nog niet iedereen. Degene die echt belangrijk is, degene die het op Dario voorzien heeft, weet nog van niets. Maar ook hij zal het snel genoeg weten, want morgen maken we het aan de wereld bekend.*

HOOFDSTUK 33

'Wát heb je gedaan?' Dario's ogen puilden uit hun kassen, waardoor hij er nog meer als een zombie uitzag. Alsof de dikke, donkere wallen onder zijn ogen en de afwezige blik nog niet voldoende waren om Iris' binnenste ondersteboven te keren.

'Ik heb de pers buiten te woord gestaan,' herhaalde ze kalm.

'Je hebt ze gezegd dat je mijn vriendin bent.'

'Inderdaad.'

'Om de moordenaar uit te lokken.'

'Ja.'

'Ben je gek geworden?'

Deze reactie had ze verwacht. 'Misschien. Het is duidelijk dat we met ons eigen onderzoek niet ver kwamen, dus is het tijd voor een andere strategie.'

Dario verborg zijn gezicht in zijn handen en er ging een steek door Iris' hart.

'Het spijt me. Ik wil gewoon dat dit–'

'Had je er al aan gedacht dat de dader makkelijker te vinden is nu hij twee mensen heeft omgebracht? We hadden ons kunnen richten op iedereen die zowel Brynja als Anna kent.' Langzaam hief hij zijn hoofd. Zijn ogen stonden verdrietig, en licht smekend. 'Waarom moest je jezelf in gevaar brengen? Begrijp je dan niet dat ik niet zonder je kan?'

Haar hand schoot naar voren en omklemde die van hem nog voordat ze de bewuste beslissing had genomen om hem aan te raken.

'Niet aanraken,' bromde de bewaker meteen.

Met een zucht trok ze haar hand terug. 'Ik begrijp er niets van, weet je dat? Hoe kunnen ze je nog vasthouden als je niet officieel gearresteerd bent?'

'Ze mogen me een bepaald aantal uur hier houden voor verhoor. Eigenlijk mag ik niemand spreken tussendoor, maar ik heb een vriend hier op het bureau. Pas gemaakt. Hij kent jou, zei hij.'

Iris verstijfde. 'Rechercheur Jona Dagursson?'

'Ja, die inderdaad. Hoezo?'

'Nee... zomaar.' *Shit, als hij daar maar niets voor terug wil hebben.* Ze zag zijn begerige blik nog steeds voor zich.

Dario leunde achterover in zijn stoel. 'Hij leek me aardig. Kwam even met me kletsen en zei dat hij niet gelooft dat ik een moordenaar ben.'

Ze knikte. 'Ja, dat zei hij eerder ook al.' Peinzend tuurde ze over zijn schouder. Misschien moest ze dit gebruiken. Als hij Dario nu hielp, zou hij misschien ook willen helpen met het opzetten van de val. Of, nog beter, haar beschermen. Dat zou een hele geruststelling zijn.

'Iris?'

Ze schudde de gedachten van zich af en keek Dario aan.

'Beloof me dat je verder geen gekke dingen meer doet. Wees voorzichtig en wacht met actie ondernemen tot ik thuis ben. Ik...' Hij boog zijn hoofd, haalde diep adem en keek weer op, nu met tranen in zijn ogen. 'Ik moet er niet aan denken dat jou iets zou overkomen. Ik ben al zo bezorgd om Maren en de kinderen. Wie weet heeft die klootzak het ook op hen gemunt.' Hij rilde. 'Als ik denk aan wat er met Anna is gebeurd... Hoeveel pijn ze gehad moet hebben, hoe bang ze moet zijn geweest...' Hij schudde zijn hoofd. 'Ze was nog zo jong, had nog zoveel plannen, nog zoveel te bereiken in het leven. Ze was uiteindelijk een beroemd kunstenaar geworden, daar durf ik geld op in te zetten.'

Iris kon alleen maar knikken. Ze vond het ook vreselijk. Het wás ook vreselijk. En het zou nog veel erger worden als het plan van de dader om Dario ervoor op te laten draaien lukte.

Bij de gedachte daaraan stegen de woede en adrenaline weer naar de oppervlakte. Ze schoof haar stoel naar achteren en stond op. 'Luister, ik moet gaan. Ik weet niet wanneer ik op tv kom, maar hoe meer tijd ik heb om me voor te bereiden, hoe beter.' Ze wilde weglopen, maar hij pakte haar bij de pols – en liet die ook gelijk weer los voordat de bewaker zijn mond weer zou opendoen.

'Voor te bereiden op wat? Wat ben je van plan?'

Ze onderdrukte de neiging om voorover te buigen en hem te kussen. Die verdomde bewaker. Dus glimlachte ze slechts. 'Ik ben van plan mezelf en mijn dierbaren te beschermen, met alle middelen die ik tot mijn beschikking heb.' Daarna liep ze rustig maar vastberaden naar de deur.

Ze reageerde niet toen Dario haar nariep. Met zijn ogen priemend in haar rug wachtte ze tot de bewaker de deur had geopend. Ze verliet de kamer en het pand met geheven hoofd.

* * *

Hij mocht haar. Verdorie, hij mocht haar nog meer dan Anna. Woest schopte hij tegen de wasmand naast het bad. Het ding kiepte om en vuile kleding verspreidde zich over de vloer. Het verlichtte de spanning in zijn lichaam niet, dus greep hij de rand van de wasbak met beide handen vast. Als hij gedwongen werd om... Hij kneep en kneep, tot zijn vingers verkrampten. Hard schudde hij zijn hoofd. Nee, hij zou niet opnieuw bezwijken. Er hoefde niemand meer te sterven. Twee doden waren voldoende om Dario achter de tralies te krijgen. Het móést voldoende zijn.

Langzaam ontspande hij zijn vingers. Hij hief ze tot voor zijn gezicht, bewoog ze een voor een en legde ze om een denkbeeldig mes.

Een huivering gleed door zijn lijf en hij snakte naar adem.

Een luide bonk op de badkamerdeur.

'Ben je bijna klaar? Ik wil douchen!'

'Ja...' Hij schraapte zijn keel en probeerde het opnieuw. 'Ja, bijna klaar!'

Voetstappen verwijderden zich. Met gesloten ogen dreef hij de beelden van het bloedbad terug naar een hoekje van zijn geheugen. Na een paar keer hard over zijn gezicht wrijven werd de herinnering aan zijn met bloed doordrenkte handen en kleding ook wazig. Hij hief zijn hoofd en keek zichzelf diep in de ogen.

Wie ben jij? Waarom ben je zo geworden?

Opnieuw gebonk. 'Hee! Hallooo?'

Met een ruk draaide hij zijn hoofd opzij. 'Doe even rustig aan ja! Ik zei toch dat ik bijna klaar was!'

Een korte stilte, gevolgd door een gemompeld 'Nou, sorry hoor'.

Hij zuchtte diep, spatte wat koud water in zijn gezicht en ging rechtop staan. Een paar keer rolde hij zijn schouders om vervolgens zijn handen tot vuisten te ballen en weer te ontspannen.

'Het lukt me wel,' fluisterde hij tegen zijn spiegelbeeld. 'Het gaat me lukken, zonder haar iets aan te doen. Ik kan mezelf beheersen.'

Hij haalde de deur van het slot, liep de gang in en knikte naar de ongeduldige puber in het voorbijgaan.

'Neem je tijd,' bromde hij over zijn schouder. Hoe langer de jongen in de douche stond, hoe meer tijd hij had om de volgende stap voor te bereiden.

* * *

Lukasz had sorry gezegd voor zijn reactie op de mededeling dat Iris een relatie had met zijn vader. Iris was er blij mee, hoewel het een duidelijk afgedwongen excuus was. Ze had haar pogingen om hem positiever te stemmen gestaakt en besloten hem voorlopig met rust te laten. Samen met Lilja had ze een plan gesmeed om hem te koppelen aan een meisje uit zijn klas, Hekla. Lilja had haar uitgenodigd en 'per ongeluk' op dezelfde avond een afspraak gemaakt met Lukasz om een film te kijken. Maren en Finnur waren allebei aan het werk en zouden pas laat thuis zijn. Iris zou boven blijven tot ze van Lilja een seintje kreeg.

Daar zat ze nu, lichtelijk nerveus, want het was vaak moeilijk te voorspellen hoe Lukasz op iets zou reageren. Lilja beweerde dat hij geïnteresseerd leek in Hekla, en dat zijn goede manieren het zouden winnen van zijn slechte humeur en onzekerheid. Hij zou haar dus niet alleen laten, zei Lilja.

Haar telefoon zoemde en ze schoot overeind. Lilja stuurde een duimpje; tijd om in actie te komen.

Ze stond op, haalde diep adem en liep de trap af. Vanuit de woonkamer klonken vrolijke stemmen. Schuldgevoel knaagde aan Iris' binnenste. *Kom op, dit is een leugentje om bestwil. Lukasz zal er gelukkiger van worden. Hoop ik.*

Met één hand tegen haar buik gedrukt betrad ze de woonkamer. De drie pubers zaten naast elkaar op de bank, Lukasz ietwat angstvallig tegen de armleuning gedrukt.

Met een grimas hief Iris haar hand. 'Hoi. Let niet op mij, ik pak alleen even een pijnstiller uit de keuken.'

De twee meiden groetten terug, Lilja met een knappe imitatie van een bezorgde blik. Lukasz zond haar een geïrriteerde frons, voordat ze in de keuken verdween.

Lilja stond al snel achter haar. 'Gaat het?' vroeg ze, hard genoeg om in de woonkamer verstaanbaar te zijn.

Iris mompelde een antwoord dat klonk als iets met 'pijn' en 'maandelijkse ongemakken'.

'Heb je deze pillen al geprobeerd?' vroeg Lilja.

'Ja, die werkten niet. Misschien moet ik maar gewoon gaan liggen.'

'Een warm kompres kan ook helpen,' opperde Lilja volgens plan.

'Helpt ook niet,' mompelde Iris, met een zijdelingse blik naar de woonkamer. Zou het werken?

'Oké…' Lilja deed alsof ze diep nadacht en knipoogde ondertussen naar Iris. 'Ik heb een idee. Tunde weet alles van huis-tuin-en-keukenremedies. We lopen even naar haar toe. Goed?'

'Oké dan.'

Achter Lilja aan liep Iris terug de woonkamer in, nog steeds met haar hand tegen haar buik en een van pijn vertrokken gezicht.

Naast de bank bleef Lilja staan. 'Ik loop even met Iris naar de buurvrouw. Ze heeft last van…' ze deed alsof ze aarzelde, '… vrouwelijke problemen. Niets helpt. Hopelijk weet Tunde raad.'

'Kan ze daar niet even alleen naartoe dan?' mopperde Lukasz.

Kordaat schudde zijn zus haar hoofd. 'Nee, Tunde spreekt niet zo goed Engels. Zetten jullie de film maar aan, hoor, ik heb hem toch al gezien.'

Lukasz en Hekla keken elkaar aan, en wendden meteen allebei hun blik af. Lukasz bloosde van oor tot oor. Iris moest een glimlach onderdrukken; Lilja had dus gelijk!

'Tot zo.'

Iris hief haar telefoon. 'Als er iets is met de kinderen kan je me bellen.' Voordat hij kon reageren haastte ze zich naar de gang, waar Lilja al naartoe was gelopen. Ze griste haar sleutels van het haakje naast de voordeur, trok haar jas aan en stapte de duistere avond in.

Samen liepen ze naar het huis ernaast. Met een grijns om haar lippen drukte Lilja op de bel. 'Zag je die blikken?'

Iris knikte. 'Die waren niet te missen. Nu maar hopen dat hij haar niet alleen beneden laat zitten.'

'Dat denk ik niet. Hij is goed opgevoed.'

Dat zou je niet zeggen. Iris slikte haar commentaar snel weg. Lukasz had het moeilijk, dat was niet zo gek voor een puber. Hij zou uiteindelijk wel bijtrekken. Hopelijk dankzij Hekla.

De deur zwaaide open en een verbaasde Tunde nam hen van top tot teen op. Lilja lachte breed naar haar. 'Hoi! Mogen wij even binnenkomen? We proberen Lukasz aan een leuk meisje te koppelen.'

'Eh...' De rimpels in Tundes voorhoofd werden nog dieper.

Lilja wees met haar duim naar haar eigen huis. 'We zijn met een smoes weggegaan, zodat ze alleen zijn.'

Het gezicht van de buurvrouw lichtte op. 'Ah! Kom snel binnen.'

Iris keek haar ogen uit zodra ze het huis binnenstapte en haar jas aan de kapstok hing. Overal hingen schilderijen en foto's van vreemde wezens, sommige onbekend, andere duidelijk trollen, kabouters of elfjes. Op plankjes in de hoek van de gang stonden beeldjes van allerlei fantasiefiguren. Er hing een vreemde geur.

Afgeleid door de vele plaatjes en beeldjes, botste Iris tegen Lilja aan, die stil was blijven staan. Het meisje keek om en gebaarde naar haar schoenen. 'Het is onbeleefd om je schoenen aan te houden als je bij iemand op bezoek gaat. Wist je dat nog niet?'

Verdwaasd schudde Iris haar hoofd. Daar had Dario nog nooit iets over gezegd. Ze trok haar laarzen uit en liep verder.

In de woonkamer plofte Lilja op de bank, waardoor er een wolk stof omhoogstoof. Iris wachtte even voor ze rustig naast haar ging zitten, om niet nog meer stof te verspreiden. Ze keek om zich heen.

Terwijl Tunde in de keuken met kopjes rammelde, boog Lilja zich naar Iris toe. 'Bijzonder, hè?' fluisterde ze.

Bijzonder was niet het eerste woord dat bij Iris opkwam. Rommelig. Vreemd. Een beetje eng zelfs.

Elk plekje in de ruimte stond vol. Met meubels, maar ook met beeldjes in allerlei formaten. Sommige lieflijk, andere ronduit duister en griezelig.

'Tunde is erg gelovig. Of bijgelovig, als je het zo wilt noemen,' legde Lilja zachtjes uit.

Iris knikte. 'Ik las dat veel IJslanders dat zijn. Jullie geloven in trollen en zo, toch?'

Lilja haalde haar schouders op. 'Nou ja, geloven… Het zijn mooie verhalen om je aan vast te houden. Net zoiets als op hout kloppen om iets negatiefs af te weren, dat doen mensen in veel landen, volgens mij. Alleen moeten wij dan ook nog zeven, negen en dertien hardop zeggen, anders werkt het niet.'

Iris zocht haar gezicht af naar een teken van spot. 'Echt?'

'Yep.'

'Waarom?'

Lilja grinnikte. 'Geen idee. Dat is nu eenmaal zo. Waarom klop jij op hout?'

Nu lachte Iris mee. 'Tja, ook geen idee eigenlijk. Omdat iemand me dat geleerd heeft.'

'Voor de meeste mensen is het geloof in trollen en elfen hetzelfde, maar sommige geloven er echt in. Zoals Tunde.' Ze dempte haar stem nog wat meer. 'En zij is er heel extreem in. Ze denkt zelfs…'

Lilja zweeg abrupt toen Tunde de kamer in kwam met een dienblad met kopjes.

'*Huldafólk*!' riep ze uit.

Iris verstijfde. 'Pardon?'

De vrouw zette het dienblad op tafel gebaarde om zich heen. 'Huldafólk. De onzichtbare wezens die in ons prachtige land leven. Alles hierbinnen is een ode aan hen. Het is belangrijk dat je ze tevreden houdt, weet je?' IJverig in zichzelf knikkend zette ze de kopjes met stomende koffie voor hen neer. Met haar eigen kopje in haar handen liet ze zich behoedzaam in de stoel tegenover de bank zakken. 'Je moet die dingen serieus nemen, Iris. Dat heb ik Lilja ook al zo vaak gezegd.' Ze wierp het meisje een veelbetekenende blik toe.

'Ik vind het heel bijzonder,' zei Iris voorzichtig. Ze dacht aan het aanbod van Dario om haar de mooiste plekken van het eiland te laten zien en haar alles te vertellen over de wezens die hier zouden leven. Zou dat er ooit nog van komen nu? Snel nam ze een slok koffie, om haar tranen van wanhoop en woede die achter haar ogen brandden tegen te houden.

Ze kuchte de hitte uit haar keel voor ze verderging. 'Misschien wil je er iets over vertellen? Ik zou er graag meer over willen weten. Dario had het me beloofd te vertellen, maar...' Haar stem stierf weg en ze nam nog een slok te warme koffie.

Tunde liet haar kopje zakken en keek haar aan met een serieuze blik die ietwat beklemmend was. Iris kon haar ogen niet van de hare losmaken.

'Alles gebeurt met een reden. Ik was hiervoor gewaarschuwd.'

Kippenvel trok over Iris' armen. 'Hiervoor ge... Hoe-hoe bedoel je?'

'Ik kom elke maand bij een waarzegster. Ze zei al dat er iets akeligs zou gebeuren.'

Opgelucht haalde Iris adem. 'Iets akeligs? Nou, dat kan van alles zijn. Er zit tenslotte altijd wel iets tegen bij iemand in je omgeving.' Ze draaide haar hoofd naar Lilja voor bevestiging, maar die haalde slechts haar schouders op.

'Dat klopt,' ging Tunde verder, 'maar ze was behoorlijk specifiek in dit geval.'

Iris liet zich niet meer van de wijs brengen. 'Wat zei ze dan?' Ze slurpte rustig van de koffie.

'Dat kan ik je niet zeggen. Wat een waarzegster vertelt is alleen voor degene bedoeld die om raad komt vragen.'

Iris trok een wenkbrauw op. *Ja ja,* wilde ze zeggen. *Dat is lekker makkelijk.*

Tot haar verbazing stootte Lilja haar aan. 'Ze heeft gelijk. Het brengt ongeluk om de informatie door te spelen. Als je er al iets aan kunt doen, dan moet je het zelf doen.'

Tunde zond haar een dankbare glimlach en keek daarna Iris weer aan. Verkilde haar blik nu, of leek dat maar zo? Hoe dan ook kreeg Iris er de kriebels van.

'Als je wilt weten wat de oorzaak van Dario's ellende is, moet je zelf eens naar een waarzegster gaan.'

Waarom klonk dat als een beschuldiging? Alsof zij er iets aan kon doen dat Dario verdacht werd van moord!

'Als ik dacht dat dat zou helpen, zou ik het onmiddellijk doen.' Het kwam er botter uit dan ze wilde, daarom voegde ze er milder aan toe: 'Begrijp me niet verkeerd, ik respecteer jouw denkwijze en jouw geloof, maar zelf ben ik niet zo overtuigd van het bestaan van helderzienden of trollen en dat soort dingen.'

Tundes uitdrukking werd meelevend. 'Dat spijt me voor je. Alle krachten en wezens om ons heen kunnen ons bijstaan en ons belangrijke informatie geven.' Ze goot de rest van haar koffie in één keer in haar keel en zette het kopje met een klap op tafel. 'Maar ieder zijn ding. Ik kan je nergens toe dwingen, al is het voor je eigen bestwil.'

Iris probeerde de dreiging in haar woorden en toon te negeren. Haar lichaam reageerde echter opnieuw. Haar handen werden klam en haar keel droog. De laatste slok koffie hielp niet, ze werd er alleen maar misselijk van. Plotseling leek het alsof de ruimte kleiner werd, haar insloot, op haar drukte.

'Misschien heb je gelijk en moet ik het toch eens proberen,' zei ze, in de hoop de sfeer wat te verlichten.

Tundes antwoord was een glimlach die half verrast, half opgelucht was. Ze hechtte er blijkbaar veel waarde aan dat Iris haar serieus nam. De druk werd minder en Iris kon weer ademhalen.

Ze schoof naar voren in haar stoel, zodat haar voeten de grond raakten, en zette haar kopje op tafel. 'Misschien wil je een paar adressen opschrijven waar ik terechtkan? Ik ken nog niemand en ik wil wel een serieuze waarzegster, geen charlatan.'

Tunde snoof. 'In IJsland zijn alleen maar echte waarzeggers.'

'Nou, daar kunnen ze in de meeste landen nog iets van leren dan,' reageerde Iris met een lach.

De ogen van de buurvrouw vernauwden zich even en ze keek Iris stuurs aan.

'Inderdaad,' viel Lilja haar bij. 'Ik heb ooit eens een tv-show uit de Verenigde Staten gezien met helderzienden. Wat een oplichters waren dat! Geen wonder dat veel mensen er niet in geloven.'

Knikkend stond Tunde op. 'Goed, ik zal je een paar visitekaartjes meegeven. Het is belangrijk dat je een klik voelt, anders kan de waarzegger je niet goed lezen.' Ze boog zich naar de lege kopjes toe. 'Wil je nog koffie?'

Ondanks de misselijkheid knikte Iris. 'Graag.' Ze zou alles doen om de vrouw weer positief te stemmen. Nou ja, bijna alles. Dit huis verlaten stond hoog op haar verlanglijst op dit moment. Maar ze wilde Lukasz voldoende tijd geven om een goede indruk te maken op Hekla.

Tunde verdween naar de keuken en er volgde opnieuw gekletter van servies, gevolgd door het open- en dichtschuiven van lades, vergezeld door gemompel.

Iris wendde zich tot Lilja. 'Als je nog eens een idee hebt...'

De puber zond haar een brede grijns. 'Tunde is een tof mens... als je haar een beetje beter kent. Of nee...' ze legde een vinger tegen haar kin, '... als zij jou wat beter kent. Dan kan het niet anders dat ze je geweldig vindt, net als ik.'

Iris lachte terug, hoewel ze ernstig twijfelde aan die woorden.

Ze bleven zolang ze Tunde aan de praat konden houden, wat behoorlijk lang was nu ze in de gaten had dat Iris oprecht geïnteresseerd was. Pas drie koppen koffie en vele verhalen later stapten ze weer naar buiten. Tunde leek een stuk hartelijker dan toen ze die avond aanbelden. Ze hield hen zelfs nog een zakje snoep voor. 'Ópal' stond erop, en de inhoud rook sterk naar salmiak. De ronde snoepjes leken op drop en Iris pakte er dankbaar één uit de zak.

Tunde hield de zak roerloos voor haar en keek vragend naar haar op. Iris wilde net bedanken toen Lilja haar zacht in haar zij porde. 'Neem er nog één, anders ben je de rest van je leven vrijgezel.'

Iris fronste haar voorhoofd, maar volgde het advies op. Ze bedankte Tunde voor de informatie, de koffie en de snoepjes en draaide zich om. Ze stopte het eerste dropje in haar mond en humde tevreden. 'Heerlijk!'

Lilja knikte, met haar mond vol. Haar blik gleed naar hun eigen voordeur. 'Hoe denk je dat het daar gaat?'

Iris hield haar hoofd scheef. 'Dat Lukasz nog steeds geen bericht heeft gestuurd om te vragen waar we blijven, lijkt me een goed teken.'

'Precies.' Lilja stak de sleutel in het slot van de voordeur, klikte de voordeur zo zachtjes mogelijk open en draaide zich naar Iris met een vinger op haar lippen. Iris grijnsde om haar fonkelende ogen en knikte.

Ook de gangdeur ging geruisloos open en achter elkaar aan slopen ze de woonkamer in. Lilja giechelde zodra ze een blik op de bank wierp, waar Lukasz en Hekla knus tegen elkaar aan naar de laatste minuten van de film zaten te kijken.

De verliefde jongeren schoten rechtop. Binnen een halve seconde zaten ze twee meter van elkaar vandaan. Met rode wangen keken ze om.

'Let niet op ons, blijf lekker zitten,' zei Lilja, het plezier hoorbaar in haar stem.

Hekla bloosde nog dieper en Lukasz keek nors naar de vloer.

'Gaat het beter met je?' vroeg Hekla aan Iris.

'Ja hoor, de buurvrouw had goede tips.' De gêne was voelbaar in de lucht en Iris liep snel achter Lilja aan, die in de keuken was verdwenen. Ze grinnikte toen ze zag dat het meisje haar hand over haar mond had geslagen om het niet uit te proesten. Haar schouders schokten van het lachen.

Iris hief haar hand voor een geluidloze high five. 'Nou, Lilja, missie geslaagd.'

HOOFDSTUK 34

Iris lag net op bed toen er een bonk klonk tegen het slaapkamerraam. Ze schoot in haar sloffen, haastte zich naar het raam en tuurde behoedzaam om het gordijn heen. In de duisternis om het huis was niets te zien. Wel zat er iets tegen haar ruit geplakt. Een briefje.

Na nog een zorgvuldige blik de voortuin in opende ze het raam en trok het papiertje los. Het kauwgumachtige spul erop liet een vettige vlek achter op de ruit. Iris trok het gordijn recht, liet zich op haar bed zakken en hield het briefje voor haar gezicht, de hoek tussen haar vingers geklemd.

Je krijgt spijt als je nog langer blijft. Ga weg, ga terug naar waar je thuishoort. Of anders...

Zo snel ze geruisloos kon op haar sloffen liep Iris de gang op. Voor Lukasz' deur bleef ze staan. Even luisterde ze, met ingehouden adem. Uiterst langzaam duwde ze de klink naar beneden en de deur open tot ze er net haar hoofd doorheen kon steken. Lukasz lag zacht te snurken, de deken tot onder zijn neus opgetrokken.

Ze sloot de deur met een klik die veel te hard klonk en sloop terug naar haar eigen slaapkamer.

Opnieuw pakte ze het briefje op en las de dreigende woorden. Woede kolkte door haar aderen. Wanneer gaf deze schoft eens op? Het was duidelijk dat het niet Lukasz was. Wie wilde haar nog meer weg hebben? Was er nog iemand die een hekel had aan Dario? Of juist iemand die hem wilde hebben… iemand die niet hem maar haar uit de weg wilde hebben?

Haar adem stokte in haar keel. Wat als…

Haar gedachten gingen zo snel dat ze ze amper kon grijpen. Beelden flitsten door haar hoofd. Van de rechtbank, hatelijke blikken, dreigende woorden. *'Ik zal alles verwoesten wat je hebt. Je zult nooit meer gelukkig zijn.'*

Amber…

Was het mogelijk? Was ze Iris gevolgd naar IJsland en had ze gezien dat de liefde opbloeide tussen haar en Dario? Dat zou wel heel ver gaan.

Ze snoof. *Alsof iets voor Amber te ver gaat. Een hele rechtszaak om iets wat nooit is gebeurd. Het halve internet dat mij veroordeelde en verstootte, en nog ging ze door met het verspreiden van hatelijke leugens. Niets zal ooit goed genoeg zijn voor haar.*

Hoe langer ze erover nadacht, hoe logischer het klonk. Natuurlijk was het Amber. Waarom had ze hier niet eerder aan gedacht? Ze zou naar het einde van de aardbol moeten verhuizen, en zich de rest van haar leven moeten verstoppen om van die vrouw af te zijn. Zolang ze niet volledig van de radar verdween zou Amber haar vinden en haar het leven zuur blijven maken. En nu niet alleen haar leven, maar ook dat van Dario, Lukasz en Lilja. Ze deed met hem precies wat ze met Iris had gedaan.

Ze tuurde naar de letters, die wazig waren geworden, en knipperde. *Ik moet kunnen achterhalen of dit haar handschrift is.* Maar… Als Amber de dreigbrieven had geschreven, en Dario erin wilde luizen, betekende dat dan ook dat zij Brynja en Anna had vermoord?

Al die steekwonden, al dat bloed… Ambers gezicht, met de blik vol wrok en haat, zweefde haar blikveld binnen. Zou ze tot zoiets in staat zijn? Ze wist het niet meer. Bijna alles leek nu mogelijk, want wie was er überhaupt tot zulke dingen in staat? Amber kon heel ver gaan, zo was wel gebleken. Maar zo ver? Maar als zij het inderdaad had gedaan… Iris slikte de opkomende misselijkheid weg. *Dan betekent dat dat ik een kans heb. Amber wist misschien Brynja en Anna te verrassen en te overmeesteren, maar dat zal haar met mij niet lukken. Ik ben voorbereid. Ik ken haar. Ik zal haar onmiddellijk herkennen als ik haar tegenkom.* Dit was zoveel beter dan het scenario dat ze voor zich had gezien, waarbij ze het op zou moeten nemen tegen een man. En dit maakte van haar een jager in plaats van een prooi, want deze keer was ze die trut een stap voor. Ze zou voor een nare verrassing komen te staan.

Het enige wat ze moest doen was ervoor zorgen dat de politie op de hoogte was van het gevaar. Hoe sneller hoe beter.

* * *

Hij had Iris gevolgd tot aan het politiebureau en besloten niet op haar te wachten. Wat ze ook van plan was, het zou hem op dit moment niet in de weg zitten. Het leek er zelfs op dat ze haar zoektocht naar hem was gestaakt. Het maakte ook niet uit, hij hield haar in de gaten. Ze zou hem niet nogmaals in de weg lopen. Deze keer zou hij ervoor zorgen dat het bewijs gevonden werd, en dat het voldoende was om Dario te veroordelen.

En als Iris hem toch in de weg liep…

Zijn hart kneep samen en maakte een sprongetje tegelijk, wat ervoor zorgde dat hij even in elkaar kromp van pijn. *Nee, ik laat haar leven. Anna was spijtig, maar noodzakelijk. Iris hoeft niet ook te sterven.*

Tenzij ze hem weer dwarszat… Want ze was slim. Gehaaid.

De kramp in zijn borstkas werd heviger. Ze voerde iets in haar schild, dat was duidelijk. Maar zolang ze op het politiebureau was kon hij zijn gang gaan.

Hij startte de motor en draaide de auto de parkeerplaats af. Een paar minuten later bereikte hij Dario's woning. Die zag er verlaten en somber uit. Alle gordijnen potdicht, ijs op het pad naar de voordeur, de auto eenzaam op de oprit.

Hij kon naar binnen gaan, maar dat risico kon hij beter niet nemen. Het was ook niet nodig. De politie had de woning direct na de moord op Anna opnieuw doorzocht. Het had geen nut om daar nog iets te planten. Toen ze niets in het huis vonden lieten ze echter de auto voor wat die was. Slordig...

Daar zou hij hen ook wel op wijzen. Want ook daarin kon bewijs gevonden worden.

Hij grijnsde in zichzelf. Op dit tijdstip was het rustig in deze straat. Het was niet moeilijk om te doen wat hij moest doen in de momenten waarop er geen verkeer voorbijkwam. Na de eerste passerende auto: met de nagemaakte sleutel de auto openen en twee van Anna's haren op de passagiersstoel laten vallen. Het portier zacht sluiten en achter de vuilcontainers wegduiken. Na de volgende twee auto's: Anna's beha onder de bestuurdersstoel schuiven tot hij uit het zicht lag. Opnieuw wegduiken. Zodra de voetganger met de hond om de hoek was verdwenen: de auto afsluiten en rustig weglopen.

Twee straten verderop stapte hij fluitend in zijn eigen wagen, nadat hij de sleutel van Dario's auto weer onder de reserveband had verstopt. Hij was er bijna, het kon niet meer misgaan.

* * *

Het was druk op het politiebureau. Iris was blij dat ze hier iemand kende en dat die bereid was haar meteen vandaag te ontvangen. Of bereid... Gretig was een beter woord. Rechercheur

Dagursson had blijkbaar nog niet vernomen dat Iris een relatie had met de hoofdverdachte in zijn moordzaak. Of het kon hem niet schelen.

Iris schrok op toen de voordeur opengleed en twee agenten een tegenstribbelende, luid protesterende man binnenbrachten. Zodra de drie door de volgende deur waren verdwenen, leunde ze weer achterover in het ongemakkelijke plastic stoeltje en keek om zich heen. Hoewel er zogezegd weinig criminaliteit was in IJsland bruiste het bureau van het leven. Blijkbaar was het spitsuur of misschien een slecht seizoen, want de wachtruimte stond vol met ongeduldige, geïrriteerde, mopperende mensen. Aan de balie stond een vrouw van rond de zestig wild te gebaren. Haar hoge stem kwam net niet uit boven het jonge ruziënde stel dat zo luidruchtig was dat iedereen kon meegenieten.

Gelukkig was Iris alleen. Dit was niet de beste plek voor twee kleine kinderen. Lilja was zo lief geweest om aan te bieden op Einar en Elva te passen, zodat ze die niet mee hoefde te slepen. Zodra Iris Lukasz en Lilja na schooltijd thuis had afgezet, was ze hiernaartoe gereden.

Ze wendde haar blik af van alle consternatie om zich heen en probeerde te focussen op het gesprek dat kwam. Voor de zoveelste keer vroeg ze zich af of rechercheur Dagursson nog steeds bereid zou zijn haar te helpen als hij wist van de rechtszaak. Zou hij haar geloven? Ze had al minstens tien keer geoefend wat ze moest zeggen, en vooral hoe. Nog steeds twijfelde ze echter waar ze moest beginnen. Met de vrijspraak? Of beter met de valse beschuldiging? Dagursson leek gevoelig te zijn voor vrouwen in de slachtofferrol, en als ze zich kwetsbaar opstelde was de kans groot dat hij zich als beschermer zou opwerpen. Maar daarmee ontstond het gevaar dat ze continu in de gaten gehouden zou worden en daardoor haar plan niet zou kunnen uitvoeren. Als de politie haar in de weg liep, zou er opnieuw een ellendige rechtszaak volgen. Ze moest ervoor zorgen dat Dagursson niet genoeg gevaar zag om haar te bewaken, maar wel voldoende om achteraf voor zelfverdediging te pleiten. Ze had het uitgebreid met Roos besproken, die net als Dario faliekant tegen dit plan was, maar haar wel met tips had overladen. Ze wenste dat ze haar vriendin weer eens in haar armen kon sluiten en…

Haar gedachten werden onderbroken door een luide stem. Iris sloot haar ogen om haar concentratie te bewaren. Bijna had ze de juiste zin om haar verhaal mee te beginnen. De zin die Roos had voorgesteld. Ze hoefde alleen die boze stem te negeren.

Abrupt opende ze haar ogen. Dit was niet zomaar een stem. Deze stem kende ze. Ze hief haar hoofd om haar vermoeden te bevestigen.

Inderdaad, de oudere vrouw aan de balie was weg. Haar plaats was ingenomen door een man met een smal gezicht en halflang, vet blond haar, die bijna met zijn neus tegen het glas tussen hem en de baliemedewerkster gedrukt stond. Ongetwijfeld was dit weer een poging van Ágúst om te intimideren. Helaas voor hem lukte dat niet. De vrouw achter de balie bleef uitermate kalm. Iris kon niet verstaan wat er gezegd werd, maar ze begreep uit Ágústs gebaren dat hij iemand anders wilde spreken.

'Tsss,' klonk het naast Iris.

Iris draaide haar hoofd naar de jonge vrouw die ongemerkt naast haar was komen zitten. De vrouw knikte naar Ágúst en schudde haar hoofd, terwijl een stroom IJslandse woorden gedempt haar mond verliet.

'Sorry, ik spreek geen IJslands,' zei Iris.

Moeiteloos switchte de vrouw naar het Engels. 'Ik zei dat het ongelooflijk is dat zulke mensen nog bestaan. Hij komt klagen over zijn buurvrouw die volgens hem "van onethische afkomst is"', ze maakte aanhalingstekens in de lucht, 'en daardoor stinkt en rare muziek luistert. Zodra die agent hem vertelde dat dat geen geldige reden voor een aangifte is, eiste hij een man te spreken.'

Iris trok een wenkbrauw op. 'Zei hij dat echt?'

De vrouw knikte. Eigenlijk verbaasde het Iris niet. Ze herinnerde zich de foto waarop Ágústs zoon Eiríkur met een nazi-vlag zwaaide en ze was meerdere keren getuige geweest van hoe de vader zelf vrouwen behandelde. Hoewel ze niet bang voor hem was, hoopte ze dat hij haar niet zou opmerken.

De vrouw boog een stukje naar haar toe. 'Hij zei letterlijk: "Ik wil iemand spreken die hier iets te zeggen heeft, een man dus." Ongelooflijk.' Opnieuw schudde ze haar hoofd. 'Ze zouden hém moeten arresteren.'

'Inderdaad. Maar dat doen ze helaas pas als hij iemand iets aandoet.' Dreigementen en losse handjes waren blijkbaar niet voldoende daarvoor. Hoewel het waarschijnlijker was dat de vrouwen die hij had mishandeld geen aangifte hadden durven doen. Ze zou bijna gaan hopen dat hij uithaalde naar haar, zodat zij het goede voorbeeld kon geven.

Verbaasd over die gedachte klemde ze haar lippen op elkaar. *Ik krijg nog eens lef, wie had dat gedacht?*

De vrouw naast haar stootte haar zachtjes aan. Zodra Iris haar aankeek, knikte de vrouw naar een punt achter haar. 'Heet je Iris? In dat geval heb je geluk. Die knappe man roept je.'

Iris volgde haar blik en sprong van haar stoel. Voordat ze naar rechercheur Dagursson liep, draaide ze zich terug naar de vrouw. 'Geen zorgen, niet alle mannen zijn zoals die klootzak bij de balie.'

Precies op het moment dat ze het zei, viel er een stilte in de ruimte. De ogen van de vrouw werden groot, net als die van de twee mensen naast haar. Verderop werd er zacht gegrinnikt, maar dat stopte abrupt.

Iris draaide zich naar de balie, waar Ágúst haar met vernauwde ogen opnam, zijn borstkas en schouders meebewegend met elke snuivende ademteug. De baliemedewerkster keek ongerust van de een naar de ander en sprak sussende woorden die hij niet leek te horen.

Iris toverde een vriendelijke glimlach op haar gezicht. 'Goedemiddag.'

Daarna liep ze met opgeheven hoofd naar rechercheur Dagursson, die haar een blik vol verbijstering en bewondering toewierp voordat hij gebaarde dat ze kon voorgaan.

Zodra de deur van de wachtruimte achter hen dichtviel, klakte Dagursson met zijn tong. 'Jij bent niet bang uitgevallen, of wel?'

Shit, dat kwam helemaal niet goed uit.

Ze kuchte. 'Nou, voor mensen zoals hij ben ik niet bang. Hij is gewoon een zielig ventje dat macht probeert uit te oefenen op vrouwen om te verbloemen dat hij zwak is.'

'Hmm.' Dagursson bleef bij een open deur staan en Iris liep de ruimte in. De rechercheur keek haar even zwijgend aan, voordat hij vroeg of ze iets wilde drinken.

'Een sterke kop koffie gaat er wel in. Kies jij maar iets.'

'Komt voor elkaar.' Zijn ogen twinkelden en na een knipoog liep hij weg.

Iris ging aan de tafel in het midden van de kamer zitten en trok haar jas uit. Was het hier nou zo warm of leek dat zo? Ze streek door haar haren en haalde diep adem.

Rechercheur Dagursson hing aan haar lippen en het was duidelijk dat dat niet alleen kwam doordat hij haar leuk vond. Hij kon net zo slecht tegen onrecht als zij. Dat bleek wel toen ze hem de dreigbrieven en de sms liet zien. Hij sloeg met zijn vuist op de brieven en mopperde iets in zichzelf voordat hij diep ademhaalde. 'Sorry, ik heb een hekel aan zulke lafaards.' Hij krabbelde iets op het kladblok voor zich.

Ze kon niet anders dan glimlachen. 'Ik ook, en...' Ze dwong haar mondhoeken weer naar beneden. 'Ik kreeg er gisteren weer één. Deze keer werd hij tegen mijn raam gegooid.'

Met een ruk keek hij op van zijn aantekeningen. Ze overhandigde hem het briefje, dat hij met een diepe frons las. 'En jij denkt dat deze dreigementen allemaal op jou en Dario slaan.'

Het was een conclusie, geen vraag, maar toch knikte Iris.

'Waarom heb je dit niet eerder gemeld?'

'Ik nam het in eerste instantie niet serieus en kon er daarna ook geen wijs uit. Pas na de moord op Anna vielen de puzzelstukjes in elkaar.' Ze wendde haar blik af, bang dat hij de leugen in haar ogen zou lezen.

'Het moet Amber zijn, dat is gewoon het meest logische,' herhaalde ze.

Dagursson krabde aan zijn stoppelbaard. 'Ik neem de mogelijkheid mee in het onderzoek. Ik zal in haar dossier duiken, als ik het te pakken kan krijgen, en proberen te achterhalen waar ze zich op dit moment bevindt.'

Iris zond hem een dankbare glimlach. 'Ik heb mijn vriendin en moeder al gebeld om te vragen of ze Amber de laatste tijd nog hebben gezien in Nederland. Dat was niet het geval. Ik heb ook haar social media laten natrekken, want mij heeft ze geblokkeerd. Er is al enige tijd niets meer door haar geplaatst.' Veelbetekenend keek ze de rechercheur aan.

Dagursson maakte wat aantekeningen en humde in zichzelf.

'Wat denk jij ervan, rechercheur Dagursson?'

Hij legde zijn pen neer en keek haar doordringend aan. 'Jona. Alsjeblieft.'

'Goed. Wat denk jij ervan, Jona?'

Hij rekte zich uit, waarbij zijn gespierde schouders duidelijk zichtbaar werden onder zijn overhemd, nu hij zijn jasje over de stoelleuning had gehangen.

Iris verschoof ongemakkelijk op haar stoel. *Is het hier daarom zo warm? Heeft hij de verwarming hoger gezet, zodat hij met zijn lichaam kan pronken?* Zelf had ze de mouwen van haar trui al opgestroopt. Ze zou het ding het liefst uittrekken, maar ze had er niets dan een topje onder aan.

'In ieder geval vind ik deze optie geloofwaardiger dan het scenario waarin Dario de schuldige is,' zei Dagursson. 'Het is gewoon te gemakkelijk om te denken dat Dario het heeft gedaan. We hebben alleen een berichtje van Brynja aan Dario dat ze bang was voor hem, en de dreigbrieven die we in Brynja's nachtkastje vonden, en die bewijzen niet dat hij haar heeft vermoord, ze maken hem alleen verdacht.'

'Dreigbrieven? Kreeg zij die ook?' Ze deed haar best verbaasd te klinken, wat niet lastig was, want haar wenkbrauwen waren vanzelf omhooggegaan bij de mededeling over Brynja's bericht aan Dario. De moordenaar had dit echt goed voorbereid, verdorie.

De rechercheur kuchte. 'Eh... ja. Houd dat maar tussen ons alsjeblieft.'

Iris knikte. 'Geen probleem. Bedankt dat je het met me deelt.' Ze tuurde naar de wand achter hem. 'Het lijkt me sterk dat Dario haar dreigbrieven zou sturen. Ten eerste is hij niet het type om te dreigen, en ten tweede zou het voor hem te veel moeite zijn om alles op te schrijven. Hij zou het haar gewoon in haar gezicht zeggen.'

Dagursson tikte met zijn pen op het kladblok. 'Dat denk ik ook. Bovendien schat ik Dario slimmer in. Als hij de dader was, had hij beide moorden op een ongeluk laten lijken. En ook geen bewijs achtergelaten.'

Langzaam bladerde hij door het dossier dat naast zijn aantekeningen lag. Zodra de foto's van de plaatsen delict voorbijkwamen sloeg hij de map haastig dicht.

'Waarom houd je hem dan nog steeds vast?' vroeg Iris voorzichtig.

Dagursson likte langs zijn lippen voordat hij haar aankeek. 'Hij is de meest logische verdachte. Zijn vingerafdrukken staan niet op de dreigbrieven, maar...' Hij aarzelde. 'Ik mag je dit eigenlijk niet vertellen...' Hij boog zich dichter naar haar toe. 'We hebben een aantal mensen gesproken. Onder andere een aantal van Brynja's cliënten, en buren van zowel Dario als Brynja. Meerdere mensen beweren dat Brynja nogal…' Hij kuchte. 'Vasthoudend was – opdringerig, zou je kunnen zeggen – naar Dario toe. Van haar cliënten hoorden we dat ze nogal eens uit haar slof schoot. Ik kan me voorstellen dat Dario ook vele malen kennis heeft gemaakt met haar opvliegerige karakter. Dat geeft hem een behoorlijk goede reden om haar om te brengen. Daarbij had hij geen alibi voor de avonden van de moorden.'

'Maar dat alles bewijst niets,' drong Iris aan. 'Er zijn wel meer mensen onvriendelijk en talloze mensen hebben een kort lontje. Dat lokt doorgaans geen moord uit. En het geeft in dit geval andere mensen dan Dario ook een motief als ik deze redenering volg.'

Dagursson streek zuchtend over zijn stoppels. 'Wat me nog steeds twijfels geeft is het feit dat dit duidelijk twee passiemoorden zijn.' Zijn blik boorde zich in die van Iris en hij zweeg tot ze knikte. 'Het feit dat Brynja Dario volgens meerdere getuigen lastigviel, maakt hem helaas verdacht. De dreigbrieven en het bericht van Brynja aan hem passen precies in dat plaatje. Een mogelijk scenario: hij ging haar waarschuwen, ze wilde nog steeds niet luisteren en hij werd ziedend.'

'Dat verklaart alleen niet waarom Anna het volgende slachtoffer werd,' vulde Iris aan.

Hij leunde achterover in zijn stoel. Zijn blik dwaalde naar het dossier. 'Inderdaad. Zij past niet in het plaatje.'

'Tenzij Dario erin geluisd wordt. Dan past Anna perfect in het plaatje.' Vragend keek Iris de rechercheur aan. 'Toch?'

Een glimlach trok zijn mondhoeken omhoog. 'Inderdaad, mevrouw de detective. Dat zou een verklaring kunnen zijn. Maar er zijn andere verklaringen mogelijk.'

Iris hield haar hoofd schuin. 'Zoals?'

Hij opende zijn mond en sloot hem meteen weer. 'Dat kan ik je helaas niet vertellen. Ik heb al te veel gezegd. Ik kan je alleen beloven dat ik mijn uiterste best zal doen om de waarheid te achterhalen.'

'Meer verlang ik niet van je.'

'We laten Dario vandaag gaan. Er was niets in zijn verklaring wat aanleiding geeft om hem hier te houden. We willen het wel stilhouden voor de pers en zullen hem vragen om zich een tijdje gedeisd te houden. Om even buiten beeld te blijven. Zodra bekend wordt dat hij is vrijgelaten, zal de pers erbovenop duiken en dat betekent dat de echte moordenaar ook weet dat we niet voldoende bewijs hebben.'

En dat zal een volgende moord uitlokken. Op mij. Precies zoals ik hoop.

Hoewel dit precies volgens plan verliep, ging er een rilling door Iris' lichaam.

'Hé.' Dagursson stak zijn hand uit en legde hem op de hare. 'Maak je geen zorgen. Zodra de pers weet dat Dario weer thuis is, zet ik een team in om jou te beschermen, en Maren ook, voor de zekerheid. Zij is tenslotte ook een van Dario's exen. Hopelijk duurt het nog even voordat dat nodig is, want ik kan nu alle mankracht gebruiken voor het onderzoek. Daarom raad ik je aan om ervoor te zorgen dat Dario zich voorlopig niet aan de buitenwereld vertoont. Probeer te doen alsof hij nog steeds hier vastzit, en zorg ervoor dat je niet gevolgd of gezien wordt als je hem bezoekt. Lukt dat, denk je?'

Dario hele dagen binnen laten zitten? Lastig, maar ik zal alles op alles zetten om dat voor elkaar te krijgen.

'Dat moet lukken,' zei ze.

'Mooi.' Dagursson raapte zijn spullen bij elkaar, stond op en stak zijn hand uit. 'Fijn dat je langskwam. Ik ga meteen aan de slag met de informatie die je me hebt gegeven, en ik houd je op de hoogte.'

Ze schudde zijn hand. 'Heel graag... Jona.'

Hij liep helemaal met haar mee tot aan de hoofdingang en toen ze de parkeerplaats verliet zwaaide hij haar uit. Iris voelde zich een beetje schuldig, maar dat gevoel drukte ze snel weg. Ze had nu belangrijkere dingen om zich druk over te maken dan een verliefde rechercheur…

HOOFDSTUK 35

‘Nee, jij blijft hier. Je weet wat rechercheur Dagursson heeft gezegd.’

Dario keek haar smekend aan. ‘Alsjeblieft? We kunnen naar een andere supermarkt gaan. Een waar niemand mij kent.’

Ze trok een wenkbrauw op. ‘Geloof me, die is er niet.’

‘Dat weet je niet.’

‘Dat weet ik wel.’

‘Hoe dan? Ben je alle supermarkten in de stad afgegaan, of alle winkels in IJsland om mensen af te luisteren of te ondervragen?’

Iris klemde haar lippen op elkaar.

Dario stak zijn handen uit en wenkte. ‘Sorry, sorry. Ik probeer geduldig te zijn, echt.’

Ze zette een stap naar hem toe en liet zich op zijn schoot trekken.

‘Ik wilde je niet van streek maken. Vergeef me. Ik voel me alleen nog steeds een gevangene. Ik kan niets. Niet hardlopen, niet werken, niet uit eten, geen boodschappen doen, niets met de kinderen ondernemen. Ik begin me aardig te vervelen. Ik heb inmiddels al een hele nieuwe rondreis in elkaar gedraaid, maar ik kan er niets mee!’

De band die zich om haar borstkas had gewonden trok nog strakker en ze omhelsde hem. ‘Dat begrijp ik, maar het is voor je eigen bestwil.’ Ze kuste hem op zijn mond en zond hem een strenge blik. ‘En voor die van mij. Ik wil je niet kwijt.’

‘Ik jou ook niet.’ Hij legde zijn hand tegen haar wang. ‘Wat heb ik het toch getroffen met jou.’

Ze haalde haar schouders op.

'Nee, niet zo onzeker. Hoewel je me net kent geloofde je geen moment dat ik die moorden heb gepleegd. En nu wil je...' hij zocht even naar woorden, '... je leven op het spel zetten om de dader te pakken. Je bent geweldig. Of knettergek.'

'Knettergek op jou ja,' zei ze, en ze kuste hem nogmaals, voordat ze zich van zijn schoot duwde en naar de eettafel liep. 'Ik haal boodschappen voor je, en jij houdt je nog even gedeisd. Afgesproken?'

'Zodat jij als lokaas kan dienen, in je eentje in de winkel...' Hij keek haar veelbetekenend aan.

Ze grinnikte. 'Ach, kom op. Alsof Amber me midden in een drukke winkel gaat aanvallen. Dat zou niet erg slim zijn. Ze is al zover gekomen, ze gaat haar eigen plan nu echt niet meer verpesten. Ze pakt me als ik alleen en weerloos ben.'

'Morgen dus, als je alleen thuis bent.' Dario schoot overeind en pakte haar bij haar schouders vast. 'Doe het niet, Iris. Alsjeblieft. Ik kan jou niet kwijtraken.'

Ze glimlachte en liet haar vinger over zijn lippen dansen. 'Maak je geen zorgen. Ik ben goed voorbereid. Alles komt goed.'

Met een zucht liet hij haar los. 'Je bent inderdaad geweldig. Geweldig koppig.'

Ze grinnikte opnieuw, streek over zijn arm en verliet de kamer. 'Tot straks!'

Achter in Dario's auto stonden nog lege flessen die ingeleverd moesten worden, dus nam ze zijn auto mee. De pers wist toch al dat ze hier zo nu en dan kwam. Ze hadden haar al twee keer gespot en die keren had ze het huis bewust weer binnen een paar minuten verlaten, met wat persoonlijke spullen in haar armen om de fotografen op het gewenste spoor te houden, om vervolgens langs de achterkant terug te komen en uren met Dario door te brengen.

De boodschappen waren snel gedaan, ze wist inmiddels de weg in de winkel. Dario sloeg graag veel in één keer in, dus stond de achterbak al snel vol. De laatste tas kon ze op de achterbank kwijt. Ze zette hem neer op het moment dat haar telefoon piepte. Snel keek ze van wie het berichtje was.

Dario: *Alles oké? Xxx*

Ze tikte een kort bericht terug: *Prima, net ingeladen. Kom eraan. Xxx*

Ze gooide het portier dicht. Iets te hard, waardoor de auto bewoog en de instabiele tas omkiepte.

'Shit...'

Met haar hoofd in de auto raapte ze alles weer op en gooide de boodschappen terug in de tas. Had ze alles? Ze liet haar hand onder de bestuurdersstoel glijden en trok er nog iets onderuit. Fronsend bekeek ze het stuk lingerie. Een beha? Hij was niet van haar. Dario zou toch niet...? Nee, dat zou hij niet doen. En bovendien, wanneer had hij daar de gelegenheid voor gehad?

Dus hoe kwam deze beha dan onder zijn...

Haar gedachten vormden zich tot een klomp in haar hoofd, die na een paar omwentelingen met kracht explodeerde. Wankelend greep ze zich vast aan het portier. De beha glipte uit haar vingers. Haastig bukte ze zich om hem van de stenen te rapen. Ze gooide hem van zich af, terug de auto in. Hij smakte tegen het andere raam en zakte in een hoopje neer op de achterbank, verslagen, treurig.

Doods.

'Shit.'

Achter haar ratelden de wieltjes van een boodschappenwagen over de straatstenen. In een waas smeet Iris het portier dicht, stapte achter het stuur en draaide half verdwaasd de weg op. Er toeterde iemand, maar ze besteedde er geen aandacht aan. Terwijl ze blindelings terugreed naar Dario's huis, maakte de schok plaats voor opwinding.

Kan dit waar zijn? Heb ik opnieuw 'bewijs' onderschept? Ze lachte hardop en sloeg op het stuur. Ze wist al precies wat ze hiermee ging doen…

Hoewel Dario opgelucht was dat ze dit nieuwe 'bewijs' had gevonden, vond hij haar plan nog slechter dan het vorige.

'Je gaat haar uitdagen? Echt?'

Iris zette haar handen in haar zij. 'Dat ging ik toch al doen, lieverd.'

Wanhopig hief hij zijn handen. 'Maar dit is niet alleen uitdagen, dit is… dit is… uitlachen. Je spot met haar.'

'Precies, want daar kan ze niet tegen.'

Dario verborg zijn gezicht in zijn handen. 'Ik word nu al gek van de zorgen, Iris. Ik weet niet of ik dit wel aankan.'

Ze liep naar hem toe, duwde hem achterover in de bank en klom boven op hem. 'Weet je wat? Na morgen maakt het niet meer uit als Dagursson bewaking op me wil zetten, dus als jij in de buurt wilt zijn als ik mijn plan uitvoer, kan dat. Je kunt je in het tuinhuis verstoppen.'

Met een opgeluchte glimlach waar nog steeds bezorgdheid doorheen scheen trok hij haar tegen zich aan en kuste haar voorhoofd.

'Wacht even,' zei ze streng. Ze trok zich los en werkte zich half overeind, zodat ze hem kon aankijken. 'Je moet me wel beloven dat je niet in paniek raakt zodra je haar ziet. Als je haar al voor de achterdeur tegen de grond werkt, wordt het niets met het plan.'

'Dat klinkt prima, want ik vind het plan niks.'

'Dan blijf je maar hier.' Ze duwde zich verder omhoog en maakte aanstalten om zich van hem af te laten glijden.

'Wacht nou, Iris.' Hij hield haar vast en ongeduldig keek ze hem aan.

'Ik… Begrijp je dan niet hoe absurd dit plan is?'

Ze knikte. 'Natuurlijk. Maar begrijp jij dat dit onze enige optie is? Die bitch is doortrapt. Ze kan ervoor zorgen dat jij jaren achter de tralies moet gaan zitten. Wil je dat dan?'

'Nee, maar...' Wanhoop drong via al zijn poriën naar buiten, tastbaar in de lucht. 'In ruil daarvoor kan ik toch niet verwachten dat jij een moordenaar wordt?'

'Geen moordenaar, het zal zelfverdediging zijn,' zei ze nors.

'Dat verandert niets aan het feit dat je iemand gedood zal hebben.'

'Iemand die het verdient.'

'Wat als je het niet kunt?' Zijn toon werd steeds urgenter. Hij zou alles zeggen om haar hiervan te weerhouden, maar niets zou helpen. Ze ging dit doen, hoe dan ook.

'Ik zal vechten voor mijn leven, Dario. En voor het jouwe.'

Met tranen in zijn ogen keek hij haar aan. Hij zei niets meer, trok haar slechts tegen zich aan en liet haar minutenlang niet meer los.

* * *

'Goedemorgen, politie Reykjavik, wat kan ik voor je doen?'

'Goedemorgen, ik wil een melding doen over de moord op eh... hoe heette ze ook alweer... die kunstenares.'

'Je wilt een moord melden?' De telefoniste klonk verrassend kalm, wat hem op de zenuwen werkte.

'Nee, ik heb...' Hij kuchte, hervond zijn vervormde stem en ging verder. 'Ik heb iets gezien op die avond, bij haar huis.'

'Bij het huis van een slachtoffer?'

Een slachtoffer? Alsof er elke dag mensen vermoord werden hier. Hij trok een grimas en kneep zijn handen tot vuisten, waardoor de randen van de telefoon in zijn handpalm sneden.

Hij schudde de stem uit zijn hoofd en vervolgde zijn verhaal. 'Ja, bij het huis van die vrouw van de galerie. Anna... nog iets.'

'Wat heb je gezien?' Nu klonk ze toch lichtelijk geïnteresseerd.

'Een auto. Er stond een auto een paar meter verderop.'

Een zucht. 'Waarom denk je dat die auto belangrijk was, eh...?' Ze eindigde de zin vragend, vissend naar zijn naam.

'Ik geef je liever mijn naam niet. Deze kerel is gevaarlijk, ik neem geen enkel risico. Ik wil je de informatie geven, zodat jullie hem kunnen oppakken, maar daar blijft het bij.' Hij sprak haastig, liep ook sneller door het park, zodat zijn ademhaling hoorbaar versnelde. Ondertussen keek hij telkens alle kanten op, om er zeker van te zijn dat niemand kon verstaan wat hij zei. Het was riskant om dit gesprek in het park te voeren. Helaas had hij weinig keuze. Thuis was geen optie, op zijn werk kon het ook niet. En het moest nu, voordat Dario de beha vond.

'Als je denkt dat je in gevaar bent, kun je beter naar het bureau komen. Daar kun je je verhaal in alle rust doen en dan kunnen we bekijken of je bescherming nodig hebt.'

Hij snoof. Hij was niet degene die bescherming nodig had.

'Nee, bedankt. Ik geef je de info door de telefoon of helemaal niet. Zeg jij het maar.'

Hij begon ongeduldig te worden, ook omdat het langzaamaan drukker werd in het park. Daardoor klonk hij gestrest, wat prima uitkwam.

De telefoniste krabbelde al terug. 'Excuses meneer, wij willen gewoon graag dat iedereen zich veilig voelt. Ik begrijp het als je niet naar het bureau wilt komen. We zijn blij met alle info die je kunt geven.'

Hij bromde iets onverstaanbaars.

'Kun je uitleggen waarom die auto opviel?'

'Het was eigenlijk niet de auto die mijn aandacht trok, maar de persoon erin.' Hij liet een stilte vallen. 'Ik liet mijn hond uit,' verzon hij, om haar in de verkeerde richting te sturen, mochten ze hem willen opsporen, 'en terwijl die zijn behoefte deed tegen een lantaarnpaal keek ik een beetje om me heen.' Hij zweeg opnieuw, deze keer omdat er twee joggers passeerden. Nerveus keek hij om zich heen. Hij moest opschieten met zijn verhaal. 'Ik zag een figuur zitten in een auto en ik wist meteen dat er iets niet klopte.'

'Hoe wist je dat?' Hij hoorde de vrouw op haar toetsenbord tikken.

'Hij bewoog nogal... hysterisch of zo, ik weet niet hoe ik het anders moet noemen. Gestrest. Van voor naar achter, telkens weer, en daarna sloeg hij op het stuur. Ik kreeg er de rillingen van, dus ik ben snel doorgelopen. Toen startte hij de auto en reed met slippende banden weg.'

'Heb je een nummerbord gezien?'

'Helaas niet, het was donker. Maar ik weet wel wat voor auto het was en welke kleur. Pas gisteren linkte ik het voorval aan die moord, toen mijn moeder erover begon.'

'Waarom bel je dan vandaag pas?'

Hij wachtte met antwoorden tot een vrouw met kinderwagen voorbij was gelopen. Daarna sloeg hij links af, voor de stroom mensen uit die het park binnendruppelden. Hij versnelde nog wat meer, om de groep kwetterende toeristen achter zich te laten.

'Ik wil me er eigenlijk niet in mengen, oké,' zei hij geïrriteerd. 'Dus ik stel voor dat ik je de info geef en dan ophang.'

'Dat is prima, meneer.' Ze klonk alsof ze dat helemaal niet prima vond. 'Vertel me alles wat je je kunt herinneren.'

Hij gaf door dat het om een donkergrijze Toyota SUV ging, nam toen haastig afscheid en bleef hijgend bij een bankje staan, met één hand op de rugleuning.

Zijn hart ging als een razende tekeer en het duurde even voordat een grijns zijn mondhoeken omhoogtrok. Dit was de laatste stap, het laatste radertje in het plan. Hij was klaar. Het enige wat hij nu nog hoefde te doen was wachten tot de politie de enige mogelijke conclusie trok.

HOOFDSTUK 36

'Dario! Wat doe jij hier?'

Iris veerde op bij het horen van Marens verraste uitroep. Met Elva in haar armen stond ze op en liep naar de voordeur.

Dario stapte net naar binnen en wierp haar een vermoeide glimlach toe. Ze omarmde hem onhandig met de kleine tussen hen in en gaf hem een snelle kus op de mond. Daarna deed Dario zijn schoenen uit en liepen ze achter Maren aan naar de woonkamer.

Maren keek vertederd toe hoe Einar op Dario afstormde, die hem optilde en door de lucht zwiepte. 'Je bent mooi op tijd voor het eten. Schuif je gezellig aan?'

Hij zette Einar neer. 'O, daarvoor kom ik niet, hoor.'

De peuter trok aan zijn broekspijp.

'Dat maakt niet uit, er is genoeg.'

Iris had de ongeruste ondertoon in zijn stem opgepikt. 'Waarvoor kom je dan wel?'

Maren was al op weg naar de keuken, maar bleef abrupt stilstaan en draaide zich terug. 'Is er iets mis?' Haar blik flitste van Iris naar Dario en terug.

Dario gooide Einar opnieuw de lucht in, zodat zijn rode krullen alle kanten op dansten. Het ventje schaterde het uit. '*Aftur*, aftur!' riep hij zodra Dario hem weer op zijn voeten zette.

'Straks weer, schat,' zei Maren en ze wenkte Einar ongeduldig naar zich toe.

Teleurgesteld droop het mannetje af.

Dario zweeg ondertussen nog steeds, wat Iris de kriebels gaf. Ze zette Elva in de box en stond binnen vijf tellen voor Dario. Ze pakte zijn handen en kneep er zachtjes in. 'Wat? Wat is er? Zeg het.'

'Er is een anonieme tip binnengekomen.' Het was bijna een fluistering en Maren kwam ook dichterbij.

Dario wierp een nerveuze blik op de trap naar boven voor hij verderging. 'Iemand beweert mijn auto gezien te hebben op de dag van de moord. Ze hebben hem net meegenomen, nadat ze hem van onder tot boven hebben omgekeerd.'

'En niets hebben gevonden,' vulde Iris aan, denkend aan de beha.

Dario keek haar aan, vragend, en ze schudde bijna onmerkbaar haar hoofd. Maren mocht niets weten van haar plan. Dan zou ze haar zonder twijfel tegenhouden. Zelfs de politie bellen waarschijnlijk.

'Pabbi Luuklil sip?' Einar keek met een pruillip naar hem op.

Maren tilde hem op en Dario aaide over zijn krullen. 'Ik ben een beetje sip inderdaad, maar dat komt wel weer goed.'

'Dat klinkt weinig overtuigend,' merkte Maren op.

Hij zuchtte. 'Tja. Ze hebben nu nog niets gevonden, maar wie weet wat die zieke kl...' hij keek naar Einar en slikte de rest van het woord in, 'wie weet wat die psychopaat in mijn auto heeft geplant.'

Iris gromde binnensmonds en glimlachte moeizaam naar Einar toen die haar fronsend opnam.

'Wat is een psiepopot?'

'Dat vertel ik je nog wel een keer,' zei Maren voordat Iris kon antwoorden.

Iris kneep nogmaals in Dario's hand. 'Wat ze ook vinden, we zullen bewijzen dat jij niemand hebt vermoord.'

'Moord!' riep Einar enthousiast, wat Iris een berispende blik van Maren opleverde.

'Sorry...' Ze nam het ventje over, kietelde hem in zijn zij en fluisterde in zijn oor: 'Wil jij als toetje straks een bakje skyr?'

'Ja!' Hij worstelde om los te komen en zodra ze hem op de grond zette stoof hij de keuken in. Iris kon een grijns niet onderdrukken. Ze had hem toch maar mooi afgeleid. Hopelijk zou hij het woord 'moord' niet onthouden.

'Laten we eerst gaan eten en ons daarna druk maken over wat ze wel of niet gaan vinden,' zei ze op gedempte toon. Ze liep achter Einar aan, die de koelkast al had geopend. De bakjes skyr stonden op de bovenste plank, zodat Einar er niet bij kon.

'Je moet eerst je vlees en groente opeten,' zei Iris. 'Maar je mag alvast een smaak uitkiezen, goed?'

Het jongetje sprong opgewonden op en neer. 'Bananamel!'

Iris schoot in de lach. 'Banaan-karamel? Oei, ik weet niet of we die nog hebben. Volgens mij heeft Lukasz die allemaal opgegeten.' Ze schoof wat bakjes opzij en hield er één omhoog. 'O, kijk! De laatste! Die zetten we voor jou opzij.'

Einar sprong nog harder op en neer. 'Ja! Pech voor Lukasz!'

Ze plaatste het bakje op de onderste plank en sloot de koelkast. 'Zo is dat.'

'Over Lukasz gesproken,' zei Maren achter haar. 'Waar blijft hij eigenlijk? Over een kwartier gaan we eten. Ik verwacht Finnur elk moment en dan warm ik alles op.'

Dario haalde zijn telefoon tevoorschijn. 'Ik bel hem wel even. Dan weet hij meteen dat ik mee-eet.'

Maren knikte. 'Dan haast hij zich misschien eens.'

Iris liep met Einar achter zich aan trippelend naar de box, waar Elva begon te jengelen.

Iris tilde het meisje op en gaf haar een kus op haar wang. 'Kom je ook gezellig aan tafel zitten, meisje?'

'Lukasz? Wat is er?'

De onmiskenbare bezorgdheid in Dario's stem zorgde ervoor dat Iris als verstijfd bleef staan. Elva hield abrupt op met klagen en legde haar hoofdje tegen Iris' schouder. Einar klemde zich aan haar been vast.

'Lukasz?'

Maren stond al naast Dario. 'Wat is er gebeurd?'

Dario liet zijn telefoon zakken en tikte op het luidsprekericoontje. Lukasz' paniekerige stem schalde door de kamer, waardoor Einar zijn handjes steviger om Iris' been sloeg. Ze legde een hand tegen zijn achterhoofd en probeerde haar hart te kalmeren.

'Pap, ik heb mezelf in de nesten gewerkt. De hele woonkamer zit vol met… met… gestoorde mensen. Ze zijn iets akeligs van plan en… en… ik… ik wilde gewoon… ik wilde weten wat er aan de hand was. En nu zit ik hier vast.' Zijn stem schoot een paar octaven omhoog.

'Waar ben je nu, Lukasz?' vroeg Dario.

'Ik heb me verstopt in de studeerkamer. Ze denken dat ik naar huis ben gegaan. Ze gingen even weg, zodat ik kon rondkijken, maar nu zijn ze terug en…' Er klonk een half onderdrukte snik. 'Ze kwamen zo snel alweer terug, met… met… allemaal mannen… Grote, gespierde mannen met tatoeages en…'

Iets leek Iris' keel dicht te knijpen. Hoewel ze niet alles verstond, waren de paniek en angst in zijn stem duidelijk hoorbaar. Elva jammerde zacht en ze wiegde haar, maar het meisje moest voelen hoe haar borstkas als een razende op en neer ging.

'Ik wilde alleen bewijs, voor Eiríkur, zodat hij zou zien hoe verrot zijn vader is. En nu kan ik geen kant op.'

'Oké, blijf kalm,' adviseerde Dario rustig. 'Houd je stil, wacht tot ze allemaal weg zijn en tot Ágúst en Eiríkur slapen. Dan sluip je het huis uit. Geef me het adres, dan wacht ik buiten op je. Als er iemand wakker wordt, ben ik er om je te helpen.'

'G-goed. Het adres is…'

Stilte, op een gejaagde ademhaling na, die een kopie was van die van Iris.

'Skítur,' klonk het fluisterend. Een woord dat Iris al vaak had gehoord. Shit.

'Wat is er? Wat gebeurt er?' Het was duidelijk te horen dat Dario nu moeite had zijn kalmte te bewaren.

'Er komt iemand naar boven. Pap...? Pap, kom alsjeblieft hierheen. Ik ben bang.' Het klonk zo wanhopig dat Einar en Elva op hetzelfde moment begonnen te huilen.

Dario legde snel zijn hand over de luidspreker. Hij draaide zich om en beende naar de gang.

Iris troostte de twee kleintjes zo goed ze kon, terwijl Maren door de kamer ijsbeerde.

Al snel was Dario terug. Zijn ogen stonden groot en vol paniek. 'Ik ga hem ophalen. Nu meteen.'

'Geen sprake van.' Maren duwde zich langs hem heen en trok haar jas aan. 'Jij blijft hier. Jij bent de laatste die zich in een situatie als deze moet storten.' Ze graaide naar haar telefoon in haar tas die op tafel stond. 'Ik bel Finnur wel. Ik begrijp sowieso niet waar hij blijft. Het ontwerp van die villa was klaar zei hij vanochtend.'

Dario zette zijn handen in zijn zij. 'Je denkt toch niet serieus dat ik hier werkeloos blijf zitten wachten?' riep hij, waarop Elva nog harder ging huilen.

Dario hief verontschuldigend zijn hand en dempte zijn stem, terwijl hij zich naar Maren boog. 'Ik ga mijn zoon halen!'

Maren mompelde iets onverstaanbaars, drukte het onbeantwoorde gesprek weg en draaide zich met een zucht terug naar haar ex. 'Goed dan. Maar dan ga ik met je mee. Iris kan bij de kinderen blijven. Probeer alsjeblieft rustig te blijven, Dario. We willen de politie geen extra reden geven om je op te pakken.'

Er viel een stilte. Ook de kinderen stopten met snikken. Iris wreef Elva onophoudelijk over haar rug, terwijl ze met haar andere hand Einars handje omklemde. Beide iets te hard, ze protesteerden zachtjes.

'O, sorry, lieverds.' Ze gaf de kleine een kus op haar bol en ging met haar hand door Einars rode krullen. Ze wilde van alles zeggen, dat Dario en Maren voorzichtig moesten zijn, dat ze beter de politie konden bellen, dat ze op Finnur moesten wachten, maar tegelijkertijd dat ze zich moesten haasten, want de paniekerige stem van Lukasz galmde nog door haar hoofd. Ze wilde beiden zeggen hoeveel ze om hen gaf, hoe bang ze was dat er iets met Lukasz zou gebeuren, of met Dario als hij Lukasz moest verdedigen. Uiteindelijk vond ze de juiste woorden te laat. Maren was al naar buiten gelopen, na een vluchtig 'Sorry Iris, ik ben zo snel mogelijk terug'. Dario schoot zijn schoenen aan, wierp Iris een blik toe over zijn schouder en trok de deur achter zich dicht.

Als verstijfd bleef Iris staan. De kleintjes klampten zich aan haar vast en hielden hun blik op de voordeur gericht, alsof ze niet konden geloven dat Maren en Dario echt waren vertrokken.

Er klonken voetstappen op de trap, maar Iris kon zich niet bewegen. De angst voor wat er kon gebeuren met twee mensen om wie ze zoveel gaf, verlamde haar.

'Iris? Wat is er aan de hand? Ik hoorde papa schreeuwen.'

Nog steeds stond ze doodstil. Ook de kinderen bewogen niet. Het was alsof de hele kamer de adem inhield.

'Iris?' Lilja's stem schoot uit. 'Iris, je maakt me bang!'

Een hand op haar schouder verbrak de spanning. Haperend ademde ze in. Ze merkte pas dat ze huilde toen ze knipperde en tranen over haar wangen liepen.

Vlug hief ze haar hand en veegde het nat weg. Zo goed ze kon glimlachte ze naar Elva, die een jengelend geluid liet horen. Ze keek Lilja aan. 'Sorry, ik… ik was even… Ik moest even…' Ze besefte dat ze geen idee had wat ze wilde zeggen en zweeg. 'Kan jij Elva even overnemen?'

'Ja, hoor.' Lilja nam haar stiefzusje op de arm en wiegde haar, terwijl ze sussende geluidjes maakte.

Iris pakte Einar op, die meteen zijn hoofd in haar hals verborg.

'Het is goed, het komt wel goed,' fluisterde ze. Ze keek Lilja aan over de krullenbos heen.

'Wat komt er goed?' vroeg het meisje.

Iris liep naar de keuken en zette met één hand de oven aan. 'Lukasz belde. Hij heeft zich een beetje in de nesten gewerkt.'

Lilja trok een wenkbrauw op. 'Op wat voor manier? Het moet wel erg zijn als je zo van slag bent, en als papa zo schreeuwt. Heeft hij iets doms gedaan?'

Ze schudde haar hoofd. 'Dat denk ik niet.' Pas toen ze dat hardop zei besefte ze hoe waar het was.

Ze vatte kort samen wat ze wist en Lilja hapte naar adem. 'En nu is pap erheen?'

Iris knikte.

'En mam is mee?'

'Ja.'

Er viel een stilte. Elva was gekalmeerd en brabbelde wat tegen niemand in het bijzonder. Einar worstelde om los te komen en Iris zette hem neer. Hij klom op de bank met een boekje vol Nederlandse woordjes dat Iris voor hem had gemaakt.

'Waar is Finnur eigenlijk?' vroeg Lilja.

'Geen idee. Hij nam niet op. Nog op zijn werk waarschijnlijk.'

Lilja keek op de klok van de magnetron. 'Hij had al thuis moeten zijn. Ik bel hem wel even.'

Behendig verschoof ze Elva een stukje en viste haar telefoon uit haar beha. Iris besloot voor deze keer niets te zeggen over de mogelijke gevaren van deze opbergplek en ging in de weer met het opwarmen van de rest van het eten. Ze had geen honger, maar het was verstandig voor de kleintjes om door te gaan alsof er niets aan de hand was. Voor haarzelf was het bovendien een goede afleiding.

Lilja legde haar telefoon op het aanrecht. 'Voicemail.'

Een akelig voorgevoel kroop via Iris' borstkas omhoog naar haar hals. Waarom voelde het opeens alsof iedereen om wie ze gaf van haar werd afgenomen? Was dat de angst die zich verspreidde door het telefoontje van Lukasz, of was het haar instinct dat haar iets wilde vertellen?

'Heb jij het nummer van Finnurs werk?' vroeg ze zo nonchalant mogelijk.

Lilja schudde haar hoofd. 'Nee, maar ik kan er wel achter komen als ik wil. Hoezo?'

Iris roerde doelloos in de pannen, zodat ze het meisje niet aan hoefde te kijken. 'Ik maak me toch wel een beetje zorgen over Maren en Dario. En Lukasz. Ik vind dat Finnur moet weten wat er aan de hand is.' *Ik moet weten of Dario in orde is. Anders word ik gek.*

'Oké...' Lilja maakte nog geen aanstalten om haar telefoon weer op te pakken. In plaats daarvan liep ze de woonkamer in en zette Elva in de box met een speeltje. Daarna kwam ze tegenover Iris staan, aan de andere kant van het kookeiland. 'Kunnen we niet beter de politie bellen? Het klinkt als een gevaarlijk clubje daar.'

Iris stopte met roeren, leunde met beide handen naast het fornuis op het aanrecht en liet haar schouders zakken. Het was alsof er met elke minuut die verstreek meer lucht uit de kamer werd gezogen. Haar benen werden steeds slapper. Nog even en ze zou erdoorheen zakken.

Nee, ik moet sterk zijn. De kinderen rekenen op mij. Ik moet er voor hen zijn en ik moet ervoor zorgen dat ze niet ook in paniek raken.

'Nee, het zal wel meevallen,' zei ze. 'Lukasz heeft gewoon lopen rondneuzen en is geschrokken toen er een heleboel visite kwam. Maren en Dario zullen zo wel terug zijn met hem en dan kunnen we er allemaal om lachen.'

'Hmm,' zei Lilja. Iris voelde haar blik, maar keek niet op. Ze ging verder met roeren en ontspande haar schouders. 'We hebben ons allemaal aan laten steken door Lukasz' paniek. Je zult zien dat er niets aan de hand is.'

'Hmm,' zei Lilja opnieuw. Ze pakte haar telefoon van het aanrecht en begon te tikken.

Iris' hand kwam tot stilstand en ze keek op. 'Wat zoek je?'

'Het nummer van Finnurs werk.'

'O ja. Goed zo.'

Lilja liep de woonkamer in en ging op de bank naast de box zitten. Einar kwam meteen naar haar toe met een bal en Lilja liet het ding door de kamer stuiteren. Einar rende erachteraan.

'Ja, hallo, met Lilja Dariosdóttir. Ik zou graag rechercheur Jona Dagursson spreken, zo snel mogelijk. Hij kent me.'

Iris liet de pollepel op de grond vallen en sprong opzij om de spetters saus te ontwijken. Ze vloekte zacht en bukte om het ding op te rapen. 'Lilja...' riep ze ondertussen.

'Ik bel de rechercheur voor advies, dat is alles,' reageerde het meisje. 'Hem kunnen we vertrouwen, hij gelooft dat pap onschuldig is.'

Nog steeds zacht vloekend zette Iris de kookplaat lager en haastte zich naar de woonkamer. Bijna liep ze de voetballende Einar omver, maar die ging zo op in zijn spel dat hij het niet eens merkte. Wankelend bereikte Iris de bank en stak haar hand uit naar Lilja.

Die keek opstandig naar haar op. 'Je hangt niet op, hè? Dat maakt trouwens toch niet uit, want ik heb mijn naam gegeven. Dan belt hij waarschijnlijk gewoon terug.'

Iris had het meisje niet eerder zo meegemaakt. Maar het was geen ongehoorzaamheid of opstandigheid. In haar ogen blonk vastberadenheid naast een flinke dosis bezorgdheid.

'Geef de telefoon aan mij.' Iris schrok zelf van de toon waarop ze het zei. Ze klonk als de vrouwelijke variant van Finnur als zijn geduld bijna op was. Als een echte moeder. 'Alsjeblieft.' Ze wenkte met haar vingers.

Lilja draaide haar hoofd weg. 'Rechercheur Jona? Wat fijn dat ik je even kan spreken. Ik geef je Iris, we hebben advies nodig.'

Meteen stak ze het toestel uit naar Iris, die het naar haar oor bracht.

'Iris? Is alles in orde met je? Met jullie?' Het laatste voegde hij er haastig aan toe.

'Met ons wel.'

'Met wie niet? Gaat het om Dario?'

Iris wreef over haar voorhoofd, aarzelde en plofte toen naast Lilja op de bank. Ze vertelde alles wat ze wist. Dagurssons reactie was niet helemaal wat ze had verwacht. Geen "ik zou me er geen zorgen over maken" of "ik stuur er wel een auto naartoe voor de zekerheid". Hij stelde vragen en zodra ze het woord 'nazi' liet vallen, werd hij alerter. Het tempo waarin hij vragen op haar afvuurde nam toe en ze hoorde dat hij door het pand liep en mensen verzamelde.

'Wat is er aan de hand, Jona? Zijn ze in gevaar?'

Het gebruik van zijn voornaam triggerde de gewenste reactie. 'Ik ben blij dat jullie belden, Iris. Lukasz bevindt zich in een waar wespennest. Als mijn intuïtie het bij het juiste eind heeft, is dit een gevaarlijke groep die we al een tijdje proberen te vinden.'

Er klonken nu meerdere opgewonden stemmen op de achtergrond en Iris klemde haar hand steviger om het toestel. 'Dario en Lukasz hebben hier niets mee te maken, Jona.'

'Dat begrijp ik. Geen zorgen, we halen Lukasz er heelhuids uit. Het zou fijn zijn als jij Dario en Maren terug zou kunnen roepen. Als ze daar aanbellen kan de hel…' Hij hoestte. 'Ik bedoel, dan is dat riskant. Het is beter als ze het aan ons overlaten.'

Een ijskoude rilling liep over Iris' rug. 'Ik ga ze meteen bellen.'

'Doe dat. Ik houd je op de hoogte.'

'Bedankt.' Ze liet de telefoon zakken, hij had al opgehangen.

Lilja keek haar onderzoekend aan en Iris probeerde haar gezicht neutraal te houden.

'Wat zei hij?'

Ze schudde haar hoofd en tikte het nummer van Dario aan.

Voicemail. Maren dan. Vanuit de keuken klonk een vrolijk deuntje en Iris hing op. 'Shit!'

Einar bleef staan en sloeg een hand voor zijn mond. 'Oooo!'

'Sorry,' zei Iris. Ze haalde een paar keer diep adem.

Als ze daar aanbellen kan de hel... losbarsten, dat was wat Dagursson had willen zeggen. De hel losbarsten, wat bedoelde hij daarmee? Zouden ze als bezetenen rond gaan schieten? Met messen zwaaien? Lukasz meenemen als gijzelaar? Ze kneep haar ogen dicht. Dwong haar hartslag tot rust. *Doe normaal, Iris. We zitten hier niet in een of andere Hollywoodfilm.*

'Er gaat een team op af,' zei ze zo kalm als mogelijk was. 'Alles komt goed.'

Met een ijzeren hand rond haar hart en een baksteen in haar maag stond ze op en liep terug naar de keuken. 'Wil jij de tafel verder dekken? We kunnen zo eten.'

HOOFDSTUK 37

Het was alsof zijn binnenste brandde. Een woede als deze had hij nog nooit gevoeld. Het leek zijn ingewanden te verteren en zijn aderen tot as te reduceren. Hij had geen idee hoelang hij hier al aan het ijsberen was, maar het moest al minimaal een halfuur zijn. Hij zou naar huis moeten gaan, maar in deze staat was dat onmogelijk. Eerst moest hij kalmeren.

Voor de zoveelste keer veegde hij met de rug van zijn hand over zijn voorhoofd, waar zijn poriën hem trakteerden op een continue stroom zweet.

Licht hijgend bleef hij staan en tuurde door het raam van zijn kantoor zonder de lichtjes van de huizen in de verte te zien. Hij had eerder moeten luisteren naar zijn *insaei*, zijn intuïtie. Hier in IJsland noemden ze het ook wel 'de zee vanbinnen', een gevoel dat net als de zee constant in beweging is. Al vaak had hij het gebruikt als kompas bij het maken van keuzes. Het zou hem moeten beschermen tegen alles wat niet goed voor hem was. En uitgerekend nu, op het belangrijkste moment in zijn leven, had hij het genegeerd. En waarvoor? Omdat hij iets voelde voor die jonge vrouw, voor dat... meisje dat zijn leven was binnengestapt en dat hij onmiddellijk in zijn hart had gesloten. Hij wilde haar beschermen, wilde dat ze onderdeel van zijn leven was, als een dochter. Tijdens hun eerste ontmoeting had het hem direct getroffen. Er was iets aan haar houding en haar oogopslag, iets ontwapenends en kwetsbaars. Dat viel hem het eerst op, maar ze leek zoveel lagen te hebben ondanks haar jonge leeftijd. Nieuw verworven zelfverzekerdheid boven op een bed van eelt. Een flikkering van droefheid achter een liefdevolle, open blik waar zo nu en dan plotseling een luik overheen leek te vallen. Fascinerend.

Hij wist onmiddellijk dat hij ook haar niet meer los zou kunnen laten.

En nu... nu moest hij wel. Ze had zijn plannen voor de tweede keer gedwarsboomd. En hij wist het. Zij moest het zijn geweest die het mes uit Dario's huis had meegenomen. Zodra hij die conclusie had getrokken wist hij al dat hij haar moest laten gaan. Zijn insaei had tegen hem geschreeuwd dat ze voor nog meer problemen zou zorgen, zeker nu ze iets met Dario had. Dat ze hem uiteindelijk zou scheiden van hetgeen waar hij nu juist zo hard voor aan het strijden was. Hetgeen hij helemaal voor zich alleen wilde hebben.

Maar ze hoorde erbij. Zonder haar was het plaatje niet langer compleet. Daarom had hij zijn insaei genegeerd. Tot hij niet anders meer kon en Dario's nummer had aangetikt. Vol vertrouwen had die hem over de vondst van de beha verteld. Hij had ongelovig gereageerd, geschoktheid geveinsd, en gehoopt dat het overtuigend overkwam. Snel had hij het gesprek afgekapt met de smoes dat een collega hem nodig had. Vervolgens had hij zijn bureaustoel door zijn kantoor gesmeten, gevolgd door de ontwerpen van de luxe villa. Een onverstandige actie. Meerdere collega's kwamen kijken.

Hij had nog net de tegenwoordigheid van geest om naast de stoel te gaan liggen, zodat het leek alsof hij was gevallen. Met moeite had hij zijn collega's ervan kunnen overtuigen dat hij in orde was.

'Ik wilde ruimte maken om mijn bureau heen en handelde iets te gehaast,' had hij met een lach gezegd, terwijl zijn secretaresse hem overeind hielp. Na een blik op de blauwdruk op de grond waren ze allemaal afgedropen. Harder en langer dan nodig had hij zijn pak afgeklopt. Vanbinnen borrelde en siste het. Het had ruim vijf minuten geduurd voor hij zichzelf weer een beetje bijeengeraapt had.

De rest van de werkdag had hij zich geconcentreerd op de lastminutewijzigingen in het ontwerp van het ultramoderne, klimaatvriendelijke huis dat aan de andere kant van de stad gebouwd zou worden. Iedereen had hem wijselijk met rust gelaten en hij had de koffie verruild voor water om de hitte in zijn lijf niet nog verder aan te wakkeren. Kalmeren deed hij echter niet. Zijn bloes was nat van het zweet en zijn hart had zijn normale ritme niet meer teruggevonden.

Omdat hij moest. Hij had geen andere keuze meer dan haar ook uit te schakelen. Want hoe belangrijk ze ook voor hem was, zijn gezin ging boven alles. Zijn gezin was de reden dat hij aan dit hele plan was begonnen. Hij zou er alles aan doen om hen voor zichzelf te hebben. Dario stond in de weg, en Iris nu ook.

Zijn hart kneep pijnlijk samen bij de gedachte dat hij die onmetelijke blik nooit meer zou zien. Haar nooit meer bezig zou zien met de kinderen. De lege plek aan tafel zou nog lang een gat in zijn ziel branden. Maar wat kon hij anders?

* * *

'Je blijft hier, Lilja, ik meen het. Het is te gevaarlijk om daarnaartoe te gaan.'

De puber bleef naast de keukentafel staan en sloeg haar armen over elkaar. 'Ik laat pap, mam en Lukasz niet aan hun lot over. Ze nemen nog steeds geen van drieën op. Er moet iets mis zijn.'

'De politie is ernaartoe, dat weet je. Zij zullen er wel voor zorgen dat er niets met hen gebeurt.'

Lilja snoof. 'Dat geloof je zelf niet, ik zie het aan je gezicht. Je ontploft bijna van bezorgdheid, net als ik.' Ze ontvouwde haar armen en liep met grote passen naar de deur van de gang. 'Ik ga erheen.'

'Lilja!' Iris schoot achter haar aan en pakte haar bij de pols. De tranen die al sinds het telefoontje van Lukasz hoog zaten ontsnapten en ze veegde ze met haar vrije hand weg. 'Blijf alsjeblieft hier. Ik moet er niet aan denken dat jij jezelf ook nog in gevaar brengt.'

Lilja sloeg haar armen om Iris heen. 'Sorry dat ik je alleen moet laten, maar ik moet íéts doen.' Met een verontschuldigende blik liet ze Iris los. 'Ik ken Eiríkur. Hij had vorig jaar een oogje op me. Ik ben een keer met hem uit geweest. Het werd niets, maar ik denk dat hij naar mij zal luisteren. En hij kan op zijn beurt misschien zijn vader tot rede brengen. Laat het me proberen, alsjeblieft.'

Iris likte langs haar lippen. Razendsnel passeerden alle mogelijke scenario's voor haar innerlijk oog. Lilja had gelijk. Ze maakte zich heel veel zorgen, vooral omdat ze een uur na het contact met rechercheur Dagursson nog steeds niets van Dario of Maren hadden gehoord. Om nog maar te zwijgen over het feit dat Finnur eveneens onbereikbaar was, zowel op mobiel als op de vaste nummers die ze van zijn werk hadden. Als Lilja een klein beetje rust zou kunnen brengen in de situatie die volgens Dagursson in een hel kon veranderen, zou ze misschien iets geruster zijn.

'Goed dan. Maar ik bel de rechercheur om te zeggen dat je eraan komt, en je doet wat hij zegt. Ben ik duidelijk?'

Lilja drukte een kus op haar wang. 'Ja, mama Iris,' zei ze met een knipoog. 'Ik zal heel voorzichtig zijn.' Ze gooide met een hand haar lange haren over haar rechterschouder. 'Maar onderschat de kracht van mijn vrouwelijke charmes niet.'

Voordat Iris kon beslissen of ze daarop moest lachen of huilen, was Lilja al in de gang verdwenen. Een seconde later klikte de voordeur dicht en bleef Iris achter in een doodstil huis met twee slapende kinderen.

* * *

Hij was al drie keer langs de weg gestopt en twee keer bijna omgekeerd. Dankzij de constante inspanning om gaspedaal en rem in te duwen met zijn loodzware voet stonk de hele auto inmiddels naar zweet. Hoe dichter bij huis hij kwam, hoe harder zijn hart ging bonzen. Vandaag was haar laatste dag op aarde. Zou hij het kunnen, morgen?

Een luid getoeter deed hem opschrikken uit zijn gedachten. Nog net kon hij uitwijken voor een bestelwagen, en vervolgens voor de lantaarnpaal aan de andere kant van de weg.

'Fjandinn, Finnur, houd je hoofd erbij,' mompelde hij in zichzelf.

Om zijn gedachten af te leiden zette hij de radio aan en zapte naar de lokale zender.

'Het hele politiekorps van Reykjavik is uitgelopen om een neonazistische groepering op te pakken waarvan een aantal leden al enkele maanden in de gaten worden gehouden. Volgens de eerste berichten ging een vriend van een van de jonge leden van de groep op zoek naar informatie na een aantal racistisch getinte gesprekken. De jongen wordt op dit moment gegijzeld gehouden in het woonhuis van de leider van de terreurgroep. Geruchten dat de groep van plan was een aanslag te plegen op Reykjavik University zijn nog niet bevestigd.'

Hoofdschuddend drukte hij de radio weer uit. *Het moet niet gekker worden in dit land.*

Hij trapte het gaspedaal wat verder in en veegde nog eens over zijn voorhoofd. *Nog even. Heel even doorzetten, nieuw bewijs planten en dan zal het eindelijk voorbij zijn. Over Iris kom ik uiteindelijk wel heen. Als ik mijn gezin maar bij me heb, voor mij alleen. Geen biologische vader meer die de aandacht van mijn kinderen opeist. Geen concurrent die zich steeds een weg terug naar Marens hart probeert te banen. Ze zijn van mij, alleen van mij.*

Nog twee bochten, dan was hij thuis. De vage contouren van het plan kaatsten onophoudelijk tegen de wanden van zijn hoofd. Hij proefde de zinnen die hij al had bedacht op zijn tong. Zijn allerlaatste woorden tegen haar. Wankel stapte hij op de oprit uit. Pas toen hij de sleutel in de voordeur stak registreerde zijn brein dat Marens auto er niet stond. Was ze ergens naartoe? Hij kon zich niet herinneren of er een afspraak stond vanavond. Had ze de kinderen meegenomen?

Hij draaide de sleutel om en stapte de gang in. 'Schat?'

Er klonken gehaaste voetstappen en zijn hart stond bijna stil toen de tussendeur werd opengerukt en Iris voor hem stond, haar mooie ogen vol paniek. Hij hapte naar lucht bij de gedachte dat hij haar iets zou moeten aandoen.

Een stroom woorden op abnormaal hoge toon kwam uit haar mond. 'Waar was je? We kunnen je al uren niet bereiken! Einar en Elva liggen op bed, de anderen zijn weg, ik weet niet of ze veilig zijn en jij neemt niet op. Waar bleef je?'

'Iedereen is weg?' Er ontstond kortsluiting in zijn hoofd. Dit was zijn kans! Hij kon haar gewoon nu vastpakken en haar keel dichtknijpen. Een zorg minder, een stap dichter bij het ultieme geluk. *Bijna ultiem. Ik moet haar troosten.* Met zijn voet duwde hij de voordeur achter zich dicht.

Met één stap was hij bij haar en stak hij zijn armen uit. Zijn vingers verkrampten een moment in de tweestrijd tussen wurgen en knuffelen. Zijn liefde voor haar won, voor nu. Hij trok haar tegen zich aan en maakte sussende geluiden.

'Rustig aan. Het spijt me dat ik niets liet horen en onbereikbaar was. Er... ging het een en ander mis op kantoor.' Zwijgend wreef hij over haar rug terwijl ze zacht snikte.

Al snel wurmde ze zich los. 'Heb je het gehoord, van die terreurgroep?'

Hij knikte langzaam. Wat had dit met hen te maken?

'Lukasz is degene die ze gegijzeld hebben. Dario, Maren en Lilja zijn ernaartoe om te helpen. Ik...' Ze pakte haar hoofd met beide handen vast. 'Het spijt me. Ik heb geprobeerd ze tegen te houden, allemaal. Ik kon het niet. Het ging niet. En ik wilde mee, maar Einar en Elva... Toen wilde Lilja ook nog gaan. Ze kon die jongen tot rede brengen, zei ze. Ik wilde haar zo graag geloven. Maar het was stom. Nu is zij daar ook! En... en... Waar was jij al die tijd?'

Het duurde een paar seconden voor het tot hem doordrong wat ze allemaal zei. Ze opende haar mond om verder te ratelen, maar hij hief zijn handen. 'Wacht. Wacht! Ze hebben Lukasz gegijzeld?'

'Dat zeg ik toch net! Ik word hier gek van de zorgen en ik kan nergens naartoe, want er is niemand die op de kinderen kan passen. En jij nam maar niet op en belde ook niet terug. Waarom heb je–'

'Ik ga ernaartoe.' Hij draaide zich om en wilde weglopen, maar plotseling had ze zijn arm in een ijzeren greep.

'Nee! Niet jij ook nog! De politie regelt het. Blijf alsjeblieft hier bij mij.'

Hij zond haar een doordringende blik. 'Iris. Laat me los.'

Ze klemde haar hand nog vaster om zijn arm, haar vingers boorden zich in zijn vel. De wanhoop in haar ogen maakte gevoelens in hem los die hij niet langer wilde hebben. Want ze moest sterven.

Nu.

Hij bewoog zo abrupt en zo snel dat hij haar volledig verraste. Ze kon nog net een verschrikte zucht uiten voordat zijn handen de luchtstroom afkapten. De razernij verblindde hem half en liet zijn handen trillen. Hij bewoog zijn hoofd alle kanten op in een poging de oorverdovende gedachten af te schudden. Het lukte niet en zodra hij knipperde kwam Iris' gezicht weer haarscherp in beeld. De emoties die nu in haar blik lagen deden hem kreunen van radeloosheid. *Ik wil dit niet!*

'Het moet,' hijgde hij.

De uitdrukking op haar gezicht veranderde. Het was alsof hij getuige was van een metamorfose, de geboorte van een nieuw persoon. Alsof ze ontwaakte uit een diepe slaap. De haat en vastberadenheid die zichtbaar in haar opborrelden zorgden ervoor dat hij naar adem hapte.

'Het spijt me,' mompelde hij. Hij sloot zijn ogen en kneep harder.

Een vlammende pijn trok door zijn kruis en zijn ogen schoten open. Terwijl hij zijwaarts wankelde greep hij met twee handen tussen zijn benen. Tussen zwarte vlekken door zag hij Iris van hem vandaan schieten.

Skítur!

De nazinderende pijn negerend rechtte hij zijn rug en knipperde tot zijn zicht zich opnieuw herstelde. Ondanks de steken in zijn hart trokken zijn mondhoeken omhoog. Ze was de keuken in gevlucht. *Hoe voorspelbaar en praktisch.*

Ook zij zou naar een mes grijpen, zichzelf wijsmakend dat ze hem de baas kon. Een opgewonden prikkeling gleed via zijn ruggenwervel naar zijn nek en hij rilde van genot.

Ze zal er snel genoeg achter komen hoe ontzettend mis ze het heeft.

Kalm overbrugde hij de afstand tussen hen. Hij fronste zijn wenkbrauwen even toen hij de telefoon zag die ze tegen haar oor klemde. Haar woorden deden hem echter onmiddellijk weer ontspannen.

'Kom op... Neem op... Alsjeblieft, neem op.'

Hoewel ze van top tot teen trilde, was haar houding er een van onverzettelijkheid. Zijn voorspelling was in ieder geval half uitgekomen, want in haar andere hand hield ze een mes, dat ze naar hem uitstak zodra hij een stap in haar richting zette.

'Blijf uit mijn buurt! Ja, hallo!' Haar stem schoot de hoogte in. 'Met Iris van Vliet. Stuur hulp, de moordenaar is hier, het is–'

Voordat ze haar zin kon afmaken had Finnur het toestel uit haar hand gerukt en achter zich tegen het kookeiland gesmeten. Het viel hoorbaar aan diggelen terwijl Finnur opzijsprong om het mes te ontwijken.

De adrenaline kolkte door zijn aderen en zorgde ervoor dat het voelde alsof hij half zweefde. Er bestond niets anders meer dan zij: de boezem die snel op en neer bewoog, het zweet dat op haar voorhoofd parelde, de zwaaiende armen en de trillende benen. Ze was niet langer Iris. Ze was een anonieme vrouw met vechtlust. Een lichaam waar hij het leven uit zou laten sijpelen.

Bij het idee dat ze binnen een paar minuten haar laatste adem zou uitblazen, trok een golf genot door hem heen. Hij stapte naar haar toe, greep zonder problemen haar pols en gebruikte zijn lichaam om haar vast te pinnen tegen het aanrecht. Hij was niet de sterkste en verre van gespierd, maar hij had genoeg kracht om haar in bedwang te houden en het mes uit haar hand te trekken. Deze keer zorgde hij ervoor dat zijn kruis buiten bereik van haar knieën en handen bleef. Met zijn vrije hand pinde hij haar armen vast boven haar hoofd, tegen het bovenkastje. Grommend van opwinding duwde hij zich dicht tegen haar aan en hief het mes.

'Wie ben jij?'

Het was slechts een fluistering, maar het gebrek aan angst in haar woorden deed zijn beweging bevriezen.

Voordat hij in de gaten had wat er gebeurde, had ze hem een kopstoot gegeven. Het mes glipte uit zijn hand en kletterde op de tegels. Terwijl de wereld draaide, trok Iris zich los.

Even leek alles te verdwijnen. Beeld, geluid, zelfs het gebonk in zijn hoofd.

Het eerste wat hij hoorde was Iris' stem. 'Wie ben jij?' vroeg ze hees.

Hij opende zijn ogen. Ze stond op een halve meter afstand, een mes in haar hand, en keek hem aan met evenveel afschuw als verbijstering. Een scherpe steek trok door zijn hartstreek. *Niet weer!*

Hij opende zijn mond. Onsamenhangende klanken vonden hun weg naar buiten.

Langzaam schudde ze haar hoofd. Hij las de volgende vraag meer op haar lippen dan dat hij hem hoorde. 'Waarom?'

'Ik...' Kortsluiting. Niets in zijn hoofd werkte nog. Zijn lijf gehoorzaamde hem niet langer. Niet dat hij enig idee had welke opdracht hij zijn ledematen moest geven. Hij kon haar alleen maar aanstaren. De stilte rekte zich uit terwijl hij naar een antwoord zocht.

'Ik wil gewoon...' Wat was het ook alweer? Zijn blik gleed naar het mes. 'Je moet sterven. Je staat in de weg.'

Een frons. 'In de weg?'

‘Dario is een... een gevaar. Ze zijn van mij, niet meer van hem. En jij... I-ik moet je laten gaan, hoe-hoeveel ik ook van je... van je hou. Je gooit mijn plannen in de war.’ De steun van het kookeiland tegen zijn rug leek opeens niet voldoende. Hij had het gevoel dat de vloer hem langzaam naar zich toe trok. Zijn gezicht was nat van de tranen. Wanneer was hij gaan huilen? ‘Ik wil het niet, Iris, maar het moet. Ik kan ze niet langer delen.’

Met moeite hief hij zijn hoofd. Iris stond nog op dezelfde plek. Roerloos, met haar mond open. In haar ogen blonken ongeloof en medelijden.

Nee! Geef niet op! Vermoord haar, nu het nog kan.

Het lukte niet. Met geen mogelijkheid kon hij zichzelf in beweging krijgen.

HOOFDSTUK 38

Gebonk op de voordeur. 'Iris?'

Iris maakte zich los van het aanrecht. Nu pas merkte hoe stijf haar spieren waren. Van de inspanning om zich van Finnur te bevrijden en van het lange stilstaan in dezelfde houding daarna.

Als door een waas liep ze naar de woonkamer. Een blik achterom vertelde haar dat Finnur nog altijd tegen het aanrecht leunde, zacht wiegend, zijn hoofd verborgen in zijn handen. Hij leek niet te merken dat ze wegliep. Toch spoorde iets in haar lichaam haar aan om zich te haasten. Ze had zich eerder in hem vergist, en hoe...

Meer gebonk op het moment dat ze de gang in stapte.

'Ja, ik ben er!' riep ze.

Ze trok de voordeur open en registreerde binnen een seconde twee mannelijke agenten in vol politie-uniform. Ze stapten meteen naar binnen en Iris maakte snel plaats.

De voorste van de twee wierp een snelle blik op het mes en keek daarna de woonkamer in. 'Is hij nog binnen?'

'Hij is in de keuken. Ongewapend. Hij kwam tot bezinning voordat hij me kon steken, doordat ik hem een kopstoot gaf.'

Nu ze het hardop zei werd het opeens heel echt. Haar benen begonnen weer te trillen en ze moest zich vastgrijpen aan de kapstok.

'Blijf jij maar hier, wij regelen het wel.'

Haar hoofd ging zonder haar toestemming op en neer. Ze wilde zeggen dat ze hem niets mochten doen. En tegelijkertijd wilde ze zeggen dat hij levensgevaarlijk was, gestoord. In vergelijking met hem was Amber een braaf schoolmeisje.

Amber... Ongelovig schudde ze haar hoofd. Hoe had ze kunnen denken dat Amber de dader was? Was haar hart dan zo vervuld van wrok dat ze er blind door was geworden? Dat ze haar net zo erg terug was gaan haten? Duizelig liet ze zich langs de muur naar beneden glijden. Haar geheugen trakteerde haar op een beeld van Finnur, over haar heen gebogen met het mes in zijn hand en een waanzinnige blik in zijn ogen. Ze kon het nog steeds amper geloven.

Er klonk een luide jammerkreet, rauw, bijna dierlijk. Hij drong tot diep in Iris' ziel en ze duwde zichzelf zo snel overeind dat ze meteen weer omviel. Nog net kon ze zichzelf staande houden aan de klink van de voordeur. Zwalkend van links naar rechts rende ze terug naar de keuken.

Finnur werd net overeind getrokken. Hij leunde zwaar op een agent, die hem zacht toesprak. De collega die als eerste naar binnen was gestapt, kreeg Iris in het oog. Hij liep naar haar toe en legde een hand op haar schouder. 'U hoeft zich geen zorgen te maken. Meneer heeft alles bekend. We nemen hem mee voor verhoor. Heeft u iemand die u kan opvangen? Vrienden, buren?'

Haar blik dwaalde naar Finnurs verslagen gestalte. Maren was de eerste naam die door haar heen schoot, meteen gevolgd door die van Lilja en... 'Lukasz!' Met een ruk draaide ze haar hoofd terug naar de agent. 'Lukasz!' herhaalde ze luid, niet in staat iets coherents uit te brengen.

Een kneepje in haar schouder. 'Met Lukasz en de rest van het gezin is alles in orde. We kregen net het bericht binnen dat de situatie onder controle is. Rechercheur Jona is al onderweg hiernaartoe.'

Ze keek naar Finnur, die zich zonder enig protest of zelfs een teken van leven in de boeien liet slaan, en zuchtte. *De rest van het gezin.* Dit gezin was gebroken, getraumatiseerd en getekend voor het leven. Hoe zouden ze ooit weer samen kunnen lachen en zorgeloos aan tafel kunnen zitten?

'Hé...' De agent schudde zacht aan haar schouder. Hij wachtte tot ze hem aankeek. 'Het komt wel goed. Jullie hebben elkaar nog.'

Ze glimlachte weifelend.

'Je bent sterker dan je denkt.'

Dario's gezicht danste tussen hen in. 'Ja,' zei ze zacht. 'Je hebt gelijk. We hebben elkaar.'

Van boven klonk een gilletje, gevolgd door een luid gekrijs.

De agenten keken allebei verschrikt om.

'Er zijn kinderen in huis?'

Iris knikte. 'Ik ga wel naar ze toe.'

'Wil je dat ik mee naar boven ga?'

Iris' blik gleed terug naar Finnur, die uit zijn verlamde staat van misère ontwaakt leek te zijn door Elva's gehuil. Ondanks het enorme verraad van Finnur had ze het overweldigende gevoel dat alles nu goed was. Echt goed. Dat het pad naar geluk definitief vrij was. Uiteraard hadden zij en de rest van het gezin een heleboel te verwerken en moesten ze een weg in het leven vinden zonder Finnur erin, maar ze had er plotseling alle vertrouwen in dat die weg binnen handbereik was. Sterker nog, dat zij het gezin daarbij kon helpen, zelfs deel uitmaakte van die weg.

'Nee, ik red me wel. Dank je wel.'

De jammerklanken van boven werden heviger en kregen gezelschap van een tweede stem. Iris gebaarde verontschuldigend naar het plafond. 'Ik moet echt naar ze toe.'

De agent knikte. 'Rechercheur Dagursson kan hier elk moment zijn. Slachtofferhulp wordt ook ingeschakeld. Ik blijf hier met mijn collega tot zij arriveren. Als je iets nodig hebt, geef je maar een gil.'

Boven was het Elva die gilde van ongeduld, wat aan hen beiden een milde glimlach ontlokte.

'Bedankt.'

Zonder aandacht te schenken aan Finnur, die haar naam riep, haastte Iris zich de trap op en Elva's kamer in. Het meisje viel stil zodra ze Iris zag. Ze pakte haar op en drukte haar tegen zich aan.

'Stil maar, alles komt goed.' Met de kleine meid in haar armen liep ze naar Einars kamer. Ook hij hield onmiddellijk op met huilen. Eén blik op haar gezicht en hij sloeg zijn armpjes om haar been.

Moeizaam tilde ze ook hem op, zodat ze op iedere arm een kind had.

'Lieve schatten, alles komt goed. Ik ben er voor jullie, net als mama, Lukasz en Lilja. En ook Dario.'

Ze nam de kinderen mee naar beneden, waar ze warme chocolademelk maakte voor de agenten, haarzelf en Einar en een fles melk voor Elva.

'Deze agenten zijn hier omdat Dario en Lukasz een spannend avontuur hebben beleefd,' legde ze rustig uit aan Einar. 'De politie wil er alles van weten.'

Einar trok een pruillip. 'Ik wil niet terug naar bed.'

Iris streek door zijn krullen. 'Dat hoeft ook niet, vandaag niet. Vandaag is knuffeldag.'

Het ventje zuchtte tevreden en liet zijn hoofd weer tegen haar borstkas zakken. 'Ik vind knuffelen fijn.'

HOOFDSTUK 39

Twee weken later

Aarzelend bleef Iris voor Lukasz' slaapkamer staan. Ze hief haar hand, haalde diep adem en klopte op de deur.

'Ja?'

Ze opende de deur net ver genoeg om haar hoofd erdoorheen te steken. 'Stoor ik?'

Hij keek op en haalde zijn hand uit de zak hardfiskur op zijn bureau. 'Nee, hoor.'

'Mag ik even binnenkomen?'

'Tuurlijk.'

Er viel een last van haar schouders en ze stapte de kamer in. Nog steeds liep ze een beetje op haar tenen in de buurt van Lukasz, al was er duidelijk iets veranderd sinds die bizarre avond. Tegen alle verwachtingen in hadden Finnurs daden en zijn bekentenis de rest van het gezin dichter bij elkaar gebracht. Maren leunde erg op Iris, al probeerde ze het niet te doen. Hoewel Iris zelf worstelde met nachtmerries en ongegronde angsten gaf het haar energie dat Maren en de kinderen haar zo nodig hadden. Lilja bood Iris net zoveel steun als andersom, maar Iris waakte ervoor haar vooral ook tiener te laten zijn. Ze vertelde het meisje alleen over de lastige dingen die voor haar herkenbaar waren. Gelukkig had ze zelf steun aan Dario, die er voor hen allemaal was.

Lukasz was 360 graden gedraaid na die avond die voor hen beiden de laatste had kunnen zijn. Bij thuiskomst had ze hem zonder woorden in haar armen genomen en had hij stilletjes gehuild. Pas toen hij uren later eindelijk op de bank in slaap viel, vertelde Maren haar dat dat de eerste tranen waren die ze die avond had gezien.

Iris liet zich op het onopgemaakte bed zakken en schraapte haar keel. 'Lukasz, ik–'

'Ik wil je iets zeggen,' onderbrak hij haar.

Ze sloot abrupt haar mond weer. 'Goed, ga jij maar eerst.'

Hij knikte, draaide zijn hoofd naar het raam en wreef door zijn haren. 'Ik wil mijn excuses aanbieden. Voor hoe ik tegen je deed, voorheen.'

Iris liet een opgeluchte zucht ontsnappen. 'Maak je daar maar niet druk om. Je had het moeilijk, ik begrijp het wel.'

'Nee, ik deed heel naar tegen je. En dat was nergens voor nodig. Je bent altijd goed voor ons geweest.'

Iris kuchte ongemakkelijk. 'Nou... daar ben ik het niet helemaal mee eens. Daarvoor kwam ik ook langs nu. Ik wil namelijk ook mijn excuses aanbieden. Het was ontzettend dom van me om jou te verdenken. Het spijt me.'

Nu keek hij haar eindelijk weer aan. 'Serieus?'

Shit, hij neemt het me toch kwalijk. Ik wist het wel. Wat ben ik ook een stommeling.

'Het spijt me echt. Is er iets wat ik kan doen om het goed te maken?'

Lukasz kwam overeind en plofte naast haar op het bed. 'Je hoeft geen sorry te zeggen. Het is hartstikke logisch dat je mij verdacht. Ik behandelde je als stront, hield iedereen op afstand en deed geheimzinnig.'

'Dus je neemt het me niet kwalijk?'

'Ik neem je helemaal niets kwalijk.'

Ze glimlachte. 'Ik jou ook niet.'

Deze keer was het Lukasz die zijn armen om haar heen sloeg. Het voelde goed, alsof het zo hoorde.

Ze beet op haar lip. 'Hoe gaat het nu verder met je?'

Zijn schouders wipten omhoog. 'Ach ja.'

'Sorry, die vraag krijg je waarschijnlijk continu. Net als ik. Dat gaat ontzettend vervelen.'

'Een beetje wel,' zei hij met een grimas. 'Maar ik weet dat jij het niet vraagt vanwege de sensatie, maar omdat je echt om me geeft.'

De brok in haar keel was terug. Deze keer van een geluk dat ze niet had gedacht nog te kunnen voelen na alles wat er was gebeurd.

'Dat klopt,' zei ze, met licht verstikte stem.

Hij staarde een tijdje voor zich uit. 'Het gaat... goed. En ook slecht. Maar voornamelijk goed, omdat... Nou ja, vanwege Hekla, die ontzettend lief voor me is, maar ook... Ik weet het niet, het is raar.'

Ze legde een hand op zijn onderarm. 'In onze omstandigheden is niets raar, Lukasz. Je kunt het mij vertellen.'

Hij keek haar even aan en knikte. 'Wat Finnur heeft gedaan is afschuwelijk en onbegrijpelijk, maar gek genoeg is het enigszins draaglijk omdat hij het deed vanwege ons. Om ons voor zichzelf te hebben. Het is hartstikke verknipt, maar hij deed het uit liefde. En dat betekent dat hij niet door en door slecht is.'

Verbaasd hield Iris haar hoofd schuin. 'Wauw, Lukasz. Zo had ik het nog niet bekeken. Wat een prachtig inzicht.' Ze kneep zacht in zijn arm. 'Ik kan amper geloven hoe volwassen je opeens wordt. Ik ben zo trots op je.'

Hij glimlachte. 'Dank je wel. Ik hoop alleen dat mam dit ook kan inzien. Ooit.'

Iris wreef over haar eigen arm, die opeens koud aanvoelde. 'Ja, je moeder heeft het er moeilijk mee. Niet zo gek ook.'

'Inderdaad.' Lukasz tuurde naar zijn voeten, die gehuld waren in dikke sokken. 'Finnur is ziek, niet slecht. Dat vind ik geruststellend. Of... Nou ja, een beetje in ieder geval. Maar zo kan mam het nog niet zien.'

'Geef haar de tijd, Lukasz. En jezelf ook.'

Hij wreef over zijn neus. 'Ik haat het om haar ongelukkig te zien.'

Iris stak haar hand uit om de traan weg te vegen die over zijn wang liep. Hij ging er echter snel met zijn mouw overheen en schudde verwoed zijn hoofd. 'Laten we het ergens anders over hebben.'

'Goed.'

Er viel een korte stilte.

'Word je nog steeds gepest?' vroeg Iris. Ze was blij dat ze dit nu gewoon kon vragen, zonder dat hij woedend werd en de kamer uit stampte.

Hij wierp haar een dankbare blik toe. 'Gelukkig niet. Nu krijg ik jaloerse blikken omdat ik met het mooiste meisje van de school ga.'

Iris gaf hem een high five die hij met een grijns beantwoordde.

'Heb je Eiríkur nog gezien?' ging ze verder.

'Ja, gisteren. Hij wachtte op me in de pauze, buiten het schoolplein. Hij mag er niet in tot het onderzoek is afgerond. Ik vind het zo rot voor hem. Hij was gewoon bang voor zijn vader en zijn oom en al die andere mafkezen. Zelf heeft hij nooit geloofd in al die racistische onzin. Maar zijn vader sloeg hem, dus hij deed alles om hem tevreden te houden.' Hij snoof. 'Helaas is dat voor de politie blijkbaar niet genoeg om de aanklacht tegen hem in te trekken. En de school laat hem er ook niet in. Echt belachelijk.'

'Hij heeft wel mensen in gevaar gebracht door zijn mond te houden. Jou bijvoorbeeld,' zei Iris voorzichtig.

'Niet echt, dat deed ik zelf, door te gaan rondsnuffelen. Hij zei altijd dat ik beter niet bij hem thuis kon komen. Maar ik wilde weten wat ze in hun schild voerden en… en…'

'Je vriend beschermen,' vulde Iris aan.

Hij boog zijn hoofd. 'Ja, eigenlijk wel. Ik wilde hem waarschuwen, hem duidelijk maken hoe gevaarlijk zijn vader was. Nou, dat is goed gelukt, hè?' Hij grinnikte droog, en ging toen zachter verder. 'Hij is er kapot van, dat mensen nu denken dat hij ook zo'n nazi is. Ik heb hem gisteren gezegd dat ik beter weet. Hij had geen idee wat zijn vader en die vrienden van plan waren, anders had hij de politie wel ingelicht. Zelfs al had dat zijn leven in gevaar gebracht.'

'Misschien moet je dat aan de politie vertellen.'

'Heb ik al gedaan.'

Ze knikte. 'Goed. Uiteindelijk zullen ze hem wel vrijspreken. Net als Dario.'

Met een ruk hief Lukasz zijn hoofd. 'Maar het kwaad is al geschied, hè? Mensen hebben hun conclusies al getrokken! Ze maken pap en Eiríkur kapot, terwijl ze onschuldig zijn.'

Iris draaide zich naar hem toe en probeerde zijn blik te vangen. 'Nee, dat doen ze niet.' Ze legde haar handen tegen zijn wangen. 'Lukasz, luister. Kijk me eens aan.'

Zijn blik gleed omhoog en haakte zich in de hare.

'Dat gaat niet gebeuren, want ik laat het niet toe. Niet nog eens.'

Eén wenkbrauw ging omhoog. 'Nog eens?'

In Iris' binnenste woedde een storm van emoties. Ze liet zich er niet door van de wijs brengen. Kordaat greep ze de emotie die het belangrijkst was op dit moment, liefde, en zette die om in daadkracht.

'Het is tijd dat ik je vertel waarom ik uit Nederland ben vertrokken.'

HOOFDSTUK 40

Dario trok haar dichter tegen zich aan op de bank en ze liet haar hoofd tegen zijn borstkas rusten. Hij plantte een kus op haar slaap, liet zijn hand onder haar trui glijden en streelde haar zij. Genietend sloot Iris haar ogen.

'Je moet zoiets nooit meer voor mij verzwijgen, elskan,' zei hij zacht. 'Alles wat voor jou belangrijk is, is ook belangrijk voor mij.'

'Jij had al genoeg aan je hoofd,' bromde ze terug.

'Dat maakt niet uit. Ik wil lief en leed met je delen, ook als het even niet zo goed uitkomt.'

Ze legde haar hand over de zijne en hun vingers vlochten zich als vanzelf in elkaar.

'Ik begrijp nog steeds niet waarom Finnur ontkent dat hij die dreigbrieven naar jou heeft geschreven,' zei Dario na een korte stilte. 'Al het andere heeft hij bekend. Het is niet alsof een paar brieven het erger maken.'

Iris haalde lichtjes haar schouders op. 'Voor hem wel waarschijnlijk. Hij houdt van me, op zijn manier, en daar passen dreigementen niet bij.'

'Dat hij je probeerde te vermoorden past daar ook niet bij,' mompelde Dario, waardoor Iris verstijfde.

Hij zuchtte en omarmde haar steviger. 'Sorry, ik wilde je niet–'

'Het zit wel goed,' zei ze snel. 'Het is ook raar. Maar we zullen het waarschijnlijk nooit begrijpen. We kunnen niet in zijn hoofd kijken.'

Dario rilde. 'Gelukkig niet. Het lijkt me een angstaanjagende plek.'

Ze zwegen een tijdje. Iris merkte aan de nerveuze voetbeweging van Dario dat hij nog ergens mee zat. Ze maakte zich los uit zijn omhelzing en draaide zich op haar buik boven op hem, zodat ze hem kon aankijken. 'Zeg maar waar je aan denkt. Ik kan het aan.'

Eén mondhoek ging omhoog. Hij pakte haar beide wangen vast en kuste haar op de mond. 'Dat weet ik. Ik moet de vrouw nog ontmoeten die sterker is dan jij.'

Lichtjes schudde ze haar hoofd. 'Dat zal wel meevallen. Maar draai er nu niet omheen. Vertel.'

In gedachten verzonken liet hij een haarlok die voor haar gezicht viel door zijn vingers glijden. 'Maren vertelde dat Finnur zijn beste vriend kwijtraakte. Dat die emigreerde naar Nieuw-Zeeland en hij nooit meer iets van hem heeft gehoord. Dat heeft blijkbaar een diepe angst in hem geworteld om dierbaren te verliezen.'

Iris knikte. 'Ja, dat verhaal ken ik. Ik zag een keer een foto van die vriend. Finnur deed er een beetje raar over, geheimzinnig. Ik begreep van Maren dat er iets heel ergs was gebeurd, dat hij daarom emigreerde.'

'Dat klopt. Ik sprak een keer een oud-studiegenoot van Finnur. Die kende het hele verhaal. Als je dat hoort, wordt er opeens een hoop duidelijk.'

Iris werkte zich omhoog op haar ellebogen. 'Hoezo?'

Toen Dario een gepijnigde kreun liet horen, haalde ze snel haar armen van zijn borstkas en ging rechtop zitten.

Ook Dario kwam overeind en trok zijn trui recht. 'Birnir was al jaren Finnurs beste vriend. Ze deden alles samen. Tot Birnir een vriendin kreeg. Dat werd snel serieus, en Finnur baalde ervan dat hij zijn beste vriend nauwelijks meer zag. Toen kwamen er brieven binnen, bij zowel Birnir als zijn vriendin, waarin de relatie belachelijk werd gemaakt. Dat veranderde in lugubere cadeautjes, die op de stoep werden achtergelaten.'

Iris sloeg een hand voor haar mond. 'Was het Finnur?'

'Ja, maar dat had niemand in de gaten. En het werd erger. Het meisje ontving uiteindelijk zelfs doodsbedreigingen. Ze was bang en wilde de relatie verbreken, maar Birnir verzekerde haar dat hij haar zou beschermen. Hij wilde haar voor geen goud kwijt.'

'En toen?'

'Toen liep het razendsnel uit de hand. De angst sloeg bij het meisje om in een soort achtervolgingswaanzin. Ze durfde de straat niet meer op, deed de deur niet meer open, at bijna niets meer en...'

'En wat?' Iris kon bijna niet meer ademen van de spanning. 'Wat gebeurde er?'

'Ze pleegde zelfmoord.'

Met open mond liet Iris zich tegen de rugleuning zakken. 'Wat vreselijk.'

'Birnir was er kapot van. Hij vond troost bij Finnur. Maar dat was niet voldoende. Overal waar hij kwam dacht hij aan haar. Daarom vertrok hij uiteindelijk naar Nieuw-Zeeland en verbrak het contact met iedereen in IJsland. Finnur heeft hem nooit meer gezien.'

Iris' hoofd ging langzaam op en neer. Dit verklaarde inderdaad een hoop. 'Zijn angst om zijn beste vriend kwijt te raken, leidde er juist toe dat hij hem nooit meer zag.'

'Ja, en blijkbaar heeft hij er niets van geleerd.'

Iris' liet zich zijwaarts zakken en begroef haar hoofd in Dario's nek. 'Hij is gewoon... Ik denk...' Ze zuchtte. 'Ik heb er gewoon geen woorden voor.'

Dario streelde door haar haren. 'Dat hoeft ook niet.'

* * *

'Dus hij blijft achter de tralies?' Iris zakte opgelucht onderuit in Dario's bank.

Rechercheur Dagursson maakte een weifelend gebaar. 'Honderd procent zeker is het nooit, maar met een bekentenis, zijn DNA-sporen onder Brynja's vingernagels én op de lippen van beide slachtoffers kan het eigenlijk niet meer misgaan.'

Dario huiverde zichtbaar. 'Weet Maren ook dat hij ze allebei heeft gekust voordat hij ze...'

Iris was blij dat hij zijn zin niet afmaakte.

Dagursson schudde zijn hoofd. 'Nog niet. Ik ga hierna bij haar op bezoek.'

Iris schoot rechtop. 'Dan ga ik mee, om haar te steunen. Ze zal me nodig hebben.'

Met een trotse glimlach sloeg Dario een arm om haar heen. 'Ik ga ook mee dan, ik heb je tenslotte opgehaald vanochtend.'

De rechercheur stond op. 'Dat hoeft niet, Iris kan met mij meerijden.'

Hij lachte toen Dario een onzekere blik naar Iris zond. 'Geen zorgen, ik weet dat jullie samen zijn. Ik zal echt niets proberen.' Om zijn woorden kracht bij te zetten hief hij zijn handen in overgave. Zijn ogen twinkelden.

Dario kuchte. 'Gelukkig, want ik heb weinig zin om mishandeling van een politiebeambte op mijn naam te zetten net nu ik ben vrijgepleit van moord.' Hij grijnsde toen Iris hem een por in zijn zij gaf.

'Dat zou je niet doen.'

'Nou...' Dario hield zijn hoofd scheef voordat hij haar aankeek. 'Onze toekomst samen was bijna afgekapt voordat ze überhaupt begon, dus die laat ik me echt niet meer afpakken.'

Ze boog zich naar hem toe en kuste hem op de mond. 'Ik ook niet.'

Hij legde zijn handen op haar wangen en zuchtte gelukzalig. 'Nou, ga mee naar Maren. Ze heeft je hard nodig.'

Iris stond op en liep naar Dagursson toe, die zich naar het raam had gedraaid. ‘We kunnen vertrekken.’

‘Vergeet je telefoon niet.’ Dario kwam bij hen staan en liet haar toestel in haar handtas glijden. ‘Bel me als je me nodig hebt.’

‘Doe ik.’ Ze drukte nog een kus op zijn lippen, liep naar de gang om haar jas aan te trekken en volgde de rechercheur naar zijn auto.

Dario keek hen na vanuit de deuropening.

Ondanks Dagurssons woorden voelde Iris zich opgelaten toen ze naast hem plaatsnam en haar gordel vastklikte.

Plotseling had ze een droge mond. ‘Heb je toevallig een zak Ópal of zo in de auto?’

‘Toevallig wel. In het handschoenkastje.’ Hij wees ernaar en startte de auto. ‘Doe mij er ook maar één.’

Iris opende het kastje. Haar blik gleed over de rommel erin. Snoeren, pennen, zakdoekjes, een zwarte envelop.

Haar hand sloot zich er in een reflex omheen. Met trillende vingers hield ze de envelop omhoog. ‘Wat is dit?’

Dagursson keek opzij. Zijn ogen werden groot. Zijn lippen bewogen, maar het duurde een paar seconden voordat er geluid uit zijn keel kwam. ‘Iris, ik kan het uitleggen…’

‘Dat is niet nodig. Ik begrijp het al.’ Ze deed haar gordel weer los en wilde zich naar het portier draaien. Ze bedacht zich. Met ingehouden woede keek ze hem aan. ‘Je kickt erop om vrouwen bang te maken. Nou, dit was de laatste keer dat het je lukte. Ik ga aangifte tegen je doen.’

Zonder op antwoord te wachten, stapte ze uit. Meteen ging het andere portier ook open. ‘Iris, wacht!’

Ze stampte om de auto heen, terug in de richting van het huis. ‘Ik heb jou niets meer te zeggen,’ brieste ze, zonder hem nog een blik waardig te keuren.

Een ruk aan haar arm. Abrupt bleef ze stilstaan.

‘Laat me los, Jona.’ Haar stem was ijzig koud.

Rechercheur Dagursson hief verdedigend zijn handen. 'Het spijt me echt. Ik wilde je niet bang maken...' Zijn ogen smeekten om begrip. 'Ik hoopte met elke brief dat je naar mij zou komen en dat ik dan de moed zou hebben... Dat ik je een keer zou durven vertellen wat ik... wat ik voelde.'

Iris zwaaide de envelop heen en weer voor zijn neus. 'Je wilde me naar je toe lokken door dreigbrieven te schrijven? Ben je niet goed wijs?'

Somber schudde hij zijn hoofd. 'Ik kon gewoon... Ik was...' Hij zuchtte. 'Liefde doet rare dingen met mensen.'

Ze snoof. 'Rare dingen. Ja, dat kan je wel zeggen.'

'Sorry, Iris. Duizendmaal sorry.' Hij tuurde naar de grond. 'Ik zal mezelf aangeven. Vandaag nog.'

'Mooi.' Ze draaide zich om en liep naar de voordeur, waar Dario met een vragende blik op haar stond te wachten.

'Vraag maar niets.' Ze stapte langs hem heen naar binnen, trok hem achter zich aan en sloot de deur.

Nog voor ze de kans kreeg om tegen hem aan te leunen, pakte hij haar vast. Zijn omhelzing was warm, het geluid van zijn hartslag geruststellend.

'Alles goed?' Hij wreef zacht over haar rug.

Iris ademde diep in en uit en keek naar hem op. Haar hart bedaarde en haar mondhoeken gingen als vanzelf omhoog. 'Ja. Nu wel.'

Lees ook van Tamara Geraeds

Doden praten niet

Hij verdient het om te sterven.

Het leven is hard voor Maud sinds ze haar baan, huis en vrienden kwijt is. Ze leeft op straat en bedelt om te overleven. Het is hartje winter als een vreemde man haar aanspreekt en een bijzonder voorstel doet. Onderdak en eten in ruil voor haar hulp bij zijn wraakplan.

Maud wil zijn aanbod afwijzen, maar zijn verhaal klinkt oprecht en ze is ten einde raad. Dus stemt ze in. Ze kan altijd nog terug. Toch?

'Meeslepend lekker, een thriller die je maar moeilijk zal kunnen wegleggen.' Moon Kager, Mustreads or Not

Woede

Ze dachten dat hij dood was.
Maar dan staat hun vermiste zoon ineens op de stoep.

Sinds de verdwijning van hun zoon Robin is het leven een worsteling voor Koen en Myrna de Wit. Tot Robin op een dag op de stoep staat. Zowel zijn ouders als zijn broer en zusje sluiten het verloren gezinslid liefdevol in de armen. Maar de droom is niet zo mooi als hij lijkt.

Waar is hij al die tijd geweest? En wat verbergt hij?

'Leest als een trein, met heerlijke onderhuidse spanning waarbij je je afvraagt wat er nou werkelijk aan de hand is.'
Linda Jansma, bestsellerauteur

Genoten van dit boek? Dan vind je vast de andere boeken van De Crime Compagnie ook leuk! Onze boeken zijn te herkennen aan de kleine doodskopjes op de achterkant, onze e-books aan de roze balk op de voorkant. Enkele van onze titels zijn:

Loes den Hollander – *Wurgcontract*
Linda Jansma – *Onderstroom*
Marelle Boersma – *De lijst*
Angelique Haak – *Afgeschreven*
Sophie Wester – *Schaduwkant*
Marjolein van der Gaag – *Verlaat de gevangenis zonder betalen*
Liz Ouwens – *Campinggasten*
Inge van Prooijen – *De bonusmoeder*
Marcella Kleine – *Pas maar op voor de boze wolf*
Merel Disselkoen – *De belofte*
Marijke Verhoeven – *De moord op Willemina Jansen*
Machteld van Zalingen – *Het genootschap*
Annet Hulst – *Onder water*
Marie-José Verweij – *De opgraving*

Kijk voor meer informatie ook op www.crimecompagnie.nl.